Someone to Believe in
by Kathryn Shay

天使は泣けないから

キャスリン・シェイ
織原あおい［訳］

ライムブックス

天使は泣けないから

主要登場人物

ベイリー・オニール……………………青少年救済団体〈エスケープ〉の運営者。別名〈ストリート・エンジェル〉
クレイトン（クレイ）・ウェインライト……ニューヨーク州選出の上院議員
タズマニア（タズ）・ゴメス……………女ギャング〈グッドガールズ〉のメンバー
ローリー・オニール…………………ベイリーのひとり息子
パトリック・オニール………………ベイリーの兄（長男）
リアム・オニール……………………ベイリーの兄（二男）
ディラン・オニール…………………ベイリーの兄（三男）
エイダン・オニール…………………ベイリーの兄（四男）
ジョン・ウェインライト……………クレイのひとり息子
ジャック・ソーントン（ソーン）……クレイの首席補佐官
エリック・ローソン…………………ニューヨーク州議会議員
スーズ・ウィリアムズ………………〈エスケープ〉職員。元ギャングのメンバー
ジョー・ナタール……………………〈エスケープ〉職員。元警官
ロブ・アンダーソン…………………〈エスケープ〉職員。心理学者
メイジー・レノン……………………〈グッドガールズ〉のリーダー。タズの仲間

1

クレイ・ウェインライトは『ニューヨーク・サン』紙を机にぴしゃりとたたきつけた。ちょうど編集部宛の扇動的な投書を読み終えたところだ。「まったく、この女性ときたら、どうしてこうもしつこくわたしに盾突くんだ？」

「落ち着いてください、先生」いつも驚くほど辛抱強い広報担当官のミカ・プルーストが、うんざりしたようにため息をついた。

「落ち着くとも。われらが愛しのストリート・エンジェルが、羽根を切り落として金輪際飛べなくなればな」ベイリー・オニールめ、いまいましい女だ。一〇年以上も前の裁判中につけたあだ名をまだ使ってやがる。彼が起訴し、勝訴した事件だ。

「もうすぐソーンが来ますよ」

「ああ、そうだった。あいつには知られないほうがいいな」ネクタイを緩めると、クレイは水色のシャツのいちばん上のボタンを外した。スーツの上着はとっくに脱いでいる。怒りで身体がかっかとし、血圧はまるでロケットのように上昇していた。

ミカは優しい、なだめすかすような目でクレイを見た。子供のころに次々とあてがわれた、歴代の乳母たちと同じ顔だ。それがクレイにはどうにも気に食わない。「ほんと、彼女の先生に対する影響力はたいしたものですね。先生は院内総務も難なくやりこめるし、怒った有権者を汗ひとつかかずになだめるところだってわたしは見てきました。なのに――」

クレイはこの年上の女性に小さく微笑んだ。「わかってる。わたしはどうも、こいつのことになるとばかみたいに腹を立てるからな。彼女が事後従犯の罪を免れたせいかもしれない」

「一年の刑務所暮らしは、放免とは言えませんけどね」クレイの首席補佐官であるジャック・ソーントンが、ぱりっとした清潔な出で立ちでオフィスに入ってきた。キャピトル・ヒルのラッセル・ビルディングの一室。総マホガニーの部屋には革張りのソファが二脚置かれている。そのひとつに座ると、ソーンは足を組み、やれやれといった様子で首を振った。

「またストリート・エンジェルが噛みついてきた、というわけですか?」

ミカがソーンに説明をしているあいだ、クレイは椅子を戻し、立ち上がると、部屋中をうろついた。いまいましげに、ふさふさの髪をかきむしる。ミカの話が終わると、クレイはまたわめき始めた。「わたしが丸くなった? 政権闘争に負けただと? 彼女は何様のつもりだ。田舎に引っ込んで、ゴルフでもしてろ? くそっ、冗談じゃない」

「彼女、今回はそうとう頭にきてるようですね。予算委員会でガーディアン・ハウスへの資金提供案が却下されたことで」ソーンは淡々とした口調で言うと、手帳をめくりながら続けた。「それと、知事や彼女の地元の議員らにメモを渡したことでも。彼女が立ち上げたあのエスケープに関するメモです」

「エスケープ！」ベイリーの反ユース・ギャング組織だ。「できることなら、ぶっつぶしてやりたいよ」

「で、先生にはそれができることを彼女は知っている」

「あれは社会に対する脅威だぞ。ギャングのことは警察に任せておけばいい。犯罪者の子供たちをかくまうような社会福祉団体など要らないんだ」

もう何度もかわした議論、三人とも慣れ親しんだ話題だ。

ソーンが言った。「要するに、ふたりの関係は一一年前から何も変わっていないと」

「いや、彼女、この一〇年でますますたちが悪くなった。とにかくガーディアンは止めなければ。非行少年の保護施設《シエルター》に資金をくれてやるなど、もってのほかだ。スチュアートの新法案の金は、貧しくて恵まれない環境にあっても犯罪まみれの生き方を選ばなかった子供たちに使うべきものなんだ」

「あの」とミカが口を挟んだ。「それはわたしたちも同じ意見です」

広報担当官が首席補佐官に目配せした。ソーンがつけ加えた。「つい最近知ったんですが、彼女、ローソン側につくようですね」

「何だと？」

「公式に、ということです。『サン』紙によると、来年の上院議員選挙の民主党予備選に向けての活動で、ローソン陣営のボランティアをするとか」

「はっ、そいつは素晴しい」クレイが顔をしかめた。「知事に電話してくれ」

「先生」とミカが穏やかに言った。彼女はデラウェア・アヴェニューを見下ろす窓際に立っていた。「この件で、また知事を敵に回すのはやめたほうがいいかと思いますが。ベイリー・オニールは知事のお気に入りですから」

「彼女が好かれているのは、知事の姪がギャングに入るのを止めたからに過ぎない」

ミカとソーンが顔を見合わせ、互いに眉をひそめた。

「オーケー、オーケー、わかってる。彼女はいいこともした。救われた若者たちもいる。だがそのために少なくとも一度は法を犯してる。それ以来何度やったか、わかったものじゃない。犯人隠匿のかどで即刻捕まえるべきだ」罪を犯した者と知りながらそれを通報しないのは法に反する行為なのだ。

「一度刑務所に送ったじゃないですか」ソーンが言った。

「その言い方は気に食わないな。わたしが送ったんじゃない。事後従犯で刑務所に送られたんだ。アメリカ合衆国の法に反する罪でね」クレイはふんぞり返った。「証拠が必要なら言おうか。まあ、要らないと思うが。いいか、彼女がかくまった少年は殺人の罪で有罪になったんだぞ」

「それで世間は彼女を殉教者扱いした。いくつもの団体が彼女の早期出所を求めて騒いだ。前知事まで大変な思いをした」ソーンはひと呼吸置いた。「先生、このオニールとのいさかいは、そろそろなんとかしないと。大昔の訴訟のせいで再選のチャンスを棒に振るわけにはいきませんからね。副大統領の指名の可能性もありますし」

「まだ一年以上も先の話だ」

「そろそろ行動に気をつけ始めたほうがよろしいでしょう。いずれにしろ、オニールとの確執は一一年前に不評を買った。先生は地方検事としてユース・ギャングやその他の青少年犯罪の撲滅に力を注ぎ、その風評を振り払った。そして、われわれは前回の選挙でそれをうまく葬り去った。次の選挙戦を前に、あの訴訟の件を蒸し返されるわけにはいきません。ベイリー・オニールと和解するべきですね、いますぐに」

「ふん、彼女にブルックリン橋を買わせるほうがよっぽど楽だ」

「彼女とミーティングを持ちましょう。できれば、先生から彼女に電話をなさるといいんですが。丁寧にお誘いいただけると」

クレイはなんとか理性的に考えようと努めた。「ニューヨークにはいつ戻れる?」

電子手帳をさっと取り出すと、ソーンはクレイのスケジュールをクリックした。「木曜です。国土安全保障省との打ち合わせが水曜の午後にありますから、夕食時に飛べるかと」ソーンは慣れた手つきでキーをたたいた。「木曜の朝はちょうどいいですね。女性用シェルターのオープニング・セレモニーでテープカットをする前です。ボブに言って、朝食ミーティングの用意をさせましょう」

深く息を吸い、クレイは首を振った。「いや、きみの意見に従って、わたしから電話してみよう。丁寧に誘ってみるよ」

オフィスの電話が鳴った。ミカが机に行き、スピーカー・ボタンを押した。「先生の息子さんから、内線の一番です」

クレイは足を止めた。ジョンから電話が来るのは珍しい。事務所にはまずかけてこない。いつもの軽い喪失感が全身を走った。「話は済んだだろう？　席を外してもらいたいんだが」

ソーンがうなずいた。「もちろん」

ふたりが出ていき、クレイは鼓動の高鳴りを抑えようとした。おいおい、ウェインライト、まったくたいした人生だな。息子からの電話一本でこんなにうろたえるなんて。彼はどさりと椅子に腰を下ろすと、机の上に飾ってあるジョンと一緒の写真を見た。去年、ジョンが大学に入学したときに撮ったものだ。ふたりとも濃いブロンドの髪。明るい茶色の瞳。広い肩幅も同じ。だがふたりは夜と昼ほど違う。このところとくに。

クレイが受話器を取った。「やあ、ジョン」

「父さん」声には相変わらず氷のような冷たさがあったが、今日は少し和らいでいるようだ。「元気？」少なくとも、社交辞令は言ってくれた。手厳しく非難されたこのまえの会話よりはましか……。

あのさ、ぼく、父さんには投票しないかも。父さんが共同提案したあの法案、あれは不公平だよ。

あの法案は、虐待された女性用のシェルターに必要な資金を提供するためのものだぞ。

ああ、表向きはね。それで父さんみたいな連中を集めて、はい可決ってわけだろ。

いやな記憶を頭から追い出し、クレイがきいた。「調子はどうだ？」

「最高だよ」

「いいことでもあったのか？」

「まあね。地球環境グループの資金集めの責任者になったんだ」ジョンはバード大学で環境工学の勉強をしている。夏休み中の七月半ばに学生仲間と学校に集まり、今年の活動計画を立てたばかりだった。ジョンは咳払いをした。何か気が進まないことをする前によくやるあれだ。「で、資金集めの開始を記念するイベントがあるんだけど、学部長が父さんに来てもらえないかっていうんだ。スピーチもお願いしたいって。相手は新学期のオリエンテーションに来る学生と、地元の上院議員の話なら喜んで聞きたいっていう地域のひとたちなんだけど」

おやおや、息子がこのわたしに頼み事をするなんて。クレイが言った。「ふむ、時間が取れるかな。いつだ？」

ジョンが日時を告げる。「父さんの時間が空いてるかどうか、もうボブには確認したんだ。休会中なんでしょ？」

無理なことを頼んで頭を下げずに済むように、あらかじめ確認しておいたというわけか。

「そうか、それならふたりで何かできないか？　お父さんがそっちにいるあいだに、ふたりだけで」

長い沈黙。いらいらする。

「たとえば？」

「街に出るとか、食事をするとか、ミュージカルを観るとか」

「そうだな、たぶんね」

昔はジョンから誘ってきたものだった……ニックスの試合に連れてってよ……父さん、弁論大会があるから来てね……あのさ、女の子のことで話があるんだけど……。

いったいいつからだろう？　長い選挙期間中、留守がちになったころか？　学校行事や野球の試合を見にいけなくなったころから？　いや、母親との最悪の離婚劇の最中か？　あいつのことだ、どうせジョンにわたしの悪口をたっぷり吹き込んだのだろう。

ジョンとのあいだの溝をどうしても埋めたい。クレイは勢い込んで言った。「わかった、決まりだ。楽しみだよ」

「うん、ぼくもだ。きっとすごく盛り上がるよ、資金調達のイベント」

違う、そっちじゃない。ジョンにもそれはわかっているはずだ。こいつ、あえて距離を置こうとしてるんじゃないか。そう思うと、クレイは腹が立ってきた。鉛筆で机をこつこつとたたきながら、声に怒りを忍ばせて言った。「その前に連絡する」

受話器を置き、ジョンとの会話が〝アイ・ラブ・ユー〟で終わったころのことを考えた。お互いにその言葉を気楽にかけられないという事実に胸が痛み、クレイは何か別のことに意識を集中させようとした。なにげなく新聞を手に取り、社説欄を見つめる。ベイリー・オニールが議会のクレイの椅子を狙う男と並んで写っていた。

くそ、この女性とまたぶつかるのか。彼は電話をつかむと、補佐官に言った。「ジョーニー、ベイリー・オニールに連絡をつけてくれ。ニューヨークのオフィスの電話番号は記録してあるはずだ」電話がつながる前、彼は受話器を固く握りしめ、声に出して言った。「オーケー、スウィートハート。もう一ラウンドだ」

一一年前

「陪審員のみなさん、評決にいたりましたか?」

「はい、裁判長」神妙な顔つきで陪審長が廷吏に一枚の紙を手渡した。

廷吏が陪審員の決議を判事に渡した。地方検事クレイトン・ウェインライトは法廷中に目を走らせた。これじゃあまるで霊安室じゃないか。彼にはそれがどうしても納得できなかった。わたしは検察として立証しただけだ。被告人の有罪は間違いない。ならばどうして? 判事のサンドラ・ジョーンズはこっちをにらみつけているし、陪審員はこれからキリストにはりつけでも宣告するかのような顔をしている。検事補でさえ、クレイが神に背く行為をしたかのような目で見ていた。

クレイは被告人にちらりと目をやった。どう見ても一六、七だ。二五にはとても見えない。長い黒髪、陶器のように白い肌。近づいて見れば、そばかすまでありそうだ。有名な反ユース・ギャングの専門家のイメージにはまるでそぐわない。だからこそ、最初からこの裁判にだれもが苦々しい思いを抱いていたのだろう。正直、クレイ自身もこれでいいのかと何度か自分に問いかけた。だが、クレイの仕事は彼女を起訴することだ。それは犯罪、とりわけ青少年犯罪を許さないという自らの姿勢にも添っていた。

判事は無表情のまま評決を廷吏に返し、廷吏がそれを陪審長に戻した。陪審長が読み上げた。「陪審はベイリー・オニールを事後従犯の罪で有罪とします」

クレイの気分は勝利に浮かれるにはほど遠かった。だが、有罪は当然の結果だ。彼女は犯罪者をかくまったのだ。その一〇代の少年が殺人を犯したことを知っていながら。

はっと息をのむ音が聞こえた。見ると、オニールが弁護士にしがみつき、真っ青な顔をしている。法廷中にざわめきが起きた。

続いて陪審長が発言した。「ジョーンズ裁判官、陪審員の決議を読み上げたいのですが、よろしいでしょうか？」

「異議あり」クレイが椅子から勢いよく立ち上がって言った。「明らかな規定違反です」

「異議申し立てを却下します。着席しなさい、ミスター・ウェインライト。あなたがお望みの結果はすでに出ているはずです」裁判官は陪審員のほうを向いた。「陪審長、どうぞ」

陪審長が読み上げた。「われわれはミズ・オニールが犯した過ちを認め、証拠も十分であると考えます。しかしながら、われわれは刑罰の軽減を強く希望いたします。ミズ・オニールは若者たちをギャング団から抜けさせることに専心してきました。それについてはすでに弁護側が証明したとおりです。ミズ・オニールは自身の活動を通じて多くの命を救ってきました。その善行は称賛に値します。彼女は機会さえあれば、青少年犯罪の防止・抑制により多くのことができるとわれわれは信じています。最低限の刑罰は必要と考えますが、二年五カ月の懲役は容認しかねます。したがって陪審団は執行猶予を希望いたします」

クレイはまた立ち上がったが、口を開く前に、裁判官が手のひらを掲げて制した。「地方検事、異議は認めません。あなたの論告はもううかがいました。陪審の希望を考慮することにいたします。被告人は来週の月曜まで勾留、判決はそのときに言い渡します。これにて閉廷」小槌をたたく音がまるで銃声のように、静かすぎる法廷内に響き渡った。

いったいどういうことだ？　執行猶予が認められたら、世間に間違ったメッセージが伝わってしまう。とくに青少年たちに。これでは「法を破っても、大人が守ってくれる」と言っているのと変わらないじゃないか。クレイはブリーフケースを閉じながら、ふと気がついた。だれも祝福してくれていない。検事補さえも。被告人席を見ると、オニールが弁護士の両腕に抱かれ、静かに泣いていた。なぜだかわからないが、クレイの胸に罪悪感が沸き上がってきた。

でも、ほかにどうしろと言うんだ。ひとりの若者が殺された。この有罪を宣言されたばかりの女は、その殺人者をかくまったのだ。被疑者を逮捕、尋問したところ、守護天使《ガーディアン・エンジェル》べイリー・オニールのオフィスに隠れていたと供述した。彼女に自分のしたことを打ち明けたとも。にもかかわらず、彼女は被疑者の少年の居所について警察に尋ねられたときに嘘をついた。少年はのちに、殺人は正当防衛だったと主張したが、その件に関してはまだ判決が下っていない。

表に出たとたん、クレイは記者団に囲まれた。顔に無数のマイクを突きつけられ、カメラのフラッシュのシャワーを浴びる。裁判所の階段の上に人だかりができた。通りをひっきりなしに走る車の音をバックに、ひとりの記者がきいてきた。「ウェインライトさん、この裁判は今年の上院選挙への出馬に影響するのではありませんか？」

ネクタイを直し、咳払いをして、クレイは不安を飲み込んだ。「どうしてだね？」

「世間がベイリー・オニールに同情しているのは公然の事実ですよね」

「陪審は有罪と認めた。わたしの行いは法に準じている。彼女は法を犯したんだ。きみも知っているだろうが、犯罪を一切許さないというのが今回の選挙戦におけるわたしの方針だ。それは共和党の姿勢でもある。とくに青少年犯罪に関してはそうだ。有権者のみなさんだって、より安心して暮らせる市、州、国をお望みだろう」

「少年ダヴィデに襲いかかる巨人ゴリアテのようだとは思いませんか？」別の記者が尋ねた。

「いや、思わない」本心だ。クレイは己の正しさを信じて疑わなかった。たとえベイリー・オニールの姿を見ているのがつらかったとしてもだ。ある意味、弁護側の説は理解できた。彼らは、オニールの行動はあくまでも善人が少年を守るために取った反射的なものだと主張した。弁護士はオニールのことを〝ストリート・エンジェル〟と称して最終弁論を締めくくった。

そのストリート・エンジェルが檻の中に入るというわけか。しかし、これが正しい行いなのだ。クレイはただ、この裁判が今後の自分のキャリアに悪い影響を及ぼすことだけが気がかりだった。

で、あんただれ？　ベイリーのコンピューターの画面に浮かんだ文章は、ほかのたくさんの子供たちと同じく、ぶっきらぼうな調子だった。

知ってるでしょ。じゃなかったら、このサイトに来るわけないじゃない、TazDevil2さん。ベイリーはこの名前に見覚えがなかった。

返事はない。

またベイリーがタイプした。わたしはストリート・エンジェル。あなたに力を貸せる。

ああ、だろうな。

どうしてこのサイトに来たか、わけを聞かせてくれない？　だれもいないから。彼女はがらんとしたオフィスの中で微笑んだ。だれにも言わないし。ニューヨークのあの上院議員に何をされようとも、ぜったいに。

そう焦るなって。

ベイリーは待った。この大きな一歩を踏み出すのに、子供たちには時間が要る。彼女はテーブルの上を指でトントンとたたきながら、ごちゃごちゃしたオフィスをざっと見渡した。エスケープ。彼女の組織だ。若者たちがギャング集団を抜ける手助けをしている。ここも手狭になった。規模が膨らみ、いまのフロアに三部屋も借りているのだが、それでも彼女のオフィスは同僚と共有せざるをえなかった。でも、資金は諸経費よりも運営費用に回したい。次の引っ越し先も——匿名性維持のため、二、三年ごとに移転を繰り返さなければならなかった。虐待を受けた女性用のシェルターと同じだ——広さはここのとたいして変わらないのだろう。

私用の電話の着信音が静寂を破り、ベイリーはどきっとした。出ようか出るまいか。さっきチャットルームに訪問してきた子が勇気を振り絞っているあいだに済ませられるだろうか。いや、途中で切られるかも。ベイリーの顔が曇った。以前、電話ホットラインで少年と話しているときに、急に切られたことがある。ひょっとしたらだれかに捕まって殺されたんじゃないか。その不安は的中し、のちに見つかった死体には彼女が話していた少年と思しき特徴があった。過去の失敗に対する思いを頭から振り払い、彼女は電話に出た。「ベイリー・オニールです」

「ミズ・オニール、クレイトン・ウェインライトです」

えっ？　どうして？「これはこれは上院議員、驚きですわ」

「そうかな」

なるほど。彼女はすぐにぴんと来た。『サン』に載ったわたしの投書を読んだってことね。

「ええ」

「来週の木曜日、少し時間を割いてもらえないかなと思ってね。ニューヨークに行くんだ」

覚えていたよりも、声は低くてハスキーだ。

「うーん、忙しいんですよ」

「でも食事はするだろ。朝食は？」

ふん、社交辞令もここまでよ。過去にいろいろとあったというだけじゃない。このひとの政策も、このひとがうちみたいな社会福祉組織にしたことも気に食わない。個人的に会うなんてとんでもないわ。彼女ははっきりと言った。「上院議員、お互いとくにお話しすることはないんじゃないかしら。わたしが子供たちを助けるために選んだ方法についてあなたは反対している。わたしはあなたのことを保守的でうしろ向きだと思っている。当選したばかりのころは、少しは可能性も見せてくれたけど、それももう過去の話。この先、意見が一致することはないでしょうね」

「冗談だろ？」

「そうかしら」

「要求はしたくないんだがね」

「本気で言ってるの？」

「どういう意味だ？」

「あなた、要求すれば何でも手に入ると本気で思ってるんでしょ？　おあいにくさま、わたしには効かないわよ」そろそろおしまいにしますか。「最近あなたがたくらんでいる、あのふたつのことが気に食わないのよ」

「たくらんでいる？」

「ガーディアンへの資金提供を連邦レベルで止めたこと。少なくともいまのところはだけど。それに州のお偉いさんたちにエスケープについてメモを送ったこと」

「あれはべつに……」

インスタント・メッセンジャーのチャイムが鳴った。だれかからメッセージが届いた合図だ。「もう切るわよ。お誘いいただき、どうもありがとうございました。でも、お断りよ」

クレイに返答の隙を与えずに電話を切ると、彼女はメッセージに目を走らせた。

TazDevil2が戻ってきていた。やっぱ、これってくだらねえよ。

わたしの前では強がらなくていいのよ。どういう状況なのか聞かせて。

しばしの沈黙。グループに入ってる。グッドガールズ《ＧＧ》。

ベイリーは凍りついた。ＧＧズは八〇年代、ニューヨーク・シティでも指折りの極悪として知られたギャングだ。彼女は平静を装ってタイプした。そのギャングはもうないはずだけど。

はずれ。それがあるんだよな。うちら、二、三カ月前からそう名乗ってる。前はシャグズ。復活させることにしたんだよ。タフな連中だったからさ。

落ち着かず、ベイリーは机の上のローリーの写真をいじった。知ってるわ。

なんで？

元ＧＧズのひとりと親しかったから。

おっ、その呼び方知ってんだ。

ええ。

知合いって、だれだよ?

姉よ。オリジナル・メンバーのひとりだったの。

はっ! からかってんのか。

だといいんだけどね。GGズがメンバーに何をするかは知ってるわ。この目で見たから。

返事なし。

年は?

一七。

入ったのは?

一四。

モイラと同い年ね。きれいで、ひどく荒れていたモイラ。彼女はモイラが大好きだった。その腹違いの姉のせいで、ベイリーの家族は数々の問題を抱えさせられたけれど。

そいつの名前?

そう。入ったのはジャンプで? それともトレイン?

ジャンプ。男の奴隷はごめんだからな。ベイリーは知っている。〝トレイン〟はギャングに入るための儀式で、複数の男と続けざまに、まるで走り去る列車《トレイン》のようにやる。こっちのほうが、メンバーたちからリンチを受ける〝ジャンプ〟よりも好まれるが、トレインで入ると、あとでメンバーからさげすまれることになる。

そいつ、どうなった?

モイラ? 死んだわ。

返事なし。

もう一度、ベイリーは電話に目をやった。モイラは刑務所で死んだ。ある若い地方検事、クレイトン・ウェインライトと同じようなやつのせいで入れられたのだ。そして、責任はわたしにも。

まだ悲しい?

毎日、一日も欠かさず。

ほかに家族は?

いる。兄弟が四人。わたし、母、父。

あんたみたいな家族がいるのに、そいつ、なんでギャングに?

父親が道を踏み外して、別の女性に子供を産ませたから。いろいろとあってね。彼女が話したそうだったから、ベイリーはきいてみることにした。名前は?

タズマニア。タズって呼ばれてる。

あなたのこと聞かせて。

沈黙。また今度な。もう行くぜ、エンジェル。チャオ。

チャオ。そう打ってから、ベイリーは書き足した。また連絡して、お願い。明日の晩もいるから。

返事なし。

しばらく、ベイリーは何も映らないコンピューターの画面をぼんやりと眺めていた。ため息をつくと、がたがたとうるさい椅子に身体を預け、すり減ったローファーを脱ぎ、両足を机の上に乗せた。よく見ると、ジーンズがすり切れて両膝のところが白く抜けている。オックスフォード地のブラウスの袖口もほつれている。やれやれ、新しい服が要るわね。でも、買い物になんか行っている暇もその気もなかった。

目を閉じ、両手を首のうしろで組むと、精神を統一した。あたりは静寂に包まれている。遅い時間だ。日勤のスタッフはもう帰ったのだろう。夜勤スタッフがじきに来る。でもいまはひとり、モイラの思い出と一緒にいられる。腹違いの姉のことを思うたびに、ベイリーの胸は万力で締めつけられるかのようにぎりぎりと痛んだ。以前に比べて痛みは鈍くなったが、決して消えることはない。彼女は子供たちを救うことに、熱病に冒されたかのように必死に打ち込んでいる。異常なほど熱心なのはよくわかっている。息子のローリーが生まれるまで、彼女にとって人生の目的はそれしかなかった。いまでもその強すぎる思いに変わりはない。でも、自分でもどうしようもなかった。この手で状況を変えてみせる。彼女はそう心に誓ったのだ。

ベイリーはクレイトン・ウェインライトに思いを馳せた。地方検事時代からの宿敵だ。起訴されたことを恨んではいない。罪を犯したと打ち明けられたのに、その少年をかくまったときから、有罪なのは知っていた。クレイのことが気に食わないのは、彼女の組織を目の敵にし、予算を回させないようにするからだ。彼女ががんばって何かしようとするたびに、邪魔が入った。それも一度や二度じゃない。全部クレイひとりのせいだ。そして今度もまた新たなバトルが起きようとしていた。マサチューセッツの上院議員がある法案を提唱し、予算が組まれた。議会はそれを法執行機関と社会福祉団体の双方に割り振ることに決めた。ベイリーはその金がどうしても欲しかった。一方、クレイはそれをどうしても彼女に渡したくなかった。

クレイが現実を知ってくれさえすれば、と彼女は思った。でも、彼は象牙の塔に住み、裕福な暮らしをしている。子供たちのストリートライフがどんなふうかなんて、ぜったいに理解できないだろう。だからこそ、彼は危険なのだ。こっちとしては、しっかりと防御を固めていくしかない。ああいう男性に立ち向かうには、両手に銃を持ち、腰に銃弾をいっぱいに巻いていかないと。たとえどんなに優しく頼まれようとも、こっちの動きを封じるどんな弾も渡しちゃだめよ。

「ウェインライト上院議員、覚悟することね」彼女は電話をにらみながら言った。「このラウンドはわたしのものよ。ストリート・エンジェルはぜったいにあきらめないんだから」

タズはマリリン・マンソンの新曲のボリュームをさらに上げた。コンピューターのスピーカーはさっきから大音量で音楽を鳴り響かせている。彼女はむさくるしいベッドルームのドレッサーの上に置かれた鏡の前に行き、三本の指でそっと顔をなでた。滑らかで濃厚なワセリンの感触。濃い茶色の瞳に反射して、星のようにきらきらと光る。こいつがナイフの傷から肌を守ってくれる。

今夜は仲間と一緒に女をしめに行く。メイジー・レノンのボーイフレンドがアンスラックスのメンバーといるところをだれかが見つけた。メイジーは仲間を召集し、そのふざけた女を教育してやることにした。仕返しというわけだ。タズにしてみれば、男なんてごたごたを起こす価値もないのだが、仲間に手を貸してくれと言われれば、断れない。彼女は男を下等な種と思っている。それが仲間に入るのにトレインを選ばなかった理由だ。

入ったのはジャンプで？ それともトレイン？

賢い女は知っている。ジャンプのほうがいい。トレインは自分を男の奴隷におとしめるだけだ。ジャンプを選ぶほど根性のある女はまずいない。だが、タズにはあった。肋骨に触れながら、彼女はあの晩を思い出した。年上の連中に警棒であばらを二本折られた。あいつらはそれをサツからかっぱらい、タズの仲間入りの儀式に使ったのだ。片目をつぶされかけ、一週間開けられなかった。脛を何度も蹴りまくられた。髪を思い切り引っ張られ、目が飛び出るかと思った。だが彼女は歴代のどの女よりも長く耐えた。地元のギャングの男どもも儀式の輪に加わったが、彼女は屈しなかった。それどころか、逆に連中を震え上がらせた。問題は彼女がタフすぎることで、おかげでしょっちゅうそれを証明するはめになってしまった。だからこそ、さっきウェブサイトにアクセスしたのだ。

わたしの前では強がらなくていいのよ。

オリジナルのメイクを済ませると、タズは髪を根元から細かく編んでまとめた。こうすれば引っ張られることもない。GGズのシンボルカラーであるオレンジのバンダナを頭に巻く。ドレッサーの小さなランプを消した。漏れ入る街灯の薄明かりのなか、一リットル缶のビールをもうひと口ぐいと飲み、にわか作りの机に行った。ノートパソコンを手に取り——学校からかっぱらってきたもので、インターネット接続に必要なソフトの海賊版はコンピュータおたくと寝て手に入れた——クローゼットの鍵のかかる箱にしまった。おやじに見つかったら、売って酒代にされちまうからな。

彼女自身も売られそうになったことがあった。

あんたみたいな家族がいるのに、そいつ、なんでギャングに？

ちっ、何だってストリート・エンジェルのサイトなんかにアクセスしたんだ？　タズはビールをあおると、ナイフをつかみ、切れ味を確かめるために腕に三度浅く刃を立てた。赤褐色の血を舐め、にやりと笑う。GGズのメンバーはみな同じナイフを身につけている。へそのタトゥーに目を落とした。ぴったりしたTシャツの下からのぞく、くまでの柄。みんなでこれを彫った晩は、死ぬほど痛かったっけ。

そのとき玄関の扉の開く音がした。「ちっ」彼女はGGズのジャケットをつかみ、窓のほうへと急いだ。ガラス戸をこじ開け、隙間から外に出る。同時に、どしどしという足音が聞こえた。罵り声。続いて彼女を口汚く罵る言葉の数々。

つま先に鉄板の入ったブーツが非常階段の上でがんがんと音を立てる。二段抜かしで下りていく。一リットル缶とナイフは胸のそばにしっかりと抱えたままだ。男からさっさと逃げると、彼女は本当の家族《ファミリー》のもとへと向かった。

ナイフをいじりながら、タズは微笑んだ。メイジーの男をたぶらかしたクソ女め。思いっ切り後悔させてやるぜ。彼女は集合場所に着くまでにビールをさらにあおり、自分に言い聞かせた。あたしは早くゲームを始めたくてうずうずしてるんだ、と。

2

クレイはマクドゥーガル・ストリートの店先に寄りかかっていた。日よけの下で、雨宿り中だ。小さな屋根の上で激しい雨音がする。両腕を胸の前で組んだ。どうしてここにいるのか、自分でもわからなかった。真夜中、雨の降りしきる七月の金曜に、こんなところで通りの向かいのパブをじっと見守っているなんて。知事との夕食後、クレイはアッパー・イーストサイドの豪勢な自宅でのんびりとくつろいでいた。それからジェーンと電話で話した。今晩彼がワシントンを離れること、そしてヴァージニア州選出の上院議員である彼女の父の誕生日パーティーを欠席することが、ジェーンには不満だった。彼女はパーティーを抜け出してクレイに電話をしてきた。ぐちを言うためだ。

まったく、彼女のぐちにはうんざりだ。前の妻も文句の多い女性だった。最近はジョンがその重荷を背負わされているのだろうか。

ジェーンとの電話を切ったあと仕事に向かおうとしたが、ベイリー・オニールのことが頭から離れなかった。知事は彼女とクレイとの公然のいさかいに触れ、両者の板挟みになってつらいと漏らした。彼女と和解したほうがいいと思うと、はっきりと言われた。彼女に対して守勢に回っているような気がして、クレイはいらついた。ちゃんと会おうとしたじゃないか。わざわざこっちから打診したのに、むげに断ってきたのだ。

知事は、彼女の兄弟がヴィレッジでベイリーズ・アイリッシュ・パブという店をやっている、とも言った。ふと思い立ち、クレイはその店のウェブサイトを見てみた。確かに、オーナーにはオニールの姓が並んでいる。パトリック、リアム、ディラン、エイダン。父親のパディ・オニールは四人の息子に商売を任せ、半ば引退の身だ。だが娘の名前はなかった。

仕事上、匿名にしなくてはならないからか？　いや、そんな必要はないだろう。ストリート・エンジェルがベイリー・オニールであることは、知事のほかごく限られた者しか知らない。彼女は身の保全のために素性を隠し続けている。自分がどんなに危険な状態に置かれているのか知っているのだろうか？　もし会えたら、それについて自覚を促すつもりだった。なのに、彼女は断ってきたのだ。

パブをネット検索したあと、クレイはタクシーを捕まえてここに来た。でも、金曜の晩のこんな遅くに家族のところにいるだろうか？　半信半疑だったが、雨が小降りになると、彼は店先を離れて通りを横切った。車が通りすぎる。この街のドライバーは手当たり次第にクラクションを鳴らすようだ。タイヤが跳ね上げるしぶきを避けながら歩く。七月にしてはやけに冷える晩だ。彼はジャケットの襟を立てた。

パブの扉は重かった。引いて開けると、クレイはしばらく店先に立ったまま、そのオーク材の美しい細工を愛でた。店内はアイルランド音楽の軽やかな音色で満たされている。キッチンから漂ってくる匂いに、唾がわいた。テーブルに目をやると、湯気を上げるシチューとカリカリに焼かれたパンが置かれている。どうやらそれが匂いの主のようだ。彼は隅の暗がりに立ったまま、部屋の向かいを見やった。男が五人と女がひとり、ピアノの前に立っている。ピアノを弾いているのは別の年かさの女だ。男たちはみんなそっくりで、まるで同じ人間を年齢別に描いたかのようだ。艶のある黒色をしたふさふさの髪、くっきりとした顔立ち、大きな目。彼らと一緒にいる女性――クリスタルのように澄んだアルトで、草木が青々と茂るアイルランドの丘について歌っている――も似たような顔つきだが、彼女に対しては、画家はタッチを変えて繊細で女性的な感じを加えている。漆黒の豊かな髪が背中で揺れていた。ベイリー・オニールだ。前に会ったときよりも少しだけ老けた気もするが、それほどでもない。その清潔感漂う無垢な顔に、彼は今回もはっとさせられた。

全員が黒いパンツと緑のシャツ姿で、左の胸に何かのマークがついている。曲が終わると店内に拍手がわき起こり、テーブルをたたく大きな音が響いた。こんなに大勢客がいたことにクレイは初めて気づいた。大柄の若者が椅子を引いて立ち上がると、彼らに歩み寄り、ベイリーを抱き上げた。唇にキスをし、抱いたまま彼女を左右に振る。彼女が耳もとで何かささやき、若者が笑った。クレイは店内を見渡した。テーブルは埋まっていたが、カウンターのスツールがひとつ空いていた。

クレイはカウンターに向かい、スツールに腰掛け、薄手のジャケットを脱ぐと、乾かすために背もたれにかけた。こげ茶色のオーク製のバー・カウンターはU字型で、扉と同じく手彫りの細工が施されている。芸術品と呼ぶにふさわしい出来だ。年のいった女のバーテンダーがてきぱきとした動作でこちらに近づいてきた。目を拭っている。先ほどの歌に感動したのだろう。「ごめんなさいね。あの曲を聴くと泣けてくるものですから。お飲み物は?」

「ギネスを」

「はい、すぐにお持ちしますわ」

女はビールサーバーに集中した。クレイはバー・カウンターの暗がりのなかから、ベイリーをじっと見ていた。彼女はしばらくおしゃべりをしていたが、キッチンに近づき、女の肩越しに声をかけた。「ブリジット、すぐ替わるからね。ちょっとローリーを見てくるわ」

「ゆっくりでいいわよ」

クレイは飲み物を待ちながら――ギネスを注ぐのは時間がかかる――店内の調度品を見回した。乱雑に置かれたテーブル。厚板の床。暗めの照明。ポスターがそこら中に張ってある。アイルランドの風景、家々、店主催のイベントの告知。そして写真。彼のすぐ横の壁に写真用のコルク板があった。小さい子供たち――何枚も。「孫なんですよ」ブリジットがビールを持ってきて、バー・カウンターの上にどんと置いた。泡が少しグラスを伝って落ちた。

彼はグラスを握り、口元に持っていってクリーミーで滑らかな泡と液体をすすり、ほっとため息をついた。「きみの?」

「いえいえ、オニール家のです。マイケル、シェイ、シニード、キャスリーン、クリアリー、ホーガン」

次々に挙がる名前に、クレイの頬が思わず緩んだ。なんだかアイルランドの学校の名簿みたいだな。

「それから、これがおちびのローリー。いちばん下の子。憎たらしいほどかわいいでしょ」

その男の子はオニール一族のミニチュア版だった。黒い髪。青い瞳。四、五歳といったところだろう。

クレイは別の写真についてきこうとした。一〇代の少女が写っている。オニール家の風貌にどことなく似ているが、まったく同じというわけではない。そのとき、ベイリーがブリジットのうしろに立った。「お待たせ。休憩していいわよ。ずっと立ちっぱなしで——」彼女はすぐ前に座る人物に気づくと、声を詰まらせて目を大きく見開いた——瞳がこんなに青かったのを、クレイは忘れていた。そこにいるのがクレイだとわかると、彼女は口を歪めた。

記憶にあるよりも、そばかすが少し増えているようだ。「ちょっと、そこで何してんのよ？」

「ベイリー・アン、お客さまにそのような口のきき方をするものじゃありませんよ」

母の小言が聞こえたが、あまりのショックに頭が働かない。ブリジットが奥に引っ込むのが視界の端に見えた。入れ替わりに父親がバー・カウンターの向こうにやってきた。

「ベイリー？　聞いてるのか？　母さんが怒ってるぞ」

「あっ、ええ、お父さん、ごめんなさい」

何かを察し——母親にはわかるのだ——メアリー・ケイト・オニールは娘に近寄った。

「あら、この素敵な紳士はどなた？」

ベイリーが黙っていると、クレイは立ち上がって手を差し出した。「クレイトン・ウェインライトです」

いつもは血色のいい母親の顔色がさっと青白くなった。アイルランドの空を覆う積雲のように。このひと、どうかしちゃったのだろうか？　ベイリーは思った。ここが来るべきところじゃないことぐらいわかってるはずなのに。ベイリーの両親は、娘が刑務所に送られたことを一〇〇パーセントこの男のせいだと思っている。アイルランド人の恨みはイタリア人と同じくらい深いのだ。

「おいおい、どうしたんだい？」父親の声で、ベイリーははっと我に返った。そばに歩み寄ってきた父に、彼女はクレイをあごで示した。父はすぐに上院議員に気がついた。「メアリー、こっちに来なさい」彼はベイリーの母を連れていった。

「いったいどういうつもりよ？」ベイリーが小声で詰問した。

「すまない。知らなかったんだ――」クレイが姿勢を正した。「言っておくが、わたしがここに来たからといって、べつに罪を犯したわけじゃない。ミズ・オニール、罪を犯したのはきみだ。でも、ここに今晩きみの両親がいるとは思わなかった」彼は立ち上がった。「帰るよ。わたしが来たことで迷惑をかけてしまったのなら謝る」

「そう急がなくてもいいだろ、ウェインライト」太いバリトンの声がベイリーのうしろでした。うわ、まずい、と彼女は思った。パトリック、武闘派の長兄だ。妹の前だと、とくに男性のこととなると、彼女の兄弟は急に子供のころのようにボディガード役に戻るのだ。「父さん、母さんを家まで頼んだよ」

ベイリーはため息をついた。

パトリックはクレイをじろりとねめつけた。「議員さんよ、またベイリーいじめかい？」

「いじめに関していえば、引き分けだと思うがね」

「ふん、見解の相違ってやつか」ディランだ、あざけりの天才。彼はベイリーを守るべく彼女の横に立った。

すぐにリアム——司令塔——がクレイのスツールのうしろに現われた。「わざわざこんなところまでお越しとはね。どういう風の吹き回しだよ、上院議員」

クレイは肩越しに振り返った。三番目のボディガードの突然の声に驚いたようだが、怖がる様子はない。

エイダンは？　仲裁の達人はどこ？　お願い、早く来て。この状況を収められるのは、ベイリーとひとつ違いの兄しかいない。彼女は慌ててあたりを見回した。彼は店の奥でかわいい赤毛の女の子といちゃついていた。「エイダン！」

彼は顔を上げるとにやりと笑い、すぐに状況を飲み込んでこちらに飛んできた。「みんな、どうしたんだ？」

「こいつがだれかわかるだろ？」パトリックが言った。

エイダンが小首をかしげた。「ははーん、なるほどね。ねえ議員さん、どうかしてますよ。こんなところに来るなんて」

クレイは落ち着いた様子で、怖じ気づいてもいないようだったが、歯を固くかみしめ、あごにしわが寄っているのにベイリーは気づいた。「きみたちのお母さんをびっくりさせたのは悪かった」クレイは繰り返した。「ご両親がいまもパブで働いているとは思わなかったんだ。妹さんと話をしたかったんだが、会いたくないと言われてね」

その瞬間、ベイリーは腰に巻いたエプロンをほどくと、兄たちの脇を回り、カウンターの端の狭い通路からバーの反対側に出た。「いいわ」彼女はクレイの腕をつかんだ。「この先に店があるから、そこでならお望みの食事ができるわよ。お腹ぺこぺこなの」

三人の兄たちが一斉に声を上げた……。

「ふざけんな」

「おれを殺してから行くんだな」

「そいつと話があるんだよ」

エイダンが彼らを制した。「B、いいから行け。ここはぼくに任せて」それから、クレイを見やった。彼はぼうっと突っ立っていた。「ほら、早く。鼻をへし折られたいんですか?」

首を振り、クレイはスツールを降りると、ジャケットをつかんだ。ベイリーに腕を引かれて扉に向かっていると、背後で声がした。「あいつ、飲み代も置いていかないのか」

エイダンの声が聞こえてきて、クレイは少し救われた気分になった。「おいおい、あれはあいつだけが悪いんじゃないよ。わかってるだろ」

表に出て通りを渡ると、すぐにベイリーは手を離した。雨が上がり、深夜の空気は冷たく湿っている。薄いTシャツ一枚の彼女はぶるぶるっと震えた。

「ほら、これを着るといい」クレイがジャケットをベイリーの肩にかけ、彼女はその中で縮こまった。男の匂いとムスクの香りがする。彼女は急に自分が小さくなったような気がした。彼は思っていたよりもずっと大柄だった。

「ありがとう」

クレイはふさふさとした濃いブロンドの髪に手をやった。「ずいぶんおっかない連中だね」

彼女は軽く首を傾けて言った。「過保護なのよ」

「みんなお兄さん?」

「そう」

「一〇代のころは大変だったろうね。デートは?」

「あんまり」いずれにしろ、モイラのことがあってからは、そんなことはどうでもよくなったのだが。彼女は通りの先をあごで示した。「この先に小さなダイナーがあるわ。行きましょう」

彼はその場を動かなかった。「また物騒なのがいるんじゃないだろうね」

こんな状況にもかかわらず、彼女はにっこりと微笑んだ。「いないわ。ギリシア人の店なの。英語もしゃべれないわよ」

ふたりは狭い通りを歩いた。街灯は暗く、あたりは静まり返り、ときおりクラクションの音やタクシー運転手の怒鳴り声がするくらいだった。ダイナーにはほとんど客がおらず、べイリーが先に立ち、窓際のテーブルを選んだ。寒いので、ジャケットは羽織ったままだ。彼はテーブルの反対側に行き、小さすぎる椅子に座ると、彼女をじっと見つめてきた。スーツを着ていないクレイは、写真でも見たことがなかった。ブランドものの赤い長袖のクルーネックのカットソー、その下に黒いTシャツ。首もとに金のチェーンがのぞいている。ベイリーは彼を見るたびにデニス・クウェイドを思い出した。あの俳優と同じで、四〇代半ばにしてはかなりいい男だ。

「それで上院議員さん、何の用なの。わざわざうちのパブに来て、騒動まで起こすなんて、よっぽど緊急のことなんでしょうね？」

クレイはテーブルを挟んで座る、自分のジャケットを羽織った女性を見つめた。髪を上げておでこを出すと、幼くて傷つきやすそうに見える。「きみと話がしたかったんだ。問題を解決できないかと思って。今夜、知事と食事をした。わたしたちのことを気にしておられた。『公然のいさかい』、たしかそうおっしゃっていたと思う」

彼女の口元にかすかな笑みが浮かんだ。「エリック・ローソンのことと何か関係でも？」

「ない。きみとの意見の相違のせいでだれかが傷つくのが心配なんだ」

「あなたが傷つく、でしょ？」

「違う。主に女性と子供だ。わたしが守りたいと思っているひとたちだよ」

「それは昔の話でしょ。だってあなた、ティーンエイジャー保護の予算が申請されるたびに反対してるじゃない」

ウェイトレスがやってきてコーヒーを注いだ。ふたりとも食事は頼まなかった。

「わたしが反対したのはガーディアンに対する予算案だ。思うに、きみは間違った方向に進もうとしている」それから意味深な口調で言い足した。「これまでもそうだったように」

「で、わたしの番犬になったのはだれの差し金？」

「この州の一二〇〇万の有権者の大多数だ」

彼女は濃い色の眉毛をつり上げた。「あらそう。でも、もうじき変わるわ。あなた、前のときほど有利じゃないわよ。来年はきっと競り合いになる。民主党がわたしの希望どおりに動いてくれたらね」

「ミズ・オニール、次の選挙でわたしを打ち負かしたいというだけでローソン陣営に付いたのか？」

「違うわよ」

「彼の目は女性に向いてない。一〇代のホームレスにも、貧困者用の給食施設にも」

「最近はあなただってそうじゃない。警察とFBIに予算を割くことにばかり熱心で、地域の社会団体はほったらかし。昔は市民が信頼できるひとだったのにね」

「わたしはクリントン法案も、ファインスタイン法案も、スチュアートの新法案も支持している。ユース・ギャング撲滅のための法だ。いいか、最新の草案作りだって手伝ったんだ」

彼女の目が固い意志にぎらりと輝き、青い瞳が深い色に変わった。上気し、顔が赤くなる。

「あの法案は基本的に法的機関のためのものでしょ。前はもっと、社会福祉団体や地域プログラムのために闘ってたのに」

「いまもやっている。きみと違って、わたしには警察に権力を与えるのが必要だということがわかっている」

彼女は落ち着かなげに髪に手をやった。「それはスチュアート法案でまかなえるでしょ。法的機関に四〇〇万ドルも割いて、社会福祉団体にはたった一〇〇万よ。それでも警察には足りないっていうの？」

「社会福祉団体がその予算で何をするのかが心配なんだ。それに、一〇〇万は多すぎる」

「それよ。だから権力側に付いてるって言ってるのよ」彼女は軽蔑の眼差しを向けた。「あなたは、自分を上院議員に選んでくれた有権者を裏切ったのよ」

クレイがばんとテーブルをたたき、カップが揺れた。「裏切ってなどいない！　わたしは国家レベルで世の中を変えるためにワシントンに行ったんだ」

「でも、変えてない」

「いいや、変えた」

「ふざけたこと言わないでよ」彼女の顔がさらに赤くなった。「エスケープに予算を回さないようにした。助けを求めてくる子たちのための健康保険の法案を否決させた。わたしが必死になって作ろうと考えているシェルターまでつぶそうとしてる。わたしたちのことなんて、どうでもいいってわけね」

「ティーンエイジャー全般のためのホームレス用シェルターは支援している。シングルマザーとその子供たちのヘルスケアにもっと予算を割く法案を提案した。貧しい人々のための給食施設作りについては言うまでもないだろう。べつにわざとじゃない。ただ、子供の救済に関するきみのやり方が警察の取り組みと相反していて、マイナスに作用すると思ったから反対したまでだ。それに、あれはきみにとっても危険だ。エスケープの場所をだれかに教えることもできないんだろ。それどころかストリート・エンジェルの本名も。いつ襲われるかもしれないから」

「五年間、それでうまくやってきたわ」

「ふん、まあ時間の問題だろうな。仲間を取られたことを恨んでいるどこかのギャングの連中に見つかるさ」

突然、ベイリーは椅子を引いて立ち上がると、両手を腰に当てて言った。「だから会いたくないって言ったのよ」テーブルに両手をつき、彼のほうに身を乗り出した。「これ以上わたしとうちの家族に近寄らないで。この続きは新聞でやりましょう」彼女は大仰な感じで向きを変えると、つかつかと店を出ていった。

急いでテーブルに代金を置き、クレイもあとを追ってダイナーの扉に向かい、外に出た。彼女は半ブロックほど先を歩いていたが、急にクレイを振り返ると、すごい勢いで戻ってきた。彼はダイナーの外壁にもたれ、両手をポケットに入れて待った。彼女が近づいてくる。目は青い炎となってぎらぎらと燃え、頬は怒りでばら色に染まっている。彼女がジャケットを脱ごうとし、クレイが両手を彼女の肩にかけた。

ふたりが同時に言った……。

「ジャケット、返すわ」

「手伝おう」

その瞬間、パンという大きな音が響き、まぶしい光がクレイの目に飛び込んできた。彼はとっさにベイリーをつかんで抱き寄せると、くるりと向きを変えて彼女を壁に押しつけ、正体不明の攻撃の手から守ろうとした。

しばらく彼女を恋人のように抱きしめているうちに、ようやくその正体がわかった。襲撃の主はカメラだった。

フラッシュがまだ続いていた。

「上院議員、その新しい恋人はだれです？」

クレイは小さく罵った。カメラマンからベイリーの姿を隠すために、肩の角度を調整する。

彼女は怯えたようにクレイのシャツをぎゅっと握った。「どうしたの？」

クレイが顔をさらに寄せ、その息が彼女の耳をくすぐった。「心配しなくていい。ちょっと過剰に反応しただけだから。あれはカメラのフラッシュだ。音はたぶん車のバックファイアだよ」

「そう」彼女はまだクレイにしがみついていた。

「ダイナーに入って、裏口に回りなさい。なければキッチンから出るといい。急いでパブに戻るんだ」

「わけはあとで電話する。明日の朝刊に顔写真入りで載りたくないなら、早く」

「でも、どうして」

「最低ね」

「すまない」どうしてなのか自分でもわからなかったが、クレイは彼女の髪にキスをした。

その瞬間、ベイリーは身体を固くしたが、すぐに彼の腕をすり抜けてダイナーに向かった。

彼女が中に入るのを待ってから、クレイは向きを変えた。

　小柄な男で、年齢は三〇前後。やせているがガリガリというわけではない。ジーンズとデニムのジャケット姿でカメラを構えている。もう一枚撮られた。クレイは手を目にかざした。

「『ヴィレッジ・ヴォイス』です。上院議員、あの娘はだれです?」

「きみには関係ない」

「レディー・ジェーンには関係あるんじゃないですかね」クレイにとってそれほど大切ではないその女性は〝レディー・ジェーン〟と呼ばれていた。上院議員の娘で、ついたり離れたりだが、もう何年もクレイの人生にかかわっている。

「まずは名乗るのが礼儀だろう……」クレイは促した。

「ハンク・セラーズです」

「ミスター・セラーズ」

「ニューヨークの上院議員のニュースはでかい記事になりますからね」

「わたしがここに来ているとどうしてわかったんだ?」

「ツイてただけですよ」

そう言われても、にわかには信じられなかった。しかし、彼がここにいることはだれにも知りようがないはずだが。「時間のむだだよ」彼はベイリーが入ったダイナーをあごで示した。「やましいところは何もない。それに、たとえ何かあったとしても、きみには関係ないだろう。わたしの私生活だ」

「確かに」

「好きにすればいいさ。わたしはもう帰る」クレイはタクシーを捕まえるために歩き出した。ベイリーのパブに目をやらないように必死で自分を抑えながら。

「上院議員、待ってください」

クレイが振り向いた。

「インタビューをお願いしたいのですが」

クレイは腕時計を一べつした。「午前一時にか？　勤務時間はとうに過ぎている」

男がギリシア料理の店に向かってうなずいた。彼が何を言わんとしているのかがわかった。何か記事になるようなネタをくれないと、今晩のことをあれこれ詮索しますよ、というわけか。クレイが言った。「明日だ。朝一〇時に二一番ストリートの新しい女性用シェルターを視察することになっている。そこに来てくれ。そのあとで取材に応じる」

「そいつはありがたいですね」

クレイはうんざりした様子で首を横に振った。最悪の結果だ。手を挙げ、タクシーを止めて乗り込みながら、ふと思った。ベイリー・オニールはいま、わたしのことをどう思っているのだろうか。

兄がいるというのは、ときどき本当に厄介だ。彼らはテーブルのベイリーをぐるりと取り囲み、次々に質問を浴びせかけてきた。これじゃあまるでスペインの異端審問だ。彼女がウェインライト上院議員のジャケットを着たままパブに駆け込んできたことで、事態はさらに悪くなっていた。でも、あんまりいい匂いがするから、どうしても脱げなかったのだ。客はおらず、音楽も止み、全員小さなテーブルを囲んで座っていた。

「あいつがどうしたって？」パトリックだ。いちばん年上でいちばん過保護。

「わたしの前に身を投げ出してくれたのよ。爆弾か何かかと思ったんだけど、光ったのはカメラのフラッシュだった。音は車のバックファイアだったみたい」

「おまえが危ないって思ったんだね」とエイダンが言った。「だから守ろうとした」彼女と最も年の近い兄があとの三人を見回した。「言っただろ、そんなにひどいやつじゃないって」

「関係ないよ」リアムが口を開いた。「どうせ、わが身がかわいかっただけだろ」リアムは自分の息子とローリーのいるボーイスカウトのリーダーで、ふだんは温厚なのだが、ベイリーのこととなると、ジキルとハイドのハイド氏に豹変する。彼女はリアムに心配をかけるのだけはいやだった。彼は一年前に妻を亡くし、いまも悲しみに暮れているからだ。

ベイリーは首を振った。「そのとおり、あのひとは自分の身を守ろうとしてた。何が起きたのかがわかってからはね。でも、それまでは円卓の騎士サー・ガラハッドを地で行ってたわ」ヘアピンから飛び出している髪を戻しながら、彼女は続けた。「ねえ聞いて。兄さんたちと一緒で、わたしも彼は気に食わない。でもあのひと、わたしを守ろうとして自分の身を危険にさらしたのよ。できれば認めたくないけど、それが事実なの」

「それはともかく、あいつ、いったい何がしたかったんだ?」ディランがきいた。「わざわざここまで来てさ」全員似た顔をしているが、この三番目の兄の瞳は少し濃くて、ネイビーに近い。いまはその瞳に雷雲が立ちこめ、荒れ狂う嵐のような険しい目つきで彼女をにらみつけている。

「仲直りよ」ブリジットが全員にビールを注いでくれていた。ベイリーは自分のグラスをひとすすりした。本当のところ、まだ身体が震えている。恐怖。それと議員に急接近したから。彼のせいで彼女の神経は高ぶっていた。カメラ事件の前からそうだった。「わたしたちのいさかいのことで、知事に何か言われたみたいね」

「だからやめとけって言っただろ。あんな投書を新聞社に送るからだ」とがめてはいるが、エイダンの口調は優しかった。

「シェルターをつぶそうとしてるのがむかついたのよ」クレイの尊大な態度を思い出し、彼女の全身に怒りがぶり返してきた。「まったく、何様のつもりよ」

　パトリックがいさめた。「こら、女のくせに口が過ぎるぞ」

「ほっといてよ」もう三六で息子もいる。なのにまだ子供扱いだ。それでもパトリックに食ってかかることはせず、彼女は立ち上がった。「ローリーを見てくる」

「ブリーが連れて帰ったよ」パトリックが言った。「キャスリーンを迎えに来たときに」

「ブリーが来たの？」このいちばん上の兄夫妻はうまくいっていない。活発な妻が仕事を始めたのが原因だ。まったく、このひとたちときたら、エイダン以外はみんなネアンデルタール人と変わらないわね。

「仕事が終わってからな」パトリックがいまいましそうに言った。「今晩はローリーを預かってくれるそうだ」パトリックの娘キャスリーンとローリーはひとつ違いのいとこで、よく一緒に遊んでいた。ベイリーは今週二度、朝まで仕事だった。

「そう、ならよかった。朝になったら迎えに行くから」彼女はバーをぐるりと見渡した。

「さてと、仕事しなくちゃ」

「もう二時だ、帰ったほうがいい。今日は閉めるから」彼女のほうに身体を傾けると、ディランがまた腹立たしいことを言った。「エイダンに送ってもらうんだ」

アパートはここから三ブロックしか離れていないし、ギャングの子たちを相手にする仕事をしているというのに、兄たちはいまだに彼女の行動に目を光らせている。それでも彼らの好きにさせているのは、そうすれば仕事のことでうるさく言われないからだ。

数分後、彼女はエイダンとパブを出て、うちに向かってのんびりと歩いていた。湿った空気はますます冷え、彼女は議員のジャケットの中で身を縮ませた。

エイダンはいつもながら口数が少なく、何かを考えているようだった。しばらくして、彼が尋ねてきた。「で、上院議員とのあれやこれやはどうするつもり?」

「どうしたらいいのか、よくわからないの。あのひとの保守的な見方にはほんと腹が立つし、いい政治家になれる力があったのに、それを途中で投げ出したのも気に食わない。でも、今夜は身の危険を冒してまでわたしを守ろうとしてくれた。ねえエイダン、銃とかの武器だったかもしれないのよ」

「無視できない事実だね」

彼女は両手をジャケットのポケットに入れた。片方の手が冷たいアルミニウムに触れた。

「もうっ、最悪」

「どうしたの?」

「ポケットに携帯が入ったままなのよ。つまり、わたしはジャケットだけじゃなくて、あのひとの携帯まで預かってるってわけ。両方とも返さないと」

「で、あいつに会わないとならない」

「そうね」それを考えると、彼女は急に不安になった。「ああっ、やだやだ。ねえエイダン、彼には金輪際かかわりたくないのよ」

「そうか。なら、このごたごたを終わりにしなよ」

「向こうがわたしの活動に手を出さなくなればね」

「そんなありえない話は――」

ポケットの携帯が鳴った。

「どうしよう」

「出たほうがいい。返して欲しいんだろうから」

携帯を取り出した。彼女のと同じで、ふつうの実用的な着信音だ。「だれか知らないひとからだったらどうするのよ？」

「深夜の二時に、だれが？」

「わたしにわかるわけないでしょ。ガールフレンドとか？」

鳴りやまないので、エイダンが彼女の手から携帯を取り、発信者を確認した。「〝タウンハウス〟って出てる」通話ボタンを押し、ベイリーに渡した。「ほら、話しなよ」ベイリーは横目で彼を見ながら電話を受け取った。「もしもし」

「ベイリーか、クレイだ」いきなりの親しげな挨拶に、彼女は驚いて言葉が出なかった。一瞬、ダイナーの前の壁に押しつけられたときの記憶が蘇ってきた。「ベイリー？」

「あっ、はい、わたしよ。えっと、電話はここにあるわ」

クレイがおかしそうに笑った。とっても男らしい笑い声。「わかってる。なあ、あれは悪かったよ。さっきのこと」

「そのあれは、どういうことよ？」

「ジャケットと携帯を返してもらうときに説明する。いまどこにいる？」

ふたりはもううちに着いていた――古い建物、パブから一〇分、エスケープから二〇分の距離だ。階段を上がった二階が彼女の部屋だ。「ちょうどアパートに戻ったところ」

「どこだか教えてくれ。取りに行くから」

「いまから？」

「ん？　そうだけど。いけないかな？」

「住所を教えたものかどうか、迷ってるの」

「わたしがその気になれば、スーザン・サランドンの住所だってわかるんだよ」

「スーザン・サランドン？」

「わたしがいちばん好きな女優なんだ」

ベイリーはこらえきれずに吹いてしまった。彼女とエイダンはアパートの門を過ぎ、短い階段を上がってポーチにいた。

「何？」扉の前でエイダンがきいた。

「好きな女優はスーザン・サランドンなんだって」

エイダンは濃い眉毛をつり上げた。「へえ、それはそれは」

ベイリーはおかしそうに首を振りながらまだ笑っていた。

「だれかいるのかい？　待って、当ててみようか。例の恐怖の四人衆のだれかだろ？」

「そうよ。あの中で唯一、議員さんを絞め殺す気のないひと」

今度は彼が笑った。低くて張りのある声。すごくセクシーな響き。

ベイリーは微笑んだ。

「のぞき魔にでもなった気分だよ」エイダンがささやいた。「何がどうなってるんだ？」

ベイリーが何でもないというように首を振った。「しーっ」

「えっ？」

「ううん、エイダンに言ったの」

「で、住所は……」

「ねえ、ここの住所、教えてもかまわないと思う？」彼女がエイダンにきいた。

「あいつ、どういうつもりなの？」

「あなたがどういうつもりなのか、兄が知りたいって」何よこれ？ わたし、いちゃついてるわけ？ 神経質で堅物のクレイトン・ウェインライトと？ 彼女は今夜の彼がどんな格好だったかを思い出し――赤いクルーネックのカットソーで襟元から黒のTシャツをのぞかせていた――それまでの悪い評価を改めた。

「どういうつもりかだって？」再びハスキーな笑い声がした。

ベイリーは首をさっとうしろにそらし、頭をはっきりとさせてから言った。「いいわ。セント・パトリック・プレイスよ。二二番地、アパート番号は3A」

「冗談だろ？」

「ほんとよ。パブから三ブロックぐらいのところ。玄関まで来たら、呼び鈴を押して。うちは二階だから」

「緑色の建物？」

「どうしてわかるの？」

「当てずっぽうに言っただけさ。すぐに行くよ」

ベイリーは電話を切って肩をすくめた。「ここに来るって」

「らしいね。ぼくもいたほうがいい？」

「エイダン、わたしはギャングの子たちと差し向かいで会うこともあるのよ」

エイダンが身震いした。「いやなことを思い出させてくれるね」

ベイリーが家の鍵を取り出した。「ニューヨーク選出の上院議員と一緒なら、はるかに安全でしょ」

「ぼくにはいちゃついてるようにしか聞こえなかったけど」

「まさか」彼女はつま先立ちになり、エイダンの頬にキスをした。「じゃあね、A」

「オーケー、B」エイダンもキスを返した。「気をつけて」

「いつも気をつけてるわ」

階段を上がりながら、ベイリーは〝クレイ〟のことを考えていた。上に着き、扉を開けると、部屋を掃除したい気持ちをこらえた。おもちゃが散らばり、シンクには洗っていない皿が数枚入っているが、汚れた下着や干からびた食べ物は見あたらない。わざわざ片付けなくてもいいだろう。その代わりに彼女はコンロのところに行き、コーヒーをいれた。彼のため？　そんなばかな。今夜はしばらくネットで調べ物をするつもりだった。ユース・ギャング専用シェルターの開設に備えて、ずっと前からシェルター全般について調べていた。その計画をウェインライト上院議員はつぶそうとしているのだ。全身に怒りがたぎる。彼女はキッチンの隅、奥まったところに置いてあるコンピューターに向かい、企画書を画面に呼び出した。許せない、と彼女は思った。このシェルターはぜったいに立ち上げてみせるわ、なんとしても。

集中していたので、呼び鈴が鳴ったときはびくっとした。彼女は携帯をつかむと、急いで部屋を出て階段を下りた。クレイはアパートの門にいた。風で髪は乱れていたが、それでも……素敵だった。手に茶色い紙袋を提げている。

「やあ」クレイがにっこりと微笑んだ。「面白い地区だね」

彼女も微笑み返した。ニューヨークのこの界隈はアイルランド系の店、教会、移民でいっぱいだ。みんなここに来るとアイルランドを思い出すという。ベイリーがいつか行ってみたいと思っている国だ。

「ここまでずっと、タクシーの運転手が観光案内をしてくれたんだけど、訛りがきつくてほとんどわからなかったよ」

「セントラル・パークのそばの高級住宅とは、さぞかし違うでしょうね」

ベイリーはわざと嫌味を言った。彼と距離を置きたいからだ。ベイリーか、クレイだけど。電話でのやり取りが頭をよぎる。親しくしようとしたってむだよ、その手には乗らないわ。

「セントラル・パークには住んでいない」

「あらそう」携帯を差し出した。「ほら」

「どうも」ベイリーを見やる。「上着は？」

「やだ、二階だわ」急いで引き返そうとするところを、クレイに腕をつかまれた。

「おじゃまさせてくれないか。話がしたいんだ。嚙みつかないから」

「どうだか」彼女がそう言い、腕をつかむ手に意味ありげに目を落とすと、クレイは手を離した。「新聞でも議会でも、容赦なく嚙みついてきたじゃないの」

「きみもね」

ベイリーはため息をついた。

「今晩のことを説明させて欲しい。やっぱり和解したい。そう思ったから、朝食に誘ったんだ」

「誘いを受けてたら」と、ベイリーがいまいましげに言った。「こんなわけのわからないことにもならなかったのにね」

クレイが得意そうに微笑んだ。「それ、次のときまで覚えておいてくれよ」

「次はないわよ」

クレイは女性は強情だというようなことをぶつぶつ言いながら、ベイリーのあとについて階段を上った。中に入るとすぐに、彼は部屋を見渡した。

ベイリーも見回し、ふたりが立っているリビングルームを彼の視点であらためて検分した。調度品にはあまりお金をかけていない。というか、かけるお金がなかったが、時間はかけた。

クレイが言った。「ブロードウェイが好きなんだね」

この部屋の壁もほかと同じく、ミュージカルのポスターやチラシ、オリジナル・キャストの役者の写真が飾ってある。

「まあね。劇場に行くくらいの蓄えはあるわ」

クレイはにやりと笑った。「好きなミュージカルは？」

「『オペラ座の怪人』、当たり前でしょ。みんなそうじゃないの？」

「わたしは違うね」クレイはその先を言わなかった。

「オーケー、聞かせてもらおうじゃないの」

「『バーナム』」

「見たことないわ。それって、二五年前くらいのやつでしょ？」

「ああ。わたしはまだ大学生だった。珍しく父親とふたりだけで出かけたんだ。ステージの象の姿はいまでもはっきりと覚えてる。バルコニー席だった。綱渡りの曲芸師は、ロープじゃなくて梁の上を歩いたんだ。すごかったよ」

「安全ネットは？」

「なし」彼は部屋をぐるりと見渡した。「ほかの部屋にもこういうポスターが？」

「そうよ」

ローリーの小さなベッドルームには『スーシカル』の巨大な宣伝ポップがある。そのミュージカルのチケット代を捻出するために、彼女は現在節約中なのだ。

彼女はソファの端にあった議員のジャケットをつかんだ。「はい、これでしょ」

クレイは彼女の顔をじっと見つめ、それから紙袋を目の前に掲げた。「友好のしるしに、おみやげを持ってきたんだ」

「長居してくれって頼んだ覚えはないわ。ここで仲よくなるつもりはないの」

「アイスクリームなんだけど」

彼女の世界一好きなごちそうだ。

「ピスタチオとチョコレート」

「ずるいわね」

「今夜のこと、知りたくない？」

ため息をつくと、彼女は観念したように首を振った。「わかったわ、少しだけよ」くるりと向きを変えると、彼女はクレイをキッチンに通した。

クレイはキッチンのポスターにざっと目をやった。『エビータ』に『コーラスライン』、『美女と野獣』もある。

「座って」彼女がテーブルを指した。

クレイはテーブルに近づいて椅子を引いたが、下のものに目を留めてそれを手に取った。子供用のニューヨーク・ヤンキースのトレーナーだ。彼はキッチンをぐるりと見回すと、物問いたげな目をして言った。「おもちゃがたくさんあるけど？」

「息子のよ」

「息子さんがいるのか？」

「ええ。四つよ」ベイリーはボウルとスプーンを棚から出した。

「息子がいるのか？」クレイが繰り返した。つい最近月面を歩いてきたの、とでも聞かされたような驚きようだ。

「珍しくないと思うけど、議員さん」

「小さい息子がいるのに、どうしてギャングの若者らとかかわって、毎日身を危険にさらすようなことをしているんだ？」彼女が振り向くと、クレイは手で髪をかき、顔をしかめた。

「旦那さんは？」

「あなたには関係ないでしょ」

「まったくきみというひとは。わたしが夫なら、そんなことさせないようにベッドに縛りつけておくね」

「だからこそ結婚しなかったのよ」思わず口をついて出てしまった。

「ふむ」

「申し込まれたわ」ベイリーは言い訳がましく続けた。「でも、恋愛と仕事との折り合いがつけられなかったの」

「そうか、なるほどね」クレイはかぶりを振り、椅子に腰掛けた。彼女にしてみれば、いまはもう、さっきまでとは比べものにならないほど早く帰って欲しいというのに。

「それは恋愛とは言えない」

「どういう意味よ？」

「愛していたら、簡単にあきらめられるはずがない」

「そんな単純な話じゃないの。彼のことは好きだった。ローリーのために結婚してもよかったんだけど。わたしはカトリックだし、うまくいかないかもしれないような気もしてたから。とにかく離婚だけは避けたかったの。兄のディランが奥さんと別居しただけでも、うちの母は死にそうなくらいショックを受けたのよ」

「それ、本気で言ってるのか？」

「何それ？」

「噂に聞いていた人物像とあまりにも違うから」

「はっきり言うけど、あなたもよ。少なくとも、今夜わたしが見たところでは」ベイリーはクレイの前にボウルを置いた。「なんでこんな話になったのかしらね。さてと、さっきのあれについて聞かせてもらいましょうか」

クレイの薄茶色の目がすっと険しくなった。とても素敵な色、温かみのある蜂蜜、いやブランデーのようだ。「オーケー。まずは座りなさい」

ベイリーはそうした。でも、命令口調は気に食わなかった。相手を従わせることに慣れているのだ。

「あれは新聞記者だ。『ヴィレッジ・ヴォイス』の」話をしながら、クレイは紙袋を開けてゴディバのアイスクリームを出した。「お好きなほうをどうぞ」

彼女はピスタチオを選んだ。「『ヴォイス』の？　くそっ」

クレイが顔を上げた。

「言葉づかいのお説教ならごめんだからね。兄たちにさんざん言われてるから。気をつけてるんだけど、悔い改めないとだめかもね」

彼がおかしそうに笑った。その声に、彼女はほっと和ませられた。今日はこれで二度目だ。

「きみは変わってるね」

チャーミング。そんな単語が頭に浮かんだことに、クレイは驚いた。長年しゃくの種だった女性に対して、わたしはいったい何を考えてるんだ。

自分が刑務所に送って以来ずっと、目障りだった女性なのに。

「あの記者の目的は？　あなたの『新しい恋人』がだれかを探る以外に」ベイリーはアイスクリームのふたを開けた。彼も開け、ふたりともボウルは無視してカップからじかに食べ始めた。

「おおかたスキャンダルでも探していたんだろう。特ダネをくれてやる代わりに、取材に応じることにしたよ」

「スキャンダルって？」

「女性。ドラッグ。幼児ポルノ。わたしの評判を傷つけるものなら何でも」

彼女は眉をひそめた。「あなたの政策が気にくわないのは確かよ。でも、それらしい噂はちらっとも聞いた覚えがないけど」

「だからなおさら、けしからんことをしているところを見つけたいんだ」

「そうか、ラッシュ・リンボーのドラッグ中毒みたいなものね。超保守派じゃなかったら、あんな大騒ぎにはならなかったはずだし」

驚いた、なんて飲み込みが早いんだ。ジェーンはいまだに理解できないのに。クレイは彼女に微笑みかけた。

口いっぱいにアイスクリームをほおばり、ベイリーは唇を舐めた。濃厚な味、着色料は入っていない。「それであのひと、えっと、わたしのことは?」

「え? ああ、気づいてないよ」

「知られたら、ニュースになるでしょうね。わたしたちが一緒にいたなんて」

「いいニュース、だろ? このいさかいを終わりにしたいんだ」

「なら、エスケープにかまわないで」

「ベイリー、それは無理だ。あれは健全じゃない。青少年たちにとって――」クレイは部屋をぐるりと見回した。「いや、きみにとって」

「神様、どうかわたしを過保護な男からお守りください。ねえ、うちの兄たちみたいな口ぶりよ」

「そうかい? わたしに似て性格がいいんだね」

彼女がにっこりと笑った。好意を抱くまいと決めているのに、つい笑ってしまったんだな、とクレイは思った。

「みんなすごくいいひとよ。頼りがいのある、信頼できる真の男。でも過保護なところは最悪。まあそれはともかく、わたしは若い子たちの人生を変えてるの、健全なほうにね。ちゃんとした証拠もあるわ」

クレイは公判を思い出した。二五の若さで青少年たちの更生に力を貸した話の数々は、心を動かされるものだった。彼は背もたれに寄りかかった。これを望んでいた。彼女と話す機会。個人的に会って話し合いたかったのだ。でも、いまの話の流れにはどこかでがっかりしていた。クレイは彼女の私生活が知りたかった。家族や息子や友人について話すときに彼女が顔をぱっと輝かせるのを見ると、なぜか嬉しくなったからだ。

「ベイリー、きみが善いことをしてきたのは知っている。いつも知事から聞かされているからね。だけど、きみは若者に間違ったメッセージを伝えている。ギャング活動を止めるには、悪を許さない断固とした姿勢と法的訴追しかない」

彼女はスプーンを舐めて下に置いた。「ギャング活動を止めるには、子供たちが入らないようにするための選択肢を増やすか、抜ける手助けをするしかないわ」

クレイのスプーンがテーブルの上で大きな音を立てた。声が熱を帯びた。「きみのシェルターは犯罪者の避難所と同じだ。ありとあらゆる違法行為にかかわっている連中のな」

「あの子たちに必要なのはサポートよ、罰じゃないわ」

「社会は犯罪を許さないというメッセージを伝えないといけない」

「わたしは――」電話が鳴った。

眉をひそめ、クレイが腕時計を見た。「こんな時間に？」

「エイダンだと思う。でも、もしかしたらパトリックかもしれない。ローリーを預かってくれてるから。あの子、大丈夫かしら」母親としての懸念が彼女の表情を変えた。か弱そうな感じがする。それに……それにとても愛らしい。

彼女は勢いよく立ち上がると電話をつかんだ。「もしもし」緊張して固まっていた身体からすっと力が抜けた。「あら、A。そう、来たわ。ええ、まだいる。え？」彼女がくすくす笑い、からかうような目でクレイを見た。「エイダンがね、ジュリアン・ムーアの住所を見つけてもらえないかな、だって」

「もちろん。すぐわかるよ」

「みんなはどんな感じ？」彼女が電話の相手にきいた。「やっぱりいいわ、知りたくない」沈黙。はじけるような笑顔。「いいえ、大丈夫だから。心配はやめて。ええ、いいわね。もちろん、一〇時くらいね。じゃあ」彼女は切ってから電話に微笑んだ。「たまには役に立つこともあるのね」

「だれのこと？」

「兄たちよ。エイダンがローリーをパトリックのうちに迎えに行って、しばらく預かってくれるって。わたしが遅くまで寝てられるようにね。明日の夜は遅番なの」

すかさずクレイが言った。「わたしも行こう。どんなことをしているのか、見てみたい」

「え？」

「きみの仕事場に行きたいんだ。ちょうど土曜だし。昼間はちょっと予定が入ってるんだが、夜なら行ける。エスケープでのきみの仕事ぶりが見たい」

「ぜったいにだめ」

「どうして？」

カウンターに寄りかかり、彼女は真意を探るような目でクレイを見つめた。さっきまでの傷つきやすそうな印象はとっくにどこかに消えている。「そりゃもちろん、エスケープの本部は秘密だからよ」

「西五三番通り。ここから地下鉄で約二〇分」

「どうして知ってるのよ？」

彼がどきっとするような目でベイリーを見つめた。「お願いだ」

彼女はクレイの向かい側に腰を下ろすと、黙って顔をじっと見つめ返した。その強い視線、その繊細な顔つきが彼の心に触れた。

しばらくして、クレイが言った。「行けば、何かを学べるかもしれない。自分のしていることにそれほど自信があるんだったら、べつにいいじゃないか。わたしもエスケープのことをもっとよく理解できるかもしれないだろ。停戦協定だって結べるかもしれない」クレイ自身、それはないだろうと思っていた。しかし、ベイリーを黙らせるのに有効な手だてなら見つかるかもしれない。だがそう考えてから、クレイは急に落ち着かない気分になった。本心を偽っていることに罪の意識を感じる。彼女が、思っていたのとまるで違う女性だったからだ。それに、彼女になんとなく好感も抱いていた。「ベイリー？」

「わたしの直感は間違いなくやめとけって言ってる」

「今回だけ直感を忘れて欲しい。チャンスをくれないか」

「あーあ、きっと一生後悔することになるわ」彼女は椅子に深く腰掛けると、ため息をついた。「オーケー、いいわ。でも上院議員、はっきり言っておくけど、あそこで見たり聞いたりしたものを利用して子供たちを探したり、わたしたちをつぶそうとしたりしたら、ぜったいに絞め殺してやるから。これは警告よ」

怒っている彼女もキュートだった。「お口が過ぎるぞ、レディー」クレイがそう言うと、彼女の顔に笑みがこぼれた。

3

「わたし、人生最大の間違いを犯したみたい」オフィスの使い古しの机に両足を乗せ、ベイリーは時計を見ると、濃いブラック・コーヒーをすすりながら、同僚で親友のスーズ・ウィリアムズに大声で言った。

「今度は何よ？」しゃべりながら、スーズはコンピューターのキーをたたいた。まともになろうとしているギャングの子たちを受け入れるシェルターのデータベースをアップデート中だ。エスケープは街中にネットワークを持っている。暗い気持ちでいるベイリーの頭の中に、タイプの音が響いた。

「今晩、クレイトン・ウェインライトにここに来てもいいって言っちゃったのよ」ベイリーは時計にもう一度目をやった。「七時ぐらいに来るって」

細いフレームの眼鏡越しにモニターを見ながら、スーズはなにげなく左の手首のとかげのタトゥーを撫でた。とかげ時代のみやげものだ。リザーズ《リザーズ》は八〇年代に勢力を誇った女の子のギャング集団で、スーズはそこのヘッドだった。だからこそ彼女はいま、とびきり優秀な反ユース・ギャング活動のソーシャル・ワーカーなのだ。彼女はベイリーと交替でチャットルームを担当している。スーズがエスケープに加わってくれて本当によかった。ベイリーはいまもその幸運に感謝してもしきれない気持ちでいっぱいだった。「聞き間違い、だよね？」

相変わらず物事に動じない彼女の反応に、ベイリーはほっとした。

「ほんとなの。ここをつぶしたくて仕方のないあの先生がもうじき来るわ。頼まれて、仕方なく折れちゃったのよ」

スーズが椅子をくるりと回してベイリーのほうを向いた。軽いウェーブの黒髪がばさりと垂れ、マホガニー色の瞳が驚きに光る。肌はゴージャスなコーヒー色だ。「ちょっと、あんたいつあいつと会ったのよ？　あんなやつにくれてやる時間なんかあるわけないって言ってなかったっけ」

「話せば長くなるわ」

「時間はあるよ」

金曜の晩の奇妙な出来事の顚末をすべて聞き終えると、スーズは肩をすくめた。「まあいいんじゃない。うちらのためになるかも」

「裏目に出たら？」

「あいつにこれ以上何ができるっていうのさ？　あの先生、うちのプログラムを全部知ってんだろ」

「ええ。フリードマン知事をおだてて、もう一〇万ドル出してもらおうとしたときに、資料用としてうちの活動の記録は全部提出してるから」

「ならいいじゃん。それに、あたしらはこれに誇りを持ってる。やましいところはないよ」スーズはにっこりと笑った。「あんたをまたムショにぶち込むようなものは何もないさ」

「彼に刑務所に入れられたわけじゃないわ。あのひとはただ自分の仕事をしただけよ」ベイリーは首を振った。

「はあ?」

「ローリーを車で送っていったとき、うちの両親がなんて言ったか聞かせてあげたいわ。昨日の晩に彼と話したってだけで、カンカンに怒ってたんだから」

「かわいい娘をムショにぶち込んだ相手はそうそう許せないよ」

「〝許す〟だって? 何の話かな?」

ベイリーは扉のほうを振り返った。「あら、ティム神父。今日はシフトじゃないと思ってたけど」

ブロンドで青い目のカトリックの聖職者――聖職者を演じる映画スターのように見えるけれど――が、ベイリーにウィンクをした。「大切な娘に会いたくてね」

「お優しいこと。それで?」

「これを渡そうと思って」彼が紙を一枚差し出した。「新しいカウンセリング場所を見つけたんだ」

ベイリーたちはときどき、抜けたいと思っているギャングの若者たちと会って話もする。フェイス・トゥ・フェイスと呼ばれるプログラムだ。問題は、エスケープの職員を不当な危険から守るために安全な場所を確保しなければならないということだった。

　小さい息子がいるのに、どうしてギャングの子らとかかわって、毎日身を危険にさらすようなことをしてるんだ？　……まったくきみというひとは。わたしが夫なら、そんなことさせないようにベッドに縛りつけておくね。

「ティム神父はほんとに天使ね」ベイリーは足を床に下ろし、椅子を回してコンピューターに向かった。「神父さんじゃなかったなら、すぐに結婚を申し込むのに」

「おいおい、誘惑しないでくれよ」神父は彼女の机の端に腰掛けた。「ハーレムにいる聖ピウスの気分だね」神父は残りの情報を彼女に伝えると、スーズを見て言った。「で、だれを許すって？」

　スーズがクレイトン・ウェインライトのことを説明した。

「今晩、また戻ってこようか？」

「付添いはいらないわ。大丈夫よ。ジョーとロブもいるし」

「そうか、だったらぼくは上院議員のために祈るとしよう」ジョー・ナターレもロブ・アンダーソンもクレイトン・ウェインライトが好きではなく、とくにジョーはかなりの嫌いようだった。ベイリーはしばし、自分を愛してくれている友人、同僚、家族らの温かさに思いを馳せた。

　ティム神父とスーズが帰ってから、ベイリーはずっとコンピューターに向かっていた。しばらくするとエスケープの入り口からブザーの音が聞こえた。彼女は時計に目をやった。

「時間ぴったりね」そうつぶやきながら玄関に向かい、カチャ、カチャと音を立てて四つの鍵を開け、防犯システムを解除し、彼を外の広間に通した。「こんばんは、上院議員」

彼がにっこりと微笑んだ。あごに小さな切り傷ができている。ついさっきシャワーを浴びて髭を剃ったのだろう。清潔な石けんの香りがした。「やあベイリー」今夜の彼はカジュアルな装いだ——ここの職員らと同じように。ハーヴァードのロゴ入りのトレーナーにジーンズにローファーという出で立ち。

「こっちよ」ベイリーが前を歩き、ふたりは狭い通路を抜けた。その奥にエスケープの三つのオフィスがある。

「家具とかにはあんまりお金をかけてないの」ベイリーが言った。使い古しなのはわかっている。でも、清潔にしているつもりだ。

「わたしもだ」

「へえ？　ラッセル・ビルディングの写真を見たことあるんだけど。あの高そうな木材とか、ペルシア絨毯とか」

「昔からああなんだ、残念ながらね」

ベイリーは自分のオフィスに着くと、彼のほうを振り向いた。「てっきり豪華なお住まいがお好みだと思ってたわ」

クレイが小首をかしげた。「いいものは好きだよ」彼のあごに少し力が入り、またあのくぼみができた。「その趣味について、謝るつもりはないね」

「だれもそんなことは言ってないでしょ。さあ入って」ベイリーのオフィス。奥行き四メートル、横三・五メートルくらい。コンピューターが二台、ファイル棚、小型冷蔵庫、本棚に入りきらない本が床に山積みになっている。コーヒーの強い香りが隅に置かれたコーヒーメーカーから漂っていた。

クレイが紙袋を掲げた。今日もまた彼が袋を持っていたことに、ベイリーは気づいていなかった。「これ、冷蔵庫に入れていいかな？」

ベイリーの顔に笑みがこぼれた。「アイスクリーム？」

「ええ、お嬢さん」

「どうぞ」

ベイリーは彼が冷蔵庫に行ってかがみ、おみやげをしまう様子を観察しながら思った。いいお尻してるじゃない。

「ん？」クレイが振り向いて言った。「何をにやけてるんだ？」

あらやだ、ばれたかしら。「何でもないわ」わざとらしくベイリーは時計に目をやった。「案内するなら、いましかないわ。ウェブサイトは八時ぐらいから忙しくなる。そうなったらもう、コンピューターの前を離れられないから」

彼が大きく息を吸い、こちらを向いた。ベイリーのよく知る、憎むべき上院議員の顔に変わっていた。ひとを非難する高圧的な表情だ。ベイリーは小さく首を横に振った。「ねえ、ほんとにここに来てよかったと思ってる？　いやなものばかり目にして、頭がおかしくなるんじゃない?」

「いや、全部がいやなものというわけじゃない」クレイは両手をジーンズのポケットに入れた。「ただね、昨日の晩からずっときみの息子のことは考えていた」

「ローリー?」

「ああ。それと、きみの身がどんなに危険かについて」

そんなことは言われなくても、わかっている。それについてはベイリーだっていつも葛藤しているのだ。彼女はばつが悪そうに、両手でジーンズのヒップのあたりをこすった。「わたしが警官とか消防士を選んだとしても、同じことでしょ」

「まあそうだな」

「できることなら、女をそういう職業から締め出しておきたいって思ってる?」

「正直、わからない。でも、母親は、たぶん」クレイは机の上の写真に目を留めた。「息子さん?」

ベイリーはその純銀製の写真立てを手に取った。「そう、最愛の息子よ」

それを受け取り、クレイは写真をじっと見つめた。「ときどき思うんだ。ジョンがまたこのころに戻ってくれたらって」

「ジョン?」

「わたしの息子だ」

「いくつ?」

「二〇」

「大学生？」

「ああ、バードの」

ベイリーがくすっと笑った。

「あそこのこと知ってるのか？」

「あなたの好みじゃない、でしょ？」

「わたしはいいと思ってるよ。まあ、わたしの父親は、あいつがハーヴァードを選ばなかったことで激怒したがね。バードはいい学校だ」

「そうね、でもかなりリベラルよ。聞いたんだけど、ライバルのヴァッサー大学をひどくこき下ろしたそうじゃない。『ヴァッサーのやつらは共和党員だ』なんて書いた垂れ幕やらプラカードやらをそこら中に掲げたって」

「ああ、ジョンにぴったりだな」クレイの声がどこか悲しげなことに気づき、ベイリーは彼の保守的な政策についてからかうのをやめた。

「息子さんとうまくいってないの？」

「昔は違ったんだが」クレイが険しい目で彼女を見た。「最近のジョンはきみと同じような考え方をしている」

「ほら、よく言うじゃない。子供のほうが賢いものなのよ」ベイリーの言葉に彼が顔をほころばせた。それが彼女には嬉しかった。「さあ行くわよ、一大ツアーの始まり、始まり」彼の悲しみを消し去ったことで気分がよくなったという事実はなるべく気にしないようにした。――このひとをいいと思うなんて、そんなことあるわけない――彼女は周囲をぐるりと指さした。「ここがわたしのオフィス。反対のシフトで働いてる同僚と共有で、あと何人かボランティアもここを使うの」

クレイはコンピューターのひとつに近づいた。「芸術品だ」

「でしょ。ドナルド・トランプから助成金が出たの。最新機器を揃えるのにね。しかも継続してもらってるのよ、最高でしょ」

「ドナルド・トランプが？」

「そう。あなたなら、彼の住所もわかるんでしょうね」

「知りたい？」

「いいえ、けっこうよ」ベイリーは自分のコンピューターを指した。「これはウェブサイト用、あなたが大嫌いなやつね。で、もう一方は基本的に記録用」

「何の？」

「ギャングの子たちを受け入れてくれるシェルター、ボランティアをしてくれた心理学者、ギャング保護プログラムのデータベースよ」

「ああ、あの革新的なプログラムか。あれはきみのアイデア？」

「そうよ」ベイリーは机にもたれかかった。「で、あなたはそれも気に入らなかった。違う？」

「元ギャングのメンバーたちのために、証人保護プログラムを立ち上げるというのは名案だと思うよ」

「知事にもそう言ってたわね」

「だけど、運営は警察に任せるべきだ」

「それで何人の子供が警察に行くと思う？」

「わかった、もういい」

「よくないわ、ひとりの命もむだにできないのよ」モイラも、それで死んだのだ。ベイリーは一瞬、クレイに姉のことを話したい衝動に駆られたが、そのばかげた考えをすぐに頭から消し去った。彼みたいなひとに秘密を打ち明けようとするなんて、どうかしている。「行きましょう。ほかのオフィスも見せてあげる」

ふたりは廊下を歩き、最初の部屋の前でベイリーが足を止めた。さっきの部屋よりも少し狭い。机の前に彼女の同僚が座っていた。「ねえジョー、面白いひとに会いたくない？」

細いグレーの目がコンピューターの画面を離れてこちらを向いた。

ベイリーはジョーに近づき、片手を肩に置いた。「こちらはジョー・ナターレ。ジョー、クレイトン・ウェインライトさんよ」

「会えて嬉しいと言いたいところですが、嘘はつかない主義でしてね」ジョーは立ち上がった。たぶんその大きな体格でクレイを威嚇しようとしてるんだ、とベイリーは思った。浅黒い肌、身長一九〇センチ、体重約一一三〜四キロ、かなりの筋肉質。そして元警官。勤勉で、所轄署とのコネも持っている。

「それは何をやっているのかな?」クレイトンがコンピューターをあごで指した。

「ジョーにいぶかしげな顔で見られ、ベイリーが言った。「視察に来たのよ。うちが用心を怠っていないことを見せれば、この先うるさく言われないで済むでしょ」彼女は胸の前で腕を組むと、いかにもタフそうな顔つきで上院議員をにらみつけた。「それから、ちゃんと法律を守ってるってこともね。ジョーは元警官なのよ」

クレイがうなずいた。

ジョーがクレイに言った。「おれの担当は電話ホットライン。それとギャング保護プログラムの連絡係」

「素晴しい」

「まあな」ジョーがベイリーのほうを向いた。「自分のしてることわかってるのか?」

「もちろん。さあ仕事に戻ってちょうだい」

ベイリーの肩を軽く握ると、ジョーは椅子に座った。上院議員のことは完全無視を決め込んでいる。

それでもクレイはジョーに別れの挨拶をした。「ありがとう、ナターレ。きみの正直さに感謝するよ」

ふたりに背中を向けたまま、ジョーが吠えた。「礼ならそのレディーにするんだな。ムショにぶち込んで、そのあともごちゃごちゃうるさく言ってきやがって。その娘がいなかったら、とっくにぶちのめしてるところだ」

ふたりは部屋をあとにし、上院議員は首を振った。「きみはえらく頼もしい連中に囲まれてるみたいだな」

「そう？」

「ああ」クレイは彼女について次の部屋に向かった。「いいことだ」

「やめてよ」

その部屋にいたのは、ロブ・アンダーソン。彼はジョーと同じくらい大きな体格で筋肉質だが、いつも落ち着いた雰囲気を醸し出している。ベイリーはその点にいつも感心させられた。アルコール中毒を克服し――彼の冷静さは中毒者の一二段階の更生プログラムを終えたおかげだろう――いまや一流の心理学者で、エスケープの中でもとりわけ大切な職員のひとりだ。「やあ、ベイリー」立ち上がると、ロブはベイリーの頬にキスをした。それからクレイを一べつし、彼女に向き直って言った。「大丈夫かい？」

「ええ、問題ないわ。ロブ、こちらクレイトン・ウェインライトさん」

「顔は知ってますよ」ロブはさっと手を差し出した。「ジョーは迷惑をかけませんでした？」

「まあね」

ベイリーがクレイにうなずいた。「ロブは心理学者なの。困ったときは、いつも助けてもらってる」

「まっ、そんなところですかね」

「きみの仕事は？」クレイが知りたがった。

「主にフェイス・トゥ・フェイスです」

上院議員のあごにまた力が入ったのがベイリーにはわかった。彼はこのプログラムに強く反対しているのだ。

「お気に召さない？」ロブがきいた。

「残念ながら」

「ねえ、ロブなら議員さんの不安を取り除けるんじゃない？」

「まあ座ってくださいよ」

クレイはコンピューターの隣の椅子に腰掛けた。ロブがキーボードをなれた手つきでたたき、場所のリストを画面に呼び出した。「これは全部、ぼくらが子供たちと会う場所。見てわかると思いますけど、教会が多い。社会福祉団体もある。どこもマジックミラー付きで、ひとりが裏から監視する。三人ひと組が原則なんです」

「三人ひと組？」

「必ずエスケープの職員が三人で行く」ロブが指を折りながら説明した。「たとえばベイリーが会う役だとします。ぼくがミラーの裏から監視。もうひとりは会いにきた子供や家族の身体検査をする。武器とかクスリとか、そういうものを持っていないか調べます」

「そんなことをされて、いやがらないのかな？」

「いえ、それどころか快く応じてくれますね。この段階まで来た子はみんな、かなりせっぱ詰まってますから」

クレイが首をすくめた。「そういうことか。少しは安心したよ」

ベイリーが言った。「成功率の数字を見せてあげて」

ロブがフェイス・トゥ・フェイスに関する数字を呼び出した。クレイはのぞき込むようにして画面上の数字を見つめ、しばらくしてまた椅子の背にもたれて言った。「素晴しい。再犯の記録は取っているのかな？」

身体を乗り出し、ベイリーが勢い込んで言った。「もちろんよ！　ごまかしは一切なし。抜けた子の三分の一はまた戻ってる」

「ふむ」

「その三分の一がまた抜ける」ロブが言い足した。「で、そのまま戻っていない」

「悪くない」クレイが少し考えてから言った。「実際に会うのはだれが？」

「ぼくとベイリー。ベイリーのほうが話しやすい子も、ぼくのほうがいいという子もいますから」

「その見極めはどうやって？」

ロブが顔を上げた。「いい質問ですね。自分からどっちがいいと言う子もいる。女の子はベイリー、男の子はぼくを希望することもある。ケース・バイ・ケースですかね」

「やっぱり危険なんじゃないか？」

「予防措置は取りますよ」ロブが気楽な調子で言った。

クレイがベイリーを見た。「トラブルになったこともあるんだろ？　けがをしたとか」

「まあね、一度、突き飛ばされて脳しんとうを起こしたことはあるわ」

まるで致命的なけがを負わされたと聞かされたかのように、クレイは首を左右に振った。

「そんなことがあったのに続けているなんて。まったく、何を考えてるんだ」

ロブが割って入った。「ちょっと待って。ぼくとジョーですぐにその少年を取り押さえましたよ。その子、かなり取り乱してたんです。兄弟がふたりともギャングに入ってましてね」ロブが茶色い、温かみをたたえた瞳でベイリーを見つめ、ふたりはお互い心得顔で笑みを交わした。「ぼくらはその三人ともをギャングから抜けさせた。ひとりは大学に入って、ひとりはいま映画の撮影所で働いている」ロブがにっこりと笑った。「で、もうひとりはティム神父の教会で助祭をしてますよ」

クレイトンの目がすっと細くなった。気に食わないことがあると瞳の色が濃くなるらしい。

「だからといって、きみたちが軽々しく命の危険を冒すのは納得できない」

ベイリーが立ち上がって言った。「行きましょう。どうどう巡りみたいだから」

ふたりの男性も立ち、ロブがベイリーの肩に手を回した。「上院議員、ぼくらはここで善いことをたくさんしてるんですよ。次にストリート・エンジェルを非難するときは、どうかそのことをお忘れなく」

彼女のオフィスに戻る途中、クレイが言った。「わたしはきみたちを非難などしていない。ふたりともそう言っていたが、違う」

「あらそう。さっき自分で言ってたでしょ。あのひとたち、頼もしいのよ」彼女がにっこりと笑った。「そうだ、ロブはメリル・ストリープの大ファンなの。もしかして住所が――」

「はいはい、わかるかって言うんだろ？」

ふたりは笑いながらオフィスに入った。

ベイリーはコンピューターの前に向かい、ウェブサイトをチェックした。それから何かを思案し、くるりと振り向いた。「上院議員、このチャットを読ませるわけにはいかないわ」

クレイが眉をつり上げた。「エスケープに秘密はないと思ってたんだがね」

「プライバシーと秘密は別よ」

「なるほど」

「こそこそ嗅ぎ回ったり、わたしのうしろから画面をのぞき込んだりしないって約束して。気が散るから」

「こそこそも、のぞきもしない」

憤然とした顔のクレイに、ベイリーは微笑み返した。「約束よ」

「ああ、約束する。ただ、ひとつだけ教えてもらい――」

電話とコンピューターのチャイムが同時に鳴った。ベイリーは机の前に腰を下ろした。

「私用電話よ。出なくていい、留守電になってるから。こっちと話さないと」

彼女は画面をクリックし、すぐにそのハンドル名に気づいた。


よお、ストリート・エンジェル。どうよ？

なんとかやってるわ。タズは?

相変わらず最高だね。

ベイリーが次のコメントを返そうと思ったちょうどそのとき、留守番電話から声がした。

「もしもし、エリック・ローソンです。明日の晩のデートの約束、まだ生きてるのかなと思って」

「何だ⁉」とクレイ。

同時にタズがタイプした。助けが要る。

タズ、相談に乗るわ。手を貸すわよ。

タズは画面を食い入るように見つめた。なんでこんなやつにまた連絡しちまったんだ。だが、彼女は今晩のことでぐったりと疲れ、神経がぴりぴりしていた。さっき、ちょっとあってな。

ちょっとって?

ダッシュで逃げてきた。

なんで?

サツが来た。

警察? どうして?

タズは答えなかった。

いまどこ？

うち。

わたしにできることは？

ゼロ。

話を聞かせて――。

くそっ。やっぱりやめときゃよかった。タズは思った。やることなすこと全部裏目だ。さっきはまじでパクられるところだった。たかが万引きぐらいで……ぼろい店からビールをかっぱらっただけなのに。あそこのじじい、あたしらを見たとたんにキレて、サツに通報しやがった……。

タズ？　いるの？　ストリート・エンジェルはメッセージを打ち続けていた。話して。

ああ、いるぜ。くそっ、もううんざりだ。こんなクソみたいな人生。

タズ、抜けたいんでしょ？

ギャングは甘くねえんだ。言っただろ。

そんなことない。できるわ。エスケープには専門のプログラムがある。専門のスタッフもいる。わたしたちならあなたを守れる。

タズはみすぼらしい部屋を見渡した。汚らしい壁、薄っぺらのガラス窓、下の路地から四六時中漂ってくる生ごみのすえたような臭い。ふん、あたしのことは、だれにも守れるわけねえよ。おやじからも。メイジーやほかの女たちからも。あたし自身からも。

その思いをさらに強くするかのように、窓をたたくコンという音がした。非常階段に仲間が来てる。彼女はそっちを見やった。

もう行くぜ、タズ、待って——。

タズはかまわずサインオフした。

窓に近づき、ぐいと引っ張って開ける。背が高くがっちりとした体格のメイジーが中に入ってきた。うしろにクインを従えている。メイジーは長いブロンドの髪を顔から払いのけると、タズの腕を拳で強くたたいた。「てめえ、勝手に帰ってんじゃねえよ。たまり場で落ち合うって決めてただろ?」

「ちょっと気分が悪くてさ」タズが言った。ノートパソコンのほうを見ないようにしながら。だがメイジーはそっちに近づいていった。まずい、エスケープの文字が消えてるといいんだが。慌ててサインオフしたから、サイトを閉じたかどうか思い出せなかった。ちょうどそのとき、モニターの画面がふっと暗くなった。

メイジーはベッドに行くと、どさりと座った。「調子わりいときにぴったりのやつがあるぜ」そう言うと、彼女はポケットからマリファナを取り出し、金めっきのライターで火をつけた。義父からかっぱらったんだ。やられたあとでな、と彼女は言っていた。

タズはためらった。

クインが吸った。

「タズ、ほら」

メイジーがジョイントを差し出した。

タズはためらい、それから肩をすくめた。

ストリート・エンジェル対ハッパ。勝者は言うまでもない。


「ああっ、もうっ。どうして！」ベイリーが大声で毒づいた。

クレイトンはオフィスの片隅に座り、彼女を見ていた。今晩目にしたものが、まだ頭の中で整理しきれていない。時計を見やる。まだ九時だ。「どうした？」

「接続が切れたのよ」

「だれの？」

「新しく来た娘。ギャングを抜けたいと思ってる、たぶんね。なのに途中で切られたの」ベイリーは頭を背もたれに預けたまま、椅子をぐるりと回した。意識はどこか別のところに行っている。何かについて考えていた。

クレイは待ちながら、さっきまでオンラインで話していたのはどんな少女だったのだろうと思った。「罪を犯したと打ち明けられたら、どうするんだ？」

ベイリーがさっと頭を起こした。大きく見開かれた目に青い炎が燃え盛っている。「あの子たち、そんなことは言わないわ。それに完全な匿名なのよ。どっちみち、何もできるわけないでしょ」

「フェイス・トゥ・フェイスに来たときに、オンラインでの会話についてきけばいい」

「それでひとりでも逮捕されたら？　そのあと、いったい何人の子がうちを頼ってくる？　ストリートは狭い世界なのよ」

「そうすれば、近い将来起きうる犯罪を防止できる」

「そんなのはただの応急処置よ。根っこまで行かないと意味がないわ」

「ギャングの若者を全員抜けさせるのは不可能だ」

「そうしたい子たちを抜けさせてあげる。それで十分でしょ」

クレイは立ち上がった。彼女とは議論にならないが、彼にはベイリーたちのやっていることが危険としか思えない。黙って放っておくわけにはいかなかった。いら立ちを抑えるために部屋を歩き回り、棚の本のタイトルに目をやった。

『ストリートギャングを理解するために』『シュガー・クリーク・ギャング・ブックス』『ギャングとタトゥー――非行グループの見分け方』『ストリートの子供を救う法』……ほかにもまだある。どれも同じようなテーマだ。

振り返り、クレイは本棚を指して言った。「きみはこういうのを本気で信じてるのか？」

「もちろん、ここにいるひとはみんなね」

「わたしは違う」

椅子に座ったまま前屈みになると、彼女は腕を組んだ。「上院議員、やっぱりわたしたち意見が合わないみたいね」

「ああ、平和的共存の道が見えない。だが、わたしはこの州の正式な代表だ。だから州にとって最良の選択をしなければならない。ここのような社会福祉団体への予算についてはとくに」

ベイリーは肘掛けを手のひらで思い切りたたいた。「神様じゃないのよ。何でも思いどおりになんてできないわ。あなた、本気で自分が正しいと思ってるの？」

「ああ」

ベイリーはあきれた顔で彼をにらんだ。「まったく、わたしったら何を考えてたのかしらね。あなたみたいなひとをここに来させるなんて。時間のむだもいいところだったわ」

「いや、そんなことはない。おかげで献身的で頭のいい人々が一生懸命働いている姿を目にできた。きみたちの能力はほかのことに使うべきだと思う。政府主導の何かに」

「そりゃそうよね。あなたたち役人はギャング活動の防止に大活躍ですもんね」

クレイは留守番電話の点滅にちらりと目をやった。「それでローソン側に付いたのか？」

ベイリーが顔を赤くした。白いシャツの首もとから顔までがばら色に染まる。「エリック・ローソンはいい上院議員になると思うわ」

この発言にクレイはかっとなった。自分でもなぜだかわからないが、とにかく彼女がそう思っていることに腹が立ったのだ。「彼は議員になるには経験が浅すぎる」

「あなたが当選したのと同じ年よ。これから学んでいけばいいわ」ベイリーがかわいらしい小さなあごをつんと上げ、青いつぶらな瞳を挑戦的な色に輝かせた。「それに、ローソンはあなたと違って途中で放り出したりしないだろうし」

クレイは拳をぎゅっと握りしめた。「またその話か」

「ええ」彼女はくるりと椅子を回してコンピューターのほうを向いた。これでおしまいと言わんばかりだ。「わたしたち、同じ所をぐるぐる回ってるだけね。あなた、もう帰ったほうがいいんじゃない」

「確かにな」クレイがポケットに手を突っ込んで言った。「最後にひとつだけききたい」

「何よ?」

だめだ、やめとけと自分に命じたが、クレイは我慢できずに、嫌味たっぷりの質問をしてしまった。「ローソンと関係してるのか?」

「はっ?」

「デートって、留守電のメッセージで言ってただろ。きみは政策を支持してるのか? それともあの男と寝てるのか?」

彼女は勢いよく椅子から立ち上がった。「何てこと言うのよ! 何の権利があってそんな……」彼女は早口でまくし立てた。「いますぐ出ていって。ツアーはおしまいよ」

4

ジョン・ウェインライトはひとと物でいっぱいの部屋の端に座り、父の職を奪おうと狙う男をじっと見つめていた。この集まりの目的は、次の民主党予備選でエリック・ローソンのもとで働くボランティアを募ることにある。ローソンの演説がもうすぐ終わる。そろそろ会はお開きだ。

助かった、とジョンは思った。この場所にいるのがかなりつらかったからだ。父親との仲はここ数年まるでうまくいっていない。でも彼が電話をすると、父はバードでのスピーチを引き受けてくれ、一緒に出かけないかと誘ってまできた。いつも自信満々の父が、あのときは――えっと、何て言うんだっけ?――そう、脆弱《ぜいじゃく》な感じだった。それでジョンはローソン陣営に付く考えを改めた。なのに今朝、母親からまた電話があり、父についてのぐちをさんざん聞かされた。おかげでいやな思いが次々に蘇り、父には敵対しないと決めたにもかかわらず、なんとなくここに来てしまったというわけだ。こんなことをすればクレイトン・ウェインライトをひどく傷つけることになるとわかっていたのだが。

まったく、ばかなことをしちゃったな。ジョンは自分に対して腹を立てていた。とにかく、だれにも見つかりたくなかった。正式なボランティアの申し込みはまだしていない。いまならここに来たことがばれても、スパイだと言い通せる。

父に対する積年の怒りが薄れていくなか、ジョンは隅に身を隠した。会場には人々の会話の輪ができ始めていた。くそっ、なんでうちの家族はいつもこうなんだ？　ジョンは昔、クレイトン・ウェインライトがヒーローだったころを思い出した。あのころは父を喜ばせたくて仕方がなかった。父の言うことなら何でも信じられた。でもいまでは、父に対する怒りがふつふつと沸き上がり、思わず月に吠えたくなることもある。でも、その怒りが突然すっと消えることもあった。

「やあジョン。会えて嬉しいよ」ローソンが近づいてきた。この男、いつも気安い感じだな。それも当然だろう。敵の息子が自分の味方に付いてくれるのだ。彼にとっては思ってもみない朗報に違いない。そう思うと、ジョンの胸のあたりが締めつけられるように痛んだ。

「こんちは、ミスター・ローソン」

黒髪のかわいい女性を連れている。「きみに紹介したいひとがいるんだ」

彼女はジョンをしげしげと眺めた。「あなた、どこかで見たことあるわね」

ローソンがくっくっと笑った。「きみの天敵の息子だからかな」

彼女の眉がつり上がり、きれいな青い瞳にクエスチョンマークが浮かんだ。「わたしの天敵？」

ローソンが続けた。「ジョン・ウェインライト君だ。こちらベイリー・オニールさん、別名ストリート・エンジェル」

ジョンがまいったなというように首を振った。彼女の話は聞いている。「金のことで、父と激しくやり合ってるらしいね」

ベイリーは面食らい、言葉が出なかった。ぽかんと口を開けたまま、ただジョンを見つめていた。彼はきまり悪そうに足をもぞもぞさせ、両手をポケットに突っ込んだ。

「エリック、ちょっとこっちに来てくれないか」だれかが呼んだ。

「おっと、失礼するよ」ローソンはストリート・エンジェルの肩を軽く握った。「話したいことが山ほどありそうだな」

ローソンが去った。ベイリーはまだジョンをじっと見つめていた。

ジョンがきいた。「頭がふたつある怪物にでも見える?」

「というより、顔がふたつね、ヤヌスだわ」

「だれ?」

「古代ローマの神。頭の前後に顔がある。偽善の原型と言われてる」彼女の青い瞳がすっと冷たくなった。「それと裏切りの」

まいったな。ずばりと言われて、ジョンはどきりとした。「うんと、あのさ、あなたは父が憎いんだろ?」

「いいえ。ある意味尊敬してるわ。でも、きみはお父さんのことを間違いなく憎んでる」

「ぼく? そんなわけないだろ。実の親なんだ」ジョンが顔をしかめた。「ねえ、父のせいで刑務所に入れられたんでしょ?」

「お父さんはわたしの裁判の担当検事だった。でも、法を破ったのはわたしよ」

これには完全にすかされた。ピントの合わないレンズの付いたカメラをのぞいてるみたいだ。「父の肩を持つとはね。信じられないな」

「わたしも信じられないわ。こんなふうに家族を裏切るなんて。お父さん、きみが今日ここにいたことを知ったら悲しむわよ」

「ちょっと待った。ぼくはまだ何も決めてない。たぶん、こっち側には付かないと思うし」

ベイリーが厳しい目を向けた。「この準備集会にいたというだけで十分。そうとう傷つくわよ」

このひとに何がわかるっていうんだ?「よくわからないな。あなただって、父に再選して欲しくないからここに来たんでしょう?」

「もともとはね。でも、いまはどうかな」彼女は周囲を見渡し、人だかりに目をやってかぶりを振った。「正直言って、ここにいるのがどうも居心地悪いのよ。どうしてかわからないけど」視線がまた彼を捕らえた。「でもね、ひとつはっきりしてることはある」

「何?」

「息子は父親に対して、こんなふうに盾突くべきじゃないってこと。おせっかいかもしれないけど、言わせてもらうわ。家族はこの世でいちばん大切な贈り物よ。くだらない反抗心とかでそれを放り捨てるのは、ばかげてるだけじゃない。愚の骨頂よ」

何だっていうんだ。彼女がつかつかと歩き去り、扉から出ていくのを見ながら、ジョンは思った。事態は考えていたのと違う方向に進みそうな気配だ。まあいいや、関係ない。どっちにしろ、父さんがらみですんなりと行ったことなんて一度もないのだから。

バード大学のフィッシャー講堂はたくさんの聴衆で埋まり、にぎやかだった。早めのオリエンテーションに来た新入生、新学期の開始前にやってきた環境工学部の学生たち、そして地域の人々。舞台上の左側には、ウェインライト親子と環境工学部の学部長が並んで座っている。学長が簡単な挨拶をしに演壇に向かった。挨拶のあと、続いてクレイを紹介するという段取りだ。待っているあいだ、クレイは講堂の建築にすっかり心を奪われていた。白木のオーク造りはうっとりするほど美しく、音響も抜群で、学長がしゃべるのにマイクが要らないほどだ。それに、目を見張るほど手の込んだ、濃淡の美しい装飾がなされた木の椅子の背には、数一〇億ドルは下らないであろうと思われる、このフランク・ロイド・ライトふう建築が建てられた年の卒業生の名前が彫られているらしい。ここはニューヨーク・シティからニューヨーク州北部界隈で最大かつ最高のパフォーミング・アート・センターとの呼び声が高いところだ。

ワシントンから到着した父を、ジョンはいつもよりも温かく迎えてくれた。ふたりは近くの町ティヴォリの小さなレストランで昼食をとった。ジョンは今夜のことを楽しみにしているようだった。数年前から始まった例のいまいましいよそよそしさは変わらなかったが、彼は父の健康を気遣い、選挙戦のことまで尋ねてきた。意見が合わないから、政治の話題はいつも避けていたのだが。

きみは政策を支持してるのか？ それともあの男と寝てるのか？

どうしてあんなことを。クレイがストリート・エンジェルに浴びせかけた言葉だ。あれから二週間になるが、クレイはいまだに彼女のことを考えていた。それも頻繁に。お互い連絡は一切取っていない。新聞紙上での攻撃も互いに避けていた。それだけにクレイには、どうして彼女のことがしょっちゅう頭に浮かぶのかが、さっぱりわからなかった。

それが彼にはしゃくに障ってしかたなかった。

学長が言った。「それではニューヨーク州が誇る高名なる上院議員、クレイトン・ウェインライトをご紹介しましょう」クレイは立ち上がり、演壇に近づいていった。彼は議会でも指折りの名演説家として知られていたが、今回のスピーチはとくにうまく決めたいと思い、気合が入っていた。

全員が拍手で迎えた。ジョンもだ。舞台の真ん中から、クレイは聴衆に微笑みかけた。「本日はお招きいただき大変光栄です。このような熱心な方々の前でお話しできるのですから」彼はちらっと左を見た。「それに、ここへは息子が誘ってくれました。おわかりの方もいるかと思いますが、二〇歳くらいの息子はふつう、父親が聞くに値する意見を持っているとはまず思いませんからね」

ジョンがにやりとし、聴衆は笑った。

クレイトンは一〇分ほどを使い、議会で可決されたばかりの化石燃料廃止の法案について簡単に説明した。次の一〇分間で環境問題に関する構想案をふたつ話した。ニューヨーク州北部のオゾン層の問題にも触れた。ロチェスターの大気に関する研究論文が最近新聞に掲載されたばかりだったからだ。三〇分後、彼は話を聴衆にふった。「質問がございましたら、何でもきいてください。質疑応答をしながら問題の核心を見つけましょう」

何人かの生徒がいい質問をした。インテリぶった質問をする生徒もいた。どれも環境問題についてだ。次にブロンドの髪をした女性が立ち上がった。「来年の選挙戦についておききしたいのですが。上院議員は環境問題への取り組みを重要政策のひとつに挙げるおつもりですか？　また、そのほかの公約として何をお考えですか？」

クレイは環境問題に関する計画の骨子を簡潔に説明した。それから虐待を受けている女性と児童への対策についての考えも述べた。

あなたは、自分を上院議員に選んでくれた有権者を裏切ったのよ……。

「青少年犯罪に対する断固とした姿勢は、今後も変えるつもりはありません」

手が何本も挙がった。クレイは何気なく横を見やり、それから驚いてもう一度見直した。前から三列目にエリック・ローソンが座っている。あいつ、何だってこんなところにいるんだ？　ジョンのやつ、わたしの敵になるかもしれない男を呼んだんじゃないだろうな。まさか、いくら意見が合わないといっても、ジョンがそんなことをするなんて信じられない。でも、ひょっとして……。そんな可能性を考えただけで、クレイはむかっ腹が立ってきた。それでも彼は演説のプロとしてうまく立ち回り、ほかの聴衆の質問への対応を続けた。だが、ローソンは手を挙げるのをやめようとしなかった。クレイは心を決めた。くそっ。闘いから逃げるわけにはいかない。

彼は最高の愛想笑いを作り、聴衆に語りかけた。「みなさんは運がいい。なんと、次のニューヨーク州上院議員の座を狙う候補者希望の方がお見えです。次の質問は彼にお願いすることにしましょう」もう一度愛想笑いを浮かべる。「面白いことになりそうですよ」

ローソンが立ち上がった。背丈は同じくらいだが、クレイよりもやせている。黒々とした髪。広い肩幅。ベイリーはあの黒髪に惚れたのだろうか？「上院議員、いくつかおききしたいことがございます」

聴衆にわかるように、クレイは皮肉っぽく言った。「だろうね」

講堂内の興奮の高まりが目に見えるようだった。聴衆は一斉に身を乗り出し、あちこちで低いざわめき声が起きた。挑まれるのはクレイの望むところだ。

「反ユース・ギャング活動に関するわが国の動向を取り上げた『タイム』誌の記事をどう思われますか？　とくに、昔ながらの方法では成果が期待できないと書かれている部分について」ローソンはここで少し間を置き、自分の気持ちを静めるようなしぐさをした。「それと、エスケープとあなたの大敵であるストリート・エンジェルが革新的かつ進歩的な方法で若者たちを助けている、という記者の指摘について」

「次の質問はもう少しやさしいものだとありがたいね」クレイが言った。「これにお答えする前に、まずは先月、エスケープの視察に行ったことをみなさんにお伝えしましょう」彼は聴衆に向かって、それがどのような組織なのかを説明した。「働いてるのは、知性豊かで献身的な方ばかりでした。法を犯さない限り、彼らの活動を止めるつもりはありません」

「記事によれば、彼らは法の規制を顧みないからこそ成功しているということですが」

「犯罪を阻止するだけなら、自警団も成功しました。ですが、それで彼らのしたことが正当化されるわけではありません」

「それはもちろんです。上院議員はまさか、ストリート・エンジェルと自警団を同じようなものだと考えているわけではありませんよね。おっと、失礼。これは彼女が議員に言った台詞でしたね」

　聴衆から笑いが起きた——笑われているのはクレイだ。

「わたしとストリート・エンジェルとの議論は活発ではありますが、礼儀にかなったものです。お互いに違いを認めて理解しようと努めている。わたしはそう考えています」

　予定の時間が過ぎ、学長が前に出てクレイに礼を述べた。クレイは自分がローソンの不意打ちに屈しなかったことを誇らしく思った。ジョンの満足そうな顔を目にし、彼はまるで高い山の頂上を制覇したような気分だった。

　数分後、親子は学長室の応接間にいた。ふたりきりになるのを待って、クレイがきいた。

「ジョン、どうだった？」

「うん、よかったよ」クレイを見つめる目に敵意はなかった。「ストリート・エンジェルの事務所を視察したと聞いたときは、さすがに驚いたけどね」

まったく、わたしったら何を考えてたのかしらね。あなたみたいなひとをここに来させるなんて。時間のむだもいいところだったわ。

「あれはなかなか面白かったよ」

ジョンは部屋の向かい側からうなずいた。今度も満足げだった。「今日の勝負、父さんの勝ちだね」

「ああ」

「政策はローソンに賛成だけど、父さんには父さんの考えがあるからな」

「ありがとう、すごく嬉しいよ。で、明日だけど、どうしようか？　食事をしてミュージカルを観に行くか？」

「うん、いいね」

ブロンドのかわいい女の子がやってきて、ジョンが彼女を父に紹介し、若いふたりはその場をあとにした。すぐうしろから政治学の教授がクレイに歩み寄ってきた。その男の話を聞きながらも、クレイの目には先ほどのローソンの姿がくっきりと映り、頭の中はベイリー・オニールのことでいっぱいだった。

彼女の青く澄んだ瞳、彼のジャケットを羽織る姿。カメラから見えないように守ったときに、この腕の中で小さく震えていたっけ。アイスクリームを美味しそうにほおばる様子、子供の写真に優しげに微笑みかける顔、同僚への思いやりと愛情。

教授が去ると、クレイは背後から呼びかけられた。「上院議員、どうも。ご機嫌は？」

クレイははっとして振り向いた。「やあ、ローソン」彼はローソンの手を握り、だれかがふたりを写真に収めた。

ローソンが言った。「『サン』紙が来てますね」

「ふむ」

「エスケープの視察に行かれたんですか。ベイリーからは何も聞いていなかったもので」

「彼女、言ってなかったのか？」

「どうしてですかね」

「さあ、わたしには」

ローソンが自慢するように言った。「彼女、わたしのスタッフとして働いてくれているんですよ。ご存じですか？」

「ああ、らしいな」クレイは飲み物を置いた。「彼女によろしく伝えておいてくれ。さてと、申し訳ないがそろそろ失礼するよ。息子と過ごしたいんだ。なかなか会えなくてね」

「息子さんとはあまりうまくいっていないとお見受けしてたんですがね」

「どうしてかな？」

「いやね、わたしが開いた集まりに息子さんがいらしたので、そうかなと。息子さん、次の上院議員選でわたしのボランティアに興味があるようでしたよ」

ベイリーは部屋の向かいから、息子と姪と兄に微笑みかけた。おちびさんたちが駆け回り、親や子供たちの話し声が作る喧噪のなか、彼女はローリーとエイダンが『かいじゅうたちのいるところ』のコスチュームを着る様子を眺めていた。キャスリーンは横でコスチュームをひとつずつじっくりと見定めている。パトリックの六歳の娘は、何をするにもまずは考える子だ。兄たちが言うには、彼女は状況を「見極めよう」としているらしい。ベイリーとエイダンは子供たちを連れてストロング・ミュージアムにやってきていた。ベイリーのお気に入りの本の特別展示会が開かれていたからだ。モーリス・センダックは彼女がいちばん好きな絵本作家だった。

きっと、クレイトン・ウェインライトなら彼の住まいもわかるんだろうな。

ああっ、もう、なぜすぐに彼のことを考えるのよ。ベイリーは思った。自らの身体を投げ出して彼女を危険から守ってくれた姿は、いまもはっきりと思い浮かべることができる。アイスクリームをすごく嬉しそうに食べていたわ……目を輝かせながらスーザン・サランドンの話をしていたっけ……。

クレイのことを頭から追い出そうと、ベイリーは横のベンチに置いてある新聞を手に取った。何よこれ、彼が出てるじゃない。ちょっと、どういうこと？　エリック・ローソンと握手してるわ。

きみは政策を支持してるのか？　それともあの男と寝てるのか？

よくもあんなことを言えたものね。失礼だし、ひとを侮辱してる。居丈高で支配的。しかもそれに慣れている。権力を持った男はみんなああだ。まるでわたしの好みじゃない。

ベイリーは記事にざっと目を通した。バードでスピーチをしたらしい。なぜかはわからないが、彼女はふと、息子さんとうまくいってくれればいいなと思った。ジョン・ウェインライトが実の父の対立候補に名乗りを上げようとしているひとたちの集まりにいたことが、彼女にはとにかく信じられなかった。オニール家の人々は全員、両親から家族に対する忠誠心を教えられて育った。家族の過ちにも寛大でありなさいと。もちろん、みんな何でも包み隠さず言い合うから、ときには批判することもある。でも、父と浮気相手とのあいだに娘がいたとわかったとき、母は彼女を家族として受け入れてくれたし、父は子供たちにモイラの悪口をぜったいに言わせなかった。クレイの息子が父親に刃向かうことが、ベイリーにはどう考えても納得できなかった。

「ママ?」

彼女が顔を上げると、息子が目の前に立っていた。絵本のいたずら小僧マックスになりすましている。〝かいじゅうのくに〟に行くときの格好だ。とがった耳にしっぽ、長い爪をつけている。うしろには、まだコスチュームに着替えていないキャスリーンが立っていた。

その隣にはかいじゅうの格好をしたベイリーの兄も。「がおー、がおー」エイダンがうなり声を上げた。

ベイリーは笑った。「あらまあ、ふたりともおっかないわね」

「マックスはママにおこってるんだ」ローリーが歯をむき出して言った。カールした黒髪がコスチュームから飛び出し、青い瞳が楽しそうに輝いている。「きをつけたほうがいいよ」彼女はぶるっと身体を震わせた。「どうしてマックスはママに怒ってるの？」

「すぐ、もうおねむのじかんっていうから」

ローリーの髪をくしゃくしゃと撫でながら、ベイリーは冗談ぽく言った。「あらそう」彼女の息子は夜更かしで、寝かしつけるのが大変なのだ。「ママ、気をつけたほうがいいみたいね」

ローリーは彼女に抱きつくと、腕をすり抜け、いとこと一緒に駆け出した。「テレビみるんだ」ふたりは一メートルほど先に行くと、いくつも置かれたテレビの前にぱたんと座った。テレビでは絵本のアニメが流されており、彼らはすぐに夢中になった。

エイダンはマスクを剝ぎ取ると、ベイリーの隣にどさりと腰を下ろした。「あの子のおかげでくたくただ」

「でしょ」

エイダンは彼女の顔をじっと見つめた。「ほんとに疲れてるみたいだね。昨日はローソンとお熱いデートでも？」

「あのひと――」ベイリーは新聞を広げた。「忙しいの」

エイダンが新聞を手に取り、ざっと目を通してから言った。「ぼく、彼のこと好きだな」

「エリックが？　わたしがデートするたびに、ひどいことばっかり言ってたじゃない」彼女自身、エリックのことは嫌いではなかったが、いまひとつ信用していなかった。もしかしたら、近い将来クレイと闘うときのための攻撃手段として自分に近づいてきたんじゃないか。そんな疑念もあった。

「違う違う。スケベ男のローソンじゃない。クレイ・ウェインライトさ」

彼なら、わたしも気に入っている。

うそ、違うわ。そんなのありえない。彼女は心の中で否定した。クレイはわたしの敵でしょ。このあいだだってけんか別れに終わったじゃないの。

何てこと言うのよ！　何の権利があってそんな……いますぐ出てって。ツアーはおしまいよ。

「ねえ、何をぼうっとしてるの？」

「何でもない」ベイリーの携帯が鳴った。「出るわ。エスケープで何かあったのかもしれない」彼女はポケットから携帯を出した。発信者番号を見る。知らない番号だ。通話ボタンを押して耳に当てた。

「ベイリー・オニールです」

「ミズ・オニール。ジェレマイア・フリードマンだ。いまいいかな？」

「はい知事、大丈夫です」

「知事だって？」とエイダン。

ベイリーがうなずいた。

「用件から言おう。議会の決定で、各州が特別委員会を設置し、チャック・スチュアートの青少年犯罪対策法案で認められた予算の使途について話し合うことになった」

ベイリーが手に入れようと画策していた予算だ。チャンス到来かも？　彼女の鼓動が一気に高まった。「はい」

「それで、きみにも特別委員会に加わって欲しい」

やった！「ええ、喜んでお引き受けいたします」

「よかった。第一回の会合は二週間後だ。詳しいことはあとで秘書に電話させるが、わたしから直接ご招待したくてね」

自分でもなぜかわからないが、気づいたら、ベイリーは尋ねていた。「知事、委員会のメンバーにクレイトン・ウェインライトは？」

「ああ、彼がニューヨーク州の代表だ。各州の上院議員がひとりずつ委員会に加わり、各草案をワシントンに提出する」

「もうひとりのニューヨーク州上院議員のアレックス・ケイスのほうが、この特別委員会には適任ではないでしょうか？　ウェインライト議員は連邦レベルの委員会のメンバーですから」

「クレイ本人のたっての希望なんだ。それに、ケイスは国土安全保障省の仕事で手がふさがっている」長く、意味ありげな沈黙。「クレイがこの委員会に加わるのは問題かね？」

知ってるくせに。「いえ、もちろんそんなことはありません。彼と一戦交えるのが楽しみですよ」

「それはわたしの考えとは少し違うな」

ここはつっぱったほうがいいわね。彼女はあえて言った。「てっきり、衝突をご期待されているのかと」

「わたしは停戦を期待している」

きみの仕事場に行きたいんだ……停戦協定だって結べるかもしれない。

「お望みの結果をご提供できるかどうかはわかりません。ですが、できるだけ礼儀正しく振る舞うよう努めます」失礼しますと言って彼女は電話を切った。

「何だったの？」エイダンが尋ねた。

「どうやら第三ラウンドの始まりよ」彼女は事情を説明した。興奮が血流に乗って全身を駆けめぐる。カフェインを血管に注射したかのようだ。

「クレイ・ウェインライトと仕事をするのが気に食わないみたいだね」

「当たり前じゃない。彼にはほんと、腹が立っているんだから」

「そうだね」エイダンが立ち上がった。「ほらB、行こう。かいじゅうたちと遊ぼうよ。連中とやり合うのはおまえの得意分野だろ」

「ウェインライトにはおあいにくさまだけどね」彼女はそう答えながら、ふと思った。この展開について彼はどう思っているんだろう。

5

ニューヨークのタウンハウスの自室でひとり、クレイトンはコンピューターのモニターをぼんやりと眺めていた。機械の立てる低いノイズ以外に静寂を破るものはない。九月の歳出予算委員会で協議する提案について検討中なのだが、目は閉じたままだった。疲れているからではない。彼はうんざりしていた。委員会に集中するんだ。クレイは自分に言い聞かせた。この一連の歳出予算会議の中で、彼はストリート・エンジェルのガーディアンへの予算配分案の決定を保留にしたのだ。

何てこと言うのよ！　いますぐ出てって。ツアーはおしまいよ。

たぶんわたしから彼女に連絡したほうがいいのだろう。クレイは思った。もうすぐ知事の特別委員会で一緒に仕事をすることになるし、知事からは和平を結ぶようにともう一度念を押された。エスケープの彼女のメールアドレスは知っている。指でマウス・パッドをとんとんとたたく。迷うな、いまならいるかもしれない。特別委員会を連絡を取る口実にしているんじゃないか、という思いを彼は振り払った。

ミズ・オニール様。だめだこんなの。他人行儀過ぎる。ベイリーさん。このあいだは最悪の結果になってしまって残念です。お互いもっとよく知り合えたらと思ったのですが。ローソンについてあんなことを言うべきじゃなかったと思っています。はっきり言って、クレイは嫉妬したのだ。

くそっ、これじゃあまるで一〇代の子の文章だ。仲直りできますか？　シンプルにクレイとだけ記して、送信をクリックした。念のため接続は切らないでおいた。彼女が仕事中で、すぐに返事が来るかもしれないと思ったからだ。

返事はすぐに来た。

上院議員さん。了解しました。わたしのほうこそかっとなってしまって。あなたと同じ部屋にいると、どうもああなるようです。あなたとのことですぐに腹を立てないようにカウンセリングを受けたほうがいいのかな、と思ってます。

クレイは微笑んだ。この返事は仲直りのしるしだ。彼はタイプした。いまどこにいる？　インスタント・メッセンジャーはあるかい？　話したいんだ。

長い沈黙。クレイは立ち上がるとチーク造りのサイドボードに行き、グラスにスコッチを注いだ。これをやると活力が湧く。ぐいと飲み干し、彼女にメールを送ってしまった自分をたしなめた。ポーンというチャイムが聞こえた。返事が返ってきた合図だ。コンピューターの前に戻る。メッセージは、名案じゃないわね、だった。

彼はタイプをして送信した。頼む。

ようやく降伏文書が送られてきた。IrishCreamよ。

彼はふふっと笑い、返事を送った。ClayFeet だ。

数分後、クレイは彼女を〝個人用〟のメンバーリストに加え、メッセンジャーをクリックした。元気かい?

バテバテ、という返事がすかさず返ってくる。このほうがずっといい。本当に話しているみたいだ。にやにやと締まりのない顔で、クレイは本腰を入れてチャットを始めた。

どうして?

ローリーがなかなか寝てくれなかったから。

何時まで起きてたんだ?

一二時くらいまで。本を五冊読んで、子守歌を軽く二〇曲は歌ったわ。

何も考えず、彼はタイプした。息子が小さかったころが懐かしいよ。できることなら戻りたい。

そうしたら、どう変わるの?

決まってるじゃないか。もっと頻繁にうちに帰るさ。

長い沈黙。わたしはあんまりうちにいない。

もっとうちにいるのにお勧めの方法があるよ。最後に〝笑顔のマーク〟も加えた。

今日は疲れてるからけんかはなし。

オーケー。身体は動かしてる?

世の中のひとは、エクササイズを評価しすぎよ。

そうでもない。楽しいよ。

そのいい身体はどうやって維持してるの?

ふむ、彼女はわたしがいい身体をしてると思ってくれてるのか。ラケットボール。かなりいけるんだ。

あら、謙虚ですこと。しばし沈黙。わたしも昔やってたわ。

いつ?

刑務所時代。

クレイははっと息をのんだ。鉄格子の中にいる彼女の姿を思うとぞっとした。

きみが刑務所にいたことは考えたくない。そして、彼女をそこに送る役を自分がしたことも。

ならやめて。そのうちラケットボールでお手合わせ願うわ。負けたほうが政策について折れるの。

クレイはおかしそうに笑った。きみに勝ち目はないね。

おごれる者は久しからずよ、上院議員。

ぼくのほうが体格がずっといい。

わたしのほうがすばしっこいわ。スマッシュだって強烈なんだから。

だろうな。ベイリー、ちょっと聞いて——。

急に、メッセージが画面に現われた。IrishCream はサインオフしました。0:30am。

おい、何だ？　突然切るなんて。ん？　まずいな、何かあったのかも。クレイは急に不安になった。彼女はエスケープにいる。彼はその建物があった地区を思い描いた。狭い一角。あのロックは信用できるのか？　くそっ、何だって故障はありうる。彼は自らの身の危険にあまりにも無頓着な彼女にひどく腹を立てながら、慌てて電話に手を伸ばした。

チャットルームは沈黙を続けている。クレイとチャット中に突然メッセージが届いた。だからすぐに私用のメッセンジャーをサインオフし、ウェブサイトの訪問者に返事を送ったのだ。

タズ？　あなたなの？

タズ、話して。久しぶりよね。どうしてるか心配してたの。

返答を待った。電話が鳴り、彼女は受話器をつかんだ。

「ベイリー？」クレイの声は心配げだった。このひとも心配し過ぎだ。

「大丈夫よ。ウェブサイトにアクセスがあっただけだから。いまは話せない」

「よかった。何かあったんじゃないかと思って」彼のほっとした気持ち、自分に対する親密さが受話器から伝わってきて、ベイリーの心を温かくした。

だからこそ、彼女はあえて冷たく言った。「切るわよ」

「ああ、気をつけてな」

「わかってる」

電話を切るのとほぼ同時に、新しいメッセージがウェブサイトに届いた。

そう、あたしだよ、エンジェル。

しばらくどうしてたの?

ちょっとゴタゴタがあってさ。たいしたことじゃねえけど。沈黙。おやじともめてんだ。

けんかの理由は?

どっかのクソ男と寝ろって言いやがった。おやじ、そいつに借金があるんだとよ。

タズ……そんな生活を続ける必要はないのよ。

メンバーんとこに移ろうかと思ってる。たまり場があるんだ。

どうしよう。タズがGGズの根城を明かしたら、警察に通報したほうがいいのかも……って、何考えてるのよ。それもこれもクレイのせいだ!

その前にわたしと会って。フェイス・トゥ・フェイスっていうのがあるの。ほかにふたり連れていく。話すだけでいいから。

甘いね、そんな手には乗らねえよ。

安心して。あなたがいやがることはぜったいにさせないから。
ハ、ハ、ハ。
ほんとよ。信じてみて。わたしは信用できる。

聞いたんだけどさ、あんた、だれかをかくまってムショにぶち込まれたらしいな。

そうよ。

会ってもいいかもな。でも、あんたと一対一だ。

どうする?

クレイの言葉を思い出した。小さい息子がいるのに、どうして毎日身を危険にさらすようなことをしてるんだ?

いけないのはわかっている。でも、それで思いとどまったことがあった? オーケー、それじゃこうしましょう……。

結局、彼女はタズと会う約束をしてしまった。しんと静まり返ったオフィスに電話の音が鳴り響き、ベイリーはどきっとした。出なかった。たぶん上院議員だ。いまは話したくない。声の感じから、ギャングの娘とふたりきりで会う約束をしたばかりだとばれてしまうから。

「このプロジェクト最大の功労者クレイトン・ウェインライト上院議員です。みなさん、どうか大きな拍手でお迎えください」

クレイは自分を紹介してくれた女性に微笑みかけ、マイクを受け取った。彼女は新しくオープンした町の書店、テールズ・フォア・トッツのマネージャーだ。街の恵まれない地域への福祉を目的としたこのプロジェクトに、彼は懸命に尽くしてきた。だからこそ、この価値ある試みのオープニング・セレモニーに出席することを決めたのだ。ベイリーにも知ってもらえたら。彼は思った。わたしが善いこともしていると少しはわかってもらえるのだが。

どうしてそんなことを気にしてるんだ? 数日前の晩、お互いのことを知るのに少しだけ進展が見られたと思ったら、彼女は突然オフラインになった。それ以来、連絡を取っていない。集中しろ。クレイは自分に言い聞かせ、集まった人々の顔を見やった。子供、大人、マスコミも少し集まっていた。

スピーチで、彼は書店のレイアウトに言及した。店内には幼い子供の読書用スペースがいくつも設けられ、テーマごとに赤、青、黄などに色分けされている。冒険物コーナーには本棚の上にフィギュアが何体も吊され、さまざまなサイズの枕や椅子が用意してある。ノンフィクション・コーナーには列車やレーシングカーが椅子の代わりに置かれ、木や岩なども飾られている。子供たちはがやがやとおしゃべりをしたり、嬉しそうにキャーキャーと声を上げたりしており、彼らの興奮ぶりがひしひしと伝わってくる。クレイが期待したとおりの反応だった。

スピーチを終えると、人々が彼の周りに集まってきた。クレイはジョンに本を読み聞かせていたころを思い出していた。政治の世界に入る前、地方検事時代は家で過ごす時間がもっとあった。息子にもよくグリム童話を読んでやった。妻のカレンは暗いからいやだと言っていたが、クレイはグリムが好きだったし、『フェアリー・テール・シアター』のビデオを観るのも楽しかった。ジョンと一緒に過ごした日々から——いや、過ごさなくなってから——もうずいぶん経つ。息子と最後に交わした会話を思い出し、クレイは不意に喪失感に襲われた。心をスナイパーに撃たれたかのように、彼は一瞬平静を失った。

信じられない、なんでそんなことしたんだ。

何もしてないよ。ローソンの準備会合に行っただけだろ。

行っただけで十分だ。クレイは傷ついていることを隠そうとさえしていなかった。

そして、ふたりが言い合いになるときはいつもそうするように、ジョンは守りの態勢に入った。彼は背筋を伸ばすと、肩をいからせて言った。どうせ、世間の目が気になるんだろ？

違う。クレイは息子にそう言われたときの悲しい気持ちを思い出していた。おまえのしたことがショックなんだ。

結局、父子での夕食もミュージカルもなかった。

不意に、クレイは不快な記憶の中から現実に引き戻された。だれかがスーツの上着を引っ張っている。下を見ると、黒髪の小さな男の子が驚くほどきれいな青い瞳でこちらを見上げていた。「おじさん、ごほんよんでくれる？」

クレイはにっこりと笑った。「いいよ」この子、だれかに……。「でも、ママかパパは？迷子の心配をしてたら困るからね」

男の子はうなずいた。「あっちにおじちゃんがいる」

視線を移すと、その子によく似た男が四、五メートル向こうからこちらを見ている。彼は手にしていたコーヒーカップをクレイに向けて掲げた。そうか、なるほどな。

クレイはしゃがんで男の子の目の高さに視線を下げてから言った。「お名前は、もしかしてローリーくん？」

目がふくろうのように丸くなった。「なんでわかるの？」

「おじさん、きみのママとおじちゃんに会ったことがあるからね。写真を見たんだよ」

「ママはいっぱいしゃしんをもってるんだ。Aおじちゃんがとるんだよ」男の子は本を差し出した。「これよんで」いかにも読んでもらい慣れている子供の言い方だった。

「オーケー。その前にローリーが手を握ってきた。ローリーくんのおじちゃんにきいてみようね」ローリーが手を握ってきた。指は少しべとついている。そしてすごく小さい。いかにも子供らしいそのしぐさがクレイの心に触れた。

その子の伯父のところに行くと、クレイはもう一方の手を差し出した。「エイダン、だよね？」

ベイリーの兄は優しく手を握り返した。「ええ。こんにちは上院議員」

「よしてくれ。クレイでいいよ」足元のローリーに微笑みかけて言った。「きみの甥ごさんがわたしに本を読んで欲しいそうなんだが」

ベイリーとそっくりな目が嬉しそうに光った。「ええ。〝あのえらいひと〟に大好きな本を読んでもらうんだって言うんですよ」

クレイはローリーが持ってきた本に目をやった。『かいじゅうたちのいるところ』だ。「ほう、かえるの子はかえるか」

「そのとおり。それ、ベイリーも大好きなんです。このまえダウンタウンのミュージアムでイベントがあって、みんなで行ったんですよ」

鼓動が少し速くなり、彼はエイダンのうしろに目をやった。「今日はベイリーも？」

がるんですよ」

「いえいえ。あの〝とんでもないところ〟で仕事中ですよ」

クレイが微笑んだ。「ベイリーは知ってるのか？　きみがここにいるって」

「知ってますよ。ぼくが大切な甥っこをここに連れてきて、教育にいいことしてるってね。さっきのスピーチ、妹にも聞かせたかったたな。あなたに会ったこと、伝えておきますね」エイダンはカメラを取り出した。「というか、証拠を撮りましょう。妹は何でも写真に残したがるんですよ」

スラックスを引っ張られた。「おじさん、ねえ」

クレイは腰をかがめてローリーを抱き上げた。両腕に抱いた子供の重みに、懐かしい感覚が一気に蘇ってくる。わが子と疎遠になってしまったことを思うと、胸が詰まった。距離は日増しに遠くなっている。しかも、ついこのあいだのローソンとのことで、また新たな深い溝ができてしまった。不快どころではすまないその思いを振り払うと、クレイはローリーを抱いたまま、ふたりで座るのにちょうどいい椅子に向かい、腰を下ろして絵本を読み始めた。

ローリーは物語を隅々まで知っていた。クレイはベイリーがキャラクターを演じながら読み聞かせている姿を想像した――彼女のことだ、選ぶのはきっとかいじゅうのどれかだろう。半分まで進んだあたりで、ローリーが胸に身体を預けてきた。何の気なしにクレイは頭にキスをした。その様子をエイダンが何枚かフィルムに収めた。

絵本を読み終えると、ローリーはぴょんと立ち上がった。「おなかすいた」

書店の入り口に軽食が用意されている。クレイがきいた。「ジュースとクッキーは？」

「アイスクリームサンデーがいい。ホットファッジ」ローリーがきっぱりと言った。

かえるの子はかえるか、とクレイはまた思った。そして再び、ベイリーがピスタチオ・アイスを食べている姿が彼の脳裏に浮かんだ。

ローリーを抱いて立ち上がると、エイダンを探した。部屋の向かいで赤毛の娘といちゃついている。「エイダン」

「あっ、すみません。もうお帰りですか？」

「いや、この新しい友だちにアイスクリームをごちそうしたいんだが」

「その子の伯父さんにも？」

クレイはにやりとした。「もちろん。それと、お互いによく知っているだれかさんについて話すのもいいかもな」

「通りの向かいに店がありますよ」

「決まりだ」

数分後、彼らはそこのブースに座っていた。それぞれの目の前にごちそうが置かれている。午後、明るい日差しが差し込む店内には何組かの客がいた。ローリーはアイスクリームを平らげると、水槽を見にいっていいかときいた。色とりどりの熱帯魚でいっぱいの水槽は店の装飾の主役だった。そこは席から一メートルも離れていなかった。エイダンがいいよと言うと、ローリーは飛んでいき、水槽に顔を押しつけ、口をぽかんと開いて見入った。

「それで」デザートをほぼ食べ終えコーヒーを注文してから、クレイが言った。「妹さんは元気かい？」

エイダンは顔をしかめた。「働き過ぎですよ、相変わらずね。できるだけ協力しようとはしてるんですが。困ったもので、エスケープのシフトはバラバラだし、おまけに週三回はパブで働いてる」彼はローリーのほうに向かってうなずいた。「で、残りの時間はあの子に使う。まったく、いつ寝てるのか」

「パブは辞められないのか？」

「あいつ、お金が要るんです。エスケープの給料は知れてるし、ぼくらにも妹を経済的に助けられるような余裕はない」彼は手元のカメラをじっと見つめた。「なんとかしてやりたいとは思ってるんですが……」エイダンが首を振った。「ぼくの話なんか聞きたくありませんよね」

「そんなことはないよ」

「いや、妹のことが知りたいんでしょ。わかりますよ」それからにっこりと微笑んだ。「そうですねえ、ジュリアンの住所を教えてくれると約束してくれたら、全部話してもいいかな」

「ジュリアン？」

「ムーアです」

クレイが笑った。「じゃあＦＢＩを動かそうか」

エイダンがじっと見つめてきた。目の力が強い。そこもベイリーにそっくりだ。

「エイダン、どうしてベイリーは反ユース・ギャング活動にあんなに夢中なんだ？　明るくて、ユーモアがあって、頭もいい。もっとほかにやれることがあるだろう。州政府の社会福祉事業の仕事もあったはずだ。給料だっていまよりもよかっただろうに」

エイダンがこげ茶色の眉を寄せた。「あいつの姉のためです」

「女きょうだいがもうひとり？」

「ええ。亡くなりました」エイダンは窓の外をぼんやりと眺めた。昔を思い出しているようだ。「刑務所で」

クレイは固まった。「聞かせてくれないか」

エイダンはナプキンをいじりながら語った。「モイラはベイリーの三つ上でした。でも、ぼくらと一緒に暮らし始めたのは、モイラが一四になってからです。父さん……えっと……うちの父が浮気をしていて、それが母にばれたんです。そうとう激しくけんかしましてね、一時期は別居してました。でも、ぼくら子供はモイラのことを彼女の母親が死ぬまで知りませんでした。そのときはもう、彼女はギャング集団に入ってました」

「一四でか。ひどい話だ」

「グッドガールズっていう——」

「GGズにいたのか？」

「ええ。それでモイラの一六の誕生日のすぐあとに、連中はストリート・ファイトを派手にやらかして、一斉に検挙された。モイラも捕まって、グリーンフィールド少年院に送られたんです」

「そこは知っている。とくに問題視される青少年が入れられるところだ」

「モイラはそこでも顔役になったらしいんですが、院内のライバル・ギャングのヘッドとぶつかって、それで死んだんです」

　クレイはエイダンとベイリーに心から同情した。「お気の毒にな」

「ベイリーはいちばんショックを受けてました。ふたりきりの姉妹で、部屋も一緒でしたから。あいつ、モイラが大好きだったんです」

　なるほど、そういうことだったのか。これでベイリーに関するさまざまなことに合点がいった。でも、とクレイは思った。どうしていままで知らなかったのだろう？　彼女の公判時にこんな情報はひとつも出てこなかった。少なくとも、彼の記憶にはない。

「クレイ？」

　クレイがコーヒーをすすりながら答えた。「うん？」

「ベイリーとなんとか仲直りしてもらえませんかね。あなたのせいで、あいつはもうたっぷりと悲しみを味わいましたから」

　クレイは大きく息を吸い、ローリーに目をやった。水槽のガラスの模様を夢中で指でたどっている。「服役中に、何か？」

　エイダンの穏やかな顔が強ばった。「ええ、たぶん」それから眉をひそめた。「あいつ、それについては何も言わないんです。何があったのかは、ぼくら家族も全部は知らないと思います」

クレイが言った。「アンダーソンヴィルはグリーンフィールドのように危険なところじゃないと思うが。ベイリーがいたのは軽警備の刑務所だ」

エイダンが歯をかみしめた。「知ってます。でもある意味、だから心配なんです。ほかの囚人たちが簡単に……あいつに近寄れたんじゃないかって」

クレイが咳払いをした。「ベイリーのことは監視していたよ」

「え？」

「有罪判決を受けたあとからね。収容される前にアンダーソンヴィルにも行った。ベイリーが入っているあいだ、ずっと注意を払っていたんだ。何度かけんか騒ぎはあった」

「ええ、面会に行ったときに一度、目の周りが青くあざになってて、いくつか傷を作っていたことがありました」

クレイはごくりと唾を飲み込み、身を乗り出して言った。「それ以外のことは、わたしにもわからない――つまり、性的なことは。看守はないと言っていた。そういうことはされなかった、親しい囚人仲間に守ってもらっていたと……」

エイダンが肩をすくめた。「性的虐待はなかったと言ってました。だれかに守ってもらっていたそうです――そいつはギャングのヘッドで、塀の外にいたときにモイラの知合いだったと。ただその、守ってもらうためにあいつが何をさせられたのかまでは知りません」

クレイはぞっとした。「どう思う？　彼女、嘘をついてるのかな？」頼む、違うと言ってくれ。

「可能性はあります。ぼくは妹のことならだれよりも知ってます。あいつはいちばん年下ですが、家族を守らないと、という意識がすごく強いんです」エイダンはスプーンを手に取ってコーヒーをかき混ぜた。「だからぼくらは、エスケープのことも詳しくは知りません。いろいろ知ったら、兄たちは黙ってないでしょうから」

大きく息を吐き、クレイは座り直した。「わたしだって黙っていないよ」

エイダンがクレイの顔をじっと見て言った。「なんだか妙ですね」

「何が？」

「よくわからないんですが、まあ男の勘です。あなたはどうも……あいつのことが気に入っているような」

最初は否定しようとしたが、クレイはエイダンの目を見て言った。「うむ……確かにな。まさか好意を持つとはね、想定外だったよ」

エイダンがよく響く声で大きく笑った。「ええっ、ほんとですか。そりゃすごい。実を言うと、ぼくはあいつも同じ気持ちなんじゃないかと思ってるんですよ」

「ベイリーがそう言ったのか？」

「いやいや。でもさっきも言いましたけど、あいつのことならだれよりもわかりますから」

エイダンはまじめな顔になってきいた。「結婚は？　してないんですよね？」

「離婚した」

「特定のひとは？」

「たまに会う女性がひとりいるが、真剣な付き合いじゃない」彼はジェーンの淡い色の髪とほっそりとした体つきを思い出した。「付き合ったり別れたりを繰り返している」しばし考えてから言った。「未来はないと思う」

「クレイ、もしだれか付き合っている相手がいるんでしたら、ベイリーには手を出さないでください。あいつに傷ついて欲しくないんです」

「もしいないなら？」

エイダンが鼻を鳴らした。「ぼくなら慎重にいきますね」

「どうして？」

「ベイリーが男に真剣になったことは一度もありません」

「ローリーの父親にも？」

「彼のことは気に入ってました。でも、本気で恋をしたことはないと思います」エイダンがにやっと笑った。「よく冗談を言い合ってるんですよ。ぼくらには恋愛の遺伝子が欠けてるって」

「きみ、好きな女性は？」

「いません。うちの兄たちとなると、また話は別ですけど。ベイリーとぼくは……ゼロです。ベイリーは、自分の手綱を引っ張ってもらえるだけの男にまだ出会ったことがないんじゃないかな。あいつが心から信頼できる男のひとには、まだ」

クレイがその発言の意味を消化しきれないうちに、ローリーが走って戻ってきた。「のどからからだよ」

エイダンがにっこりと笑った。「オーケー、王子様」そう言うと、彼はウェイトレスに向かって手を挙げた。

椅子に深く座り直し、クレイは目の前のふたりをじっと見つめた。「いろいろ話してくれてありがとう」

「ぼくの言ったこと、忘れないでくださいね。兄たちよりはおとなしいですけど、もしあいつを傷つけたりしたら、クレイ、両脚をへし折りますよ」

「エイダンおじちゃん、このひとのあしをおるの？」ローリーがきいた。

エイダンがローリーの髪をくしゃくしゃっと撫でた。「たとえ話さ」

いや、そうじゃないな、とクレイは思った。もちろん、エイダンが彼に暴力を振るうことはないだろう。おそらくは。いずれにしろ、本気でそうは思ってないはずだ。だが、この兄の妹を守りたいという気持ちははっきりと伝わってきた。

オニール家のふたりが帰るのを見送りながら、クレイはいま聞いたばかりの話について考えていた。ベイリーはクレイが思っていたよりもはるかに複雑な女性だった。

その幾重もの層のすべてを知りたい、一枚一枚全部はがしたい。そんなことを思っている自分に気づき、クレイは激しく動揺した。

きれいな子だ。ジェニファー・ロペスに似ている。髪の色はもっと濃くて、瞳は茶色よりも薄いヘーゼルナッツ色。それで父親はこの子に売春させようとしたのか。ふざけている。

「エンジェル、まさかほんとに来るとはね」

ベイリーがにやりとした。「何言ってるのかしら？　わたしはただ、お気に入りの本屋のカフェでコーヒーを飲んでるだけよ」コロンビア大学近くの店、周りにはひとが大勢いるが、タズが目を引くことはないだろう。ミリタリー・パンツ、アーミー・グリーンのTシャツ、コンバットブーツ。首に特徴的な色のビーズを巻いている。ギャングの一員の証。でも、シンボルカラーは身につけていない。

ベイリー自身はジーンズにTシャツ。知らないひとの目には、学生がふたりでコーヒーを飲んでいるように映るだろう。似たような格好の学生や教員らが広々とした店内に集まっている。四方を囲む巨大な窓の壁から外の陽光が差し込み、空気にはコーヒーとこの店の名物のさまざまな種類のパンの香りが漂っていた。

「そのTシャツ、いいじゃん」タズがあごで指したベイリーの胸には〝ガール・パワー〟の文字が大きく躍っている。彼女はベイリーを鋭い視線で見つめてきた。その瞳からは警戒心と知性がうかがえた。

タズが言った。「こんな仕事をしてるわりには、あんた、えらく若いね」

「タズ、あなたもね」

「ふん、ガキじゃねえよ。てめえのことぐらい、てめえで片をつけられるさ」だが、そう言って強がるタズの目は曇っていた。彼女は目の前のナプキンを破り始めた。「ただ、あれはさ、こないだのやつは……くそっ、あんなのは一回だけだ。あいつら、おやじの指をつめるなんてぬかしやがったんだ。一本ずつさ。もうしねえよ」

「もちろんよ。家を出られるようになんとかしないとね」

「メンバーたちと住むって言っただろ」

「シェルターに入るといいわ」

「ありえねえな。サツのがさ入れがしょっちゅうあんだろ」

「エスケープが使うシェルターは天国よ。警察も手出ししないの」ベイリーはにっこり笑った。「それにあの連中も、わたしたちがギャングの子たちをかくまう場所を全部は知らないの」

笑うと、タズはもっとかわいくなった。「みんな言ってるぜ。あんた、ルールを無視するんだってな」

「フェアなルールは守るわ。で、どう？　わたしに協力させてくれる？」

マグカップを口に運びながら、タズはもう一度ベイリーの顔をしげしげと眺めてから口を開いた。「ねぐら探しなら、まあいいよ。でもそれ以上はなしだぜ。少なくともいまのところはな」

「いいわよ、それで十分」少なくともいまのところはね。

6

オフィスから知事のもとにタクシーで向かう途中、クレイはブリーフケースからファイルを取り出した。中を開いた瞬間、こちらを見つめる顔に仰天した。この青い瞳。吸い込まれてしまいそうだ。彼は無意識のうちに手を伸ばし、彼女の鼻のそばかすをなぞった。ジョシュのやつ、こんな写真を入れやがって。わたしを驚かせて笑おうというわけか。ジョシュ・ルイスはクレイの大学時代のルームメイトで、私立探偵をしている。彼がエスケープの視察に行った晩、たまたまニューヨークに来ていて、クレイは思いがけずぐちをこぼす相手を見つけたというわけだった。

「おまえ、その女性のこと気になるんだろ?」だれよりも信頼の置ける友がきいてきた。クレイのタウンハウスでビールを飲みながら、ふたりともくつろいでいた。

「べつに。ただ何かと気に障るだけだよ」

「おまえをそんなふうにさせる女性はそう多くないね」

クレイは瓶のラベルをはがしながらしばし考えていた。「もしも、だぞ。おれが彼女の二、三週間の行動を知りたいと言ったら、どうだ? できるか? ばれないように」

「ああ、楽勝だよ。敵のあとをつけるのは、法律上何の問題もない。ただし、個人的にとなると話は別だ。ストーカー行為になるからな」

「個人じゃなくて、職業上の目的だったら」

「わかってるよ」ジョシュが乾いた口調で言った。クレイが黙っていると、彼が付け足した。「たいしたことじゃない。やろう」

ジョシュが何を考えているのか、クレイにはわかっていた。違う、おまえは誤解している。これは純粋に職業上の話だ。個人的なものじゃない。わたしが欲しいのは彼女を攻撃するための材料、それだけだ。

ならどうして、今日は二回もスーツを着替えたんだ？　これから彼女に会う予定があるからだろ？

くそっ。ストリート・エンジェルに惹かれていることが、クレイ自身にも信じられなかった。目を見張るほど美人というわけではない。わたし好みの、洗練された外見の女性じゃないのに。

自分に腹が立ち、クレイはファイルの中身に集中することにした。知事のオフィスに着くころにはもう、彼女に惹かれているという思いは頭の中から完全に消えていた。あるのは、ベイリーの行動を阻んでやるという意志だけだ。タクシーを降り、足早にビルに入る。建物の中はコンピューターの低く唸る音、鳴り響く電話、職員の話し声でざわついている。彼は角を曲がった奥にあるエレベーターホールに向かいながら、だれかがベイリー・オニールの面倒を見てやらないと、と思っていた。その役を務める男はお気の毒としか言いようがないが。

エレベーターの扉が開き、クレイがいまにも足を踏み入れようとしたときだった。「ちょっと待って！」いやな予感が走る。「どうもありがとう、助かったわ――あっ……」

「ベイリー」

「上院議員」

立ったままじっと見つめ合っているうちに、エレベーターの扉が閉まった。

「どうも」

ちっ。彼女も悪態をついた。彼の目を見ないようにしながら、ボタンを押して再びエレベーターを待つ。落ち着かない様子で、左右の足を交互に踏み替えている。

クレイはその場を取り繕うための言葉を探した。何か社交辞令的なことを言わないと。今日の彼女は疲れ気味で、弱々しそうに見える。そりゃそうだ。ベイリーの最近の行動を考えたら当然だろう。さっき見たファイルを思い出しながら、クレイはブリーフケースを握る手に力を込め、ふつふつと沸いてくる怒りをなんとか抑えた。「久しぶりだね。元気だった？」

「ええ、おかげさまで。そちらは？」

「ああ」

ふたりとも正面を向いたままだ。彼女が言った。「写真見たわ。この前の新聞のあれ。バードはどうだった？」

「相変わらずリベラルだね」その週末のジョンとのいさかいのことは、思い出したくなかった。「お子さんは？」

「ローリー？　元気よ」

彼女の子供のことを口にしたせいで、クレイの全身に再び怒りがこみ上げてきた。小さな子供がいるというのに、彼女はどうして自分の身を危険にさらすんだ。その感情にはどうやら、自身の息子との問題に対する複雑な思いも混ざっているようだったが、どうしてそうなるのかは彼にもわからなかった。クレイの脳裏に、ローリーのいかにも子供らしい髪型と楽しそうな笑顔、クレイの胸にもたれかかってきた姿と、そのときの満足げな表情が次々に浮かんでくる。もしもギャングの連中と直接会ったせいで、ベイリーの身に何か起きたら？そう思うと、居ても立ってもいられなくなった。エレベーターが降りてきて、ちょうどチーンという音が鳴った瞬間、クレイは彼女の腕をつかむと、人気のない廊下の隅に引っ張っていった。

「ちょっと、何するのよ？」彼女が声をひそめて言った。

「それはこっちの台詞だ。ちゃんと考えたことがあるのか？」

「何の話？　エレベーターに戻るわ」

「だめだ。きみに個人的に話がある。知事の特別委員会とは関係ないことだ」

彼女は背筋をぴんと伸ばしてクレイに向き直った。ネイビーのスーツにライト・ブルーのブラウス。服装自体は地味なものだが、ぴったりとしたストレッチ素材が身体のラインをくっきりと浮き上がらせている。しかも今日は、艶のある黒髪を下ろしていた。軽くウェーブのかかった髪が顔と肩にかかっている。

「言いなさいよ、上院議員」

「フェイス・トゥ・フェイスは三人ひと組が原則じゃなかったのか？」

彼女の顔がさっと赤くなった。「そうよ。エスケープに来たときに話したのは全部本当のことだから」

「言ってないこともあるだろ」

ベイリーはクレイの脇をすり抜けようとしたが、彼は素早く動き、その前に立ちはだかった。一瞬、ふたりの距離が縮まった。ベイリーから花の香りがした。彼女はすぐに離れた。

「何のこと？」

「ひとりでギャングのメンバーと会ったな」

彼女の青い瞳が丸くなった。

「否定してもむだだ。見た者がいる」

「否定するもなにも、あなたに断る必要はないでしょ。というか、だれに対してもよ。エスケープはわたしが動かしてる、法の範囲内でね。罪を犯さない限り、手出しはできないわよ」

「髪を編んで、ピアスにタトゥーまで入れてるあの小娘が犯罪行為を打ち明けたんだとしたら、きみは法を犯している。またもやだ」

「あらそう。あなたは、いえ、そのわたしを見たっていうひとには、わたしたちの話が聞こえたのかしらね」

「いや、会話の内容は関知していない」クレイは髪に手をやった。「きみは命が惜しくないのか？　まったく、少しは子供のことを考えたらどうだ？」

この発言にベイリーは固まった。そして舌が止まらなくなった。「冗談じゃないわ。わたしとタズは朝の一〇時に、ひとがたくさんいるごくごくふつうのコーヒー・ショップで会ったのよ。あれ以上に安全なところはないわ」そう言ってから、彼女は顔をしかめた。「でも、どうしてあの娘がギャングだって？」

「見るからにそうじゃないか。シンボルカラーは身に付けてなかったが」クレイは彼女を見据えた。「そういう連中のひとりだろ。違うか？」

「まあね、あの娘をギャングから抜けさせてあげようとしてるの」

「抜けたのか？」

ベイリーの笑顔は太陽のように明るい。クレイは気勢をそがれ、壁に寄りかかった。「うん。でも、シェルターに入れたわ」

クレイは何も言わなかった。

「ねっ、上院議員、わかったでしょ？　わたしは善いことをしてるのよ」

ベイリーは再びクレイをかわしてエレベーターに向かおうとしたが、彼がそれを再び阻んだ。「ギャングにひとりで会った。それは間違いなく善いことじゃない」

「危ないことなんてなかったわ。第一、あの娘小柄だったでしょ。いざとなれば、力ずくでなんとかなったし」

「ふん、聞いてあきれるね。ナイフを持ってたらどうするんだ？　きみを頼りにしている四歳の息子に神のご加護があることを祈るよ」

痛いところを執拗に攻められ、ベイリーはついに怒りを爆発させてクレイに食ってかかった。「何にも知らないくせに、偉そうなこと言わないで」

「知ってるね。あの子がいるという理由だけでも、きみが危険を冒すべきじゃないことくらいはな。素晴しい子じゃないか。好奇心旺盛で、明るくて……まだあんなに小さいのに、もし母親を亡くしたら、どうなるかわからないだろ」

「どうしてそんなに詳しいの？」

「詳しい？」

「ローリーのことよ」

「会ったからさ」

「どこで？」

「ローリーとエイダンがテールズ・フォア・トッツの開店記念イベントに来ていた。わたしはそこでスピーチとテープカットをしたんだ」

「エイダンったら、どうして何も言わなかったのかしら？」

「さあね」

「会ってどうしたの?」

「みんなでアイスクリームを食べて、エイダンと少し話をした」

彼女の目が険しくなった。刺すような視線でクレイを見ている。

「わたしのこと?」

「少しはね。心配しなくていい。彼、大事な秘密を明かしたりはしなかったから」いや、エイダンは明かしたのだ。まずいな、会話が妙なほうに向かっている。クレイはちらっと腕時計に目をやった。「もう行かないと」それからベイリーを促すと、ふたりでエレベーターまで歩いた。すぐに扉が開き、彼女が中に入った。彼もあとに続いた。

並んで立ちながら、ベイリーは彼の体格の良さにあらためて気づいた。上半身はアメフトのラインバッカー並みだ。このひと、背がこんなに高かったっけ。高価そうなコロンの香りがする。茶色のピンストライプのスーツもいいわね。目の色とよく合ってる。

もうっ、わたしったら何考えてるのかしら。こんなふうに男性の格好を観察するなんて、高校生じゃあるまいし。とにかくこのひとを困らせてやるしかない。そうすれば、彼のせいで自分が困っていることを隠せるからだ。幸い、それはたやすいことだった。「で、わたしを尾行させたわけ?」

「だれかがあとをつけてたって、おかしくはないだろう。きみの非常識のせいでね。きくだけむだだよ。その件については何も言うつもりはない」

「言わなくていいわ。ほかにだれがいるっていうのよ」

「数限りなくいる。ギャングもそうだ。きみに邪魔されたくない連中さ」

「あそこで？　ありえないわ」

返事はない。

「ちょっと、聞いてるの？　わたしはね、もう何年もタズみたいな娘と付き合ってきたからわかるの。みんな、結構ちゃんとしてるのよ」

クレイは深いため息をついた。「あの娘は高校生か？」

「ええ、頭がいいのよ。彼女、立ち直れるんじゃないかと思う」クレイが黙っているので、ベイリーは語気を荒くした。「上院議員、もういい加減にしてもらえるかしら」

クレイはいらつきを抑えるように大きく息を吐くと、手を伸ばしてボタンを押した。エレベーターがガタガタと音を立てて止まった。

ベイリーが驚いて言った。「ちょっと、どういうつもり？」

「よく聞きなさい、わたしはきみが心配なんだ。そのかわいらしい頭で考えていることについては何から何まで賛成できない。だけど、それ以上にきみが心配なんだよ」

「どうして？」

「それが自分でもわからないんだ。きみと会ったから。ご家族とも。きみの人生について聞いたから。このところいつもきみのことを考えてる」

わたしもあなたのことばかり考えてるわ。「心配なんて余計なお世話よ。敵で結構だわ」

クレイはぴしゃりと頬をたたかれたかのような顔をした。それから目が暗く濁った色になった。「ならいい、わかった。忘れてくれ」彼女に背を向けると、クレイはボタンを押した。エレベーターがまた上昇を始めた。

自分でもよくわからないうちに、ベイリーは手を伸ばして彼の腕をつかんだ。彼の動きが止まった。「クレイ」

下の名前で呼んだこと、そしてその言い方にはからずもこめられた親しみ。ふたりの距離が急に縮まった感じだった。ベイリーは彼の手首まで手を滑らせ、むき出しの肌を軽く握った。濃いブロンドの毛に覆われている。

突然、エレベーター内の空気が重く、熱く感じられた。ふたりの感情が高まり、いまにも爆発しそうな火薬庫の中にいるようだった。ベイリーは慌てて手を引っ込めた。

彼がくるりと向きを変えた。瞳が熱く燃えている。男性のこういう目は、前にも見たことがある。どうしよう。そう思ったと同時に、ベイリーはクレイに腕をつかまれた。彼はベイリーをエレベーターの壁に押しつけ、唇を重ねてきた。

そこからあとは、もう止めようがなかった。一気に、そして激しく。

「まず始めに、このニューヨーク州青少年犯罪対策特別委員会にご参加いただいたことにお礼を申し上げたい」フリードマン知事は真剣な面持ちで、楕円形の会議机に座る一〇人を見渡した。チェリー・ウッドの羽目板と高級家具で飾られた、彼の堂々たるオフィスの一室だ。

「みなさんにはそれぞれの専門知識を持ち寄り、スチュアート青少年犯罪対策法案による予算一億ドルのうち、私どもへの割り当て金の使途方法について、具体案をまとめていただくことを期待しております。つまり、わが州におけるギャング活動撲滅に尽力する社会福祉団体に当てられた予算をどう割り当てるか、ということです」

全員がうなずいた。笑顔も見られる。何人かがベイリー、続いてクレイをちらっと見やった。言うまでもなく、この件では有名な敵同士のふたりだ。それは間違いない。でもその敵がこともあろうに、ついさっきエレベーターの中で彼女のブラウスの中に手を入れてきたのだ。ベイリーは信じられない気持ちでいっぱいだった。降りるとき、慌てていたのでブラウスの裾がスカートの中にちゃんと入っていなかった。こともあろうに、クレイはブラウスを直そうとしたのだ。

ほら出てるよ、わたしが入れてあげよう。

彼女はその手を思い切り払いのけた。やめて！

いま、彼はベイリーの顔をまともに見られないでいる。ベイリーだって、視線が合ったとたんに死んでしまいそうな気分だ。ふたりとも遅刻したけれど、だれにもその原因はばれてない。助かったわ。

知事は委員会のメンバーたちに愛想のいい笑顔を向けた。「では、まずは自己紹介をしてもらいましょう」彼は六〇歳くらいのぽっちゃりした女性に向かってうなずいた。「マリオン、きみから始めてくれるかな？」

「マリオン・ホッカー、聖ジョセフ教会のシスターです。バーデン・ストリートのシェルターでギャングの子供たちの世話をしています。ここに来た理由は、そういう子供たちをかくまう活動に進展が必要だと思うからです」彼女はベイリーに微笑み、自己紹介を締めくくった。「ですから、わたしはガーディアン・ハウスについてのエスケープの提案を全面的に支持します」

次は警部のネッド・プライス、ギャング防止活動に関する広範な経験の持ち主だ。「いがみ合うのには辟易しています。相互協力が必要です」彼はその冷たい視線でベイリーをじっと見据えた。「それから、互いの立場をわきまえることも」

上院議員が続いた。「クレイ・ウェインライトです。犯罪を、とりわけ青少年犯罪を断固として許さないというわたしのポリシーについては、みなさんもよくご存じかと思います。わたしもネッドの意見に賛成です。協力し合い、互いの立場をわきまえることが必要です。予算の使途方法についてもいくつか考えがあります」

ほかの人々も続いた。

州議会議員。

以前ギャングに入っていたというシングルマザー。

ソーシャル・ワーカー。

校長。

女性司祭。

彼女の番が来た。ベイリーは全員に向けて愛想よく笑った——唇はまだ少しだけ熱を帯びている。彼の唇がもたらした熱だ。「ベイリー・オニールです。ストリート・エンジェルのほうがとおりがいいかしら。エスケープを運営しています。何人かは知っていますが、初めてお目にかかる方もいらっしゃいますね。この予算は社会福祉団体に割り当てられたもので、しかも連邦政府はすでに四億ドルを―ここで顔をクレイに向けた。「検察やＦＢＩ、その他の法的機関に割り当てています。それなのに、なぜ州議員と連邦議員がメンバーに加わっているのでしょうか？」

これに答えようと、クレイが身を乗り出した。顔はまだ上気し、首筋には彼女のつけたキスマークが残っている。「われわれがいるのは、この予算が適正に使用されることを確実にするためだ」

ベイリーは彼に厳しい目を向けた。「それは、あなた方が決めることではありません」

「そうか、それならだれが決める？　きみか？」

「実際に社会福祉団体用の予算を手にする人々が決めるべきです」

クレイが言い返そうとしたときだった。扉が勢いよく開き、壁に当たってどんと音を立てた。

「遅れてすみません」全員の視線が一斉に入り口に注がれた。

「ああ、ローソン議員。お待ちしてましたよ」フリードマンが全員に説明をした。「エリックはこの委員会の噂を耳にされてすぐに電話をくれましてね、参加したいと申し出てくれたんです。彼は弁護士で、青少年犯罪に関する経験もおありですから、委員として適任でしょう」

ローソンはベイリーのほうに向かい、隣に腰を下ろした。彼女はほんの少し身体をうしろにそらし、クレイを盗み見た。この女は自分のものだと言わんばかりのローソンの態度に、クレイはむっとした表情で彼女を見た。ベイリーもにらみ返した。

全員の自己紹介が終わると、知事はパワーポイントを使って説明を始めた。「ここに挙げた三つが当委員会の目的です。少し時間を取りますので、まずはよくお読みになってください。これをどのように達成するかについては、のちほどわたしから説明いたします」

ベイリーも読んだ。

一、地域ベースの現行プログラムの評価。
二、犯罪防止に関するリサーチの資料作成。
三、助成金の対象と考えられる、ギャングおよび非行の恐れのある青少年に対する各種仲裁業務の検討。

全員が読み終えると、知事が説明を再開した。「迅速性を考え、このようにみなさんをいくつかの小委員会に分けました。各委員会で何度かお集まりになり、次の全体会議に報告書を持ち寄るようお願いします。それではグループごとに分かれて、何から始めるかについての意見交換と、次の小委員会の会合の日時を決めてください」

ベイリーはパワーポイントのスクリーンを見つめた。予想どおりというべきか、彼女はシスター・マリオン、警部のネッド、そしてクレイと一緒だった。ベイリーたちの課題は地域ベースの現行プログラムの評価だ。

ベイリーの視界の端に、クレイがスクリーンをにらんでいるのが映った。彼は身体を翻すと、ベイリーの正面を向いた。熱く、強烈な視線——あの唇がそうだったように。自分でも気づかないうちに、彼女は手を口元に持っていき、指で唇に触れた。そのしぐさに、彼は意味ありげに目を細めた。こまったわ、どうしよう。

会議が終わった。ベイリーはクレイと顔を合わせないで済むように、一刻も早くそこを抜け出したかった。自分の感情がよくわからなかったからだ。だが、いまにも扉に手をかけようとしたときにエリックに肘をつかまれた。「ねえ、ちょっと待って」

「急いでるの」

「あの先生から逃げたいんだろ、そりゃ急ぎたくもなるだろうけど」

「エリック、からかわないで——」

「失礼」クレイの太くて響く声に、感じやすくなったままの彼女の皮膚が反応し、鳥肌が立った。「ミズ・オニール、少し話したいんだが」彼はエリックにうなずいた。「いいかね、ローソン君」クレイの言葉はいつもよりもさらに冷たい感じだった。彼女はちらと思った。もしかしたらこのひと、エリックの集会にジョンが行ったことを知ってるのかもしれない。

「ぼくも彼女に話があるんですがね」クレイを見て、エリックの青い瞳がぎらりと光った。

「それはそうと上院議員、ベイリーから聞きました？　彼女が、わたしの予備選挙の準備集会で息子さんとの対面を楽しんだってこと」

クレイは彼女の携帯の番号を押した。呼び出し音が二回鳴り、例のハスキーな声が聞こえてきた。今夜はそれが彼の神経を先まで震わせた。「ベイリー・オニールです」

「わたしだ、クレイだ」

はっと息をのむ音が聞こえた。「こんばんは」なぐさめるような口調。がみがみと食ってかかっては来なかった。実を言うと、クレイは半ばそれを期待していたのだが。

「どうしてこの番号がわかったの？」クレイが答えないでいると、彼女が続けた。「住所と同じってわけ？　あとメールと？」

「知事だ。小委員会で連絡するのに電話番号を交換するのを忘れてしまったと言って、教えてもらった。わたしなら安心だと思ったようだ」

「つまり、知事は何にも知らないってことね」

クレイがふっと笑った。

「電話をくれてよかった。エリックが爆弾を落としたあと、あっという間に帰っちゃったから」

「ああ。わが最大の敵とわが子が対立候補の選挙活動の場で共謀していたというニュースに言葉が出なくてね」

そして深く傷ついたからだ。だが、口にはしなかった。

「選挙活動の集まりじゃないわ。支援者がどれくらい集まるのかを知るためのただの予備集会よ」クレイが何も言わないので、ベイリーは続けた。「まあそれにしても、ジョンがしたことはやっぱり残念ね。それから一応言っておくけど、わたしは共謀なんてしていないわ。あの子があそこにいたのはぜったいに間違ってると思ったの。あの晩、ジョンにもはっきりそう言ったのよ」

「本当に？」

「ええ。ジョンとは話した？」

「ああ、また怒鳴り合いに終わったけどな」

「こんなこと聞いてなぐさめになるかどうかわからないけど、ジョンはすごく居心地が悪そうだった。わたしにちょっと言われて、悔しそうにしてたわ」

「そうか、それを聞いて、少し気が楽になったよ。今回のことは本当にショックなんだ」彼は少し黙ってから続けた。「それと、きみもその場にいたということも気に入らないな。ローソン陣営に付くというのも」しばしの間。「今日からは、余計に」

さらに長い沈黙。

「いまどこだ？」しばらくして彼が言った。

「うちよ。ローリーを寝かしつけたところ」

「息子さんとの時間を大切にな」

「クレイ、ジョンとは大丈夫よ。きっとうまくいくわ」

クレイはもうそれについて考えたくなかった。だから、彼女がいま何を着ているのか想像することにした。青いレース飾りを突き上げていた胸の頂を思い出す。はだけたブラウスの下から顔をのぞかせていた。はだけさせたのは、クレイの歯だ。

「そっちは？」

「市内のタウンハウス。議会はあと二週間ばかり休会だから、ニューヨークにしばらくいるつもりなんだ」

「そう」

「なあ、会えないか。話がしたいんだ」自分でも気がつくほど、クレイは親しげな口調になっていた。

「名案じゃないわね。お互い近寄らないほうがいいんじゃないかしら」

「来週また会うんだぞ。会議があるから」

「中立の立場で、ほかにたくさんひとがいるところでね」

「そのあとディナーは？」

「いやよ」

沈黙。クレイの脳裏に、ローソンが彼女をエスコートして知事の会議室から出ていく姿が蘇ってきた。彼女と並んで、彼女の肘に手を添えて。「今夜、ローソンと出かけたのか？」

「あなたには関係ないでしょ」

「五時間ほど前、きみはあのエレベーターの中でぼくの腕に抱かれていた」

「もうやめて。どうしてあんなことになったのかしらね。わたしたち、好きでもなんでもないのに」

「わたしのことは、少しも好きじゃないのか？」

無言。

「いま、にやけただろ」

「どうしてわかるの？」

「わかるんだ。いいじゃないか。わたしに会ったからといって、まさか地軸がずれるわけじゃあるまいし」

「ずれたわ、今日」

「え？　地軸が？」そうか、そういう意味か。「わたしもだよ、ハニー」

大きく息をのむ音が聞こえた。「そんなふうに呼ばないで」

「すまない。どうかしてた」

「切るわね」

クレイは立ち上がり、部屋の中をうろうろと歩き始めた。「ベイリー、あのことはもう話すつもりがないってことか？」

「そう。忘れるの」

「できるかな」

「そうして」

「聞いてくれ、あの――」

「おやすみなさい、上院議員。もう電話しないで」

「でも、きみからはかけられる。携帯に番号が残ってるだろ？　着信履歴に」彼は嬉しそうに微笑んでから続けた。「それと、メールアドレスとメッセンジャーのハンドルネームも」

「この電話を切ったら、すぐに全部消すわ」

「やめたほうがいい。わたしが必要になるかもしれないだろ」

「なりません」

クレイがふっと笑った。「今日のエレベーターでは、そうは見えなかったけどね、ベイビー」

「その話はやめてって言ってるでしょ」

「わかった、とりあえず今日のところは。いい夢を、ストリート・エンジェル」

「そっちもね、上院議員」

「ああ」いい夢か、どんなのか決まってるさ。「おやすみ」

7

パワーポイント用のポインターを片手に、ベイリーはカーソンシティ高校の五〇人の教師の前に立った。青少年の非行対策の特別講習会を開いて欲しいという依頼があったのだ。紹介を受け、彼女が始めた。「こんにちは。本日はお呼びいただき、大変嬉しく思います」ニック・マイケルズに向かってうなずく。校内の治安担当の警察官で、この講習会の準備をしてくれた人物だ。「みなさんは本当に素晴しい先生方だと、ニックからうかがっています」彼女はスクリーンにうなずき、「では始めましょう」と言うとコンピューターをクリックした。

「ジェット団のころは――」『ウェスト・サイド物語』の有名なシーンの冒頭が画面に現われた。シャーク団とジェット団が通りで踊り、殴り合い、ナイフで闘うふりをしている。これがもしも……。

そのシーンが終わると、ベイリーは教師に向き直った。「本当のギャングの日常はこんなものではありません。暴力的で残忍です」彼女がクリックすると、地元テレビ局の映像が流れた。緊急車両が何台も駆けつけ、甲高いサイレンの音が鳴り響き、非常灯が赤く点滅している。発砲事件が起きたのだ。人々が大声で叫ぶ。だれかが走っている――突然、背中を撃たれた。カメラが切り替わり、ひとりの少年の姿を映し出す。路上に横たわり、あたりは流れた血で真っ赤に染まっている。その場面がフェードアウトし、撃たれた少年マルコスの映像に切り替わる。フェイス・トゥ・フェイスの際に撮られたもので、顔はぼかしてある。彼がギャングについて語り始めた。「一〇歳で入ったんだ……姉貴もトレインで……五歳のガキたちにドラッグを売ったこともあるよ……」

映像が終わり、教室内はしんと静まり返った。ベイリーは効果を考え、わざと間を置いてから言った。「これが現実のギャングの日常です。こうしたことがみなさんの学区で起きないよう、予防措置を取る必要があります」

それから一時間、ギャングの手が迫りつつあるという事実を全員に納得させると、ベイリーはコンピューターの電源を落とした。「問題があると認めることは大きな一歩です。ここから何ができるか、一緒に考えていきましょう」彼女はにっこりと微笑んだ。「秋にまた参ります。こうした講習会を開き、個々の先生にできることをお教えします。エスケープでの経験を活かして、みなさんの学校と地域がギャングに侵されないよう協力させていただきます」

講習会が終わった。ベイリーは全身にエネルギーが満ちあふれている感じがした。学校での講習会のあとはいつもそうだった。ギャング活動の根絶を始めるべきところは教育機関なのだと、彼女は常々思っていた。学校は子供たちに対して実に大きな影響力を持っているからだ。彼女にとって、学校での仕事は自分が善い行いをしているという明白な証だった。スタンディング・オベーションを受け、集まった教師たちから質問攻めに遭いながら、彼女は思っていた。ウェインライト上院議員がここにいて、わたしのこの姿を見てくれたら、どんなに……。

「それでは早速、報告を聞くことにしよう。各州の現況が知りたい」チャック・スチュアートが会議の始まりを告げた。保健・教育・福祉委員会および予算委員会が選出した小委員会は、ユース・ギャング法案による助成金の振り分け方法を決定することになっていた。彼は笑みを浮かべた。「クレイ、きみはこの法案の通過の協力者だ。きみから始めてくれないか」

クレイは身を乗り出した。彼はこの物腰の柔らかい上院議員が嫌いではなかった。噂によれば、クレイと並んで、次期副大統領候補の最有力のひとりらしい。スチュアートならかなりいい副大統領になるだろう。自分と同じく。「先日、青少年犯罪対策特別委員会を開きました。委員会をいくつかの小委員会に分割しました」

「どんな具合だ？」

彼はエレベーターの中でベイリーと一緒だったときのことを思い出した。「万事順調とは言えません」

「きみに対する酷評家がいるのではないかね？」トム・カーターがきいた。

ベイリーのことをほのめかす、ジェーンの父によるこの嫌味な発言に対して、クレイは動揺を見せないよう必死でこらえた。「はい、彼女もいます」

「火花は散ったのかな？」

火花か、何も知らないくせに。クレイの脳裏に、その手の下で燃えていた彼女の肌の熱がありありと蘇ってきた。「はい。ですが先日、うまく彼女を説き伏せてエスケープを視察してきました」

別の上院議員が発言した。犯罪組織撲滅プログラムの支持派だ。「クレイ、少しは彼女の活動を認める気になった？　知ってると思うけど、あの組織、わたしはいいと思うわ」

「キャロル、理由はわかりますよ。職員は勤勉な、いい方ばかりでした。ただ、リスクが大きすぎる。法の遵守という観点で言うと、彼らはすれすれのところにいる」

「あなたの意見ではね」キャロルが言った。

「わたしの意見でもだ」トムが割って入った。

ほかの人々も加わり、ディスカッションが始まった。

議論がひと段落つくと、スチュアートは話を元の議題に戻し、各州の代表者たちに助成金の使途案を報告させた。いくつかの州は、ベイリーのと同じようなプログラムを考慮に入れていた。彼女のやり方は人気があるようだ。ひょっとすると、エスケープが反ギャング活動の全国的な規範になるかもしれない。そう考えただけで、クレイはたまらなく不快になった。

会議が終わり、トムがクレイに近づいてきた。「たしか、今晩はジェーンと夕食に来るはずだったな」

しまった、完全に忘れていた。ジェーンは今日の午後、母親とのクルーズ旅行から帰ってきている。正直、エレベーターでの一件以来、彼女のことはほとんど頭になかった。「ええ、そうですよ。ところで、飛行機の旅はいかがでしたか？」

「よかったよ。それじゃあ八時にシトロネールで」

この約束に若干の戸惑いを感じたまま、クレイはオフィスでやりかけの仕事を片付けた。まだ少し時間がある。家に戻って着替えようかとも思ったが、それはやめてジョンに電話することにした。ローソンのことでもめてから、ふたりはひと言も言葉を交わしていなかった。

クレイは息子の携帯番号を押した。

「はい、ジョンです」

「ジョン、わたしだ」

「あれ？　ああ、どうも」

「どうしてるかと思ってな。元気か？」

「まあね。〝仏教思想と行〟のテストでAを取ったんだ」

「そうか、やるじゃないか」気まずい沈黙。なぜだかわからないが、クレイの頭に浮かんだのはローリー・オニールに絵本を読んだことと、あのときに蘇ってきた懐かしい感覚だった。

「来週の土曜日、おじいさんの七〇歳の誕生日パーティーがある」

ジョンはクレイがきく前に自分から言った。「行くよ」

「そうか」沈黙のあと、クレイが切り出した。「なあ、話せないか？　しこりが残ったままだ。こういうのは好かきじゃない」

息子もすぐに乗ってきた。「ぼくもだよ。金曜の昼には行けると思う」

「よし、決まりだ」

これで少しは気持ちが軽くなった。彼はオフィスを出ると、カーター家の人々に会いに、ジョージタウンにあるレイサム・ホテルのシトロネールに向かった。そこのガラス張りのキッチンと壁は一分ごとに色を変えるというユニークな造りで、彼の以前からのお気に入りだった。

キッチンの様子がよく見えるテーブルが彼らの席だった。ジェーンは立ち上がると、クレイを温かく迎えた。「こんばんは、ダーリン」

彼はぎこちなくハグを返した。「やあジェーン」彼女のクルーズ中、何度か電話で話していたから、旅のだいたいの話は聞いていた。クレイは彼女に微笑んだ。「焼けたね。少しやせたかな」

「ありがとう」

「やせた」というのは、ほめ言葉ではなかったのだが。

彼女の母親――娘とよく似ている――に挨拶してから、クレイは夕食の席についた。

飲み物を口に運びながらも、クレイの心はジェーンのエレガントなシャネルのスーツを離れ、ベイリーのストレッチ素材の服に飛んでいた。

サラダを口に運びながらも、クレイの気持ちはジェーンのきっちり結い上げられたシニョンを離れ、ベイリーのワイルドにカールした髪に飛んでいた。

食事のあいだ中、ジェーンのほっそりした上品な顔に、ベイリーの顔が重なった。豊かな唇、赤く染まった頬、いたずらっぽい瞳……。

くそっ、まずいな。

その後、事態はさらに悪化した。ふたりでタクシーに乗り、クレイが彼女の父のDCの住所を告げた。だが彼女は手をクレイの腕に乗せてそっと身体を寄せ、クレイのタウンハウスに向かうよう運転手に言った。「久しぶりね、ダーリン」

たぶん、彼女が正しいのだろう。きっと、ジェーンと過ごしたほうがいいのだ。ベイリー・オニールのことを忘れるために。


学校で講習会を開いた晩、ベイリーは町の小さなクレープ店でエリック・ローソンと会った。ウッド調の狭い店内は客でにぎわい、人々の話し声、陶器の立てる音、ソフトなBGMがいい具合に混ざり合っていた。

「それで、今日の話はうまくいった?」エリックが愛想のいい調子で尋ねてきた。

このひとに講習会のこと話したっけ? ベイリーは覚えていなかった。「ええ、職員の方々はとっても協力的だったわ。それに興味も持ってくれたし。九月は毎週水曜日に行くことになったの」

「それはよくあることなの?」一応きいてはきたが、このひと、さっきから店内をちらちら見てばかりいる。どうせ、だれか知っているひとがいないかどうか気にしてるのだろう。

「服を脱いだときだけね」

「へえ、そう」

ベイリーは小さく首を振った。彼女は話をろくに聞かない男が大嫌いだった。ふと、クレイのことを思い出した。彼女がエスケープについて話しているときの、あの強い眼差し。建物の中を案内しているときの、あの強い好奇心。大きな声で笑ったり、ローリーについてきいてきたり。部屋のブロードウェイのポスターについてあれこれ言っていたっけ。

無視されるのは好きじゃないとエリックに言おうかとも思ったが、そこまでする気も、興味もなかった。さっさと食べてうちに帰ればいいわ。チーズ入りのチキン・クレープを平らげ、ワインを何杯か飲むと、ベイリーはほろ酔い気分になった。店の外で、エリックがタクシーを捕まえた。

彼がタクシーの扉を開け、ベイリーが言った。「ありがとう」

「そんなに急ぐことないだろ」彼はそう言うと、さっと乗り込んできた。「うちまで送るよ」

家の前に着くと、ベイリーは一カ月ほど前にクレイが来たときのことを思い出した。アイスクリームを持ってポーチに立ってたのよね。うまいこと言って、部屋に上げてもらおうとしていたわ……ちょっと、もう、何考えているの！　その考えを頭から追い出すために、ベイリーはエリックの首に両腕を回した。エリックにこれ以上の誘いは不要だった。

彼の唇は温かく、手つきは滑らかだった。背中、髪、そして腰に手を滑らせると、彼はベイリーを抱き寄せた。触られるのをどこか拒んでいる自分に気づき、ベイリーはあえてその行為に没頭しようとした。エリックはそれをゴー・サインと受け取り、両手を彼女の胸まで滑らせた。「ベイリー、寄っていきたいな」街灯の明かりの中、彼女は上気したエリックの顔を見つめながら思った。このひととすれば、クレイトン・ウェインライトへの思いを消し去ることができるかもしれない。


「もしもし、ベイリーです」彼女は受話器を握りしめ、きまり悪そうな目でベッドルームの天井を見上げた。「オニールです」

「『ベイリー』でわかるよ」クレイの声は眠たげで少し間延びしているが、嬉しそうだった。

「寝ていたかしら?」

「いや。でも、ベッドにいる」彼は咳払いをした。「ちょっと待ってて」

うわ、どうしよう、だれかと一緒なんだわ。彼女はすぐに電話を切った。ばかばかばか。ベッドから飛び起きると、キッチンに行って冷蔵庫を開けた。さっきからこんなふうに行ったり来たりしてばかりいる。エリックが帰ってからずっとだ。それで結局、クレイに電話したいという衝動に負けてしまったのだ。

でも、彼は女性と一緒だった。少なくとも声の感じはそうだった。ジェーン・カーターね。きれいでおしとやかでクールな、上院議員の娘。ふたりが一緒に写っている写真を見たことがある。お似合いのカップルだった。視線を落とし、かわいいピンクのナイトガウンを見る。

何年も前に買ったのに、ほとんど着ていない。今夜これを身につけながら、彼女はクレイのことを思っていた——ひとりきりで。エリックはとっくにアパートから追い出していた。彼と肉体関係を持つのは、どうしてもいやだったのだ。

カウンターに置いてあった携帯が鳴った。発信者番号を確認する。非通知だ。「もしもし」

「なんで切ったんだ?」彼のハスキーな声が電話を震わせた。彼女も小さくぞくっと震えた。暖かい晩なのに。

「えっと、あの……」完全に気が動転したからだろう、ベイリーは言ってしまった。「もう、だれかと一緒だと思ったからよ」

「どうしてそう思った?」

「ちょっと待ってって言ったでしょ。それに声が……いいえ、やっぱりいいわ」

「だれもいないよ」声のトーンがもう一段低くなった。

ベイリーは大きく息を吐いた。

「ほっとしたみたいだね、スウィートハート」

「それ、やめて」

「わかったよ」むっとしたようだ。「用は何だ?」

「そんなのわかるわけないでしょ」

クレイが笑った。「最近どうしてた?」

自分でも気づかないうちに、彼女は昼間の学校での講習会について話していた。クレイは最後まで聞いてくれて、いくつか具体的な質問もしてきた。「その講習会、いつか見たいな」

「どうして？」

「きみはそういうことをするべきだからさ。ぜったいに合ってると思う」

「危険なことじゃないから、でしょ？」

「それもある。でも、現在の教育にはきみのような専門家が必要なんだ」

ひょいと腰を上げてカウンターに座ると、ベイリーは足をぶらぶらさせた。みんなの憧れのアメフト部の男の子と、どきどきしながら電話している女の子みたいだ。「あなたは？元気？」何よそれ、わたしったら、もう少しまともなことが言えないの？

「今日は会議だったんだ。ユース・ギャング法案の助成金の使いみちについてのね」

「どうだったの？」

「わたしたちの対策委員会について話した。ベイリー、覚えてるだろ？」

無言。

「それと、その前に何があったのかも。エレベーターの中で」

「クレイ……」うまく言葉が出ない。彼の声だけでベイリーの身体は熱くなってきた。

彼女が言い終わらないうちに、クレイがきいた。「今夜は出かけたのか？」

「ええ」

「だれと？」

「エリック」

「くそっ」

「そっちは？」

「ジェーンと」

ふん、やっぱりそうだったのね。

「きみがほかの男と出かけるのは好きになれないな」

わたしだって。「クレイ、〝ほかの男〟って言い方、変じゃない。あなた以外のって言ってるみたいよ。じゃなかったら、いちばん大切なひと以外って」

「悪かったよ。もしかしたらって思ったんだ。二週間前、ぼくはきみのブラウスの中に手を入れた。だからそう言う権利があるかと思ったんだ」

「今夜はその手をレディー・ジェーンのブラウスの中に入れたんじゃないの？」

「気になるかい？」

無返答。

彼の声のトーンが少しだけ高くなった。「ローソンは第一ステージをクリアーしたのか？」

「そんなこと、あなたに話すつもりはないわ」

クレイが大きなため息をついた。「ジェーンとはしなかったんだ」

「あら、まずいことをきいちゃったかしら？」

「彼女は望んだんだが。しばらく留守にしてたから」

「寂しかった？」

「イエスと言うべきなんだろうが、そうでもなかった」少し間を置いて、彼が言った。「わたしに会いたい?」

「いいえ」イエスよ。

「ベイリー、何か感じないか? わたしはずっときみのことを考えてる。今夜ジェーンと過ごせなかったのは、きみのせいだ」

「クレイ、やめて」

「きみはどうなんだ?」

「エリックとは寝ていないわ」

「今夜は? 一度も?」

「一度も」

「よかった」

「クレイ、だめよこんなの」

「きみはわたしの携帯番号を残していた」

返事はない。

「今晩、電話をくれた」

「ちょっと寂しかっただけよ」

「今週会えないかな? 対策委員会でそっちに行くから」

「やめたほうがいいわ。それにわたし、とにかく忙しいし」

「だったら木曜の会議のあとでいい。一緒に出かけよう」

「怖いのよ」

「どうして?」

「ふたりきりになったら、何が起きるかわからないから」

「きみの望まないことは起きないさ」

「ねえクレイ、どうしてこんなことになったのかしら。長年の敵同士だったのに」

「いまは敵って感じがしない」

「でも、実際はそうでしょ」

「たぶん、仕事上はね。だけど、プライベートは別だよ。仲よくやれると思う」

「もう切るわ」

「食事の約束の返事、イエスって聞いてからだ。それまではだめだ」

「たぶん。今夜はそれしか言えないわ」

「オーケー。二、三日したらまた電話するよ」

返事はない。

「ベイリー、切る前にひとつだけ。いま何着てるんだ?」

彼女は視線を下ろし、シルクのナイトガウンを見た。「おやすみ、クレイ」

「気になって仕方ないんだ。おやすみなんて無理だよ」

8

クレイの召集で、青少年犯罪対策委員会の小委員会の四人のメンバーは、木曜日に彼のオフィスにやってきた。彼のニューヨークの事務所は、本人とよく似ていて広くて威圧的だった。板張りの床と壁、重厚な造りの調度品、高級そうなカーテン。部屋の匂いにさえ権力が漂っている。クレイの日常を取り巻くそうした品々に、ベイリーはあらためて彼との距離を感じた。

クレイは今週、電話もメールもしてこなかった——ベイリーにしてみれば、いいことだ。本当に。でも、今朝電話がかかってきて、オフィスの近くのレストランを予約したからと言われた。ベイリーは答えをはぐらかしたが、彼にごり押しされて断りきれなかったのだ。彼女の頭には幾千もの考えが浮かんでは消え、心は同じくらいたくさんの感情で千々に乱れていた。

「みんな、来てくれてありがとう」クレイは警官のネッド、修道女のマリオン、そしてストリート・エンジェルのベイリーに微笑んだ。

彼の視線にぐらりとなりかけたが、それもほんの一瞬だけ。彼女は気持ちを強く持った。

今日の格好はぴったりとしたオフホワイトのシルクのスカート──彼女が持っている数少ない高価なスカートのひとつ──に、明るいエメラルドグリーンの上着。エイダンがバハマで買ってきてくれたものだ。髪型をどうするかで頭を悩ませ、ようやくおでこを出してヘアピンできっちりとまとめるスタイルに落ち着いた。もう少しでメイクもするところだったけれど、やっぱりやめてよかった。

てきぱきと手早く、いかにも指示を出すのに慣れている人間らしいやり方で、クレイは議題の書かれた紙を配った。糊の利いた白いシャツのボタンは上まで留められ、グレーのスーツにペイズリー柄のネクタイを合わせている。ベイリーは思った。あんな地味な格好、わたしが好きになるわけないじゃない。

「まず、前回の会議で割り振ったそれぞれの課題の成果から聞こう。ネッド、きみの課題は現在この街で活動中のユース・ギャングを割り出すことだったな。書記はわたしがやろう」彼は腰を下ろすとネクタイを緩め、ラップトップ・コンピューターを開き、キーをいくつかたたいた。

ネッド・プライスは椅子にゆったりと腰掛けていた。五〇歳前後、しまった身体つきで、目には世の中にうんざりしたような色はあるが、鋭さもある。彼は報告を始めた。「警察は現在、四つのユース・ギャング団の活動を認識しています。うちふたつはバラクーダズとアンスラックスで、どちらも勢力は強い。残りのふたつは新興で、まあ、いずれもまねごとみたいなものですね──コンカラーズとレジェンズです」そう言うと、小さくため息をついた。

「どれも女の子のメンバーがおりまして、初めのふたつには女子だけの分派があります」

「それで?」

「警察にわかるのは以上です」

クレイはコンピューターの画面から視線を上げ、ベイリーに目をやった。「ベイリー、何か付け足すことは?」

「アンスラックスは勢力を広げつつあります。要注意ですね」彼女はクレイを見て続けた。「それと、コンカラーズの女子グループには名前があります」

「シャグズ」とネッド。

「いえ、グッドガールズに変えました」

ネッドが顔をしかめ、身を乗り出した。「どうしてそんなことがわかるんだ?」

「答える必要はないと思いますが、プライス警部」

「グッドガールズはニューヨーク史上最悪のユース・ギャングのひとつだ」ネッドが彼女をにらみつけた。「本当に連中が復活したんだとしたら、大変だぞ」

ベイリーはかつてギャングとして名を馳せたモイラへの思いに心を乱しそうになったが、努めて冷静を装った。「わかっています。かなり厄介な存在になるでしょうね」

「ギャング団の拠点は?」マリオンがきいた。

「コンカラーズの縄張りは街のウェスト・サイドだ」そう言うと、ネッドは眉をひそめた。「GGズの連中もそのあたりをうろついているというわけか」

「ベイリー、ネッドの言うとおりか？」

「わかりません。詳しいことはきいたことがないので」

「ふん、きくべきだね」警部はまた眉をひそめた。「それと、ちゃんと警察に報告してもらわないとな。GGズが復活したってことを」

ベイリーはぐっと身を乗り出した。怒りがこみ上げてくる。この警官にキレるほうが、モイラのことを考えるよりもずっと楽だ。「警部、よく聞いてください。わたしはその娘から違法な情報は何ひとつもらっていません。彼女はチャットルームにログインしてきて、ギャングの生活に疲れたと打ち明けてきました。それだけです。いまなら、五割以上の確率で救い出せるんです。でも、そのことを警察に漏らしたら最後、その娘はもちろん、ほかの数え切れないほどたくさんの子供たちも救えなくなるの」彼女は立ち上がり、背筋をぴんと伸ばすと、ネッドを上からにらみつけた。「そんなふうにごちゃごちゃ言うつもりなら、この委員会への参加は考え直させてもらうわよ」

「上等だ、やめろよ。あんたの組織に金が行かないだけさ」

「わかったわかった。ふたりとも、もうよさないか。とにかく、ひとりでも抜けてもらっては困る」クレイはベイリーの目を見て言った。「その女の子は、わたしの……知っている娘か？」

「はい」

クレイは修道女のマリオンを見た。「その娘をかくまったのか？」

この年かさの女性は身体の前で腕を組み、クレイを厳しい目でじっと見つめた。「はい。ですが上院議員、場所はぜったいに言いません。それと、わたしもベイリーに賛成です。今後もこんな調子なら、わたしも参加を考え直します」

クレイはため息をついた。「ふむ、どうやら出だしからつまずいたようだな」

ようやく事態が収拾し、彼らは落ち着いて話し合った。マリオンは苦労して作ったシェルターのリストを提出し、受け入れ態勢のある医療機関について簡潔に述べた。ベイリーも今度はだれとももめることなく、自分の組織の活動内容を報告した。

会議が終わり、マリオンとネッドは穏やかに言葉を交わしながら部屋を出ていった。ベイリーも私物をまとめ、扉のほうに向かいかけたが、クレイに腕をつかまれて引き戻された。

「ちょっと待った」

振り返ってクレイを見た。彼がネッドとのいさかいをうまく収めてくれた。ベイリーはあの警官の発言にまだ苦々しい思いを抱いていた。全部わかってるよ、と言いたげな彼の目がベイリーの心に触れた。「帰るわ」

「どうして？　わたし以外のだれかにきみの活動についてきかれたからか？」

彼女は首を振った。「そうじゃない」不意打ちを食らい、ＧＧズについて話したことで、彼女の心は不安定になっていた。

クレイが彼女を近くに引き寄せ、扉を閉めた。「ベイリー、モイラのことは知っている」思ってもみなかったことを言われ、彼女はがく然とした。「えっ？」

「知ってるんだ、GGズとモイラのこと」

「わたしのこと、調べさせたの？」

「いや、エイダンから聞いた」

「兄が？　ぜったいに許さない」

「よせ。ローリーとアイスクリームを食べた日だ。きみの話になって、わたしから尋ねたんだよ。子供たちをギャングから抜けさせるのに、妹さんはどうしてそんなに熱心なんだって」

彼女は力なく壁にもたれた。「だから何よ、関係ないでしょ」

「落ち着けよ、まあ座って」彼は隅のソファを勧め、冷水器のところに行って水を注いだ。それから向かいに腰を下ろすと、グラスを彼女に差し出した。「今夜のことで昔のいろいろな感情が蘇ってきたんだね。かわいそうに」

彼女は水をすすった。喉が詰まってうまく飲み込めない。「わたし……ときどきモイラのことを思い出すの。そうすると、もうどうしようもなくなる。不意にそうなったときは、とくに」

「話してごらん」その言葉には誠実さが溢れ、表情は優しさに満ちていた。

「どこまで知ってるの？」

「そんなには。彼女はお母さんが亡くなってからきみたちと一緒に暮らし始めた。きみは彼女のことが大好きだった」

ベイリーは目を閉じた。いまもモイラが見える。モヒカン刈りにして、へそと舌にピアスをしている。でも、だれも知らない彼女だけの思い出もある。モイラは一緒にベッドに潜り込んで、ベイリーに夢を語ってくれた。

「姉ができたのがすごく嬉しかった。よくわたしの髪を編んでくれたわ。メイクの仕方も教えてもらった。彼女はバレリーナになりたいと言っていたわ。でも、彼女のお母さんはわたしの父に……ぜったい言わなかったの。その、あなたがこの娘の父親だって。だから、彼女のうちには、ふつうの子供がするような習い事に払うお金がなかったのよ。うちのそばにダンス・スタジオがあってね、ふたりでよくこっそり行ったわ。彼女、レッスンを受けている子たちが踊るのをじっと見ていたものよ。そういうときのモイラはまるで違うひとみたいだったわ」

「ギャングの子はたいていそうだね」

「彼女が死んだとき、わたしにはとにかく信じられなかった。寂しくて悲しくてやりきれなかったの」

クレイはポケットから何かを取り出すと、彼女に手渡した。ハンカチだ。「我慢しなくていい。泣いていいんだよ」

彼女は激しく首を振った。「刑務所に入れられたときに、泣くのはやめたの」

クレイの顔が青ざめ、つらそうな表情になった。「あれは本当に……」

「いいの、クレイ」

「そうか。よかったら、もっとモイラのことを聞かせてくれないか」

彼女は弱々しく微笑んだ。「お願いだから夜出かけるのはやめてって、わたしはいつも言っていたの。一緒に暮らし始めたとき、彼女に約束させられたわ。両親にはギャングのことをぜったいに言わないって」それから顔を上げてクレイを見た。「約束を破ったことは一度もないわ」

「だろうね。驚かないよ」

「そのころからちっとも変わってない。そう言いたいんでしょ？」彼女は大きく唾を飲み込んでから続けた。「でも、もしあのときわたしがだれかに言っていたら、モイラは死なずに済んだのかもしれない」

クレイが彼女の手を握った。「逮捕された晩、彼女が外にいるのを知っていたんだね？」

優しく穏やかな手の感触が心地よく、彼女はクレイに手を握らせたままにした。クレイは指で彼女の指をゆっくりと撫でた。「うん、一晩中窓の外ばかり見ていたわ」彼女はまた大きく唾を飲み込んだ。「結局、帰ってこなかった。警察に捕まったの」それからため息をついた。「重窃盗で」

「エイダンに聞いたよ、グリーンズボロに送られたんだろ」

「グリーンズボロで亡くなったのよ」

「そうなんだってね。かわいそうに」

「父は自分を責めたわ。あの娘が生まれたことを知っていたら、何かしてやれることがあったのにって」ベイリーは喉を詰まらせた。「ねえ、もしもバレエを習ってたら、違ったと思う？」

　クレイは腕を回して、彼女をそばに引き寄せた。

「やめて、大丈夫だから」

「大丈夫じゃない」彼は腕に力を込めた。

　それでも彼女は拒んだ。「クレイ、だめ。なぐさめないで。冷静でいられなくなるから」

「きみは本当に強いひとだね」クレイはそう言うと、彼女の髪を優しく撫でた。

　ベイリーは彼をじっと見つめた。彼は親身になって、気にかけてくれている。その肩に頭を預け、赤ん坊のようにわんわんと泣きたかった。

　でも、それはできない。弱いところは見せられない。しっかりしないと。このひとの前ではとくに。「クレイ、本当にいやなの。お願い。そんなことしても意味がないから。考えれば考えるほど、罪の意識でどうしようもなくなる。でも、壊れたくない。そんなわけにはいかないの」

「話したほうがいい。気持ちが楽になるよ」

「いやよ。わたしのやり方でやらせて」

「そうか、わかったよ。きみの好きにすればいい」クレイは立ち上がり、すっと片手を差し出した。「だけど、ディナーについて『ノー』の返事はなしだ。パイパーズに行こう」

「もうあの話はしたくないわ」

「オーケー。お兄さんたちのことを聞かせてくれ」

「あなたもご家族の話をして」

「よし、決まりだ」

ゆっくりと、ベイリーは手を彼の手に重ねた。

こんなに楽しく会話をしたことがあっただろうか。ベイリーには思い出せなかった。それはクレイも同じだった。自分の気持ちをこんなに楽に話せたことは、いままでに一度もなかった……。

「うちの兄たちはみんな、ふたつずつ年が離れてるの。パトリックがいちばん保守的。奥さんが働きに出るのもいやなのよ。だから心配なの。兄が考え方を早く変えないと、あの夫婦、うまくいかないかもしれない……。学生のころ、わたしがどうしても家を出たいと言って譲らなかったら、北部の小さなカトリック系の女子校に入れられたわ。すぐそばにエイダンが行っていた男子校があってね、そんなわけですごく仲よくなったのよ……。ふつうの福祉の仕事も好きだったけど、やっぱりモイラみたいな子供たちを助けたいっていう思いが強かった。だから、昔ながらの社会福祉団体を一年でやめたの……。ローリーを妊娠したことはまったくの予想外だったわ。あの子の父親はシンガーで、パブで歌っていた。罪なほどハンサムだった。好きだったけど、愛してたわけじゃないわ。毎回避妊はしてたんだけど、もともと生理不順だから、彼と別れるまで妊娠してることも知らなかったの。わかったときは、そのひと、ほかのことで忙しくて。結婚しようって言われたけど、もうお互い別々の道を進んでたから……。うちの家族は仲がいいのよ。みんなしょっちゅう子供を連れてきてるから、いとこ同士っていうより、きょうだいみたいなの……。将来？　そうね、もっと子供を作ってるイメージはないけど、いいパートナーは欲しいわね。クレイは？」

「わたしの両親は、ハーヴァード以外は考えられないというタイプだから、ジョンが願書も出さないと知ったときは、かんかんだったよ。ふたりとも冷たくて堅苦しい人間だ。わたしはいつも距離を感じていた。だから、少なくともジョンが小さいころは、あいつとはそうならないようにがんばったんだが……。きょうだいが欲しかったな。だけど、母親は慈善事業と父親の政治活動のサポートに忙しくてね……。いやいや、政治家にはなりたかったんだ。社会を変える方法のひとつだと思ったからね。少しは変えられたと思う――今日はあれこれ言うのはなしにしてくれよ――でも、ワシントンが窮屈に感じることもあるな……。結婚相手は親に決められていたんだ。わたしの両親とカレンの両親は親友だった。彼女がラドクリフに入って、ふたりとも大学二年のときに結婚した。うん、離婚はぜったいに許されなかった。だけど、彼女の浮気がばれて、ようやく――そんなに驚いた顔するなよ。でも、なぐさめてくれてありがとう……。人生最大の後悔か、やっぱりいまジョンとうまくいってないことだな。昔はきみとローリーみたいだったんだ。でも、気づいたらばらばらになっていた。あいつが小さかったころの関係に戻そうと思ってがんばってるんだけど、いつも失敗してる。

なあ、ベイリー、何かいい方法はないかな?」

クレイはタクシーで彼女を家まで送った。ローリーは今晩、いとこのうちに泊まっているから、ベイリーは急いで帰らなくてもよかった。クレイは彼女にすっかり魅了されていた。息子や家族について語るときの目の輝き。あのすぐにむくれる口がにっこりとなった。彼は時の経つのも気づかなかった。携帯に着信が四回あったが、全部無視した。

街を走るタクシーの中、ふたりはずっと黙っていた。もうかれこれ四時間もしゃべったのだ。車の行き交う音と、無線からときおり聞こえてくる声以外、車の中は静寂に包まれていた。すぐ横に座っているから、彼女の香水の匂いが漂ってくる……ライラックの香り。運転手がセント・パトリック・ストリートの縁石に車を寄せた。

「ここで待っててくれ」クレイが運転手に伝えた。それから彼女に言う。「部屋まで送るよ」

ベイリーはクレイの腕に手を置いた。「クレイ、だめよ」

「どうして?」

街灯の明かりが彼女の瞳にきらきらと反射している。「わかってるでしょ。ここにいて。何も言わないで。それとぜったいにタクシーから降りないで」

クレイは彼女のほうに身を乗り出すと、指先であごにそっと触れた。「怖いのかい?」

「そうよ、すごく怖いの。あなたは違うの?」

「きみと何かを始めるのは怖くない」

ベイリーが悲しげな微笑みを浮かべた。「さっき話してわかったでしょ？　わたしたちは公然の敵同士というだけじゃない。人生の全部が、過去も現在も、何から何まで違いすぎるの。かみ合うわけないわ」

「その意見に賛成しないと言ったら？」

「関係ないわ。わたしの気持ちは変わらないから」頭とは裏腹に、ベイリーは手で彼の頰を優しく撫でていた。彼はその感触にうっとりとなった。「クレイトン・ウェインライト、あなたはとってもいいひとね。お互いにそういう部分を知ることができて、よかったと思っているわ。でも、わたしとあなたじゃ釣り合わない」身体を寄せ、ベイリーは彼の頰にキスをした。「さようなら」

クレイは彼女を行かせた。タクシーを降り、玄関に向かって歩くベイリーのうしろ姿をじっと見守っていた。くそっ、クレイは彼女が欲しかった。彼の身体は綱渡りの綱のようにぴんと張り、心は彼女を求めて叫び声を上げていた。だがそれでも、彼女の願いを尊重することにしたのだ。

運転席から声がした。「お客さん、おれだったら鉄は熱いうちに打つね。わかるだろ？」

クレイが彼女のほうを見ると、ハンドバッグに手を入れて鍵を探しているところだった。すぐに中に入ったら、このまま帰ろう。でも、もしこっちを振り返ったら……。

彼女を見つめたまま、クレイの身体は緊張にますます強ばった。ベイリーが鍵を見つけた。鍵穴に入れたようだ。扉が開く。中に入った。ああ……こんなにもがっかりしたことがあっただろうか。

そのとき、彼女はふと向きを変えると、振り返ってクレイを見た。

運転手の伸ばした手の中に紙幣を何枚か突っ込むと、クレイはタクシーから飛び出した。歩道を歩き、階段を上る。視線は彼女から一瞬たりとも離さずに。ベイリーは扉のところに立ったまま、凍りついたように動かなかった。クレイは彼女に近づくと、その顔を黙って見下ろし、そして待った。

長い長い時間のあと、ベイリーは中に入ると、一歩うしろに下がって彼を通した。彼女の気が変わる前にクレイも中に入り、扉を閉め、鍵をかけた。それから彼女と向き合った。大きな目は暗く、そしてとても壊れやすそうに見えた。

「ベイリー、わたしは――」

ベイリーは震える指を彼の口元に持っていった。「シーッ、何も言わないで」

それが自分の求めていた反応なのかどうか、彼には最初わからなかった。だが、彼女はクレイに近づいてきた。その唇は小刻みに震えている。ベイリーは両手を彼の胸の高さに上げると首に抱きつき、身体を押しつけた。

クレイの気持ちをあと押しするのに、それ以上何も要らなかった。両腕で彼女をぎゅっと抱きしめる。痛いくらいに力を込めたが、彼女はさらに身体を押しつけてきた。彼女の首に唇を押しつける。ベイリーもつま先立ちになり、彼に同じことをした。クレイはあとを残したいという本能に任せて首筋を思い切り吸った。ベイリーも彼の首に歯を立て、そしてその傷を癒すように優しく舐めた。体を入れ替えると、クレイは彼女を壁に押しつけて身体をずり上げた。ベイリーが両脚を彼の腰に巻き付ける。両手を彼女の肩に置くと、クレイは唇を奪った。強く、激しく。ブラウスのボタンに手を伸ばした。指先が震えている。それくらいクレイは彼女に夢中だった。ブラウスの前が開き、レース飾りのついたピンクのブラらしきものが取れると、ベイリーのふたつのふくらみが彼の手の中にこぼれ落ちた。豊満で、成熟した女性の魅力に溢れている。クレイはそれを優しく愛撫し、「とってもきれいだよ」とささやくと、片方の乳首を口に含んだ。

ベイリーは小さく喘ぐと、彼の頭を両手でしっかりとつかんだ。そこに固定させるかのように。クレイの下腹部が彼女の下腹部にぶつかった。強く押しつけながら、クレイは一瞬、そのまま爆発してしまうのではないかとさえ思った。

「クレイ、ああ、いいわ、そう、そこよ」

クレイの両手が彼女の身体の至るところをまさぐる。むき出しの肩、裸の脇腹。その間も彼は乳首を吸い続けた。

「このスカート」クレイが唸った。「脚をそうしてると、脱がせられない」

「そっちが先よ」ベイリーがネクタイを強く引っ張り、シャツのボタンがはじけ飛んだ。彼女を壁に押しつけたまま、クレイはジャケットとシャツを脱いだ。むき出しの肌と肌が触れあう。彼女は身体を震わせ、彼は呻き声を漏らした。ベイリーは彼の肩に歯を立て、クレイは頭を下げ、また乳首を攻めた。

ふたりの呼吸はまるで咆哮のようだった。「ああっ、このいまいましいスカートめ！　ベイリー、脱いでくれ」

クレイが一歩下がると、ベイリーは足を床に下ろし、そのまま彼のベルトを外しにかかった。クレイはふと我に返り、まだ階段の下の、狭い玄関前にいることに気づいた。

「二階だ」手をつかみ、クレイは彼女を引っ張っていった。だが、わずか三段上がったところで、ベイリーが彼の腰にうしろから抱きついてきた。彼は思わず体勢を崩して膝をついた。ベイリーは彼の背にキスをし、手をベルトのバックルに伸ばし、一気にパンツから引き抜くと下に放り投げた。バックルが階段に当たって金属音を立てる。彼女は腰に腕を回したまま、今度はパンツのジッパーを下ろした。指を下着の中に潜り込ませ、彼のものに近づく。あまりの興奮に、クレイは目眩がした。

「んんん、くそっ」

クレイはどうにか彼女の動きを制し、向きを変えた。二、三段上に座る格好になる。すかさずベイリーは彼のパンツを引きずり下ろし、靴を脱がせ、靴下をむしり取った。ひとつ下の段にひざまずき、ベイリーは彼の股間に顔をうずめた。無意識のうちに、クレイは両手で彼女の頭をつかんでいた。指で彼女の髪をくしゃくしゃにしながらも、頭をその場から動かさないようにした。快感の瞬間が何度か訪れたあと、クレイは彼女を制した。

「いや……」

「待ってくれ……」クレイはよろめきながら立ち上がり、彼女をそばに引き寄せると、スカートを引きずり下ろした。「くそっ、何だ、これ……ガーターベルトか？　ああっ、もう我慢できない」クレイはがばっと彼女を抱き上げた。

彼女は暴れたが、クレイはそのまま階段を上りきった。ベイリーは鍵を鍵穴にうまく入れられず、二度あやうく落としそうになった。ようやくドアが開いた。

中に入るや、クレイはソファに直行した。どさりと彼女を降ろしたところで、我に返った。

「コンドームがない。頼む、あると言ってくれ」

「洗面所のキャビネット、いちばん上の棚」

クレイは素早く動き、洗面所を見つけると、扉の蝶番が外れそうな勢いでキャビネットを開け、すかさず戻った。

ベイリーにはもう何も考えられなかった。ただただ本能のままに動いていた。クレイがコンドームの箱を持って戻ってきた。濃い色のぴったりした下着が目に入る。そして彼の姿。興奮に全身が拍動している。彼がコンドームの箱を開けるのに手間取っているあいだに、ベイリーは先手を取ってブリーフを引き下ろし、彼のものを手に取った。口づけをし、そっと撫でる。彼の準備が整うと、ベイリーはソファに荒々しく押し倒された。クレイがクッションに片膝をつき、彼女の両脚を持ち上げた。「こっちを見るんだ」それだけ言うと、クレイは彼女の中に押し入った。

ベイリーの中が彼でいっぱいに満たされる。こんなにも自分を満たしてくれた男性は初めてだった。クレイは彼女の膝を抱えたまま、じっとしていた。

「やめないで」

「いや、ちょっと待った。じゃないと……」

ベイリーは彼の腰をつかむと、ぐいと引き寄せた。

クレイは身体を硬直させ、呻き声を上げると、激しく腰を突き立てた。

わずか二回の動きで、彼女は鮮やかな色と音の爆発に包まれた。意識が遠のくほどの快感が押し寄せてきた……。

気がつくと、ベイリーの上にクレイの信じられないくらいがっちりとした身体が乗っていた。胸が激しく波打ち、荒い息が顔にかかる。彼のものはまだベイリーの中にあった。彼女は手をクレイの首筋に伸ばし、シルクのように柔らかな後れ毛の感触を楽しんだ。肩にキスをした。耳にも。彼はまだ動かない。鼻を近づけ、息を思い切り吸い込んだ。男性の匂いとムスクの香りがした。

「クレイ？」しばらくしてベイリーが言った。「大丈夫？」

彼はベイリーの首元でつぶやいた。「信じられない。まだ生きてる」

ベイリーはくすくすと笑い、それが彼の胸で反響するのを感じた。ようやく彼はゆっくりと身体を起こした。ベイリーの頭のすぐ横にあるクッションに腕を乗せると、彼女の顔をじっと見下ろした。

こんなふうに見てくれる男性は生まれて初めてだった。つけっぱなしにしていた小さな明かりの薄ぼんやりとした影の中、彼の深みのある表情を見ているうちに、ベイリーはつつましい気持ちになった。クレイは手で彼女の頰を撫でた。

「素晴しい……」

「あなただって」

「驚いたよ」

「わたしもよ」

「ほんとに――」

「よかったわ、クレイ」ベイリーは彼の目を見つめながら、ふと怖くなった。取り返しのつかないことをしてしまったのかもしれない。「よすぎたわ」

「いいや、そんなことないさ」彼はそれしか言わなかった。

クレイに裸の背中を撫でられ、ベイリーは全身がぞくぞくとし、神経の先まで熱くなった。彼女はクッションに顔を埋めた。クレイが身体をかがめて背中にキスをした。「きみの肌、クリームみたいだ」

「あなたの手、とっても気持ちいいわ」

クレイに腰のくぼみをさすられ、彼女は呻き声を上げた。彼が指先をヒップの下、腿の付け根に走らせると、彼女の身体が小さく震えた。クレイはゆっくりと彼女の足を上げ、甲を揉んだ。力を込めて強く。ベイリーはため息を漏らした。「堕落しそう」

クレイはまた身体をかがめると、彼女の首に口づけをした。「あとが残ってるよ、スウィートハート。キスマーク。それから手のあとも」

頭を持ち上げ、ベイリーは肩を見やった。「あらやだ、ほんとね」

「激しすぎたかな？」

「さあ、どうだったかしら。気を失いそうだったから」

クレイが笑った。満ち足りた男の声だ。「わたしもだ。ほら、傷になってる」

「ごめんなさい」

「いや、嬉しいよ」

クレイは指を彼女の髪に潜らせ、頭皮をマッサージした。ベイリーはしばらく彼の奉仕を受けていた。でも、いつかは言わなければならない。彼女はついに切り出した。

「クレイ、これでおしまいよね」

「まだまださ。またするよ」ベイリーの太腿の上で彼のものが硬くなるのが感じられた。

「それもたぶん、すぐにね」

「そうじゃないの」

クレイの手が止まった。「どういうことだい？」

「今夜限りにしましょう。これはあの、何て言うか、事故みたいなものよ」

クレイがまた愛撫を始め、彼女はまた小さく震えた。「わたしの意見は聞いてもらえないのかな？」

「意見？」

「ふたりでまた会うことについて。今夜限りじゃなくて」

ベイリーは仰向けになった。彼は片肘をついて横たわり、右手で髪を触っている。ほんとにすてきなひとだ。瞳は琥珀色に輝き、顔は赤く上気してる。すごく男らしくてセクシー。でも、このひとはわたしのものじゃない。彼女は言った。「まさか、この関係に未来があるなんて思ってないわよね」

クレイの顔色が曇る。真剣な面持ちになった。「ベイリー、自分でもよくわからないんだ。正直言って、まだ混乱している。ついさっき、おかしくなったばかりだから」

「あら、わたしのせいかしら？」

クレイは彼女の鼻先にキスをし、顔にかかる髪を指でうしろに撫でつけて言った。「そう、きみのせいだよ、ダーリン」

ベイリーの心臓がどきっとなった。でも、彼に知られるわけにはいかない。「ねえクレイ、すごくよかったわ。さっき言ったのは嘘じゃない。こんなのは初めてよ」

クレイは狼のような不敵な笑みを浮かべた。「その言葉がどんなに嬉しいか、きみにはわからないだろうな。わたしは四五だからね」

「お世辞じゃないの。でも――」

クレイの指が彼女の唇に触れた。「いまは〝でも〟はなし」

クレイは唇を重ね、深く吸った。それから首、身体へと口を滑らせる。唇が腿のあいだに到達した。ベイリーは目を閉じ、ため息を漏らすと、その舌を受け入れた。

その後、ベイリーのお返しが終わり、クレイは彼女を胸に抱き寄せた。小さな明かりのついた、しんと静まり返ったベッドルームの中、彼の心臓の鼓動にベイリーは安らぎを覚えた。唇を髪に押し当てたまま、クレイがささやいた。「言わなきゃならないことがある」

「どうぞ」

「こんな素晴しい体験をして、きみを手放すわけないじゃないか」

ベイリーは彼の胸骨にキスをした。「クレイ、現実を見つめて。理性的になるの」

「理性なんてクソ食らえだね」

「DCのだれかに知られたら、そんなこと言ってられないんじゃないの?」ベイリーは意味深な感じで言った。「もしくは、お互いの家族にばれたらね。兄たち、あなたのことをさんざん罵ってボコボコにするわよ。わたしは引き離されて、きっと修道院に送られる」

「いくらなんでも、それは大げさだろ?」

彼女の身体が強ばった。アンダーソンヴィルでのことを思うたびに、身体が勝手に反応してしまうのだ。「わたしが刑務所に入ったことで、あなたのことを恨んでるのよ」

背中を撫でていたクレイの手がぴたりと止まった。「ハニー、きみも?」

彼女はその親しみのこもった呼び方を無視した。そのせいで全身に広がった温かさも。

「いいえ。わたしが法律を破ったんだから、しょうがないわ。あなたがあんなに優秀な検事さんじゃなかったらよかったのにとは思うけど、わたしをアンダーソンヴィルに送ったのは司法制度。あなたじゃないわ」

「自分を傷つけた相手に、きみはいつもこんなに優しいのかい？」

「傷つける、か……」ちゃんと顔を見て言わないと。肘をついて上半身を起こすと、ベイリーは両手を彼の胸にそっと置いた。「クレイ、ほんとによかったわ。でも、よすぎるの。これ以上深入りするのはやめたほうがいいと思う。お互いに傷つくだけだから」

「どうして？」

「わかるでしょ」

「わかる。でも、きみの口から聞きたいんだ」

「なら言うわよ。わたしたち、惹かれ合ってるから。しっくり来るの。ベッドの中だけじゃなくて」

「だからこそ、きみを手放すつもりはない」

「どうやったってうまくなんていきっこないわ」

「どうして？」

「仕事に関する考え方が違いすぎる。共存なんかできるわけないでしょ」

「わたしより仕事を選ぶのか？」

彼女の顔色がさっと変わった。冷や水をかけられたかのような表情だ。「要するにそういうことなの？　わたしにギャングにかかわる仕事を辞めさせるための手段ってわけ？」

急に身体を反転させられたので、ベイリーは一瞬息ができなかった。クレイが彼女の手首をぎゅっと握った。「そんなこと二度と口にするな。それらしいこともだ。まったく、何を考えてるんだ。どうかしてるぞ」

「わたし……」

クレイの目が怒りに燃えている。「なぜそんなひどいことを言うんだ。侮辱するにもほどがある」

「ごめんなさい。あなたがそんなことするわけないわよね」本音を言えば、不安がないわけでもない。でも、クレイが本気で怒っているから、とりあえず発言を取り消しておくしかない。

クレイは頭をどさりと枕に落とした。「くそっ、冗談じゃない。いいかいベイリー、わたしはきみにそばにいて欲しいんだよ」

「幸か不幸か、仕事上ではそうなってるじゃない」

クレイはまた肘で身体を起こすと、手を伸ばして彼女の胸を包んだ。「違う、こうしたいんだ」

言っちゃだめ——彼女は自分に言い聞かせた——だめよ。でも、いつものように、彼女は理性に耳を傾けなかった。「そうね、セックスだけの関係はありかも。でもそれだけよ」

「それでうまくいくと思うのか？」

「チャンスはそれしかないわ」

クレイは考えているようだった。

「しかも、だれにもばれないように」

クレイが眉をひそめた。「なんだか惨めだな。それに不潔だ」

「ふたつにひとつよ、上院議員さん。これがわたしにできる最大の譲歩」

クレイは信じられないほど長いあいだ考えていた。

そしてこの条件を飲んだ。それから彼女を抱いた。もう一度。


「ベイリー」寝ぼけてぼうっとした頭に声が響く。それを払いのけるように、彼女は隣で寝ている男性の隣で丸くなった。

ベッドルームの扉の外から、また聞こえてきた。今度はもっとはっきりと。「B？　ぼくだ、エイダンだよ。出てきたほうがいいと思うよ」

彼女はゆっくりと目を開けた。「ううん？」

クレイは隣に横たわっている。眠っているくせに、彼女がベッドを出ようとすると、抱きついてきた。男性のいい匂いがする。それにとっても温かい。ベイリーは彼の腕の中で身体を丸めた。

「ベイリー、早く！　じゃないと、ほんとに後悔するぞ」

彼女はそっとクレイから離れ、その姿にあらためて見とれた――大きくて筋肉質で、髭が少し伸びかけてて、わたしのベッドで安心し切っている。彼女は床に落ちていたローブを羽織り、リビングに向かった。ベッドルームにだれがいるのか、エイダンにばれないようにするにはどうしたらいいんだろう。男性といたって、彼は気にしないはず。でも、その相手がクレイトン・ウェインライトとなると話は別だ。エイダンに玄関の合鍵を渡すんじゃなかったわね。

「ちょっと待って、いま行くから――」ベッドルームの扉をしっかり閉めて振り返った瞬間、彼女は目を疑った。えっ、どうしよう……。

パトリックが壁に寄りかかって立っていた。ひとも殺しかねないような、もの凄い形相でこっちをにらみながら。

ディランはローリーの野球のボールを片手でトスしている。

エイダンは笑いをこらえていた。

「リアムは？」ベイリーがきいた。ばかみたいに。

「子供とおまえの息子を朝飯に連れていった。おかげであの子らは見なくて済んだよ。エイダンが玄関を開けたときの光景をな」

眠いのと昨夜のセックスのせいで、ベイリーの頭はまだぼんやりとしていたから、何を言われてるのかが、すぐにはわからなかった。黙っていると、エイダンがピンクのブラを掲げた。やだ、しまった。わたしの服もクレイのも玄関口から階段、リビングまでそこら中に散らばったままだったんだ。彼女は真っ赤になった。

ディランがベッドルームの扉に向かって歩き出した。ベイリーがそれを制した。「ちょっと、何をするつもり」

「だれがいるのか確かめるのさ」

「どうして？」

「だれかさんがうちの妹とやった。兄としてそいつに会うのは当然だろ？」

ディランが割れたガラスの先のような鋭い目でにらんだ。「おれの記憶だと、ここに男を引っ張り込んだことは、これまで一度もなかった」

「そのとおり。ないわよ」彼女は三人を見やった。「こうなるからよ、たぶんね」

「おい、少しはちびのことも考えろよ」パトリックの声は恐ろしいほど父親に似ていた。

「それにおまえ、今日は一日リアムの子供たちを預かることになってただろ」

「忘れてたのよ。兄さんたちが三人も、わざわざ来ることになってたこともね」本当は自分の名前すら忘れていたのだが、それは言わなくていい。

こらえきれず、エイダンがくっくっと笑った。「ふうん、よっぽどよかったんだろうねえ」

「笑いごとじゃない」とパトリック。

「そうよ」ベイリーはあえて高飛車に出た。「いちいち干渉しないでちょうだい」

ディランが一歩前に出た。「おれが抑えとくから、パディ、その隙にベッドルームに行け」

タフに振る舞うコツなら心得てる。ベイリーがぴしゃりと言った。「やってみなさいよ。そうしたらもう兄妹でもなんでもないからね」

この脅しは効いた。刑務所に入って以来、彼女の最後通牒に対する兄たちの態度は一変した。妹はやると言ったら本当にやるということが、彼らにもわかったのだろう。

パトリックとディランはあとずさりした。みんな、ごめんね、とベイリーは思った。彼女はパットに近寄ると、両腕を首に回してキスをした。「愛してるわ、パディ。みんなも。でも、もう三六よ。わたしにはわたしの人生があるの」

「それがあれか。服を玄関から階段まで脱ぎ散らかして」皮肉たっぷりの言い方だが、少なくとも怒ってはいないようだ。

「ごめん、うかつだったわ。ローリーたちを連れてくる日だったのにね。もしかしたら近所のひとにも迷惑をかけたかも」

パトリックが彼女をハグした。ベイリーは同じことをディランともした。

エイダンには、お願い、助けてという視線を送った。

「さあ、もういいだろ。リアムたちと一緒にダイナーで待ってようよ。B、あそこだよ、この先のいつも行ってるところ」エイダンが助け船を出した。ぼくらはそこにいるから、中にいるのがだれかは知らないけれど、そいつがアパートを出るところを見られずに済むよ。要するに、彼はそう言ってくれているのだ。

上のふたりの兄がしぶしぶと出ていった。エイダンはベイリーに歩み寄ると、何かを手渡した。「ぼくが見つけたんだ。あのふたりじゃなくてよかったね。ツイてたよ」

それは、バターのように柔らかい皮製の財布だった。

「中は見た？」

「見るまでもないね」エイダンは表面に押されたC・Wのイニシャルをあごで指した。それから彼女の鼻にキスをした。「じゃ、あとでね。早く行かないと。兄貴たちが戻ってくるかもしれないからさ」

エイダンの腕をぎゅっと握りながら、彼女は階段の下まで送り、服を全部拾い集めた。階段を上がろうとするときに、ディランの声が聞こえてきた。「あいつさ、まじでよかったんだな。まったく、おれらのかわいい妹にそんなところがあったとはね」

彼女はふふっと笑った。兄さんたちは大丈夫。でも、このお祭り騒ぎのお相手がだれかは知らなくていい。

そう思いながら扉を開け、もう一度クレイの寝顔を見たとたん、彼女はなぜだか少し悲しくなった。昨日の夜を思い出すと、胸が熱くなる。あのセックス。ええ、よかった。でもあの優しさ、それとあのすごく安らぐ感じは……。まさかこんなふうになるなんて。

彼女はベッドに四つんばいなると、クレイにお目覚めのキスをした。眠そうな目で微笑むその顔に、ベイリーは思わずにっこりとした。「おはよう、大物さん」

「やあ、ハニー」

親しげに呼ばれ、彼女は下唇を噛んだ。「いいもの、見逃しちゃったわね」

クレイはベイリーのローブの中に手を滑り込ませた。「そんなことないと思うけどな」

ベイリーはクレイの手をつかんだ。「兄たちが来たの」

長いまつげの目を大きく見開き、クレイは上半身を起こしてベッドの上にあぐらをかいた。うしろで枕が床に落ちた。「いつ?」

「たったいまよ。ずっと眠ってたのね」

「いいセックスをすると、いつもこうなるんだ」

「クレイ、覚えてる？　昨日ここに上がってくる前に何をしたか」

彼は眉をひそめたが、すぐに気がついた。「うわ、まいったな。服が……」

「あなたの財布を見つけたのがエイダンだからよかったんだけど。そうじゃなかったら、いまごろは兄たちがここに勢揃いしてたわね」彼女は身体をうしろにずらして続けた。「ちょっと行ってくる。一〇分したら来いって言われたの」

「いまから？　冗談だろ」クレイは彼女に手を伸ばした。

「だめよ、ほんとに。じゃないと、あのひとたちのことだから、また戻ってくるわ」

「だけど、お兄さんたちはどうしてここに？」

ベイリーはベッドから降りると、ローブをはらりと落とした。

クレイの口が半開きになった。「くそっ、ベイリー、ほら、戻ってこいよ」

「だーめ」ベイリーはバスルームに行き、シャワーを浴びると、タオルを巻いて出てきた。

クレイはまだベッドに座ったままだ。ハーレムの女を見つめる君主のような顔をしている。こういうのも悪くないわね、と彼女は思った。兄さんと子供たちが待っていなければ、幻想の続きに浸るのに。

引き出しから下着を出して身につけながら、彼女はさっきのクレイの質問に答えた。「ローリーを送ってきてくれたのよ。それに、今日はわたしがリアムの子供たちの面倒を見ることになってるの。リアムが連れてきてくれたんだけど、あとの三人もついてきたのよ。みんなで朝ご飯を食べようって」

「ローリーは見たのか？」

「いいえ、リアムが先にダイナーに連れていってくれたから」

ベイリーはジーンズを穿き、ナザレス大学のTシャツをかぶると、スリッポンに足を突っ込んだ。「行くわね」ベッドまで行き、しっかりとキスをした。「コーヒーでも飲んでいて。一時間くらいかな。それまでには帰ってね」

「いやだ」

彼女は問いただすような目を向けた。「いや？」

「わたしも一緒に行こう。お兄さんたちにわたしたちのことを話す。隠すことはない」

「昨日の夜のこと、忘れたの？」

彼の視線が鋭くなった。「何から何まで覚えている」

「ひとつ忘れてるわ、明らかにね。クレイ、これはセックスだけの関係。しかもふたりだけの秘密の」

「それでいいなんて言ったか？」

「たぶんね」

「そういうのは好きじゃない」

「好きも嫌いもないの。ねえ、もう行くから」

彼女のうしろ姿を見つめながら、ベッドからクレイが言った。「どうしても納得できないよ、ベイリー」

彼女は戸口のところで振り返り、肩越しにいたずらっぽい笑顔を向けた。「あんな夜のあとだもの、そりゃそうでしょ。帰るときは、戸締まりお願いね」

9

タズは簡易ベッドの中で寝返りを打った。薄目を開けると、三人の女が床に車座に座っているのが見えた。全員、髪をブリーチしてメッシュを入れている。ワルぶっているが、ただの小娘《スカンク》にしか見えない。そこら中にピアスもしてる――鼻、へそ、舌。ふん、ギャング気取りのガキが。どうせ、自分はよっぽどタフだとでも思ってるんだろう。ストリートの本当の怖さをこれっぽっちも知らないくせに。三人とも家出をしてきたようだ。ジェントル・ハウス・シェルターの職員はこいつらを親のところに戻したいらしい。まあ、あたしの知ったことじゃないけどさ。

「何見てんだよ？」ひとりがからんできた。

「べつに」タズは彼女たちに背を向けたが、話し声は聞こえた。

「一晩中……あいつとやったらしいぜ……ぜったい許さねえ」

まだ夜の一〇時くらいだったが、タズは疲れていたし、ここでなら安心してごろごろしていられる。真夜中、酒と汗の臭いをぷんぷんさせたあのクソ野郎にたたき起こされることもない。

ストリート・エンジェルに礼を言わねえとな。

タズはうとうととした。夢を見た。子供のころに戻っている。母もいる。ライラックのいい香りがする。ふたりで小さなベッドの上に並んで座り、お話を読んでいる。タズはお話を声に出して読むのが大好きだった。「おやすみなさい、おつきさま。おやすみなさい、おひさま。おやすみなさい、おほしさま。おやすみなさい、みんな」

「タズはほんとにおりこうさんね」母が軽やかな声で優しい言葉をかけてくれる。ママはいママはいいひと。パパはわるいひと。「愛してるわ、スウィーティー。あなたが生まれてくれて、ママは本当に幸せよ。タズにもいつか、かわいい女の子ができるといいわね」

タズは母に身体をすり寄せた。

そのときだった。扉が開いてバタンと閉まり、母の身体が強ばる。怒鳴り声。この安全な繭の外から聞こえてくる。タズは耳を閉じると、母の胸の中に顔を埋めた。

床をどしどしと歩く音。

「どうしましょう」母がベッドから飛び降りる。タズを胸に抱いたままクローゼットへと急ぐ。ふたりの聖域だ。「シーッ、いい子だからね。静かにしてれば、見つからないから」母が中から鍵をかける。ここにはひとりで隠れたこともある。父に見つからないように。

暗く、物でごちゃごちゃのクローゼットの中、タズはじっと我慢しながら祈った。どうかパパに見つかりませんように……。

恐怖に目が覚めた。上半身を起こす。息が荒い。手探りで母を捜した。お母さん、どこ？

窓から差し込む細い月の光の中、少しずつ焦点が合い始める……簡易ベッドが一〇台、兵舎のように整然と並んでいる。壁の十字架、開け放したままの扉。もごもごという寝言やいびきも聞こえる。そうだ、ストリート・エンジェルが用意してくれたシェルターにいたんだった。それに母はもういない。ひき逃げ事故で死んだ。タズをひとり、怪物のもとに残して。

甘美な夢の名残と悪夢のように苦い現実に対する思いを振り払いながら、タズは枕の下から携帯を取り出した。シェルターに来るような連中は、何でも片っ端からかっぱらう。だから、持ち物は全部隠しておかなくちゃならない。画面の時計を確認した。午前三時か。タズはもう一度横になって目を閉じたが、眠気はやって来そうもない。シェルターは楽しいところではなかった。退屈だったが、ほかの連中と交わるつもりもなかった。それでもまあ、うちにいるよりはましだ。それに、足を洗う手助けをしてくれるというストリート・エンジェルの言葉も信じようと思った。ため息をつくと、彼女はまた目を閉じた。

ストリート・エンジェルの思い出が蘇ってきた。あいつ、ライラックの香りがしたな。お母さんと同じ匂いが。

ベイリーはさっきまでローリーと部屋でビデオを見ていた。ベッドを降り、テープを止めたとたん、彼女は驚いた。テレビにクレイが映ったからだ。どこかのオフィス・ビルに向かって歩いているところを、待ち伏せしていた記者に捕まったようだ。クレイは元気そうだった。全身に気力がみなぎっていて、若々しい。動作も優美で、きびきびとしている。

そのいい身体はどうやって維持してるの?

ラケットボール。かなりいけるんだ。

画面の中、彼は記者の質問に答えていた。その低い声の響きに彼女の身体が小さく震えた。一緒に過ごした晩以来、会っても話してもいない。セックスだけの関係、と自分から言ったのだ。だから花束も電話も期待なんかしてない。でも……。

「このおじさんにまたあいたい」ローリーがベッドから言った。

「うん? どのおじさん?」

「あのおじさん」ローリーはテレビを指さし、にっこりと笑った。「『かいじゅうたち』のごほんをよんでくれたんだ」

「そうなんだってね」ベイリーは薄手の綿のパジャマに身を包んだ、彼女の〝かいじゅう〟のもとへと歩いていった。そろそろ冷えてくるから、足まであるやつを着させないと。

息子が小さかったころが懐かしいな。できることなら戻りたいよ。……息子さんとの時間を大切にな。

「ママ、あのひとぼくすき」

「そう。さあ、もうおねむの時間よ」

「ママー」

「やれやれ、ローリーはほんとに夜更かしさんね。もう一〇時よ」

「おばあちゃんちでおひるねしたもん」

「はいはい。じゃあ、お話ひとつだけよ」ベイリーはあくびをしながら、ベッド脇に積んである本の山から一冊手に取ったが、ローリーはそれよりも早く別の本をさっと差し出した。

「これがいい」彼は目をいたずらっぽく、きらきらとさせて言った。

「もう、わるいこさんねえ」トミー・デ・パオラの『上のおばあちゃん　下のおばあちゃん』を読むと決まって母が涙ぐむことを、この息子は知っているのだ。

ローリーは気持ちよさそうに身体を丸めて寄り添ってきた。ベイリーは鼻をすすりながら最後まで読んだ。

布団に入ると、ローリーは指を二本しゃぶりながら言った。「おやすみ、おやすみ」それから眠そうにため息をついた。「あえる？」

「だれと？」

「テレビのあのおじさん」

「かもね。さあ、もう寝なさい」

ベイリーはキッチンに行ってコーヒーをいれた。そわそわとして落ち着かない。ずっとそうなのだ、あれ以来……。だめよ、思い出しちゃだめ。ふと、ポットの横に置いてあった大きなマニラ封筒に気がついた。エイダンがローリーに、ママにね、と言って渡したらしいが、すっかり忘れていた。コーヒーをドリップし、彼女は腰を下ろして封筒を開けた。中身を取り出して驚いた。「えっ、ちょっと、何よ」彼女の心を悩ませ続けている男が現われたからだ。エイダンがテールズ・フォア・トッツで撮影した写真だった。最初のは演壇に立っているクレイ。たぶんスピーチをしているところだろう。背が高く、信じられないくらいにハンサムだ。さっきテレビで見たのと同じ顔。ベイリーはその高い鼻とがっちりとしたあごを指でなぞった。写真は白黒だったが、きれいな琥珀色の瞳をありありと思い浮かべることができた。それと、濃くて長いまつげも。

次の一枚は彼とローリーが本を読んでいるところだった。やだ。わたしの息子を胸に抱いてるじゃないの。ふたりとも本に見入っているようだ。ローリーは目をくりくりさせながら、かいじゅうたちのおかしな姿に没頭している。そのふたりから彼女は目を離すことができなかった。しばらくしてようやく、彼女は最後の写真をめくった。うわっ、どうしよう。ローリーはいつもするように身体を丸めてクレイに寄り添い、イタリア製の高級そうなスーツに鼻を押しつけていた。エイダンは見事に、クレイがローリーの頭にキスをした瞬間を捕らえていた。彼の優しさに溢れるしぐさに、ベイリーの胸の奥がぎゅっとなった。

写真を脇に投げると、彼女は立ち上がってコーヒーを注ぎ、コンピューターの前に座った。起動中は常にインスタント・メッセンジャーにつなげている。閉じようとしたとき、ローリーの呼ぶ声がした。

ローリーのベッドからキッチンに戻ってみると、ClayFeetのメッセージが届いていた。

なあ、IrishCream、これで丸一日待った。きれいなバラの花束も贈らなかった。花屋の前で一〇分ぐらいじっと見てたんだけどね。電話もしなかった。そうすればきみの素敵な声が聞けるっていうのに。どう、すごいだろ? 驚いた声でも聞かせてくれよ、ハニー。

ハニー……。その呼び方はやめてって言ったわよね。ペットじゃないんだから。それと思い出させてやらないと。これはセックスだけの関係なんだって。そんな手には乗らないわよ。自分のしてることがわからない、そのへんの世間知らずの女とは違うんだから。元気？

まあね。寂しかった？

あら？ 寂しくなるような関係じゃないと思ってたんだけど。

言うは行うよりやすしだよ、お嬢さん。クレイはいったんタイプの手を止め、また再開した。この手に感じたきみの肌触りが頭から離れない。

彼女はすぐには返事を打たなかった。

ちょっと行きすぎだったかな？

下ネタはオーケーよ。

下ネタ？ まいったな、またもや一五のころを思い出すね。

こっちもよ、大物さん。

一五のころはどんなだった？

かなりぶさいく。

嘘だね。髪はいまと同じでカールしてた？ うしろから見ると、流れる滝のように美しい。

流れる滝のように美しい、だって。まったく、こんな表現を使うひとがいるなんてね。でも、そりゃそうよね。このひと、頭がいいんだもの。ハーヴァードを出てるのよ。ちゃんと覚えておきなさい、ベイリー・オニール。

そう、癖っ毛。大嫌いだったわ。

水のように滑らかな手触りだ。

もうっ、また。彼女はコーヒーをすすった。椅子の背にもたれ、画面を見つめる。

チャイムが鳴った。きみの番だよ。

どういうこと？　上院議員さん、ひょっとしてお世辞を言ってもらいたいわけ？

そのとおり。

ベイリーは声に出して笑ってしまった。すごかったわ、クレイ。ほんとに。

もっと具体的に。

具体的？

そっ。何がよかったのか。あのとき。

全部よ。肌に触れる指の感じがよかったわ。すごく力強くて、男らしい。パワフルだった。

いくときのきみの声、最高だったな。

声？　出した？

ああ。とっても女らしかった。すごくセクシー。クレイがタイプを打つ手を止めた。彼女も。そして彼が打った。また会いたい。

だめよ、早すぎるわ。オーケー。

議会は休会中で、しばらくニューヨークにいる。今週は時間が取れる。

こっちはばかみたいに忙しいの。

頼む。

金曜なら、たぶん、昼間。仕事は四時から。

よし。午前中から。夕方までずっとベッドで。

午後はローリーと過ごすの。午前中は保育園。

なんだよ。時間ないじゃないか。

しょうがないでしょ。

ならわたしのところで。パークランド一四八。

彼のところには行きたくない。先週兄たちとごたごたがあったばかりだから、うちにもしばらく入れないほうがいい。いやよ。ホテルのほうがいい。これはセックスだけの関係なんだとはっきりさせなくちゃ。

わたしが払うという条件なら。サフォックス、四四ストリートとパーク・アヴェニューの交差点のホテル。予約しておく。アーリー・チェックインができるから。それから、彼がきいてきた。今週電話してもいい?

名案とは思えないわね。

頼む。

ここは突っぱねないと。だめ。

長い沈黙。わかった。金曜の朝九時ごろに。続いてメッセンジャーからの知らせ。

ClayFeet はサインオフしました、10：44pm。

もう、失礼ね。

電話を許さなかったのがしゃくに障ったのだろう。でも、と彼女は思った。だから何よ。仲よくなるわけにはいかないんだから。彼と寝るんじゃなかったという後悔の念さえあったが、かといって、ベイリーは彼を頭の中から完全に追い出すこともできないでいた。だからこそセックスだけの関係で、と自分を納得させようとしているのだ。

立ち上がり、キッチンのテーブルに行ってまた写真を手に取った。クレイと息子の姿をじっと見つめながら、ベイリーは決意を固くした。このまま態度を変えず、この関係についての基本ルールをはっきりさせるしかないわ。

「どう思うかね、クレイトン?」

「えっ、何でしょうか?」

ルー・ジェイコブズ――ニューヨーク市長、この会議の責任者――が、向かいのテーブルに座るクレイをじっと見据えている。「最後の点について、きみの意見をうかがったんだが」

「すみません」クレイは慌ててメモを見た。「これには賛成です……」続いて、彼は自分の見解を述べた。目の前の仕事に集中するんだと心の中で言い聞かせながら。

休憩時間、市長がクレイに近寄ってきた。「クレイトン、何か考え事でもしていたのかな?」

自分のために時間を割いてくれない女のことを考えてました。

正しくは、割いてくれないわけではない。でもあの晩、チャットを一方的に終わらせてしまったのが気になっていた。彼女は電話を認めてくれなかった。クレイは一〇代の男の子のように扱われるのには慣れていない。ガールフレンドに一線を引かれ、その先を許してもらえないなんて。あれ以来、彼女のことばかり考えていたのだ。四六時中、仕事に支障が出るほど。「少しうわの空だったようです」

「きみのお父上の七〇歳の誕生日パーティー、楽しみにしてるよ」

「わたしもです」

「金曜の昼は一緒にゴルフなんだ」

「そうですか」

「トム・カーターも来る。一緒に二対二《フォアサム》はどうかね？」

「フォアサム？　いや、あの、ちょっと都合が」彼には大切な一対一《トウサム》のラウンドが入っている。たとえ神に頼まれたとしても、予定を変えるつもりはない。父はむっとするだろうが。

市長はおまえのキャリアを大きく左右しかねないほど大きな影響力を持っているんだぞ。万難を排して誘いを受けるのが当然だろう。これまではずっと、そのとおりのことをしてきた。それだけに、父親を怒らせて失望させてしまうのではないかと思うと、彼はひどく不安になった。

市長が笑った。「クレイトン、今日のきみは本当に気もそぞろという感じだな」

トム・カーターにも同じことを言われた。秋に開催予定の新規の国土安全保障小委員会への参加について電話で話していたときのことだ。クレイ、何かあったのか？　最近なんだか変だと、ジェーンも言ってたぞ。ぼんやりしていて、何かほかのことを考えてるみたいだと。ジェーンのその発言の発端は、あのDCの晩に彼女とベッドを共にしなかったことにある。それと先週、彼女に電話で言われた。お父様の誕生日パーティーは週末だけれど、それよりもう少し前に来られないかしら。一緒にタウンハウスで過ごしたいの。だが、クレイはこれも断った。ジェーンは彼の説得力に欠ける言い訳を信用せず、最近まるでかまってくれないのね、とぶつぶつ文句を言っていた。

しばらくして市長が会議を再開させた。休憩したおかげでクレイは集中力を取り戻し、ニューヨークの市立学校の教育長の言葉に耳を傾けた。「ここに挙げましたのは、スラムの子供たちに放課後の補習授業を提供するために必要な支出額の仮の数字です」

これもクレイが支援しているものだ。ベイリーは賛成してくれるだろうか。きっと、ギャングの若者たち用の補習プログラムを組みたいと言うだろうな。いま何してるのかな？　クレイは腕時計に目をやった。あと二四時間したら、彼女に会える。

セックスだけの関係はありかも。

いいだろう、そういうことにしよう。思考回路を切り替え、彼女に関するその他すべてを忘れればいい。うん、そうしよう。

「クレイ？」市長がまた言った。「きみの意見をきいているんだがね」

タズはアッパー系のクスリを打ち、ぎしぎしきしむ椅子にどさりと腰を下ろした。GGズのたまり場で、メンバーたちとクスリをキメているところだ。ラジカセから流れるハードロックの爆音が、彼女の脳内で起き始めた頭痛に障る。

タズは目を閉じ、今日のことを考えた。ストリート・エンジェルにうるさくせっつかれて学校に行き、この秋から戻る手続きをしてきたのだ。ガイダンス担当のカウンセラーには、すでに学業がかなり遅れているというようなことをねちねちと言われ、校長からは再び無断欠席をするようなら今度は退学にすると、はっきり言われた。

こんなのめんどくせえな。かったりいぜ。タズはそう思っていた。

だが、ストリート・エンジェルはタズを学校に戻らせる理由をこう説明した。

タズ、あなたは賢い子だからね。

なんでわかるんだよ?

勘が鋭いもの。頭がいい証拠よ。

「よお、タジー」

「よお、メイズ」ブロンドの長い髪、淡い青色の瞳、かわいらしい口元。まじでバービー人形の顔みたいだ。でもこいつは、一度キレたら最後、血も涙もない無情の女になる。噂じゃあ、だれかを消したことがあるらしい。メイズだけじゃない。GGズのなかにはバラしたことがあるとうそぶいてる連中がごろごろいるが、本当かどうかは怪しいもんだ。

タズはやってない。とりあえず、いまのところは。だが彼女にはわかっていた。ギャングに長くいればいるほど、だれかを殺してこいと言われる日がそれだけ近くなる。だからここのところ、足を洗うなんていうとんでもないことを考えているのだ。できるわよ、とストリート・エンジェルは言っていた。タズは勢いよく立ち上がった。「帰る」

「どこに？　おやじんとこか？」メイジーが全部知ってるぜ、と言いたげに、にやにやと笑った。

「あそこには行かねえ」

「なら、なんでここで寝ねえんだよ」

「さあな。べつに何だっていいだろ。急いでんだよ」

メイジーが次の質問を口にする前に、彼女は出ていった。

一時にしては、通りは静かだった。シェルターの門限は深夜零時。かわいいシンデレラってとこか。タズはシェルターに向かった。途中、コークの誘いを二回、ハッパの誘いを三回受け、すべて断った。まったく、なんて世の中だ。

門限前にジェントル・ハウスに着いた。そこの責任者のシスター・マリオンが玄関口で彼女の帰りを待っていた。「お帰りなさい、タズマニア。お出かけの時間にしては少し遅いわね」

「門限は守ったよ」

「ええ、知ってるわ。心配していたのよ」

ちっ、余計なお世話だよ。「本気で言ってんのか？」

「混じり気なく、本当に本当よ」修道女がにっこりと笑った。

タズは笑みを返さなかった。簡単に気を許すわけにはいかねえ。それに、あの笑顔の裏に何が隠れてるか、わかったもんじゃない。カトリック系の聖職者がらみのスキャンダルなんて腐るほどある……。

「疲れた。さっさと寝るぜ」

「わかったわ。でも、あのね、話したくなったらいつでも聞くから。ここは寝る場所を提供するだけじゃないの」

「はあ?」

「ガイダンスもするの」

「へえ、そうかい」

タズは共同の宿泊部屋があるほうに向かった。まだ明かりがついている。ほとんどの連中は寝ているが、例のスカンク三人は簡易ベッドに車座になっていた。

「おやおや、お姫様のお帰りだぜ」ベッドに向かうときに、ひとりがそう言うのが聞こえた。

タズは無視した。学校のガキどもと同じで、こいつらはあたしをからかって喜んでるだけだ。

「あいつ、彼氏いると思う?」

「いねえよ。でも、シスターと仲いいみたいだぜ。そっちが趣味なんじゃないの?」

タズはゆっくりと振り向いた。「うるせえぞ、このタコ。おい、よく聞け。てめえの身がかわいかったら、あたしにかまうんじゃねえ」彼女はバックパックからGGズのバンダナを取り出した。「あたしの仲間にもな。わかるよな?」

三人とも間違いなくわかったのだろう。彼女たちは何も言い返さずに、黙って視線をそらした。なめんなよ、このクソガキ。タズはリーダー格の女につかつかと歩み寄ると、胸ぐらをつかんだ。「おいてめえ、返事は?」

「ああ、わかったよ」

「ならいい。口を慎むんだな」タズは簡易ベッドに寝転がった。

ストリート・エンジェルの言葉を思い出した。強がらなくてもいいのよ、か。エンジェル、あんた何にもわかってねえよ。

朝九時、サフォックス・ホテルのやけに気取ったロビーに足を踏み入れながら、ベイリーは自分が場違いなところにいる気がしてならなかった。あなたとクレイトン・ウェインライトじゃ釣り合いが取れない。だからそう感じるのよ。彼女は心の中で自分に言った。彼はもう来ている、二二三四号室。彼女の留守電にメッセージが残されていた。もう着いてるから、部屋までの行き方は……。デニムのロングスカートのポケットに両手を突っ込み、彼女はエレベーターに乗った。今日は着飾っていない——プレーンなピンクのTシャツにふくらはぎまであるスカート。そう、おしゃれはしなかった——下着以外は。レースの白い小さなパンティとお揃いのブラ。去年の誕生日にスーズから勝負用にとプレゼントされたものだ。でも、身につけたのは今日が初めてだった。惨めなものね、一年近くも経ってるなんて。彼女は思った。だからあんなひとととセックスしたくなったんだ。そうに決まってる。一〇年以上も激しく衝突してきたひとと、ずっと自分が憎んでいると思っていた男性と。でも本当のところ、ベイリーは彼を憎んでなどいなかった。それどころか、彼にもう一度会いたくてたまらなかった。

木製の両開きの扉をノックする。彼がわたしを中に引っ張り込んで、強引に襲ってくれればいいのに。そうすれば、少なくとも頭は冷静でいられる。そんなことを思っていると、扉がすぐに開いた。ちょっとした玄関広間のようなスペースに彼は立っていた。ジーンズにネイビーのTシャツ、裸足。髪は乱れて、少し濡れている。あごの端に小さな切り傷ができている。髭を剃ったのだろう。「おはよう」歯磨き粉のCMのような爽やかな笑顔がぱっと輝く。ふうっ。彼女はその口に唇を重ねたい衝動に駆られた。

「おはよう」

彼が脇によけ、ベイリーを中へ通した。ちょっと、ここ、スイートじゃないの。『プリティ・ウーマン』のリチャード・ギアのペントハウスみたい。広々としたリビングルームは、モダンなマホガニー色の皮製の家具で飾られている。ダイニングルームもある。きっと左の奥がベッドルームね。深く息を吸いながら、ベイリーは彼に向き直った。両手を尻のポケットに入れた彼のポーズは……ちょっと気取っていた。

彼女がわざと素っ気なく言った。「する？」

「もちろん」クレイがふたりの距離を詰めた。ベイリーはまた、彼が自分よりもはるかに背が高いことに驚いた。その体格のよさ、そしてふわっと漂ってきた香り――石けんとアフターシェーブ・ローションの混ざった匂い――に、彼女の鼓動が一気に速くなった。彼が両手でベイリーの顔を包み、頭を傾ける。彼女は待っていた。互いに燃え尽きたいという性の欲望に襲われるのを。でも、彼は唇を彼女のそれにそっと重ねてきた。柔らかく、そして甘く。舌が彼女の唇の隙間を優しく押し開ける。彼女はつま先立ちになり、両腕をクレイの身体に巻き付けようとしたが、彼の姿勢がそれを許さなかった。ベイリーは彼にキスをされ、その舌で探られるままになっていた。クレイの優しさに彼女は狼狽していた。そして知らず知らずのうちに、彼の優しさの中にゆっくりと落ちていった。

彼女の中に欲望の波が押し寄せてきた。だがそれは激しく噴出するのではなく、小さなつぼみが少しずつ開いていくように、ゆっくりとしたものだった。永遠かと思えるほど長い時間のあと、彼は唇を離し、首筋にキスをし始めた。彼の両腕はふわりと包み込むようにベイリーの身体に回されている。そのあまりの心地よさに、彼女は思わずふうと息を漏らした。彼が指を背中に滑らせ、腰のくびれのあたりを探る。その動きとともに、彼はベイリーの身体に対する感嘆のつぶやきと、満ち足りたため息を漏らした。

ようやくクレイが身体を寄せ、ベイリーはその身体を抱くことを許された。彼女は両手でそのがっしりとした肩を激しくまさぐり、うなじの後れ毛を撫で、乱れた髪の中に指を走らせた。彼の全身にさざ波が立つのが感じられた。彼はピンクのTシャツをずり上げると、その肌を舌で味わい、ブラのストラップを歯で外した。続いてその口を彼女の耳元に移した。吐息が彼女の髪にかかる。ベイリーは彼の中に溶けていくような気分だった。まるで陽光の中に置かれたままのろうそくのように。彼の言葉も優しい愛撫のようだった。「待っていたんだ。欲しかったよ、とても」

彼女はさっと身体を離した。彼の瞳は深く、濃い欲望に輝いている。だが、その顔にはどこか余裕の表情が浮かんでいた。焦って身体を求めなくてもいいじゃないか、と言いたげだ。これはまずいわ、危険よ。

「ベッドルームに行きましょう」

「いいとも」

前回のように情熱に任せて彼女を激しく抱え上げるのではなく、クレイは身をかがめると、筋肉質の両腕を彼女の脇に差し入れ、すっと抱き上げた。それから彼女を胸のところに優しく抱きかかえ、頭にキスをした。優しくされすぎて、彼女は壊れてしまいそうだった。こんなにロマンティックにしてもらったら、それこそ石ころだって感じちゃうかもしれない。彼はベイリーをベッドルームに連れていった。ブラインドの隙間から差し込む朝の光、広いベッド、そしてダークな色合いの木製の家具が目に入る。床に降りると、彼女はすぐさま自分のベルトに手をかけた。彼がその手をさっと払った。「だめだよ、レディー。全部わたしに任せて」

「クレイ、だめ――」

彼はベイリーの口に指を当てた。「シーッ。セックスだけって言っただろ?」

「そうよ。でも、これは――」

彼の大きな両手が器用にベイリーのバックルを外し、ゆっくりとベルトを引き抜いた。

何言ってるのよ、ルール違反じゃないの。ベイリーはそう思いながらも、彼にTシャツを脱がされ、その指で裸の脇腹を撫でられるままになっていた。反則だ、公平じゃない。彼にもそれはわかっているはずだ。クレイがスカートのジッパーを下ろして手を離すと、スカートがはらりと落ちた。それから、彼は一歩うしろに下がった。「きれいだよ。とってもセクシーだ」

「――ルール違反じゃないよ」

彼女は大きく髪をかき上げた。背筋をしゃんと伸ばす。ここはクレイも自分主導で行くつもりはないようだ。いいわ、望むところよ。そう思って構えていると、彼がベイリーの周囲をぐるりと回った。彼女の肢体を観察し、匂いを嗅ぐ。値踏みするようなその行動には傲慢さが、その緩んだ口元にはうぬぼれがわずかに感じられた。これからじっくり味わう獲物の姿を愛でる男、といったところだ。ベイリーの全身を欲望のさざ波が駆け抜けた。体中に網のように広がったその感覚をあえて消し去るように、彼女は言った。「保険屋に言わせると、わたし、理想体重を五キロもオーバーしてるの。ダイエットしたほうがいいかもね」

「そいつらに何がわかる?」彼が背後から言った。ジーンズがベイリーのむき出しの脚にこすれる。彼女はぞくっとなった。

「あなたはちょうどいいみたいね」くだらないことを言ってるのはわかっている。でも、自分でもどうしようもなかった。「計算してあげる。身長は？」

「一八八」

彼がまた正面に戻ってきた。わかってるよ、と言いたげな笑顔を浮かべて。彼が手を伸ばし、ブラの肩ひもを外す。ブラが床にぽとりと落ちた。クレイの瞳が関心と称賛に輝く。彼は頭を下げると、舌で片方の乳首を転がした。続いてもう一方も。指を彼女の腰にそっと走らせる。それからレースの紐パンティを下げ、ひざまずいて脱がせた。まるで礼拝者のように、彼はその脛、膝、腿、下腹にキスをした。唇で撫でられる感触がたまらず、彼女は全身の皮膚を小さく震わせた。立ち上がると、彼はベイリーを抱き上げ、ベッドの上に寝かせた。掛け布団はすでにめくられており、シーツは赤ん坊の肌のように柔らかだった。彼が強い眼差しでベイリーをじっと見つめた。「わたしのだ」そう言いながら彼は自分のTシャツの裾に手をかけた。「いまは、全部わたしのものだ」

クレイはもうほとんど動けず、ベイリーの身体の中に入ったまま、身体を横たえていた。彼女は紅潮し、汗だくだったが、その肌も瞳も磨き上げられたサファイアのごとく、美しく輝いている。そのヴェルヴェットのような温もりが彼の全身を包んでいた。余韻が彼の、そして彼女の全身をさざ波のように襲う。クレイはそれを最大限味わおうと腰を奥に向けてもう一度動かした。

ベイリーがささやいた。「お願い、やめて。もう限界よ」

彼は笑みを浮かべた。得意満面に見えないことを祈りながら。クレイは彼女を文字どおり、、、優しく殺した。ゆっくりと性欲を刺激し、その素敵な身体を隅々まで探った。彼女が我慢できなくなり、早く、早くと欲しがると、彼はさらにゆっくりにして焦らした。

それはクレイ自身にとっても拷問のようにつらかった――途中、一〇回ほど爆発しそうになったのだが、それでも我慢して、彼女を優しさの中にたっぷりと浸し続けたのだ。身体だけという条件の中で、どうやったらもっと親密になれるのか。クレイはどうしてもその術を見つけなければならなかった。でも、どうしてそう思うのか、理由は考えないことにした。実際、考えたくもなかった。彼はただ気持ちの命じるままに動いた。

「どうしてしかめっ面をしてるの？」彼女がきいた。

クレイは手の甲で彼女の頬を撫でた。「ほんとか？」そう言うと、彼女を抱き寄せた。

「うん、上院議員さん。してたわよ。どうしてでしょうね」ベイリーは彼の胸に顔をうずめたままそう言うと、そこにキスをした。「あなたの勝ちよ」

「勝ち？　セックスしただけなのに」彼は征服したという喜びが声に出ないように抑えた。

「いじわる」

「何がご不満なのかな、オニール嬢は」クレイは身を乗り出し、彼女の耳にふっと息を吹きかけた。「三回いったね」

彼女はため息を漏らし、そのままの姿勢でいた。「ええ」

彼は首のうしろに手を当ててベイリーを抱いたまま、じっと動かなかった。ベイリーもそのままそうしていた。

しばらくして彼が言った。「時間、どれくらいある?」

「えっと、思ってたよりもう少し」

「本当?」クレイが言った。実を言うと、彼女は事が済んだらいそいそと出ていってしまうのだろうと、半分は覚悟していたのだ。

「ローリーがね、お友だちのうちにお昼ご飯に呼ばれたの。だから二時まで迎えに行かなくてよくなったのよ」

「そうか、そりゃあいい。まだ四時間もある」

「ええ。で、どうする?」

「そうだな、何か考えよう」

クレイはまずルームサービスを頼んだ。食事が届いたとき、ふたりともまだベッドの中で抱き合っていた。彼は急いでジーンズを穿くと、カートを受け取り、ベッドルームに押して戻った。ベイリーはベッドの上で上半身を起こしていた。まるで包装を解いたばかりのプレゼントのようだ。いますぐにでもベッドにダイブしたい。彼は目を閉じ、そうしないように必死で自分を抑えた。

「何を頼んだの? お腹ぺこぺこよ」

「だろうね。かなりの運動量だったから」

「上院議員さん、それって、もしかして自慢？」

ポンという大きな音がした。クレイはシャンペンを注ぎ、グラスを彼女に手渡した。「軽く、ね？」

彼女はその細長いグラスを見つめた。「クレイ、まだ朝の一〇時よ」

彼はふたつのグラスをちんと合わせた。「知ってるよ。乾杯……」眉をつり上げて言った。「……ただのセックスに」

彼女の目が少し険しくなる。ベイリーはグラスを上げ、口に持っていった。

クレイがボウルから苺をひとつつまんだ。「ほら、口を開けて」ベイリーがひと口かじった。その動作に、彼のみぞおちのあたりがぎゅっとなった。彼女が残りをもぐもぐと食べた。その姿に、クレイはますますたまらなくなった。

「それは？」シャンペンをすすりながら、ベイリーがあごでバスケットを指した。彼が取り出したのは、ぱりぱりに焼かれたクロワッサンだった。「すてき！　クロワッサン大好き」

彼女がすかさず手を伸ばした。

「だめだ」クレイはそれを彼女の口元に持っていき、食べさせた。

「おいしい、まだ温かいわ」

最大のお楽しみは最後に取っておいた。三段重ねのチョコレート・アーモンド・アイスクリームだ。クレイはそれを、彼女と自分の口元に交互に運んだ。ときどき手を止め、彼女の口についたチョコレートを舐めてやった。その冷たくて滑らかな舌触りのデザートは、彼女と同じくらい罪深いほど美味だった。

間に合わせの食事が済むころには、ベイリーの乳首はシーツを突き破らんばかりに隆起していた。彼はそれを手の甲で撫でて言った。「おやおや。あれはただのセックスだったんだよね？」

枕に顔を埋め、彼女がため息を漏らした。「そう、上院議員。そうよ」

言い出したのはベイリーだった。「女のひととしたいと思っていて、でもできなかったこと、何かある？」

そんなわけで、いまふたりは鏡の前に立ち、バニラの香りがするキャンドルに囲まれていた。彼が持ってきたその大量のキャンドルは部屋中に置かれ、炎を揺らめかせている。時刻は正午近く、彼女は傾斜のついた楕円の鏡の前に立っていて、背後に彼がいる。「わたしが愛撫するから、ずっと見ていなさい」その声は自分でもわかるほどかすれていた。

「ええ」

乳房をつかむ彼の手がすごく大きく見える。二本の指で乳首を挟まれ、彼女は目を閉じた。

「だめだ、ちゃんと見るんだ」

彼女の腕がクレイの首にからみ、乳房はますます膨らみを増した。「ああっ、クレイ……」

彼がもう一方の乳房を攻める。

彼が耳をそっと噛む。

彼が腰のあたりを撫で、指をそのさらに下へと滑らせる。目と目が鏡の中で合う。彼女の青い瞳が深まり、真夜中のようなダークな色に染まる。彼が下のヘアを手でさすった。「クレイ、もうだめ……」

「いいよ。でも、自分がいくところもちゃんと見るんだ。わたしを思って。ベイリー、わたしのことを思っていくんだ」

「まさか、きみにこんな奇抜な趣味があったとはね」

「そう？　ふつうよ」

「両手首をベッドのヘッドボードに縛られてるんだよ。時代遅れって言うんならそれでもいい。でも、わたしには奇抜だね」

「外そうと思えばできるでしょ。ベルトは緩くしといたのよ」ベイリーは彼の上にまたがって顔を見下ろしていたが、急に恥ずかしくなった。「こういうの、嫌いだった？」

「そんなわけないさ。大好きだよ」彼はにやりと笑った。「それに、攻守交替しないのは不公平だからね。わたしは長年の夢を叶え、きみもそうした」

「わたしはただ、あなたの身体を好きにしたかったの」

「こんなこと、めったにさせないんだよ。ベイリー、特別なひとにだけさ」

「でも、お尻をたたかせてとは言わなかったから、まあいいでしょ」

「ちょっと待った。もしかしてそんな趣味が？」

彼女は激しく首を振った。「まったくなし。ただ、あなたを無抵抗にしたかっただけよ」

「なるほど、ここ〝パーク・アヴェニュー精神科〟の先生は、どうやらその名手らしいね」

ベイリーは首から顔まで真っ赤になるのが自分でもわかった。「ねえ、こんなことだれともしたことないのよ」

クレイの視線が熱く、強くなった。かなり小さくなったが、まだ炎を揺らしているキャンドルの明かりが琥珀色の瞳に反射している。「よかった。ふたりのあいだのことは何もかも初めてなのがいい」

その言葉にベイリーはとたんに不安になった。でも、きみの番だよと彼に言われたとき、ずっと抱き続けてきた淫らな妄想を実行に移さずにはいられなかった。でもいいの、これはセックスだけの関係なんだから。ただ、そのセックスがよすぎるんだけど。

一五分後、彼女に手と口で攻められ、クレイは全身を火照らせていた。両手首はまだつながれたままだ。彼が降参した。「ベイリー、もうだめだ……」それから命令口調になって言った。「ベイリー、本気で言ってるんだ。じゃないと、このゲームを終わりにするぞ……」

彼はついに両手をほどき、上に乗る彼女を思い切りつかんだ。まるで火山が噴火するかのごとく、凄まじい勢いで性欲が爆発した。

もちろん、彼女だって限界だった。だから、そうされてかまわなかった。

「セックスだけ、とは言えないね」

クレイが子供のように無垢な目をくりくりさせて言った。「肉体上の関係、ということにしよう。風呂も一緒に入るんだから」彼はシャンペンをすすった。「なあ、今日はこれからローリーと何するんだい？」

ベイリーが泡を手にすくってふっと吹くと、小さな泡が宙に舞った。この入浴剤もキャンドルと一緒に彼が今朝持ってきたものだ。「ローリーとディランの子供のホーガンを映画に連れていくの。『シュレック3』」彼女は小さなため息をついた。

「どうした？」

「ローリーがミュージカルの『スーシカル』を観たいって言うんだけど、チケットが高くて。パブの週末のシフトをもう少し増やそうかと思ってるの。そうしたら、誕生日には行けるかもしれない」

「いつ？」

「九月二八日」ベイリーは彼を見つめた。「ジョンとはどう？　一緒に夕食をとるって言ってなかったかしら」

「ローソンのことでもめてから一度も会ってない。仲直りできるといいんだがね」

「あの子まだ二〇でしょ。きっと親離れしようとしてるのよ」

「わかってる」クレイの目がいたずらっぽくなった。広々としたバスタブの縁にグラスを置き、ベイリーの足をつかんだ。「ほら、上げて」そう言うと、彼はバスタブの端にあったボディソープとスポンジを手に取り、彼女の脚を洗い始めた。

「うーん、いい気持ち」少ししてから彼女がきいた。「お父さんのパーティーは楽しみ？」

「いや、義務というほうが近いな。会場はピエール・ホテル。父の友人や知合いの政治家が山ほどやってくる」

「お父さんはどのくらい上院議員を？」

「二〇年」

「ねえ、子供のころのこと聞かせて」

「もうしただろ。初めてした晩に。はい、今度はそっちの脚を上げて」

ベイリーは言われたとおりにし、頭をバス用枕に深くもたれさせた。目を閉じ、温かなお湯の感触と、極上の気分にさせてくれる彼の奉仕を心から楽しんだ。「もっと具体的に知りたいの」

「つまらないよ。裕福な家に生まれた子供にありがちな話さ。乳母がたくさんいた。母親は慈善事業と政治家の妻を務めるのに忙しかった。父親はいつもいなかった」

「かわいそうに」

「きっと、きみの子供時代は楽しかったんだろうな」

彼女が目を開けた。「兄が四人もいて？　どう思う？」

「お姫様みたいに大切にされたんだろうね」

ベイリーはげらげらと笑った。大きな声で、お腹の底から。一〇歳になるまで、ひとりで道も渡らせてもらえなかった。一〇代のころは、ボーイフレンドについて何かとうるさく言われた。大学の休暇で帰省中は、たんすや引き出しを勝手に開けられて、ピルやドラッグ、男の電話番号のメモの有無までチェックされた。そんなことを話し終わるころには、彼もおかしそうに大声で笑っていた。

ベイリーの全身に温かいものが流れた。今度はセクシーな類のものじゃない。〝あなたをもっと知りたいの〟的なもの。〝一緒にいるだけで楽しいの〟的なもの。〝あなたなら信じられる〟的なもの。

だめだめだめ。こんなのだめよ。だから彼女は、上半身を起こすとできるだけ冷たく言い放った。「さてと、もう行くわ。遅れるから」

彼の視線が急に鋭くなった。「ベイリー、どうしたんだよ？　一緒にいるのが楽しすぎたのか？」彼はいまバスタブの中、全裸でくつろいでいる。こんな状態で、傲慢に見えたり聞こえたりするなんてありえない。でも、このひとの場合はそうだった。

「たぶんね。もしそうだったら、こういうのはやめたほうがいいわ」

彼女は立ち上がろうとしたが、彼に腰をつかまれた。そのまま引き戻され、彼にまたがる格好になる。お湯がバスタブから溢れた。「もしそうなら、やめないほうがいい」

「クレイ、あなたと深い仲にはなれないのよ」

今度はクレイも荒々しかった。ベイリーの頭をぐいと押さえると、激しくキスをした。それから言った。「なれないって、どういうことだ？」

彼女は素早く身体を離すとバスタブを出た。足元がおぼつかなかったが、どうにか転んで首の骨を折らずに済んだ。ベッドルームで服に着替えていると、バスタブの水を抜く音が聞こえてきた。ちらっと目をやると、濡れた床の上にタオルを落とす彼の姿が鏡に映っていた。彼が出てきた。真っ白いローブに包まれた身体は、お湯に浸かっていたせいで紅潮している。ベイリーはすでに着替えを終えていた。

クレイが見つめるなか、彼女は靴を履き、ハンドバッグを手にすると、扉に向かって歩き出した。でも、何も言わずに帰るわけにもいかない。彼女が振り向くと、クレイはバスルームのアーチ型の扉に寄りかかっていた。肩をいからせ、胸の前で腕を組んでいる。その姿にベイリーははっとし、息が止まりそうになった。彼が信じられないくらいセクシーだっただけじゃない。そこでついさっきまで彼としていたことを思い出したからだ。知らず知らずのうちに、ふたりのあいだには絆ができていた。彼女がそれに気づいていることは、クレイにもわかっているはずだ。「ごめんなさい、クレイ。でも、だめなの」

「もう遅い」

「そんなことないわ。お風呂のことは考えないで。これはセックスだけの関係なの」

「何でも仰せのとおりにいたしますよ」

彼女がつんとあごを上げた。「だから、セックスだけの関係って言ってるのよ」

「よろしい」彼が気取って言った。「それでしたら、またできるね」

金曜の晩、タズは驚いて目が覚めた。何かが聞こえたのだ。ちっ。ここには人間が山ほどいるんだ。音がしないほうがおかしいだろう。それでも彼女は聞き耳を立てた。ひそひそ声。何だ、またあのスカンクのやつらか。そう思って寝返りを打ったときに、声がした。「お願い、助けて」小さな女の子の声のようだ。「シスター・マリオンが大変なの」

タズはうしろを振り返った。だれもいない。

少しのあいだそのまま寝転がっていたが、彼女は起き上がると、急いで靴をつっかけた。パジャマのズボンにTシャツ姿。携帯と時計をポケットに突っ込んだ。それからふと思い立ち、バックパックに手を入れてナイフを探した。シェルターで持ち歩くのは禁止されていたが、タズの仲間内では武器を携帯するのが常識だった。

部屋を横切る。みんな寝ているようだ。そっと廊下に出ると、また何かが聞こえた。今度は呻き声だ。彼女はその音のほうに向かった。

ここの広間は大きい。月明かりのおかげで中が見通せた。テレビ、ソファ、椅子が二脚。床に何かが転がっている。ちくしょう！　ランプに近寄り、スイッチを入れた。「くそっ、まじかよ！」彼女はその身体に駆け寄った。シスター・マリオン。大きな彫像が床に転がっている。聖母マリア像だ。彼女がそれに手を伸ばした瞬間、部屋中の明かりがついた。

「ええっ、信じられない。あなた何したの？」スカンク女たちが勢揃いし、あたしたち何も知りませんという、とぼけた顔でタズを見ていた。

タズはそいつらをにらみつけた。くそっ、まんまとはめられたってわけか。

10

「父さん、今日はいつもとちょっと違うね」スペアリブ・レストランの席で、ジョンがコーラをすすりながら言った。向かいに座る父親はビールをうまそうに飲んでいる。「なんか……リラックスしてる」

父が遠くを見るような目をした。「そうか？　今日は楽しくやろうと思ってるからじゃないかな」

「いや、それだけじゃないいな」ジョンはにやりと笑った。いいね、当たり障りのない話題でいこう。「ジェーンとうまくいってるとか？」

「そうでもないいな」クレイはジョンの向こうを見ながら言った。「あの関係には何かが欠けている」

「あのひと、ちょっとお堅いよね。でも、そういうきっちりした女性が父さんの好みかと思ってたんだけど」

「お父さんもそう思ってたよ」再び遠くを見るような目。「だが、もう違う。たぶん」

おいおい、ほんとうなのか。クレイトン・ウェインライトが女のことをぼんやりと考えてるなんて。まじめに？　ジョンがきいた。「ほかにだれかいるの？」

父は言いよどんだ。「いや、とくには。わからない。たぶんな。複雑なんだよ」そう言うと、ジョンに向かってにやりとした。「それで、おまえはどうなんだ？　バードで一緒にいたあのブロンドの娘、かなりいい雰囲気だったじゃないか」

「ああ、アリスは好きだよ。最高なんだ」

料理が運ばれてきて、ふたりはバーベキュー・リブとスパイシー・ポテトフライに食らいついた。ジョンは不思議だった。父さんのやつ、こんなにカロリーの高いものはふだんならまず食べないのに。

料理をあらかた片付けたところで、ジョンは思い切って正面からぶつかることにした。

「ねえ、バードに来たときのことなんだけどさ。けんかしたこと」

「うん？」結局、父からは切り出してこなかった。たぶん、友好的雰囲気を壊さないためなのだろう。でも、これはいつか言わなくてはならない。

ジョンが続けた。「悪かったと思ってるよ。ローソンの集まりに行ったこと。マスコミのネタにされてもおかしくないもんな」

「マスコミなんかクソくらえだ。ただ、おまえにあんなことされて、つらかったんだよ」

つらい？　父さんが？「驚いたな。父さんがそんなふうに言うの、初めて聞いたよ」

「汚い言葉か？　すまない」

「ううん、政治より家族のほうが大事だってこと」

クレイはまるでジョンに急所を蹴られたかのような顔をした。

「おまえにはこれまで本当に悪いことをしたと思ってる。でもな、政治よりもおまえのほうがはるかに大切なんだ。父子の関係が」

「嬉しいよ、父さん」ジョンが目をくるりと回した。「ローソンのところに行ったことでは、アリスにえらく怒られたんだ。あと、あそこで会ったあの女のひとにも」

クレイの目が輝いた。「女のひと?」

「ストリート・エンジェル。ローソンのやつ、ぼくがいるのを知ったら彼女が大喜びするとでも思ったんだろうな。だけどぼく、逆に思いっきり叱られたよ」

「ベイリー? そんなによく知ってるんだよ」

「べイリーには家族の大切さがわかってるの?」

「いろいろとあったからな。どうして彼女が刑務所に入ったかは知ってるだろ?」

「ああ、もちろん。それであのひと、何かというと新聞とかテレビで父さんに嚙みつくんだろ」

クレイはポテトフライの残りをつまみ、口に入れた。「いまは同じ委員会のメンバーなんだ。それでこのところ何度か連絡を取ってる」

「きれいだよね」

「彼女?」

「うん、それに若い」

「三六だ」

「結婚してるの？」

「いや。でも息子がいる」クレイは座り直した。

「ローソン陣営に付いてる」

クレイのあごがぎゅっと引き締まった。「らしいな」

ジョンは上半身を乗り出した。父に触れたかった。でもうちの家族はもう、そういうべたべたしたことはしない。小さいころはもっと温かい家庭だったのに。「ねえ、ぼく、あいつの側には付かないよ。おやじの政策に賛成するとは言わないけど、父さんの評判を落とすようなことはしないから」

「お父さんの政策は、おまえが考えてるようなものじゃないかもしれないぞ」クレイはジョンの手を握った。「いつかそれについて話したいと思ってるんだ。けんかをしないでな」

ジョンはびっくりした。今夜の父は本当にいつもと違う。「いいよ、そうしよう」


「おい、ほら、早くしろよ」タズはコンピューターの前に座っていた。よくある二四時間営業のネットカフェで、インターネットに接続したところだ。くそっ、だけどストリート・エンジェルのやつ、ログインしてんのか？

画面が開き、接続が完了すると、彼女はすぐにエスケープのサイトに飛んだ。**よお、だれかいるか？**

いるわよ。こんばんは、タズね？　ハンドルネームでわかるわ。

どうも。ここはタフにいくんだ。調子はどうよ？

いいわよ。っていうか最高ね。シェルターはどう？　うまくいってる？　あそこに入って
くれて嬉しいわ。

さりげなく軽い感じでいくんだ。ああ、あれか？　だめだった。

だめ？

うまくいかなかったんだ。追い出されたよ……。くそ、なんかこみ上げてきやがった。ス
トリート・エンジェルのせいで、またお涙頂戴モードになっちまう。

話して、スウィーティー。大丈夫よ、何があったの？

スウィーティー。母はタズをそう呼んでいた。タズもいつか自分の娘ができたらそう呼ぼ
うと思っていた。濡れ衣を着せられた。あたしはやってない。

大変なこと？

ああ。悪かったな、がっかりさせちまって。

がっかりなんかしてないわ。どこか別の場所を探しましょう。

どこに行っても、同じだよ。あたしだけのねぐらがいる。

いまどこ？

どこでもねえ。関係ねえだろ。もう切るぜ。

タズ、お願い、待って。話し合いましょう。

また今度な。チャオ。

タズはサインオフした。固い椅子にもたれ、画面を見つめる。ちっ。あの女のせいで胸のあたりがざわざわするぜ。希望を持っちまった。やべえな、最悪だよ。

バンドは軽快なスウィングを終え、クール・ジャズを奏で始めた。ウェイターたちはボールルーム中を軽い足取りで歩き回り、タキシード姿の紳士や、きらびやかなダイヤをまとった淑女にシャンペンとキャビアを給仕している。クレイは柱に寄りかかり、ジェーンが父親と踊るのを見ていた。

「ジェーン、とっても素敵ね」

「少し痩せすぎじゃないかな」近づいてきた母に彼は言った。

「あら、女性に痩せすぎはないのよ」

保険屋に言わせると、わたし、理想体重を五キロもオーバーしてるの。そうかな。クレイ個人の意見としては、ベイリーの体つきはちょうどいいと思う。

通りがかったウェイターに、シャンペンはいかがですかときかれた。だが、クレイはグラスを手に取ることができなかった。昨日ベイリーと一緒だったときのことを思い出してしまうからだ。「スコッチをもらおう。持ってきてもらえるかな」

「はい、喜んで」

「クレイトン、どうしたの？　何か考え事？『嵐が丘』のヒースクリフみたいな顔して」

「ちょっと不安なんだ」彼は自分を産んでくれた女性のほうを向いた。このひとも痩せすぎだ。入念にカットし、一部の隙もないほど完璧にセットされた髪が、六五にしてはやけにしわの少ない顔の上に乗っている。着ているのは皆と同じようなドレス——色は黒、ロングで、高額。

「まあ、何が？」

「ぼくの人生、かな」

「そろそろ、次のステップについてお父様とお話しする時機かもしれないわね。次期大統領選では、あなたを副大統領にというお話が政党内で出ているのよ」

少し前だったら、この母の励ましに、たったいま耳にした母の言葉に飛び上がって喜んだことだろう。「それは、時期尚早じゃないかな」

「そんなことないわ」母のグレーの瞳がやや険しくなった。「そういえば、あなたが刑務所に送ったあの小娘、最近、あれこれとうるさく言っているみたいね」

クレイの身体が強ばった。「彼女は小娘なんかじゃない。立派な女性だよ。ただ、間違いを犯しただけさ。していることはいまも変わらないけど、考えは間違ってない」

「お父様が言ってらしたわ。あれはあなたのキャリアの邪魔になるって。あの『サン』の記事以降はとくに」

「ストリート・エンジェルがまた何か書いたのか？」まさか、彼女がそんなことをするなんて、とても信じられない。とくにいまは。あのあとなのに……。

母が眉をひそめた。子供のころからよく見てきた表情。彼は小さいときから母をがっかりさせることだけはしたくなかったことを思い出した。

「いいえ、最近は何も。クレイトン、あなた何だか……よくわからないけれど、彼女に味方してるみたいね」

「そんなことないよ。いま同じ委員会のメンバーで、少し知り合いになっただけさ。彼女、自分の発言にぜったいの自信を持ってるんだ」

「そう。汝の敵を知れ、ね。もっと親しくなれば、うるさく言われなくなるかもしれないわね」

要するにそういうことなの？　わたしにギャングにかかわる仕事を辞めさせるための手段ってわけ？

曲が終わった。ジェーンはダンスフロアに立ったまま、父親と別のだれかと三人で話をしている。クレイの母が彼女に向かってうなずいた。「そろそろこっちも正式に発表したらどうかしら、クレイトン」

「正式に発表？」

「ええ、あなたとジェーンのことよ。未来の副大統領にとって、結婚は見栄えがいいわ。カレンとあんなスキャンダルがあったあとだから、余計に」

「原因は向こうにあるんだよ、お母さん」

「知ってるわ」ジェーンが父のもとを離れ、こちらに近づいてきた。クレイの母が彼女に言った。「とっても素敵ねって、クレイトンに言っていたところなのよ」

「ありがとうございます、マーシャ。あなたも素敵だわ」彼女は黒々とマスカラを塗った両目をぱちぱちさせてクレイトンを見た。「息子さんはお気づきにならなかったんじゃないかしら」

彼はベイリーのことを考えていた。メイクなんかしなくても美しい目。鼻のそばかす、長い黒髪、びっくりするほどカジュアルで、びっくりするほどセクシー。「気づいてたよ、ジェーン。とてもきれいだって言っただろ」

「いいえ、聞いてません。ねえ、お父様が言ってたわ。あなた最近、なんだかぼんやりしてばかりいるって。わたしもそう思うわ」

「またそれか。もういいかげんにしてくれ」クレイは思わず、強い口調になってしまった。

母とジェーンが驚いて顔を見合わせた。

クレイは寄りかかっていた柱から離れて言った。「注文した飲み物がどうなったか見てくるよ。失礼」

「待ってください、上院議員」振り向くと、どこかで見た顔の男がカメラを抱えて立っていた。「ハンク・セラーズです。『ヴォイス』の」

ああそうだ。クレイは思い出した。ベイリーと初めてふたりで話した晩、あそこの通りにいた記者か。「やあ、ミスター・セラーズ」

「写真、いいですかね？　レディー・ジェーンとご一緒に一枚」

ジェーンは、そのぶしつけな物言いに頬を赤らめながらも身を寄せてきた。彼女の乳房が身体に触れる。クレイは仕方なく彼女の腰に腕を回した。

「はい、笑ってください」セラーズが言った。

クレイは微笑んだ。自分に嘘をついている気がして、まるで楽しくない。それに……ああっ、くそっ。彼はストリート・エンジェルに会いたくてたまらなかった。


ベイリーはパブをぐるりと見渡した。父と母がデュエットで歌っている。そのメロディアスな歌声を耳にするたびに涙ぐんでしまう。あのふたりの娘で本当によかった。彼女は思った。店内は温かさに包まれており、とても居心地がいい。メニューの家庭料理の匂いと、楽しんでいる人々の声がいい具合に混じり合っている。

ねえ、子供のころのこと聞かせて。

きっと、きみの子供時代は楽しかったんだろうな。

そうね。刑務所に入ったのとモイラが亡くなったことを除けば、いい人生だと思う。でも、だったらどうして、いまこんなに悲しいのよ？

「これお願いね。それと、あのハンサムな子には気をつけなさいよ。さっきからずっと見てるんだから」

「なんでそんなことわかるのよ、ブリジット」ベイリーはギネスの載ったトレイを持った。

「あの目よ。あれは今夜のデザートはおまえだって言ってるのと同じよ」

ベイリーはてきぱきとした足取りでそのテーブルにビールを配り終えると、別のテーブルを給仕して回った。腕時計を見て初めて、もう三時間も立ちっぱなしだったことに気がついた。「休憩させて」彼女は飲み物用のトレイをバー・カウンターに置きながら、ブリジットに言った。

「いいわよ。裏に行ってひと休みして。あとはマージーに頼むから」

ベイリーはパブの奥に向かった。小さなベッドルームくらいはある大きな休憩スペースで、母がテレビで『ＪＡＧ　犯罪捜査官ネイビーファイル』の再放送を見ていた。

「あら、ベイリー」

「お母さん」

母はふかふかだがややくたびれたソファの上を移動した。「座りなさい」

ベイリーはそうした。

「違う違う。こっちよ。膝を伸ばして、片足を上げて。揉んであげるから」

バスタブでのクレイのことを考えながら、彼女は寝転がって目を閉じ、母のマッサージを受けた。テレビから耳になじんだ音楽と台詞が聞こえていたが、急に静かになった。母がスイッチを消していた。「さてと、お母さんに話したいことがあるんじゃないの？」

できることならすべてを吐き出してしまいたかった。でも、そんなことをしたら母メアリー・ケイト・オニールは激怒するに違いない。悩みの原因が、愛娘を刑務所送りにした張本人と信じて疑わない男だと知ったら。「いいの、たいしたことじゃないから」ベイリーは片手をおでこに乗せた。「ローリーは？」

「すやすやとおねむの真っ最中よ。たくさん本を読んであげたわ。あの子、とっても頭がいいのね」

ベイリー、あの子、すごく頭がいいね。クレイもそう言ってくれたな。

「何をぶつぶつ言ってるの？」

「ねえ、お母さん、男性のことを考えないようにするにはどうしたらいいのかしら？」

母の笑い声は若々しかった。「それは結局、お母さんにもわからなかったわね。お父さんのことを考えないようにしようって、手当たり次第に何でも試したのよ。うまくいかなかったけどね」

ベイリーは少しだけ頭を起こして言った。「お父さんは、お母さんのことを愛してるわ」

「わかってる」母の顔が曇った。「あれはお母さんのせいでもあるの。あのころ、お父さんのことをちゃんとかまってあげてなかったから」

「でも、お父さんのしたことはしたことよ」

「そうね。かわいそうに、そのせいでモイラはあんなことに」

「いまね、仕事で知り合った女の子がいるんだけど、なんとなくモイラに似ているの」

母は娘の顔をじっと見つめた。「ベイリー、あれからあなたは変わったわね」

「そう思う？」

「ええ。すごく考え込むようになった」母はひとつ大きく深呼吸をした。「あの男に刑務所に入れられてからは、もっと」

「お母さん」彼女は母の手を握った。「わたしは法を破ったの。それで当然の罰を受けたのよ」

「神様はかわいそうな少年を助けたことであなたを罰したりしません」母の表情が硬くなった。「あれは全部、あの男がいけないのよ」

ちょっと、勘弁してよ。そう思い、ベイリーは起き上がろうとした。

「だめだめ、まだここにいなさい。あと一五分くらいはね。お母さんが代わりにテーブルを見てきてあげるから。ほら、両脚ともぱんぱんじゃないの」母は立ち上がると、彼女のほうに身をかがめ、髪を撫でた。「その男のひとのこと、本当にお母さんに話さなくていいの？」

ベイリーは首を振った。

「そう、それならいいわ」

母が出ていくと、ベイリーはソファの上で丸くなり、ため息をついた。まいったな、何もかもがうまくいってない。タズはあれからログインしてこない。クレイからもひと言もない。

今週、電話していいかな？

だめ。

本当に電話して欲しくないんだったら、どうして一晩中ポケットに携帯を入れてるのよ。

声が聞きたいからでしょ。どうしても。

ベイリーがそう思うのと同時に携帯が鳴った。

彼のはずがない。だって、例の豪華なパーティーに出席中なんだから。ご家族と、それからあのガールフレンドとね。ふん。たぶん、仕事の電話ね。タズのことかも。もしタズがサイトに戻ってきたら知らせてくれるように、スーズに頼んでおいたから。

彼女はソファに寝転んだまま、ポケットから携帯を引っ張り出した。「もしもし」

「切らないでくれ、頼む」あのハスキーな声が彼女の耳の中に滑り込んできた。キスのように。

「切らないわよ」沈黙。「驚いたわ。電話してくるなんて」

「どうして?」

「パーティーに出てるんじゃないの?」

「そうだよ。きみは?」

「パブよ。休憩中。目が回るほど忙しかったの」

「働き過ぎだよ、ハニー」

「クレイ、前にも言ったわよね――」

「親しげに呼ぶのはやめて、だろ。すまない。ついうっかり」

「そっちは楽しい?」

「イエス。ノー」

「あら、ずいぶんはっきりしたお答えだこと」彼女のドライな口調に、クレイはふっと笑った。

「実はね……大変なんだよ、その……昨日のことばかり考えてしまって」

「ジョンとのこと？」彼女は話題をそらすために、あえて質問した。「で、どうなったの？」

「いや、いま言ったのはジョンのことじゃないんだ。でも、うまくいったよ。ゆっくり話ができた。政治のことも少しね。あいつ、思ってたよりも共通点があることに気づいたんじゃないかな。それと、息子に気づかされたんだ。わたしにも落ち度があったって」

「クレイ、すごい進歩じゃない」わたしも嬉しいわ。本当はそう言いたい。でも、そんな資格、わたしにはない。

「あいつ、きみのことも話してたよ。たしか『思いきり叱られた』って言ってたかな。ありがとう。わたしの側に付いていてくれて嬉しいよ」

「どういたしまして」

長い、気まずい沈黙。

「さっき、何を言おうとしてたんだっけ？　そうだ、昨日の午前中のことばかり考えてしまうって言ったんだ」

答えなし。

「昨日のこと、覚えてるよね？」

彼女はゆっくり、深く息を吸い、彼の作る官能の渦に飲み込まれていった。「覚えてるわ」

本当は「セックス、よかったわね」とさらりと言いたかったのだが、あの出来事をそんなふうに軽く扱うなんて、いまはまだできなかった。だから真実を伝えた。「クレイ、昨日はいろんなことがありすぎたわ」

「へえ、どこでかなあ？」彼がからかうような調子で言った。「ベッド？　お風呂？　それとも鏡の前？」

「いやだ」

「きみがいないから、どうしようもないほど寂しいよ」

彼女は答えなかった。

「きみは少しも寂しくないのか？」

ああもうっ、どうしたらいいの。「少しは」

彼が大きく、ゆっくりと息を吐いた。

ベイリーが言った。「そんなこと、どうでもいいでしょ」

「よくない」

「さっきお母さんと話してたの。あなたの名前が出たわ」

「よくは言ってなかった、違う？」

「クレイ、うちの両親はあなたが悪いと思ってるの。わたしたちのあいだに何かあってもなくても――というか、あるんだけど――あのふたりにしてみれば、わたしが刑務所に入ったのはあなたのせいなのよ」

彼は心臓の鼓動二、三回分間を置き、そしてきいた。「ベイリー、刑務所で何があったんだ？」

「それは……話したくないわ」

「聞かせてくれるね？　いつか」

「あのね、クレイ……わたし……」だれにも言ったことなどないのに、どうしてこのひとにだったら話してもいい気になるんだろう。

ベイリーがそう思ったときに、バックルームの扉がバタンと開いた。「おい、B」エイダンが立っていた。「お客さんだよ」

「ちょっと待ってて」彼女は電話にそう言うと、ミュートボタンを押した。クレイのせいで心がひどく乱れている。電話で話しただけなのに。「だれ？」

「ローソン先生がお待ちだぞ」

「わかった」

「ローリーは母さんが連れて帰ってくれるって」

「オーケー」エイダンが出ていくのを待って、彼女は携帯のミュートを解除した。「切るわ」

「エイダンがきみにお客さんだって言ってたみたいだけど。だれ？」

「クレイ……」

「ローソンか？」

「そう」

「今晩会うって約束してたのか？」

「してないわよ！　向こうが勝手に来ただけ」

「あいつに帰れって言えよ」

「無理よ」

「どうしてだよ。おい、昨日のこと、きみにとっては何でもないことなのか？」

「そんなわけないでしょ」

「あいつに指一本触らせないって約束してくれ。挨拶のキスもだめだ」

「ベイリー、戻ったわよ」母親が扉口に立っていた。いぶかしげな表情を浮かべている。

電話に向かってベイリーが言った。「もう切るから。お母さんがいるの」

「約束は？」

「わかったわよ、約束する」

「明日電話するから」

「さようなら」

母がそばに寄ってきた。「スウィートハート、どうしたの？　泣きそうな顔してるわよ」

ベイリーは携帯をポケットに突っ込むと、震える手のひらを両頬に当てた。「ほんとに？」

「電話、だれから？」

「お母さんが気にするようなひとじゃない」腰を上げ、母にキスをすると、ベイリーは足早にパブに向かった。メアリー・ケイト・オニールの言うとおりだったからだ。彼女の娘はいまにも涙をこぼしそうだった。

11

ベイリーのアパートの玄関口で片手にベーカリーの袋をぶらさげて、クレイはブザーを押した。所在なさげに右、左と足を踏み替えながら、心の中でここに来てしまった自分を叱りつけた。だが、昨晩の電話が気になって仕方がなかった。彼女の気持ちを確かめないと、気が変になってしまいそうだったのだ。

すんなりとここに来られたわけじゃない……。

両親には文句を言われた……ブランチは一緒にできない？　どういうことかね？

ジェーンには失望された……ねえクレイ、今日は一日一緒にいてくれるはずじゃなかったのかしら。

プレッシャーをかけてこなかったのは、ジョンだけだ。息子は訳知り顔で微笑むと、どっちにしろ今日はバードに行くから、ぼくはどうでもいいよ、と言ってくれた。あいつ、金曜日に話題に上った女性のことだと察したのかもしれないな。でも、とクレイは思った。ジョンもそれがベイリーだということまでは知らない。

待っているあいだ――もう一度ブザーを鳴らした――クレイはあたりを見回した。八月の終わり、残暑のニューヨーク。木々はまだ青々とした葉を茂らせている。もうじき夏期休会が終わり、DCに帰ることになる。そうしたら、こんなふうに彼女のうちにも来られなくなる。再びブザーを押した。何だよ、どこに行ってるんだ？　教会かな？　前もって電話をしてもよかったのだが、来ないで、と言われるのが怖かったのだ。

ようやく彼女が出た。「はい？」

「クレイだ」

沈黙。それからベイリーはボタンを押して玄関扉を開けた。クレイは階段を駆け上がり、彼女の部屋へと急いだ。着いたと同時に、入り口の扉が開いた。クレイは何も言わずベイリーの顔を見つめた。シャワーを浴びていたらしい。丈の短いピンクのパイル地のローブをまとい、タオルをターバンのようにして頭に巻いている。若々しくて瑞々しく、すごく魅力的だった。一瞬、彼女は顔中に笑みを浮かべたが、それをすぐに引っ込めた。

「クレイ、何しに来たのかしら？」

彼は袋を掲げた。「朝食を持ってきたんだ」

「まだ九時よ」

「わかってる。起こしてしまったかな？」

「冗談でしょ？　二時間も前にローリーに起こされたわよ」

クレイは手を伸ばし、彼女の目の隈を指でそっと撫でた。「疲れてるんだね。寝たのは？」

「二時。なかなか寝つけなかったの。でも、コーヒーのおかげですっきりよ」そう言う彼女に、クレイは疑わしそうな目を向けた。

「もう少しどう？ クロワッサンとドーナツを買ってきたんだ」

彼女はうしろを見やった。「ローリーがいるのよ」

「知ってる。ローリーに起こされたって、さっき言ってたじゃないか」

「あの子に――」

「見られる」クレイは彼女のバスローブの襟を引っ張り、両側をきちんと合わせた。ローションの香りがふわっと漂ってきた。「わかってるよ、ハニー。心配ない」

「あの子、おしゃべりなのよ」

「ちゃんと言っておけば平気さ。本屋で会ったとき、エイダンがローリーに言ってるのを聞いたんだ。さあ、秘密を守るゲームをしようって。大丈夫、あの子のことはなんとかなるよ」クレイはいちばん愛想のいい顔を向けた。「実を言うとね、わたしはあの子に会うのがすごく楽しみなんだ。ほら、入れてくれ」

ベイリーはまだちゅうちょしていたが、クレイは身を乗り出して彼女の唇を奪った。相手を独占するかのような、激しいキス。「ベイリー、お願いだ」彼は唇を重ねたままささやいた。

彼の腕の中に抱かれながら、ベイリーはささやき返した。「いいわ」

うしろに下がって扉を開け、クレイを中に入れた。クレイは玄関口からリビングルームに入り、彼女の息子を見つけた。ニューヨーク・ヤンキースのパジャマ姿で、おもちゃで遊んでいる。くしゃくしゃに乱れた黒い前髪、その下の目がクレイを見たとたんにまん丸くなった。「あっ、おじさん。ごほんよんでくれたんだよね」ローリーの満面の笑みに、クレイは心を奪われた。「しゃしんあるよ」

「写真、ここにあるのかい？」クレイはローリーに向かってしゃがみ込んだ。「おっ、かっこいいパジャマだなあ」

「ヤンクスすきなんだ」

ベイリーはあきれ顔で言った。「うちの家族は大のヤンキース・ファンなの」

「そうか、趣味がいいね。おじさんもヤンクスが大好きだよ」

「またごほんよんでくれる？」

「もちろん」

ベイリーは何が起きているのかわからないというように眉をしかめ、それからうなずいた。

「着替えてくるわ」

クレイがいたずらっぽい顔をして、彼女の背に向かって声をかけた。「あんまりおしゃれしないでくれよ、困ってしまうから」

彼女がすり切れたジーンズとヤンキースのTシャツに着替えて戻ると、クレイはローリーとソファに腰掛け、『テディベアのピクニック』を読んでいた。

クレイがひと息つくと、ローリーが言った。「ピクニック、たのしそう」

クレイが笑った。「DCではね、秋にテディベアのピクニックがあるんだ。この本はジョンもお気に入りだったから、それでおじさんも新聞にピクニックの宣伝が載ってるのに気づいたんだ」

「ぼくもいっていい？」ローリーが無邪気にきいた。

ベイリーが顔をしかめた。「ローリー、ウェインライト上院議員はとっても忙しいの」

「そうでもないさ。そのころにDCにいるかどうか、スケジュールを見てみるね。それでまた連絡するよ」彼はローリーをもっと近くに抱き寄せた。「さあ、お話の続きだ」

「コーヒー、いれてくるわね」

戻ってきて彼にカップを手渡すと、ベイリーはソファの空いているほうに座り、ふたりを見守りながらコーヒーをすすった。クレイが絵本を読み終えて見やると、彼女は眠っていた。半分ほどコーヒーの残ったマグカップは腿のあいだに挟んだままだ。

「ねえ、ママ――」

クレイが手でローリーの口をふさいだ。「シーッ、ママを寝かせてあげようね」

ローリーは少しだけむっとしたような顔をした。それで、ぼくにはなにかいいことがあるの？　彼の眼差しがそう言っていた。

小さい子供には食べ物がいちばん効くはずだ。「ドーナツを食べようか」

「うん。さっきシリアルたべたんだ」

ドーナツを食べ終え、おしゃべりをしてから――ローリーがヤンキースのデレク・ジーターを崇拝していることがわかった――ふたりでリビングルームに戻った。ベイリーはまだ死んだように眠っている。「おこそうよ」ローリーはそう言うと、母のほうに駆け出そうとした。

クレイがパジャマの上着をつかんでそれを制した。この子のせいで、ベイリーは十分な睡眠を取れないに違いない。クレイは部屋の隅にあるグローブとボールとバットを見やった。

「野球するかい?」

ローリーが目をぱっと大きく開き、それからクレイのがっちりとした体格に視線を移した。

「うんっ、する。ママさ、うつのへたっぴなんだよ」

「じゃあ、着替えておいで。どこでするか考えよう」

「こうえーん」ローリーは駆けながら叫ぶと、奥の部屋に消えた。

クレイはソファに歩み寄った。ベイリーは隅っこでボールのように丸まっていた。とりあえず、枕代わりにクッションは敷いている。クレイは手を伸ばし、彼女の両脚をゆっくりと伸ばしたが、彼女はまるで気づかずに熟睡を続けていた。彼は毛布をかけてやり、髪にそっとキスをした。

ローリーが背番号2のついたジーターのTシャツにジーンズ、左右色違いのスニーカー姿で戻ってきた。「かっこいいぞ」クレイはそう言うと、手を差し出した。

ローリーはグローブをつかみ、バットとボールをクレイに渡すと、空いているほうの手でクレイの手を握ってきた。

いい気分だった。

「うん、もういいかな。でも、そっとだよ、いい？」

遠くのほうからそう聞こえる。夢を見ているようだ。ベイリーはうるさい声が聞こえないように、顔を枕に埋めた。彼女はベッドにクレイと一緒に寝ている。彼の肩に身体を預けて。

「そっとじゃだめみたいだよ、クレイ」

「そうか、じゃあおじさんに任せて」何かが彼女の腰に当たった。クレイのアフターシェーブ・ローションの香りが漂ってくる。「おーい、眠れる森の美女さん。もう起きなさい。息子に爆弾を落とされるよ」

クレイの声。

息子。

ベイリーは飛び起きた。「大変、どうしよう、ローリーが」

「シーッ」彼はベイリーの腕をつかんだ。「大丈夫だよ、スウィートハート。ローリーもいる」

「わたし、寝ちゃった」その声には、信じられない、とんでもないことをしてしまった、という思いが感じられた。

クレイが顔をしかめた。「罪を犯したわけじゃないさ」

「ローリーがけがをしたかもしれないでしょ。でもおかしいわね。あの子、いつもなら寝かせてくれないのに……どうしてかしら」

「わたしと一緒だった。それで、本を読んでやっている最中にきみはうとうとしたんだ」

「そうなの」

「あの子は起こそうとしたんだが、わたしが止めたんだ。ふたりで午前中いっぱい楽しんだよ」

「午前中？　いま何時？」

「一時」

「えっ、午後なの？　九時に来たのよね」

「そうだよ」クレイが彼女の髪を撫でた。「少しは休んだほうがいい」

彼女はローリーを見やった。「ちょっと、ローリー、こっちに来なさい」

息子が近づいてきた。手に何か持っている。

「それ何？」

「たこ」

「どこで買ったの？」

「おみせ。ジーターのたこ」

「お店に行ったの？」

「うん。おひるのあと」ローリーはあくびをした。

「お昼？」わけがわからなかった。

「マクドナルド。ハッピーセットたべたの」

クレイが言った。「メモを残しといたんだけどね。きみが目を覚まして、心配したらいけないと思って」

彼女は振り向いてクレイを見た。「あの……わたし、何て言ったらいいか」

「ノックしてもらったんだ。ママよりじょうずだったよ」

よく見ると、きっちりとプレスされたクレイのチノパンの膝が泥で少し汚れている。きれいなワイン色のポロシャツは汗で軽く湿っているようだ。彼がにっこりと笑った。「ふむふむ、それは褒めてくれてるのかな」

「おもしろかった」

クレイはローリーの髪をくしゃくしゃと撫でた。「おじさんもだ。またやろうな」

ローリーがもう一度あくびをした。

「ハニー、ママのベッドでビデオを見ましょうか」

「うん」ローリーはクレイのほうに歩いていった。クレイは立ち上がり、ベイリーが起き上がれるようにした。「ありがと」ローリーはそう言うと、自然に――ローリーの行動はいつもそうだが――クレイの脚に抱きついた。

クレイはしゃがんで彼をハグした。「どういたしまして」

その光景に、ベイリーの胸にこみ上げるものがあった。「すぐ戻るから」

ローリーを寝かしつけると――こうしないと、お昼寝してくれないのだ――彼女は髪をとかして整えようとした。でも、洗いっぱなしで乾かしていなかったせいで、どうしようもないくらいに乱れている。結局、セットをあきらめ、うしろでひとつにまとめた。鏡をのぞき込んで身だしなみをチェックしてから、彼女は部屋を出た。

クレイはコーヒーテーブルの上に置いてあったアルバムをめくっていた。

ベイリーは近づくとソファの肘掛けに座り、写真を見下ろしながら言った。「エイダンの作品よ」

クレイが微笑んだ。あごにえくぼができる。彼女はそこにキスしたくなった。

「どれもいいね。彼、才能あるな」

「でしょ。本腰を入れてやってみたらどうかなって思ってるの。この最後のページのも見て」

クレイは終わりまでページをめくった。「あれっ、わたしとぼうやじゃないか。うん、よく撮れてる。いい感じだ」

彼女は写真のローリーとクレイをじっと見つめた。「ふたりともすごく楽しそう」

「ああ。今日も楽しかったよ」

「ほんとにごめんなさい。子守りに来たわけじゃないのに」

「楽しかったって言っただろ。ダブルチーズバーガーとサンデーを食べたのなんて、本当に久しぶりだよ」

「キャビアのほうがお口に合うものね」

アルバムを閉じると、彼が急に振り向いた。あんまり勢いがよかったので、ベイリーはバランスを崩して肘掛けから落ち、彼の膝の上に乗ってしまった。「わたしの口に合うのはきみだよ」

彼が唇を重ねてきた。深く、我を忘れさせるほど甘いキス。コーラとペパーミントの香りがする。クレイは彼女のシャツのボタンをひとつ外し、そこに鼻を押しつけた。「すごくいい匂いだ」

彼女はため息を漏らした。

ボタンをもうひとつ外したとき、呼び鈴の音がした。「出るんじゃない」クレイは彼女のむき出しの肌に口をつけたまま言った。

ベイリーが彼の両肩を手でさすりながら言った。「ローリーが起きちゃうわ」

「そうだな」

身体を離し、ベイリーはいたずらっぽく彼に微笑んだ。見るからに欲情している男性に。

「だれだろうとかまわないから、さっさと追い返してくるんだ」

「たぶんね」ベイリーは立ち上がった。

クレイが彼女の尻を優しくたたいた。「たぶん、はなしだ」

ベイリーは女子高生のようにくすくすと笑いながらインターホンのところまで歩いていった。「B、エイダンだ」クレイといるときに突然来られて困ったから、これからは入る前に必ず呼び鈴を押すという約束を兄たちと取りつけたのだ。ボタンを押して兄を玄関に通し、彼が階段の上に着く前にベイリーは扉を開けた。

「エイダン……」顔を見て驚いた。怒りに打ち震えている。「どうしたの?」

「B、話がある」

「みんなは? 大丈夫?」

「いまのところは」手に新聞を持っている。「こいつを見ればわかる」

エイダンは彼女を追い越して部屋に入った。いったい何があったんだろう。不安のほうが先に立ち、彼女はクレイが来ていると言うのを忘れてしまった。

だが、忘れるべきではなかった。リビングルームに入り、エイダンが最初に目にしたのはクレイだったからだ。

「やあ、エイダン」クレイは立って彼女の兄と向き合った。

警告もなく、エイダンはもの凄い勢いで突進した。「この野郎!」そう叫ぶと、ニューヨーク州上院議員を突き飛ばした。

クレイはわけがわからなかった。気づいたらよろめいて壁にぶつかり、何か固い物に頭をぶつけていた。ガラスが割れる音。ベイリーの金切り声。拳があごにめり込む。彼は床に仰向けに倒れていて、エイダンが上にのしかかり、もう一発お見舞いしようと腕を振り上げていた。その兄の背中にベイリーが飛びかかり、押し倒してクレイから離した。「エイダン、やめて……」

「ママ? ぼく、こわいよ……」

ベイリーは顔を上げた。手はエイダンをつかんだままだ。ふたりともそのまま固まった。クレイはよろめきながら立ち上がると、ローリーのもとに行った。「大丈夫だよ。ちょっとした誤解なんだ」

「ふざけるんじゃない」とエイダン。

クレイはローリーを抱き上げ、胸の前に抱えてあやした。「ママとエイダンおじちゃんはレスリングをしてるんだよ」

「どうしておじさんのおくちから、ちがでてるの？」

クレイは口を拭った。「えっと、あのね、転んじゃったんだ」それから向きを変えると、言った。「よし、ビデオの続きを見ようか」

クレイがベッドルームから戻ると、ベイリーは兄とソファに座って新聞を見つめていた。ベイリーは両手で口を押さえている。エイダンは彼女の背中をさすっている。「かわいそうに」

「どうした？」

ベイリーが顔を上げた。ほんの数分前まで歓喜に躍っていた瞳が、いまは……ひどく傷ついている。

「どうしたんだよ？」クレイがきいた。

ベイリーがソファから腰を上げた。こっちに近づいて来る。こんなにもよそよそしい彼女の姿を目にするのは初めてだった。彼女は新聞を手渡すと、すぐに背を向けた。

混乱した頭で、クレイは新聞に目を落とした。昨日のパーティーのカラー写真が大きく掲載されていた。彼とジェーンの写真。ふたりともにこやかに微笑んでいる。クレイは思い出した。ポーズを取りながら、こんなまやかし、くだらないと感じていたのだ。彼は顔を上げ、眉をひそめた。「これがどうした？　ジェーンと一緒だったことはきみも知ってるだろ」

エイダンが吐き捨てるように言った。「キャプションだよ、この野郎」

もう一度新聞に視線を落とした。写真の下には太文字でこう書いてあった。ウェインライト元上院議員の七〇歳の誕生日を祝うクレイトン・ウェインライト上院議員。隣はフィアンセのジェーン・カーター。

フィアンセ？　だれが？　彼は慌ててベイリーに視線を戻した。「聞いてくれ、これは――」

彼女はくるりと背を向けた。「出ていってよ、いますぐに。確かにセックスだけの関係とは言ったわ。コミュニケーションはなしって。でも、婚約してるなんて知らなかった」

「してない」

エイダンがそばに寄ると、彼女はその胸に顔を埋めた。「このひとを早くここから追い出して、お願い」最後のほうは泣き声に変わっていた。

彼女の兄は妹の髪を優しく撫でながら、耳元で何かささやいた。彼女はベッドルームに走っていき、ガチャンと大きな音を立てて鍵をかけた。

クレイはエイダンを見据えて言った。「この件についてはっきりさせるまで、わたしはどこにも行かないからな。誤解なんだ」

「ふざけるんじゃない。あなたが妹と寝てるのは知っていた。あいつにはいい相手かもって思ってた。なのに――」

「婚約などしてない」

「出ていけ！」

「いやだ」

エイダンは彼を見つめていた。ポケットから携帯を出すと短縮ダイヤルを押し、少ししてから言った。「パディか。ディランとリアムも呼んでよ。力を貸してくれ。ああ、片付けたいものがあるんだ。ベイリーのところにいる」

おいおい、何だよ。クレイは思った。これじゃまるでB級映画の世界じゃないか。

エイダンが電話を切って言った。「もうすぐ来る」

「きみたち四人でわたしを引きずり出そうというわけか。いいか、はっきりさせておくぞ。わたしは婚約などしていない。だから、ベイリーに信じてもらえるまではここを動かない」

エイダンがもの凄い形相で彼をにらみつけた。

「彼女のことを大切に思ってる。この関係をもっと発展させたい。わたしはそのつもりなんだが、彼女がブレーキをかけてるんだ」

「うるさい、八つ裂きにしてやる」

「好きにしろ。わたしは出ていかないからな。彼女の誤解を解くまではぜったいに」

エイダンは彼をにらみ続けた。長いあいだ。それからまた携帯を取り出した。

「まだいるよ、ベイリー。エイダンは帰った。話してくれるまでどこにも行かないから」

扉の向こうから声がした。「兄さんは、わたしをひとりにして帰ったりしないわ」

「出ておいで、顔を見せてくれ」

「いやよ」

「婚約なんかしてない。だれが『ヴォイス』に吹き込んだのかわからないけど、もしかしたら母親かもしれない。昨日の晩、婚約しろってうるさく言ってたから。それで、ハンク・セラーズのやつが記事になりそうなネタを嗅ぎ回ったんだと思う」

「信じられない」

「だったら信じてくれるまでここに、きみのリビングルームにいるからね」

長い時間が経過し、ようやく鍵の開く音がした。よかった。クレイは心底ほっとした。エイダンが帰り、なんとかなるかもしれないとは思っていた。だが、ベイリーがいざとなったらてこでも動かないことは、容易に想像がついたからだ。

扉が開いた。ぐっと胸を張り、きりっと正面を向いて立っている。なんて強い女性なんだ、とクレイは思った。どう考えても傷ついているはずなのに。あの立ち姿はまるで怒れる女神じゃないか。彼女は横柄な調子で吐き捨てるように言った。「それで、どうやって納得させてくれるわけ」

「本当のことを話す。とにかくこっちに来て。座ろう」

ベイリーは部屋に入ると、椅子に腰を下ろした。クレイは必然的に彼女のすぐ横のソファに座った。「さあ、聞かせてもらおうじゃないの」

「ジェーン・カーターとは二、三年前から付き合っていた。くっついたり離れたりを繰り返してる。それくらいがちょうどよかったんだ。でも、このところ彼女が押してくるようになって、わたしは引いているというわけなんだ」

「なぜ？　あのひとならぴったりでしょ。あなたが政治家の妻に望むものが全部揃ってるじゃない。きれいで、洗練されてて、コネもある。ひょっとして仕事もしてないんじゃないの」

「父親の選挙活動をときどき手伝っている。でも、きみの言うとおりだ。これといった仕事はしていない」

よそよそしい態度を崩さないと決めていたのに、ベイリーのなかに好奇心が沸き上がってきたようだった。「仕事もしないで、どうやって暮らしていけるの？」

「一族の金だ。ジェーンには信託財産がある」

「あなたは？　つまり、あなたも働かなくても食べていけるの？」

「あ、ああ、まあそうだね」

彼女は信じられないというように首を振った。これで、自分とクレイとの違いがあらためて浮き彫りになったわけだ。「で、結局何が言いたいわけ？」

「ジェーンとの関係は恋愛じゃない。わたしの気持ちはもう冷めている、さっきも言ったようにね。でもきみの言うとおり、彼女は相手として完璧だし、わたしは寂しかった。だから交際を続けてきた。だけど、もう事態は変わったんだ」

「彼女と寝てるの？」

「前はね。でももうしてない。彼女とも、だれとも。きみとして以来一度も」

彼女が信じたいと思っているのが表情から伝わってきて、クレイは思い切ってもう一歩踏み込んだ。「ベイリー、怒ってるんだよね？」

「当たり前でしょ。わたしはね、決まった相手がいる男を奪うようなことはしないの」

「それは要するにきみの信念の問題だろ？　個人的な感情はないのかい？」

ベイリーが大きく息を吸った。彼女ははたして本当の気持ちを言ってくれるだろうか。クレイは不安だった。彼の目を見ながら、ベイリーが小さくつぶやいた。「個人的な気持ちよ。あんなふうに一緒に過ごしたのに、あなたがだれかのものだなんて、考えるだけでつらいの」

立ち上がって彼女のそばに寄ると、クレイは目の前にひざまずいた。そして冷え切った手を握り、温かなキスをした。「ハニー、きみの心は何て言ってるのかな？」

ベイリーは彼の目をじっと見つめていた。いまの彼女なら本心を隠したりしないだろう。

「言いたいことはわかるわ、クレイ。でも、セックス以上の関係にしようとするなんて、ふたりとも頭がどうかしてるとしか思えない」

「もうなってるよ」

彼女が下唇を噛んだ。このしぐさに、法律家としての遺伝子が非常警報を発し、抗弁をしろとクレイをせき立てた。

「きみもわかってるんだよね？　だから怒った」

答えを探すかのように、彼女は天井をじっと見つめた。「自分でもほんとにばかだと思う。どうしてこんなことになったのかしら」

「ばかだろうがなんだろうが、これは既成事実なんだ。もちろん、わたしだって同じだよ。ローソンの手がきみの身体に触れたと思うだけで耐えられなくなる」クレイは彼女の指にもう一度キスをした。「彼とは、いや、だれとも寝てないんだろ？　ふたりで過ごして以来。だよね？」

「ないわ。でもクレイ、エリックとジェーンのことはとりあえず忘れて。論理的に考えてみて欲しいの。青少年犯罪の防止に関して、わたしたちはお互い敵同士。それは世間にも知られてるわ。今回の委員会でも激しくぶつかることになる」

「それは仕事上の話だ」

「わかってる。でも、ふたりの関係をセックス以上に発展させると、やっぱり大きな間違いだったって、そうなると思うの。だって、委員会でなんだかんだともめるのよ。わたしの身が危ないとか、命の危険を冒してるとか。あなたの政策についても」

「仕事とプライベートな関係は分けられる。というか、少なくとも分けるように努力すればいい」クレイは彼女の頬を撫でた。「試してみる価値はあるだろう？」

ベイリーは彼の両手の中で顔を背けた。「ほかにもあるわ。仕事での衝突とプライベートの付き合いを分けられたとしても、わたしたちが……不釣り合いなのはどうするの？　わたし、刑務所にいたのよ。子持ちで、その子の父親とは結婚しなかった。パブで働いてる、よりによってね」

「関係ない」

「マスコミ、それに有権者がどう思うか……」

「わたしの人生だ。だれかの基準に従って生きるつもりはない」

「上院議員になるっていうのは、そういうことなんじゃないの？」

「違う、そんなんじゃないって言ってるだろ。いいか、もしそんなことを気にしてるんだとしたら、ヒラリー・クリントンはどうだ？　彼女はビルが浮気して、しかも偽証したのに離婚しなかった。それでも上院議員に立候補して、当選している。大丈夫、きみが考えているようなものじゃないから」

この発言にベイリーは少しぐらついたようだった。立ったまま、クレイは彼女を引き寄せると顔を両手で包み、上から目をじっと見つめた。がんばって誘惑に抵抗しようとしている少女のような顔だ。「どうしてかはわからない。でもベイリー、わたしたちは何かでつながっている。ベッドの中だけじゃなくてね。もちろん、あれはとっても素敵だけれど。きみが好きなんだ。きみのその元気、自分にとって大切なものをあきらめないところ、家族に対する思い、母親として立派にやってるところが好きなんだよ。だから、その何かがわかるまで、きみを手放すつもりはない」

ベイリーは困ったように首を振った。「わたしだって好きよ。すごく。あなたはわたしが思っていたようなひとじゃなかった」

クレイは彼女の鼻にキスをした。「もう少し様子を見てみるっていうのはどうかな？　もし行けそうだったら、一歩ずつ、ゆっくりと前に進めばいい」

「わからない」ベイリーは一歩うしろに下がった。「とにかく考えさせて。あなたに触れられてると何も考えられないの」

ふむ、それは朗報だ。クレイは両手をポケットに突っ込み、しゃべりたい気持ちをこらえて黙った。自らの代理人として、できる限りの弁護はした。彼女がそれでもうんと言わないなら、上訴するつもりだ。だが、まずは彼女がどう出るかだ。

「考えるから、ちょっと時間をくれる？」

「いいよ」そう言いながらも、クレイは彼女に近寄り、指先であごに触れた。「でもねベイリー、シーソーゲームはもういい。これ以上行ったり来たりはしたくない。ゆっくり考えていいよ。だけど、どうするか決めたら、それを変えないでくれ」彼はもう一度鼻にキスをし、髪をそっと撫でると、くるりと背を向けて部屋を出ていこうとした。

「クレイ？」

彼は肩越しにベイリーを見やった。「わたしも、シーソーゲームはもうこりごり」

「そうか、よかった」

ぜんぜんわたしらしくない。オフィスを出て早足で歩きながら、ベイリーは自分の服を見て思った。今日はおしゃれをしてきた。クレイのためだ。委員会に着ていくのに何かいい服はないかとクローゼットの中を引っかき回し、奥のほうにあったパンツとチュニックを見つけたのだ。衝動買いしたのだけれど、着たのは重要な会議のときと、あとは一、二度、気取った格好をしないとならないレストランに行ったときだけだ。色はグレーがかったブルー、ニット素材が彼女の身体のラインをきれいに見せた。似合い過ぎなんじゃないか。一度、兄たちにやきもきされたことがある。つまり、かなりいい感じに見えるということなんだろう。

同じシフトだったジョーとロブにも、ベイリーがオフィスに入っていくと、口笛を吹いてからかわれた。四時に彼女と交替で入ったスーズにも言われた。「あんた、だれ？　ねえ、あたしの友だちのベイリーに何したのさ？」

ベイリーは笑ってごまかしたが、気が引けたのでマスカラとチークは、さっき地下鉄に乗るまでつけないでおいた。前日クレイから電話があり、会議のあとで飲みに行かないかと誘われた。そして言われた、いい知らせを期待しているからね、と。一晩中あれこれと考え、ベイリーはついに、彼との関係を本格的にスタートさせることに決めたのだ。

彼のオフィスに向かう地下鉄の中、ベイリーはその決断について思いを巡らせていた。今後のことを考えるとすごく怖い。でも、彼の言うとおりだ。こんなふうに行ったり来たりを続けていても、何も始まらない。それに、彼のことが好きだと言ったのは本心だった——すごく、というのも。一五分で彼のオフィスのあるビルに着いた。エレベーターに乗ると、心臓の鼓動がますます速くなった。

オフィスの戸口に到着した。彼がサイドボードの横に立っているのが見える。コーヒーを片手に女性と話している。以前ここに来たときに、会ったことのあるひとだ。彼の今日の出で立ちは、きれいなヘザーブラウンのスーツと、ベージュのシャツにペイズリー柄のネクタイを合わせている。素敵だった。ベイリーに気づくと、クレイの琥珀色の瞳が輝いた。「やあ、ストリート・エンジェル」彼はその女性に向き直ると言った。「ありがとう、メアリー。以上だ。定刻になったら帰っていい」

「はい、クレイ」彼女はベイリーに軽く会釈をしたが、部屋を出るときに冷たい視線を浴びせてきた。それはそうね。ベイリーは思った。たぶんここのスタッフはみんな、わたしのことが大嫌いなんでしょうから。

ベイリーは部屋の奥に進んだ。「こんにちは、上院議員」

「ミズ・オニール」クレイは視線を上から下にゆっくりと動かした。「それはわざとかな？」

「え？」

「それを着てきたのは」

「わざと？」

「わたしの注意力を散漫にするために」

彼女はくすくすと笑った。「なるほど、そういう手もあるわね。でも違うわ。ただ着ただけよ」

クレイは小首をかしげた。

「あなたのために」

「それはつまり、わたしにとって朗報だってことかな?」

「かもね」

「だったら、きみはテーブルのいちばん端に座ったほうがいい」

彼女は目をぱちくりさせた。「どうして?」

「言わなくてもわかるだろ?」

「いいわ」ベイリーはにっこり微笑むと席についた。「コーヒーをいただけるかしら」

クレイはマグカップを彼女に差し出し、ふたつほど離れた椅子に座った。「元気かい?」

「ええ。今日の委員会は何をするのかしら?」

「きみとシスター・マリオンのリストを確認する。それと、おそらくネッドがGGズについて何か情報を集めているはずだから、それも」彼は時計に目をやった。「そんなに長くはかからないと思う」

「そう」

「ローリーは?」

「エイダンに預かってもらったわ」

彼があごをさすった。近くで見ると、口のそばに小さな傷ができているのがわかる。「エイダンはどうしてる?」

「殴ったのは悪かったと言ってた。でも、わたしたちのことはまだ心配してるわ」

「彼は大丈夫、説得できるよ」

「そうね。でも、うちのなかでエイダンがいちばん甘いのよ」

クレイはもう一度あごに手をやった。「もう殴られるのだけは勘弁して欲しいね」

「まだ痛い?」

彼の目がいたずらっぽく輝いた。「まあね。でも、きみにキスしてもらったらよくなるかも」

「わたし――」

彼女が言いかけたところで、ネッドが戸口に現われた。顔は険しく、態度も硬い。「どうも、遅くなりまして」

クレイがちらっと時計を見て言った。「大丈夫。シスター・マリオンもまだ来てないし」

ネッドが眉を寄せた。「知らないんですか?」

「知らないって、何を?」

「シスター・マリオンは入院中ですよ」

ベイリーは慌ててマグカップをテーブルに置いた。「どうして?」

「金曜の晩、シェルターで襲われたんだよ。あんたんとこのガキにね、ミズ・オニール」

ベイリーが彼をにらみつけた。「何よそれ」

「警察はタズマニア・ゴメスを捜索中だ。シスター・マリオン・ホックマンに対する暴行の件でな。ゴメスは姿をくらましていて、まだ見つかってないが」

「マリオンは大丈夫なの？」ベイリーがきいた。

「明日には退院できるそうだ。ひどい脳しんとうを起こしたらしいが」

クレイが身を乗り出した。「どうして、やったのがその子だと？」

「シェルターの何人かがそう証言したんです」

「あの子がマリオンを襲ったのを見たひとは？」

「ひとりいる。ほかは現場には居合わせなかったが、ゴメスが凶器の彫像を持っていたのを見ている」

ベイリーがしゃんと背筋を伸ばした。「つまり、そのひとりの子の証言だけで、一方的にタズが犯人って決めつけてるわけ？」

「ゴメスからは何も聞いてない。というか、知りようがない。雲隠れしてるからな」

背筋を伸ばしたまま座り直すと、ベイリーが言った。「わたしは知ってるわ」

「どういう意味だ」

「金曜の晩、タズがログインしてきたの。もうシェルターは出た、濡れ衣を着せられたからって言っていたわ」

「要するに、そいつはその晩、自分が罪を犯したと自白したってわけか？」

「そんなことは言ってないでしょ」

ネッドが眉をつり上げた。「ああそうか、なるほどね。そんなことはいままで一度もなかった。そう言いたいんだろ？」彼はクレイのほうを向いて続けた。「上院議員、前に集まったときもこうなりましたよね。あのときも言いましたが、もう一度言わせてもらいます。ストリート・エンジェルはまたいつもの手を使おうとしている。どうするおつもりですか？」

ベイリーは立ち上がった。ネッドに見下ろされたくないからだ。「ウェインライト上院議員には関係ないわ。わたしがユース・ギャングから抜けさせようとしてる女の子が、シェルターで起きたことで濡れ衣を着せられてるとチャットで言ってきた。それだけよ。それのどこが法律に違反してるの」

「はっ、まったく信じられんね。クレイ、彼女は犯罪者を甘やかしてるんですよ」

ベイリーはクレイの顔を初めて見た。表情が強ばり、あごに力が入っている。「ベイリー、わたしも同意見だ。きみのしたことは肯定できない。警察に連絡しようとは思わなかったのか？」

「前にも言ったでしょ。もう何度も。もう一度説明する気はないわ」

ネッドがあきれたように首を振った。「まったく、たいしたたまだ」

「ネッド、口に気をつけたまえ。彼女のしたことはよくないが、だからといって侮辱していいことにはならない」

ネッドはクレイをにらみつけた。「こっちも暇じゃないんですよ。この集まりも、この委員会自体も、くだらないにもほどがある。おれは降りますよ」

「ネッド、待て」

だが彼はそのまま歩き去った。

ベイリーはネッドのうしろ姿を目で追い、それからクレイのほうを振り向いた。

クレイのあごの筋肉がぴくぴくと脈打っている。「まさか、コロンビア大の近くで会った娘じゃないだろうな」

「クレイ、聞いて……」

「答えろ。そうなのか?」

その有無を言わせぬ横柄な口調に、ベイリーの目が険しくなった。「そうよ」

「それで彼女は修道女に暴行を加えた」

「シェルターにいた子がひとり、そう言っただけよ。本当かどうかまだわからないわ」

クレイは彼女をにらみつけて言った。「彼女とは二度と会うな」

「は?」

「聞こえただろ。タズ・ゴメスと金輪際会わないと約束しろ」

「ぜったいにいやよ」

「だめだ、ベイリー。これは譲れない」

「あなたにそんなこと言う権利はないわ」

「きみの身が危険にさらされているんだ」

「クレイ、もう何度も言ったわよね。首を突っ込まないで」

「以前とは事情が違う」

「まさか、あれを言うつもりじゃないでしょうね」

「何だ？」

「事情が変わったのはわたしたちが付き合ってるから」

「ベイリー……」

「ほらね、プライベートと仕事を分けるのはやっぱり簡単じゃないのよ」

彼は少しのあいだ目を閉じた。なんとかして自分を抑えようとしているのがわかった。

「ハニー、わたしはきみのことを大切に思ってる。だから心配なんだよ。修道女に対する暴行の疑いをかけられているギャングときみが会うなんて、わたしには耐えられない。どうしてもだ」

彼女は深くため息をついた。「わたしの言ったとおりだった。そうでしょ？」

「言ったとおり？」

「あなたはこのプライベートな関係を利用して、わたしの仕事を邪魔しようとしているわ」

彼の顔がさっと赤くなった。ベイリーはふと思い出した。以前このことを非難したあとで、彼にベッドに押し倒されたんだ。

「もうその件は片が付いたと思ってたんだがね」

「そうよ。それであなたは、どこに片付けたのか忘れてしまったみたいね」ベイリーが腰を上げた。「もう帰るわ」

「冗談だろ?」

「本気よ」彼女は扉のほうに歩き出し、彼が腕をつかんでそれを制した。

「答えは? ここに来る前に決めたんだろ?」

「もうどっちでもいいじゃない」

「よくない」

「手を放して」

「きみの結論を聞いてからだ」

「結論はね、うまくいくかもしれないなんて思ったわたしたちがばかだったってこと。以上よ」ベイリーは彼の手を払った。「さようなら、クレイ。二度と連絡しないで」

ベイリーは急いでオフィスをあとにした。彼は何も言ってこなかった。それでいい。やっと正気に戻ったということだ。たぶん、彼も。

12

タズはこん棒を振り上げ、無理やり不敵な笑い顔を作った。入団儀式は嫌いだ。くだらねえ、学生のクラブじゃあるまいし、と思っていた。今回のもばっくれたかったのだが、メイジーに怪しまれ、釘を刺されてしまったのだ。新メンバーの洗礼のときは決まって具合が悪かったり用事があったりするようだが、今晩はちゃんと来いと。

タジー・ベイビー、最近どうした？

何が？

知らねえよ。おまえがいつもコンピューターでなんかやってるからさ。

タズはまた心配になった。うちに来たときにエスケープのページを見られたのかも。

あんたまさか、仲間を売ろうってんじゃないだろうね。

んなわけねえだろ。

なら、ジャンプに来な。

仲間たちが新顔を次々に殴っている。タズも気乗りしないまま、そいつのケツにこん棒を振り下ろした。もちろん、ほかの連中はそんなに優しくない。新顔は全身から血を流し、早くも足を引きずっている。タズは胃が締めつけられた。とにかく、自分が何のためにここにいるのかだけを考えることにした。

彼女をつまはじきにせず、受け入れてくれたのはGGズだけだった。あのシェルターだって、結局は出るしかなかった。スカンク女たちにはめられ、サツに追われる身になり、それでうちに戻ったのだ。それまでにも二、三日うちを空けたことはあった。おやじにばれないときもあったし、ぶん殴られたこともあった。

今回はレイプだ。やられたのは初めてだった。前にも二度危ないことはあったが、泥酔していたからなんとかかわせた。昨日の晩だって、ぶん殴られて気を失っていなかったら、やられずに済んだのに。

タズは周囲の状況を冷静に見た。ハッパでぶっとんだ、血も涙もないやつら。ギャングに入りたくてぼこぼこにされてるワル気取り。ちっ、これがあたしの家族《ファミリー》かよ。まじで泣けてくるね。こんなんで、生きてる価値なんてあるのかよ？

ようやく洗礼の儀式が終わった。タズはしばらくその場に残っていた——酒をあおり、ハッパも軽く吸った。だが、GGズの仲間が見物に来たコンカラーズの男どもとやり出したので、さっさと帰ることにした。おやじのアパートに着くと、非常ばしごを登り、窓から部屋に入った。あの野郎にはばれてないはずだ。いや、留守かもしれないが。彼女はナイフを握りしめた。とにかく、もう好き勝手なまねはさせねえ、二度と。

うちの中は静まり返っていた。ナイフを放すと、鍵をかけたクローゼットに向かう。がらくたの下に隠しておいたコンピューターを引っ張り出すと、起動ボタンを押してインターネットに接続し、すぐにエスケープのサイトに飛んだ。

サイトには告知コーナーのようなものがあり、職員たちのメッセージが載っている。新しいプログラムを導入した、だれかに連絡を取りたい、教訓めいた内容が書かれていることもある。今晩のはストリート・エンジェルからの伝言だった。「TD2、ログインして。話があるの。SA」

タズは画面をじっと見つめた。日付は先週になっている。修道女との一件以来、サイトへのアクセスは避けていた。でも、今夜のことで彼女は本気でGGズを抜けたいと考えていた。

ちっ、何なんだよ。タズはサインインをクリックした。

ストリート・エンジェル、あんたか?

違う。ストリート・エンジェルの同僚、ダチ。

んじゃいいや。

タズなの? 切らないで。話そう。

やだね。

あたしも昔ギャングにいた。力になれる。

あいつはいつ来る?

明日の朝。ねえ、頼むからまた来て。彼女、すごく心配してるから。

たぶんな。チャオ。

ふん、ストリート・エンジェルが心配してる、か。どうだかね。タズはブーツを蹴り脱ぐと、ベッドにごろんと寝転がった。パンツには血が飛び散っていて、体中からクサと酒の臭いがしたが、疲れ切っていて着替えるのも面倒くさい。服も脱がず――速攻で逃げなきゃならないかもしれない――ポケットからナイフを抜いて手に握ると、顔を枕に埋めた。子供がテディベアを抱くのと同じで、その凶器に触っていると落ち着くのだ。ナイフは朝まで放さなかった。

クレイはラケットを振り上げ、ボールを正面の壁に向かって思い切り打ち込んだ。バンッという銃声のような音が響き、玉は跳ね返ってソーンの脛を捕らえた。「ちっ」と、彼の首席補佐官が吐き捨てるように言った。

「悪いな」クレイがTシャツの袖で顔を拭った。汗だくで、全身から汗の臭いがする。「わたしのポイントだ」彼はサービスラインに戻るとボールをトスし、力任せにたたいた。「エース」

ソーンがぶつぶつと何か言っているが、無視した。クレイはとり憑《つ》かれたように休みなくプレイした――この一週間、何事においてもそうだった。ラケットボール、ジョギング、ウエイト・トレーニングを繰り返し、すでに三キロ近くも体重が落ちている。それ以外に彼女のことを考えないで済む方法はなかった。腹が立って仕方がなく、手当たり次第何でも八つ裂きにしたい気分だった。激しく身体を動かしていると、その気持ちを少しは紛らわすことができる。

「ゲーム・オーバーです」ソーンが言った。

クレイが振り向いた。「ん？」

「上院議員の勝ちです、今度も」

「そうか」

ソーンが近くに寄ってきた。「それに、二時間後に会議がありますから」

「スチュアートと、だったな？」

「ええ。ニューヨークの特別委員会の進捗状況をお知りになりたいようです。それで、どのような具合ですか？」

「きくな。その後は？」

「エネルギー新法に関する臨時の納税者委員会です。続いて、新しい哨戒・対潜水艦攻撃用ヘリコプター《シーホーク》についての上院公聴会と、新たなテロ対策について大統領を交えた両党派合同のブレインストーミング・セッション」

クレイはうなずいた。九月に議会が再開してから、彼はあえてスケジュールを過密にしていた。自らを忙殺するために。余計なことを考えないですむように。「よろしい」

クレイが荷物をまとめ始め、ソーンも私物を片付け、クレイと並んでコートを出てロッカールームに向かった。シャワーを浴びて着替え終わるや、ソーンは時計を確認して言った。

「まだ時間があります。一緒にコーヒーでもいかがですか？」

「いや、やめておこう。それより——」

「クレイ、大切なお話があるんです」

ソーンが下の名前で呼ぶことはめったにない。クレイは驚いた。どうしたんだ？ ひょっとしてソーンに何か問題でも。このところ周囲のことにほとんど注意を払っていなかった。彼は急に、そんな自分が恥ずかしくなった。「わかった」

ふたりはラッセル・ビルディングの一階のカフェ・バーに入った。席に着くと、ソーンは彼をじっと見据えた。その険しい目は何を表している？ 激しい怒りか？

「貧乏くじを引かされまして」

「は？」

「ミカもジョーニーもボブも、わたしも——みんな何が起きたんだって思ってます」

「何が？ いつ？」

「一週間ほど前から突然、あなたは人使いの荒い上司になった」

「人使いが荒い？ わたしが？」

「クレイ、このところ朝から晩まで働き詰めです。パーティーのあとも、オフィスに戻って仕事。休憩は一切なし。ランチもとらない。みんな、あなたについていくのに必死で、正直申し上げて身体が持ちません」

「そうか、すまなかったな。わたしのせいで、きみたちがそんなに大変だったとは」

「それだけではありません。みんなあなたのことを心配しているんです」

それはそうだろう。でも、自分が部下を顧みない上司になっていたなんて、まったく気づかなかった。まいったな。彼はソーンの顔を見つめながら、あらためて思った。どうしてわたしには悩みを打ち明けられる相手がだれもいないんだ。

ベイリーになら話せるんじゃないのか。

首に輪っかでもつけて引っ張って来られればな。

「クレイ？」

「ちょっと個人的な問題を抱えてるんだ」

「ジョンですか？」

「いや、ジョンとは最近、わりとうまくいっている」

「もうローソン陣営に付く気はない？」

「ああ」

「よかった、助かりました。もしそうなったら、最悪な選挙戦になりかねませんから」

「いや、それ以上だ、ソーン。あいつが何をしたのか知ったときは、死にたくなったよ」

「でしょうね、お察しします。わたしはただ、常に仕事の側面だけに気を配ってますから」

「わたしがそれを望んだから。そうだろ？」

ソーンがいぶかしげな視線を向けた。「何か私的なことですか？　わたしでよければ、ご相談に乗りますが」

「ばかを言うな」彼は親しげな口調で言った。

「まじめに言ってるんです。もう一〇年も一緒にお仕事をさせてもらっています。もし個人的なお悩みを打ち明けたいのでしたら、いつでもお聞きしますよ」

「そうか」彼はカフェオレをすすった。甘さが舌に心地よい。

「女性ですか？」

「どうしてそう思う？」

「恋愛問題にお悩みになっている兆候がはっきりと表れています」

「恋愛じゃない」

「レディー・ジェーンのお気持ちは確かなようですが」

マグカップの縁越しに、彼はソーンを見つめた。「ジェーンのことじゃないんだ」

ソーンが眉間にしわを寄せた。この首席補佐官が顔をしかめるときの癖だ。「ほかにだれかいると？」

「かもしれないと思っていたんだが、うまくいかなかった」

「クレイ、ジェーンとの写真が先週の新聞に載って以来、婚約発表が近いとだれもが思っています。お父上のパーティーのあと、この件でお話しさせてもらいたかったのですが、そのたびに避けられて」

ベイリーにはふられたが、クレイはすでに行動を起こし、ジェーンと別れていた。いや、少なくとも自分の気持ちはジェーンにはっきり伝えた。彼女は聞き入れなかった。少し距離を置きましょうよ、焦ることはないわ。それでも彼は、もう無理だときっぱり言った。彼のなかでは間違いなく終わっていたからだ。

「婚約はない」

「なるほど。では、何かしら対策を立てないとなりませんね」

「やめてくれ、ソーン。わたしは女性と別れようとしているだけだ。戦略兵器について決断を迫られているわけじゃあるまいし。だれに断る必要もないだろ」

ソーンはコーヒーをひと口飲み、考え深げに、その冷静なグレーの目でクレイをじっと見つめた。

クレイが頭を垂れて言った。「きみが貧乏くじと言った意味がわかる気がするよ」ため息をついて、彼は続けた。「わかった、認めよう。ジェーンと別れる。そのことでマスコミからうるさく言われないようにするには、どうしたらいい？」

「本当にほかにだれもいないんですね？」

彼の脳裏にベイリーが浮かんだ。彼の腕の中でうつむき、ジェーンとのことでひどく傷ついたと言ったときの顔。それから、最後の別れを告げたときの姿も。「ああ、いないよ」

「ちょっと待った。ついていけないよ」エイダンは膝に手をついて、肩で息をしながら九月の爽やかな空気を吸い込んだ。「まったく、おまえがこんなに元気だとはね、知らなかったな」

元気か。だったら驚きね。ベイリーはジョギングの足を止めた。「昔はわたしより速かったじゃない」

兄はようやく上半身を起こすと言った。「むきになって走ってるみたいだけど、ひょっとしてぼくに何か隠してるんじゃないのか？」

ベイリーは木の下でふくらはぎを伸ばした。まだ葉が茂っている。九月初めの日差しは強く、日陰に入るとほっとした。エイダンはグレーのスウェットの上下だが、ベイリーはサイクリング・パンツと白いTシャツという軽装だ。「どういうこと？　さっぱりわからないんだけど」

エイダンもストレッチをした。「そうか、そうか。大好きなお兄さんに嘘をつくんだね」

「聞いたら怒るくせに」

「どうせあの男のことだろ。上院議員の先生、今度は何したんだ？」

「あのひととは終わったわ」

「このあいだ言ってなかったっけ？　レディー・ジェーンの件は信じたって」

「そうよ。でも、また別のことがあったの」

「何？」

「がみがみ言わないって約束してくれる？」

「約束する」

「仕事でいま世話してる子供が、犯罪者の疑いをかけられてるの。わたし、チャットでそのことを聞いていたのよ。はっきりとじゃないけど、はめられたって言っていた」

「それくらいなら、いいんじゃないの？」

「クレイはそれを知ってものすごく怒ってね。それで、その子に二度と会うなって言われたのよ」

「いくらなんでもそれは……で、その子とは会ったの？」

「ええ」彼女は勢いをつけて木から離れた。「ねえ、走りましょう」まずはのんびりとしたペースから始めた。「このまえ、それがあのひとにばれたの」

「フェイス・トゥ・フェイスは安全なんだろ？」

「安全よ。でも、今回のはフェイス・トゥ・フェイスじゃないの。ひとりで会ったから」

エイダンがぴたりと足を止め、両手を腰に当てた。「嘘だろ？」

ベイリーは二、三歩走り、それから止まった。「公共の場でよ。ほかにひとがたくさんいるところで」

「たとえグランド・セントラル・ステーションだって同じことだよ。おい、何考えてるだ。おまえを頼りにしてる小さい子供がいるんだぞ。おまえを愛してる家族だって。もし何かあったらみんながどう思うか、少しは考えたほうがいい」

「わかってるわよ」

「刑務所に入ったときだって、みんな気が変になりそうなくらい心配したんだ。おまえ、ちょっとやりすぎだぞ。ぼくだってそう思う」

「クレイにもそう言われたわ」

「やっぱりな、けっこう良識があるやつだと思っていたよ。おまえにはむしろいい相手なのかもしれないな」

「もういいの」涙がこぼれそうだった。「別れたの。大げんかしたのよ。夏休みが終わって、あのひとはワシントンに戻った。連絡は一度もなし」

「で、おまえも連絡してない」

「そう」

「なるほどね」

「連絡したほうがいいと思う？」

「修道院に入ったほうがいいと思うね」

彼女はあきれた顔をした。ふたりはまた走り出した。

しばらくして、エイダンが言った。「なあベイリー、あくまでも個人的な意見だけどさ、あいつ、いいやつだと思うよ」

彼女は兄を横目でちらっと見た。「ほんの一週間くらい前に、顔を思い切り殴ってなかったかしら？」

「ああ。でも、あのときはおまえがもてあそばれたと思ったからさ」

「そんなんじゃないわ」

「うん、違うってわかったんだ。あいつ、帰らないって言い張っただろ。兄貴たちが来るのに、逃げないって。あれで、ちゃんとしたやつなんだなって思ったんだ。あと、ローリーにしたこともそう」

「何したんだった？」

「ぼくをクレイから引き離そうとして、おまえ、背中に乗ってきただろ？　ちょうどそのとき、ローリーが部屋から出てきた。クレイはすぐに飛び起きて、あの子をあやしてくれた。最初の日、通りでおまえを守ろうとしたのと同じようにね。基本的にはいいやつなんだ」

ベイリーは立ち止まり、目を閉じた。「わたしも好きよ、すごく。でも、とにかく無理そうなの。うちの家族は反対するだろうし、わたしたちは世間的にも敵同士だし」

エイダンが彼女の肩にぽんと手を置いた。「おまえ、そんなちっぽけなことであきらめるような女だったっけ？」


一時間後、エスケープに足を踏み入れたときも、ベイリーはまだエイダンに言われたことを考えていた。夜勤明けのスーズが彼女の顔を見るなり言った。「あの子、来たわよ」

「タズ？　ほんとに？」

「うん。でも、あたしとは話さないって。朝になればあんたが来るからって言っといたよ」

「そう、よかった」

「あの子、まだ疑われてるの？」

「いや、もう晴れた」ジョー・ナターレが戸口に立っていた。元警官で、警察署といまもコネを持っている。

「どうなったの？」スーズが尋ねた。

「シェルターでタズの犯行を目撃したと言っていた女の子は姿をくらました。ほかの連中は、マリオンを襲ったのはその子で、タズがやったというのは嘘だと告白した。みんなで彼女をはめようとしたんだそうだ」

「やっぱりね」ベイリーはため息をついた。「あの子が今日来たら、フェイス・トゥ・フェイスをするように言ってみるわ」

「いいんじゃないかな。決まったら、おれとロブにも知らせてくれ」

スーズが言った。「ベイリー、ひとりで会うんじゃないよ」

ジョーが顔をしかめた。「そんなことするわけないだろ。ばかじゃないんだから」

沈黙。彼がベイリーを見た。「やってない、よな？」

「一回だけ」

「おい、ふざけるなよ、ベイリー。ルール違反だろ。何考えてるんだよ」

またか。みんなで示し合わせたみたいに。「わかった、わかったわよ。これで三人目よ」

「おまえがおれの女だったら、ただじゃおかないぞ」

わたしが夫なら、そんなことさせないようにベッドに縛りつけておくね。

やることなすこと全部裏目じゃないの。

コンピューターからポーンという音がし、ベイリーは慌てて画面の前に向かった。

よお、エンジェル。いるか？

ベイリーは急いで腰を下ろし、タイプした。うん、タズ。いるわよ。大丈夫なの?

どう思う?

シェルターでのこと、大変だったわね、かわいそうに。

どうでもいいよ。

そんなことないわ。彼女はいまさっき知ったことを画面に打った。もう隠れなくていいのよ。

サツからはな。

ほかにだれから隠れるのよ?

返事なし。タズ、お父さんと何かあった?

やはり返事はない。

タズ? お願い、答えて。

もう切る。

だめよ、お願い。わたしとうちのスタッフに会って。対策を話し合いましょう。

会ってもいいかもな、あんたとふたりだったら。

だめなの。うちのみんなと一緒じゃないと。もうひとりじゃ会えないの。

ルールに縛られないタイプじゃなかったのかよ。

これだけはだめなの。

ふうん、そうか。ちょっと困ってるってわけか。

そんなことないわ。お願い、会って。

ムリ。

彼女はサインオフした。

ベイリーは椅子の背にもたれた。

ジョーがうしろから彼女の両肩に手を置いた。さっきからスーズとふたりで画面の会話を読んでいたのだ。「それでいいんだ、これからも。約束できるな?」

「ええ、約束するわ」もちろん、ジョーの言ってることが正しいのはわかっている。でも、タズはなんとしても助けたい。ルールの範囲内では無理なのだとしたら、どうすれば?

オフィスに戻ると、クレイ宛の物が届いていた。封筒を開ける。彼が一週間前にアシスタントに頼んでおいたものだ。中身を見つめた。つるつるの光沢紙を使ったプログラムとチケット。即刻ごみ箱に投げ捨てるべきなんだろう。でも、このあいだから気にかけるようになっていた少年の顔が浮かび、彼はその衝動を抑えた。手早くメモを書き、封筒に住所を記して封をすると、オフィスを出る際にジョーニーに手渡し、その足でスチュアートとのミーティングに向かった。

「クレイ、調子はどうかね?」彼が席につくとすぐ、チャック・スチュアートがきいてきた。長身でほっそりとした、穏やかな男。クレイは彼に好感を持っていた。

「ちょっといろいろとありまして」

チャックの顔に驚きの表情が浮かんだ。ワシントンの人間はふつう、手の内を見せないからだ。「個人的なことかい？　それとも仕事の？」

クレイは笑った。「両方ですよ。でもいま言ったのは、この委員会のことです」チャックに状況を簡潔に説明した。メンバー間で意見が食い違っている、マリオンが暴行を受けた、ネッドがやめた。

「プライスに連絡して、戻ってくるように伝えたのかね？」

「ええ。来週ニューヨークに行きますので、一緒にランチをするつもりです」

「ストリート・エンジェルはどうした？　彼女、そうとううるさく嚙みつくみたいじゃないか」

この発言にクレイは少しむっとした。「頭が固くて頑固で、自分の身の危険性についてまるで無頓着です。ですが、根は優しいですよ」

「ということは、彼女との関係は前進していると？」

「いえ、していたのですが。その修道女への暴行が思わぬ落とし穴でした」

「彼女はいまも委員会のメンバーなんだろ？」

クレイは遠くを見つめた。「わかりません」

チャックは少し間を置き、口を開いた。「確認したまえ。この委員会に彼女の協力は不可欠だ」

それからいくつか意見の交換をし、クレイが立ち上がった。

チャックも立ち、言った。「帰る前に、ひとつだけ」

「何ですか？」

「次期副大統領には立候補しないつもりだ」

「え？　第一候補はチャック、あなたじゃないですか」

「つい最近、家内の乳ガンがわかってな。幸いまだ早期だから、治る見込みは高いそうだ。しかし、あくまでも予測だから、どうなるかわからん。だから選挙戦で全国を回るより、家内と子供たちと一緒に過ごしたいんだ」

「そうですか、それは大変ですね」クレイはチャックの妻の容態を尋ね、治療法や彼女の精神状態について少し話をした。それから言った。「副大統領の件、政党は大騒ぎになるでしょうね」

「ああ、もうじき言うつもりだが、先にきみに知っておいて欲しかったんだ。きみを副大統領にという話も出ているからな。これは個人的な見解だが、きみなら党の代表にふさわしいと思う」

「ありがとう、チャック。嬉しいですよ」

「たしか、結婚はしていない。違ったか？」

「ええ、離婚しました」

「そうか、だったら選挙戦はそんなに大変じゃないかもしれないな」

そう言われて、なぜかクレイはいい気がしなかった。チャック・スチュアートのオフィスから戻る道すがら、彼はずっと考えていた。自分の人生がいかに空虚かについて。

パブはヤンキース一色に飾り付けられていた。天井からは大きくNYと書かれた旗が下がり、青とグレーの縦縞が宙で揺れている。壁にはチームのポスターが所狭しと貼られていた。オニール家の人々はいつもこうして家族の誕生日を祝うのだ。

ベイリーの息子は、いとこ、友だち、おば、おじ、祖父母に囲まれて座り、山のように積まれたプレゼントの包装を開けている。大人たちの話し声、アイルランド音楽のソフトな調べ、子供たちのはしゃぎ声が部屋中に満ちている。ベイリーは少し離れたところに立って、瓶から直接ビールを飲みながら、息子を見守っていた。

「おい」パディが彼女のうしろに立ち、腕を肩に回してきた。「大親友を失くしたって顔してるぞ」

クレイのことが頭に浮かんだ。彼女は長兄に身体をもたせかけた。「何言ってるのよ。わたしの親友はみんなここにいるわ」

「みんなじゃない」パディが肩に回した腕に力を込めた。

彼女は振り向いてパディの顔を見つめた。「ブリーは来ないの？」

「ああ。仕事の約束があるんだとさ」

「キャリアを求めて、それに向かってがんばるのは悪いことじゃないでしょ」

「シェイとシニードはもう大きいからいい。だけど、キャスリーンはまだそばにいてやらないと」

「あの子なら大丈夫」ベイリーは部屋の奥を指して言った。キャスリーンがローリーと座っている。「一日二四時間ずっと母親が付いていなくても平気よ。それに、寂しいときは兄さんがいるし、わたしも付いてる。キティが亡くなってから、リアムのところもそうやって面倒見てきたじゃない。ブリーにも少しは自由な時間をあげたら？」

「何だよ、どっかのフェミニストみたいな口ぶりだな」

「兄さんが大好きな妹みたいな口ぶり、でしょ」

彼はビールをひと口飲んだ。「男と女の関係ってのは本当に難しいな」

ベイリーは答えなかった。確かに、わたしとクレイの関係もそうだ。

「あの男とはまだ付き合ってるのか？」

「どの男？」

彼は鼻を鳴らした。「階段中に服を脱ぎ散らかしてたやつだよ」

「いいえ。兄さんの言うとおりよ。男と女の関係は難しいわね」

「ママー、みて」ローリーが両手に何かを掲げている。

パディとの会話を終わらせる口実ができた。彼女はほっとして、息子のほうに歩いていった。マニラ封筒を手にしている。ほかのバースデーカードと一緒に郵送されてきたようだ。中から色鮮やかな何かと、もう一通封筒が顔をのぞかせている。「それなあに？」

「『スーシカル』」

「ミュージカルの？」彼女は封筒を手に取り、よくよく見てみた。ただのチラシじゃない。もっと大判で上質の紙のプログラム、ブロードウェイの劇場で売られているものだ。

「そう」

ローリーの肩越しにのぞき込んでいたエイダンが言った。「そっちの封筒には何が入ってるの？」

ローリーが封を破った。「ママ、これなあに？」

彼女はそれを受け取った。「ショウのチケットじゃない。今週末の」それから家族中を見回しながらきいた。「これ、だれよ？」

みんなぽかんとしてベイリーを見ている。

「ねえ、ほんとにだれよ。嬉しいけど、いくらなんでも高すぎるわ」

エイダンがそばに寄ってきて言った。「B、ぼくらじゃない」

「え？」

「カードは？」

ローリーが彼女に向かってそれを掲げた。「ママー、よんでー」

震える手で――もうぴんと来ていた――彼女はヤンキースをモチーフにしたカードを開けた。「ローリーくんへ。五さいの誕生日おめでとう。このミュージカル見たかったんだよね。楽しんでおいで。クレイ・ウェインライト」

部屋中からため息が漏れた。

「何だよ、まったく……」とパディ。

「なんてこと」と母親。

「二、三〇〇ドルはするぜ」とディラン。

父親は無言で彼女の顔をにらんでいる。

彼女が言った。「そんな顔で見ないで。わたしがいちばんびっくりしてるんだから」

パーティーが終わってからも、ローリーをベッドに寝かせているあいだも、いくら忘れようとしてもクレイのことが頭から離れなかった。ベイリーが言った。「プレゼントのお礼を書かないとね」

「うん。ねえねえ、『スーシカル』みにいくんだよね」

「そうよ、スウィートハート」

「ディランおじちゃんがいってた。すごくたかいんだって」

「そうね、クレイはとっても優しいのよ」

「おでんわしたい。ありがとうをいうの」

「え？」

「おでんわで」ローリーが上半身を起こした。「いま」

「だめよ、ハニー。またそうやって、夜更かししようとしてるんでしょ」

「おでんわしたい」

「もう寝なさい」

「やだ」

「ローリー、ママ本気で言ってるのよ。もうおねむの時間でしょ」

彼は電話を指さした。「あとで」

一〇分後、いくら言っても聞かないし、だんだんうるさくぐずり始めたので、仕方なくベイリーは折れた。正直、相手がクレイじゃなかったら、えらいわねと言ってローリーを褒めただろう。「出ないかもしれない。そうしたらもう寝るのよ、わかった？」

「いいよ」

呼び出し音が二回。ベイリーは息を止めた。太いバリトンの声が聞こえてきた。「ウェインライトです」

「クレイ、ベイリーよ」

長い沈黙。勘違いされる前に、彼女が言った。「ローリーがどうしてもお礼がしたいって言うものだから。今日プレゼントが届いたの」

「ああ」

「ママー、かわってぇ！」

クレイが次の言葉を口にする前に、彼女は受話器をローリーに渡した。「クレイ、ありがと！『スーシカル』みるんだ」クレイが何か言ったのだろう。息子が嬉しそうに答えた。「うん、ジーターのバックパックでしょ」それから彼は、ほかに何をもらったのか、プレゼントの品をひとつずつ挙げた。声を上げて笑う。にっこりと微笑む。そのひとつひとつがべイリーの心に刺さった。「わかったあ」ローリーは受話器を母に返すと、満足げに毛布にくるまった。

彼女が電話口に向かって言った。「クレイ？」

「ああ」

「ちょっと待っててくれる？　ローリーを寝かしつけてくるから」

ローリーが眠ると、彼女は急いでベッドルームを飛び出し、電話をつかむと言った。「チケットどうもありがとう。あの子、あれがいちばん嬉しそうだったわ」

「どういたしまして」

「高かったでしょ」

「子供は誕生日に願いを叶えてもらいたいものだ」

「ええ、本当にありがとうね」

返事なし。

「元気？」

沈黙。「元気だ」

「そうなの？　わたしはだめ」

「だめ？」

「クレイ、わたし――」何を言ったらいいのかわからない。クレイの声はひどく冷たく、よそよそしかった。「明日のミーティングには来るの？」

「もうこっちに来てる。いまタウンハウスだ」

「そう」

「きみはどうするんだ？　委員会、辞めるんじゃないかと思ってたんだが」

「行くわ。ミーティングのあとで話せるかしら」

「話したいのか？」

「どうしたいのか、自分でもわからない」

「そうか、このまま会ったときは、自分がどうしたいのか——失礼。正しくは、どうしたくないのか——はっきりわかっていたのにな」

「怒ってるのね」

「ふざけてるのか？　怒ってるどころじゃない。はらわたが煮えくり返ってるさ。きみはどうしてそう簡単にあきらめられるんだよ、ふたりのこと——いや、違うな、忘れてた。もうふたりなんて存在しなかったな」

「タズに会うな、なんて言って、わたしの仕事に干渉したからよ」

「いいか、これはもう何べんも話し合ったことだ。同じことを繰り返すつもりはない。きみがわたしのことをどんなに大切に——もしくは、大切じゃなく——思っているのかが、これではっきりしたよ。それじゃあミーティングで」彼は電話を切った。

「何よっ」ベイリーはしばらく電話を見つめていた。それからダイヤルした。

「もしもし」

「エイダン、わたし。ちょっと来てもらえない?」

「うーん、まあ、いいけど」

「いやだ、もしかしてだれかいる?」

「いや、だといいんだけどね。話?」

「そう、話があるの。兄さんにじゃないけど。ちょっとローリーを見ててもらえる? しなきゃならないことがあるから」

「いいよ、すぐ行く」

クレイはまるで檻の中の虎だった。「ああっ、くそっ」だれもいないタウンハウスの中で彼は吠えた。ベッドルームをうろうろと歩き回る。さっきまで本を読もうとしていたのだが、彼女から電話があったとたん、それどころではなくなった。雨が降り始め、窓に当たってぱらぱらと音を立てた。半分開いていた窓を閉めると、彼は悪態をついた。「ベイリーのやつ」パジャマの下を穿くと、階段をだるそうに降りる。リビングのミニバーに向かい、スコッチのダブルを注ぐと、カウンターにもたれ、彼女の発言をひとつずつ頭の中で再現した。

ローリーを寝かしつけてくるから待っているようにと。そう言われたときに、切るべきだったのだ。

でも、できなかった。

元気?

元気だ。

そうなの？　わたしはだめ。

彼女、何が言いたかったんだ？

いや、本当はよくわかっていた。クレイは元気じゃない。彼女もそのようだった。こっちから話を切り出すべきだったんだろう。だが、クレイが腹を立てているのがひどく意外だという反応に、彼の怒りがぶり返してきたのだ。

ミーティングのあとで話せるかしら……どうしたいのか、自分でもわからない。

もっと物わかりのいい男になるんだったな。クレイは電話を見やり、そのまま何分も見つめていた。スコッチをひと口飲む。くそっ、何やってるんだ。彼女のほうから行動を起こしてくれたっていうのに。よし、今度はもっと友好的にいこう。そう思い、彼女の番号を押したときにドアベルが鳴った。携帯を手にしたまま玄関口に向かい、窓から外を見た。

彼女がいた。

クレイはすかさず電話を切った。彼女はまさに携帯をハンドバッグから出そうとしているところだった。彼は急いで扉を開けた。「こんばんは」

「こんばんは」彼女が携帯を掲げた。「ちょっと待って、電話があったみたい。エイダンかもしれない。ローリーを頼んでおいたから――」

「エイダンじゃない。わたしだ」彼女の癖毛が雨で濡れてカールし、頬が外の湿気で湿っている。

「まあね。もう少し待てばよかったな。そうすれば恥をかかずに済んだのに」

彼女は弱々しく微笑んだ。「入っていい？」

彼は脇によけ、携帯をテーブルの上にぽんと放って扉を閉めると、そこに寄りかかって彼女を見つめた。「ばかみたいに何も考えずにキスしたほうがいいのかな。それともきみを膝の上に抱いていちゃつくとか」

彼女が眉をつり上げた。「そういうのはお好みじゃないって言ってなかったかしら？」

「わたしの最低の部分を、きみが引っ張り出したのさ」彼はレインコートを指してうなずいた。「ほら、それ」

コートをかけ、ハンドバッグを置くと、クレイは彼女と向き合った。驚いたことに、彼女は一歩寄ると両手を彼の胸に置いた。「何も考えずにキスするほうに一票」

クレイは勢いよく向きを変えると、彼女を壁に押しつけ、唇を乱暴に奪った。ベイリーも奪い返した。口を離すと、クレイは裸の胸に彼女の頭を抱き寄せた。ベイリーは鼻をそこに押しつけた。「まいったな、ベイリー。もう固くなっている」

「とりあえずする？　お望みなら」ベイリーは彼の胸にキスし、両手で撫で回し、彼の匂いを深く吸い込んだ。

「とりあえず？」

「話す前に」

「電話したの？」

クレイが固まった。「話せるのか？　そんなことしたら、シーツに触れるより早く、またここを飛び出すんじゃないのかい？」

ベイリーが笑った。「じゃないといいわね」彼女は身体を離し、まじめな顔になった。「すごく会いたかった。それと、このあいだのことはごめんなさい」

「ハニー、わたしだって。こっちも悪かったよ」

「悪いのはわたしよ。なんとかやってみようって決めたのに、問題にぶつかりそうになって、いきなり逃げ出したりして」

「わたしも横暴に過ぎた」クレイはため息を漏らして彼女の肩をさすり、また抱き寄せた。髪の匂い、ローションの香りがする。「でも、これはかなり深刻な問題だな」

「克服できないと思う？」

「そうじゃないことを祈るよ」クレイは彼女の手を取ってソファに向かった。「さてと、話そうか」

「オーケー」ベイリーは彼のあとについていった。「でも上院議員、その前にひとつ言っていいかしら。そのパジャマの下、とってもかわいいわよ」

「上、貸そうか？　お望みなら」

ベイリーはソファに腰を下ろした。「お望みよ」

「なあ」クレイが真剣な面持ちで言った。「タズのことで怒鳴ったりして悪かったよ。ちゃんと話し合うべきだった。だが……」

「だが？」

「やっぱりギャングの連中とひとりで会うのは許せない」

「わかってる」

「それはあまりに……えっ、わかってる、だって？」

「ええ。エイダンにも叱られたの。あなたと同じ意見よ。ジョーにも怒られた。全部あなたの言うとおりみたい。わたし、自分の身の安全をもっと考えたほうがいいのよね」

「おやおや、まさかきみからそんな言葉が聞けるとはね」

「でもクレイ、彼女とフェイス・トゥ・フェイスはするわよ。ほかの子たちとも」

彼はため息をついた。それは気に入らない。でも、目の前のこの女性を変えられないのもわかっている。たったいま大きく譲歩してくれたが、何から何までこちらの思いどおりというわけにはいかないだろう。「わかった。それについては受け入れよう」クレイは彼女の頬を手で優しく撫でた。「きみの仕事だからな、妥協するよ」

「ありがとう」

「だけど、シーソーゲームはもうなしだ、ベイリー。行ったり来たりはごめんだよ。やってみようって決めたんだ。二度と尻込みしないって約束してくれるね」クレイは額を彼女の額につけた。「きみが大切なんだ、ハニー。とても」

「わたしも。もうぐらつかない、逃げ出さないわ。約束する。信じてみるわ、クレイ」

「よかった。さてと、では」クレイが彼女を膝の上に引き寄せた。「キスしてくれ」

「よろしいわよ」

ベッドに行くのも煩わしかった。ソファの上でクレイは彼女をむさぼり、深く飲み込んだ。まるで彼女のすべてを全身に、魂の中に取り込むように。ベイリーはされるがまま、彼に奪われ、そしてすべてを差し出した。途中、ふたりは床に転げ落ちた。

「ベイリー、きみに夢中だよ……」彼女に覆い被さりながらクレイが言った。

「クレイ、来て。中で感じたいの」

ふたりの求愛は甘く、優しく、そして激しかった。事が済むと、クレイがソファからクッションと毛布を取り、ふたりで絨毯の上に寝転がった。クレイは彼女を胸に抱き寄せ、額にキスをした。「あとどれくらいいられる?」

「もう少し。エイダンが留守番してくれているから」

「何て言って出てきたんだい?」

「本当のこと」

「そうか……わたしにもそんなふうに何でも話せるきょうだいがいたらな」

「わたしはツイてるのね」ベイリーは小さくため息をつくと、彼の顔を見上げた。「クレイ、わたしには話して。何でも」

もうそれくらいの付き合いなのだ。

「今週は?　どうだった?」

「最悪だったよ」クレイはソーンの〝貧乏くじ〟発言について話した。彼女は声を上げて笑った。スチュアートとのミーティングと、彼のベイリーへのコメントについても語った。

だが、副大統領の件には触れなかった。彼女をいたずらに混乱させて、ふたりの距離を広げてしまうだけだから。クレイは彼女を胸に抱きながら思っていた。この女性《ひと》をぜったいに離したくない。もっとそばにいたい。

しばらくして身体を離すと、クレイはキスをした。上から順に、彼女の全身に。

13

ベイリー・オニールはクレイとの関係に身を投じた。何に対してもそうするように、心も体もすべて。いま、彼女はキッチンを忙しく動き回り、ローリーと一緒に夕食の仕上げをしている。その姿を見守りながら、クレイは思った。わたしはあの女性《ひと》に心の底から魅せられている。彼の場合、もうあと戻りなどありえなかった。彼女の場合、心のどこかに陪審員がいて、まだ決めかねているようだが、その行動に迷いは見られなかった。

「あと一〇分でできるからね」ベイリーはローリーの頭越しにクレイを見やった。彼は『ワシントン・ポスト』を読んでいる——本当はふりだけなのだが。彼女はジーンズにルビー色のシンプルなコットンセーターという格好だ。ごく親しいひとにしか見せない微笑みを向けられ、クレイのものはすぐに隆起してしまった。ふたりの気持ちは肉体関係以上だと認めて以来、セックスはますますよくなった。こんなに満ち足りた気持ちになったのは、クレイにとって生まれて初めてだった。

「急がなくていいよ」クレイはローリーに向かってうなずいた。「素敵なショウを楽しませてもらっているから」

彼女は鼻を拭った。「ポテト、まだ顔についてる?」ローリーはポテトをつぶして混ぜるという仕事に夢中になりすぎて、母の鼻にポテトを飛ばしたのだ。

「ううん。でも髪に少し」

彼女が嘘の怒り顔を作った。「こら、ローリー・オニールくん、きみは……」

「ちがうよ、ママー。うそだよお」

クレイが声を上げて笑った。

「おかしくないわ、上院議員」

「悪かったよ」

ジェーンやカレンのこんな姿は想像もつかない。料理をしながらふざけ合うなんて――もっとも、料理をするなら、の話だが。クレイには、子供のころ母親とあんなふうに仲よくした思い出もない。それこそが今日の夕食の理由だった。今週初め、彼女と電話で話しているときに――電話は毎晩している――乳母の話題が出た。小さいころ、ポットローストが大好物だったとも話した。今日、ベイリーのアパートに足を踏み入れたとたん、驚いた。ポットローストのいい匂いが漂ってきたからだ。

「ローリー、テーブルの用意をして」

「クレイも」

「だめ。クレイはお片付けの係。ローリーがやるの」

ローリーは椅子から降り、クレイの横を過ぎるときにハグをしてから、背の高いスツールをキッチンの反対側に引きずっていった。ベイリーは息子を、できることはなるべく自分でやるようにしつけている。それと、愛情をきちんと表すようにも。ローリーがしてくれる愛情表現にクレイはいつも驚かされたし、そのたびに心の底から嬉しくなった。

気がかりはひとつだけだ。広げた新聞に目を落としながら、彼は考えていた。ベイリーはこの関係を秘密にしておきたいと言い張っている。ローリーの件はうまくいった。みんなで秘密を守るゲームをしていることになっている。エイダンが使ったのと同じ作戦だ。あの子がわたしのことをだれかにしゃべることはないだろう。本当は、昨日『スーシカル』を一緒に観にいきたかったのだが、ベイリーに自重するよう言われたのだ。

ベイリーが彼の前にスコッチのロックを置き、自分はワイングラスを持って座ると、リビングルームの奥のダイニング・スペースで楽しそうに動き回っているローリーを見つめた。『スーシカル』の曲を歌っている。

ベイリーがグラスを掲げた。

「フィー・サドル・キー！」彼女の顔はコンロの熱で赤らみ、その周りを黒い巻き毛が何本か垂れている。クレイはセックスのあとの顔を思い出した。

何か言いたげな彼の顔を見て、ベイリーが言った。「末長く幸せでありますようにっていう意味よ」

クレイが首を振った。

「何？」彼女の瞳が陰る。

クレイは手を伸ばし、親指で彼女の唇をそっと撫でた。「わかるかい？　きみのおかげで、いまわたしはとっても幸せなんだよ」

ベイリーは彼の手にキスした。「幸せにしてあげたいの」

「だから今日の夕食も作ってくれたんだね」

「うん。お口に合うといいんだけど」

クレイは咳払いをしてごまかした。手料理ぐらいで胸を詰まらせるなんてばかげている。でも、ベイリーは彼が言ったことをちゃんと覚えていてくれた。彼を喜ばせたくて、ふだんはしないこんなことまでしてくれた。彼にはそれが本当に嬉しかった。「ひと口ひと口、しっかりと味わって食べるよ。ありがとう」クレイは唇を彼女のそれに重ねた。「疲れてるみたいだね？」

「うん。木、金とエスケープで夜勤だったし、今朝は早くにローリーに起こされたから」

「今晩はぐっすり寝かせてあげるよ」

「嬉しいわ」

ローリーがいるときは泊まらないと決めていた。でも、とクレイは思っていた。あの子が眠ってしまえば——時間はかかるが——愛を交わせる。確かに夜更かしな子供だが、ローリーを寝かしつけることにかけて、クレイは強運の持ち主なのだ。

ベイリーは席を立ち、コンロに戻った。クレイは彼女を見ながら、ぼんやりと考えていた。今週はエスケープで何があったんだろう。仕事のことはほとんど話さない。委員会のことも、ふたりが公的にいがみ合っていることについても。月曜は小委員会があった。仲直りしてからは初めてだ。ミーティングでは各自が報告をしたが、すべて驚くほど穏やかに進んだ。マリオンも戻ってきた。ありがたいことに、たいしたことはなかったようだ。明日は全体会議がある——クレイが今週、仕事としてニューヨークに滞在しているのはそのためだった。会議では核心に触れることになる。いま目の前にいる、このかわいいシェフとひと悶着あるに違いない。

豪華な食事だった。ビーフは口の中でとろけるほど柔らかく、グレイビーソースは濃厚で、野菜も美味しかった。ローリーがクレイのあと片付けを手伝ってくれた——キャッチボールをするという交換条件で。ベイリーが息子を寝かしつけているあいだ、クレイは彼女のベッドルームでワシントンのニュースを見ながら待っていた。保険教育福祉省長官がインタビューを受けていた。

いくつか質問をしたあとで、司会者が尋ねた。「スミス長官、青少年犯罪対策は進んでいらっしゃいますか？　議会では最優先課題と言われていましたが」

「順調だよ。ご存じのとおり、スチュアート法で数百万ドルという予算が青少年犯罪対策に回ることになる」

「とくにユース・ギャング対策に、ですか？」

「そのとおり」

「それで予算配分の決定はいつごろに？」

「今月初めから各州で調査を行っている。数週間後には各州の上院議員から報告がある。感謝祭までには最終決定を下すつもりだ」

戸口からベイリーの声がした。「いま行くわね」

クレイが顔を上げた。「ああ」彼はリモコンをつかみ、テレビを消した。

彼女が部屋に入ってきて、ベッドにどさりと倒れた。

「疲れるわね」

クレイがうなずいた。

「続けられるかしら?」

リモコンを脇に放り、クレイは彼女に手を伸ばすと、胸に抱き、深いキスをした。「ああ、大丈夫さ。お互いに正直でいれば、きっと」

「そうね、それが大事だと思う。意見が合わないときでも。それから、万が一それで問題が起きても」

「そうだな」彼女の首を抱き、クレイはまたキスをした。「でも、今晩はもういやな話はなしだ」

ベイリーは何も言わず、彼の顔をただじっと見つめた。クレイは不安でもじもじしている小学生のような気分だった。

「オーケー」彼女の目が輝き、手が腹を伝ってベルトの下に伸び、大胆に彼のものを包んだ。

「うってつけの方法があるんだけど」

「頼むよ」クレイは目を閉じた。

月曜の午後四時、クレイは特別委員会の面々を見渡した。ベイリーが部屋の向かいでエリック・ローソンと話している。デニムのスカート──サフォックスに着てきたのと同じものだ──にネイビーの長袖Tシャツ。髪はおでこを出してうしろでまとめている。彼のライバルの言葉に熱心に耳を傾けているようだ。クレイは、一二時間前に彼女のアパートを出たときのことを思い出した。

ベッドからそっとはい出たとき、起こさないように注意したのだが、彼女は寝返りを打ってこっちを見た。「クレイ?」

「すっかり遅くなったね。ふたりとも寝てしまったらしい。もう帰るよ。じゃないと、寝不足で明日一日中ぼうっとしそうだ」クレイは裸で、月明かりの中に立っていた。彼女が見つめるなか、ジーンズを穿く。そよ風が窓から吹き込み、彼女が小さく震えた。彼は腰をかがめ、上掛けを引き上げてやった。

ベイリーが彼の手を握った。「行かないで」そんな言葉を自然に口にできるベイリーの素直さが、クレイは大好きだった。

「いいけど、そうしたらおちびさんに、どうしてわたしがママと寝たのか説明しないとならないよ」

彼女はため息をついて目を閉じた。明日の委員会について話したあと、ふたりは愛を交わした。信じられないほど優しい、心が震えるようなセックスだった。クレイだって本当は帰りたくない。

ベイリーが言った。「つまらないな」

クレイはベッドサイドに座り、彼女の髪をそっと撫でた。「わたしだって同じ気持ちだよ」

「ううん、わたしのほうがもっとよ。会う回数が増えれば、この気持ち……一緒にいたいっていう思いが少しは楽になるかと思ったんだけど」ベイリーは彼の手を取り、胸に置いた。

「その逆だったの」

「スウィートハート、わたしもだよ」上半身を乗り出し、遠いほうの乳房にキスをした。

「アイリッシュクリーム中毒になりそうだ」

彼女がけらけらと笑った。クレイはさっきからベッドに戻って一緒に寝たいという誘惑と闘っていた。

「それじゃあ、ミーティングで……」

「そろそろ始めましょう」ジェリー・フリードマン知事が席に着き、よく通る大きな声で言った。

「今日は各小委員会からの報告をうかがいます。情報が出揃ったところで、次回は協議の時間を少し取るつもりです」知事はクレイに向かってうなずいた。「それでは、第一小委員会から報告してもらえるかな？」

「もちろんです」クレイは用意してきた資料を配付した。「わたしどもはニューヨーク・シティから調査を始めました。お察しのことと思いますが、ここにはこうしたプログラムの数がもっとも多くあります。問題ももっとも多いからです。一二ページをご覧ください。プログラムのリストが記載されています」リストのいちばん上はエスケープだった。

「なるほど、エスケープを手本にしている街もあるようですね」エリック・ローソンが資料に目を通してから言った。

「ええ」ベイリーがローソンに微笑んだ。「アルバニー、ロチェスター、それからバッファローに行って、現地のグループのスタッフにわたしたちの活動について説明しました。彼らは現在、エスケープが行っているプログラム、少なくともその一部について導入準備を進めています」

クレイが机に置いた報告書にばんと両手をついた。「シェルター、クリニック、給食施設。これらがすべての青少年たちに開放されていて、ギャングの子供たちの支援にもなっている、ということを忘れては困る。この街で活動しているのは、エスケープだけではない」

ベイリーがクレイと視線を合わせた。「みなさんもご存じのとおり、わたしたちはガーディアン設立に向けて資金を集めようとしているのですが、ウェインライト上院議員に待ったをかけられています。それから、傷ついた子供たちを受け入れるクリニックも不可欠です。このふたつはぜったいに必要なんです」

「きみが世話をしている青少年たちが暴力的過ぎるからだろう」

「わたしが世話をしている子供たちが危険にさらされているからです、上院議員」

シスター・マリオンが割って入った。「第三小委員会の報告をうかがえないかしら？　そうすれば、ほかの州におけるギャングのメンバーや非行少年たちへの介入プログラムの現況やその効果がわかると思います」

ローソンが用意してきた資料を掲げた。「われわれはそれについて調査を行いました。カリフォルニアに注目すべき組織がいくつかあります」

彼らの報告が終わり、第三小委員会が犯罪防止に関する調査報告を述べた。

対立するふたつの立場の要約をクレイは聞いていた。社会的介入と法的介入、つまりベイリーの見解と彼の見解だ。

「要するに」と、クレイは発表を聞き終えてから言った。「単純明快な答えはないと」

「何事も白か黒かで簡単には分けられませんよ」ローソンが皮肉とも取れるような乾いた口調で言った。「あなたがどんなにがんばって分けようとしてもね」

「わたしはそんなことはしない」クレイがぴしゃりと反論した。

知事が時計を見た。「そろそろ時間ですね。どうでしょう。お手元の資料を持ち帰り、各自検討するということで。次回には、予算の振り分けについてそれぞれ考えを固めてきてください。それをもとに話し合いましょう。そこで全体としての考えもある程度まとめたいと思います」

ローソンが声を上げた。「考えがまとまったあとはどうなるんですかね？」

フリードマンがこの若い弁護士の顔を探るような目で見つめた。「各州の上院議員が各委員会の代表として、スチュアート委員会と会合を持つことになっています。ご承知のとおり、われわれの代表はクレイです。最終的にはスチュアート委員会のメンバーが新法の認めた予算の使途を決定します」

まるで骨に飛びつく犬のように、ローソンはクレイに嚙みついた。「ウェインライト、あなたはたしかDCの委員会のメンバーでしたよね」

プライスが口を挟んだ。「何を言うんだ。ローソン、ここは政策論争の場じゃない。そういうのは新聞でやってくれ」

ローソンが眉をつり上げた。黒々とした前髪を額に垂らし、小生意気な感じに見える。「どなたも気にならないんですか？　ウェインライト上院議員の見解はみなさんもご存じのはずです。もしもわれわれの結論が彼の考えと違ったらどうなると思います？　連邦の委員会で反対するに決まってますよ。当委員会が時間と労力をかけて出した答えについて、上の方々がさしたる注意も払わず、われわれの意向が最終決定に反映されないのだとしたら、納得がいきません」

マリオンが身を乗り出した。「わたしも同感です。どう考えても不公平です。ウェインライト議員がスチュアート委員会のメンバーであることについてはどうすることできません。ですが、わたしたちの代表がその保守的な上院議員しかいないというのは不安です」

ベイリーがフリードマンを一瞥した。「知事、この件については、委員会のお誘いを受けたときにお話ししたはずです」続いて視線をクレイに移した。「わたしも気になります」

「わたしの誠実性を疑っているのかね?」クレイがきいた。

「いいえ」ベイリーが答えた。「あなたが先入観を持っているのが不安なんです、上院議員」

「では、ミズ・オニールにも代表として同行してもらうというのはどうですか」フリードマンが提案した。「ニューヨークの意見を伝えるのに、二名送ってもかまわないでしょう」

クレイが椅子の背にもたれた。ベイリーもそうした。ローソンが口を開いた。「それは素晴しい。彼女がいれば、われわれの意見がきちんと伝わるはずです」

他の人々もこれに同意した。フリードマンがベイリーにうなずいた。「DCに行ってもらうが、かまわないかね? ミズ・オニール」

彼女はクレイのほうを向いて答えた。「ええ、喜んで参ります、フリードマン知事」

もちろん、クレイがこの展開を心から不快に思っているわけではないことは、ふたりのほかはだれも知らなかった。


ベイリーは両親のアパートでの夕食の時間に遅れた。毎週月曜はパブの定休日だから、その日はできるだけ家族で集まることになっている。両親はクイーンズの自宅を売り払い、いまはパブの二階の空き部屋に住んでいる。仕事を引退したふたりは、冬場はフロリダで、残りをそこで過ごすという生活を送っていた。

ベイリーがローリーと並んでうちに入ると、すでに全員が揃い、席に着いていた。大人たちは大きなダイニングルームに、子供たちは楽しそうな様子でキッチンに座っている。

父親が言った。「おっ、お帰り」

ベイリーは父の頬にキスをした。「遅くなってごめんなさい、お父さん。仕事で打ち合わせがあったの」それから母とハグをした。ちょうどラムシチューをテーブルに持ってきたところだった。「うーん、いい匂い。お腹ぺこぺこよ」

ほかの面子をざっと見渡す。ディラン、リアム、エイダンが並んで座っている。その隣にパトリック――ひとりだ。あらら。ブリーがもし今夜も仕事で来られないんだとしたら、またひともめするわね。

ベイリーは席に着いたが、みんなとの会話の最中も心は一時間前をさまよっていた……。

「これからどこに行くの？」ペン駅の人気のない隅に彼女を引っ張り、クレイがきいてきた。前もって決めていたとおり、会合のあと、彼女はクレイとタクシーでそこに向かった。もう少しだけ一緒に時間を過ごすために。

ベイリーは頭上の大きな時計をちらっと見やった。「両親のところで夕食なの。遅れてしまうわ」

クレイは唇で彼女のおでこを優しく撫でた。「寂しい？」

「ええ」ベイリーはつま先立ちになり、唇を彼のそれにしっかりと重ねた。

クレイが彼女を抱き寄せて言った。「委員会できみとぶつかるのは本当にいやだった」

「わたしも。大丈夫？」

「とりあえずはね。今晩電話してくれ。党の資金調達の集まりがあるんだけど、一一時には終わるから」

ベイリーはしばらく抱きついていた。このまま離れたくないと思いながら……。

「おい、B。何をぼうっとしているんだ」とエイダン。

「えっ、あっ、ごめん」彼女はシチューに意識を戻して会話に加わると、軽い冗談を飛ばして兄たちをからかった。

食後のコーヒーを飲んでいるときに、パトリックが椅子の背に身体を預けると、咳払いをした。「話があるんだ」

ベイリーの身体が強ばった。声の感じから察するに、いいことじゃない。

パトリックの顔には疲労がにじみ、青い目は疲れていた。「ブリーとしばらく別居することにした」

「別居？」母がまるで外国語を耳にしたかのように言った。

「母さんと父さんには申し訳ないと思う。だけど、いまはこうするのがいちばんなんだ」

「子供はどうするのよ？」母がきいた。「結婚の誓いは？」

パトリックが父親のほうを見た。彼もまた誓いを立て、それを破ったのだ。

「ケイト、よしなさい。わたしたちも別居したが、それでうまくいったじゃないか」

浮気をして子供を作ったことを除けば、だが。

母の葛藤が表情から伝わってきた。エイダンがいつもの仲裁役に回って言った。「そうか、兄貴、大変だな。何かぼくらにできることはある？」

パトリックがエイダンを見た。「ひとつ頼みたいんだけどさ、しばらくおまえのところに厄介になれないかな」

「おれんとこでもいいぞ」リアムが割って入った。妻に先立たれてからずっと、リアムは寂しい思いをしていた。

「うちでも」ディランが言った。「ホーガンがいないから、部屋は空いてるぞ」

「ディランのところは、別居してもうまくいかなかったのよ」母親が言った。

ディランが首を振った。「評決はまだ出てないさ。なあ、母さん、パディの好きなようにさせてやって欲しい」

「教会はいい顔をしないわ」

今度は全員が視線を落とした。オニール家のした数々の行いについて、教会は苦い顔をしていたからだ。

話は続き、家族に何ができるのか、みんなで相談した。アパートに帰ってローリーを寝かしつけてから初めて、ベイリーはさっき起きたことについてよくよく考えてみた。お母さんはパディのことでひどく取り乱していた。はたして、うちの家族がクレイを受け入れてくれるだろうか？　彼は著名人だ。しかも、わたしの刑務所入りに大きくかかわった人物で、おまけに離婚経験者だ。

一一時、ベイリーは彼に電話をかけた。「クレイ・ウェインライトです」

「こんばんは、ベイリーよ」

彼の声の調子が柔らかくなった。

「べつに名乗らなくても、声だけでわかるのに」

「そう？」

「心配事かい？　どうしたんだ？」

わたしのこと、もうよくわかるんだわ。ベイリーはパトリックのことを話した。

「そうか、残念だね。きみたちは仲がいいから、つらいだろ」

「ええ。結婚したとき、パディとブリーは愛し合ってた。でも、彼女の仕事のことで意見が合わなくて、それで別居するの」

「仕事関係のことは簡単にはいかないからな」

「そんなに難しい？」

「じゃないといいけどな」クレイはひと呼吸置いた。「ハニー、わたしだって今日は大変だったよ」

ベイリーは何も言わなかった。

「まあいい、いまはその話はよそう。パトリックのことを聞かせてくれ」

「オーケー」そのほうが無難だ。

会話は弾んだ。それでも電話を切るとき、ベイリーは悲しかった。本当に悲しかった。今夜家族と一緒にいて、今日会合に出て、彼との違いの大きさを痛感させられたからだ。クレイがベッドに潜り込むと、彼女は掛け布団を引っ張り上げ、枕を顔に持っていった。

使った枕だ。アフターシェーブ・ローションの残り香がする。それを嗅ぐと、気持ちが少しだけ落ち着いた。

カレン・コリントン・ウェインライトは、その気取った響きの名にふさわしい女性だ。長身でブロンドで冷ややか。匂いにさえ洗練ぶりが漂う。彼女が特別にあつらえた香水はフランス製で、一オンス三〇〇ドルもする。ジョンはずっと思っていた。父さんはこの母にぴったりだと。でも、近ごろ父さんは変わった。どこかに女がいるんじゃないかと思ってる。まだだれにも言ってないみたいだけど。ジョンは心の中で父にエールを送った。がんばって、父さん。

長い週末、ジョンはニューヨークの母の家で祖父母とテーブルを囲んでいた。母に夕食に誘われたのだ。せっかくニューヨークにいるんだから来なさい。向こうのおじいさんのパーティーには出たのに、うちには顔を出さないの？　あっちと同じ時間、こっちの家族とも過ごしなさい、というわけだ。着いて三〇分してようやく、ジョンは自分がだしに使われようとしていることに気づいた。

「それで、ジョン」ザカリー・コリントンが気さくな感じで言った。「学校のほうはどうだ？　忘れるなよ、成績がよくないとロースクールには入れないぞ」

彼は助けを求めるように母親をちらっと見た。彼女は力なく言った。「お父様、まだ決まったわけじゃないんですから」

「早くから準備しておいて困ることはない。万が一のためにな。それに、このあいだおまえのお父さんも言っていたぞ。もしわたしたちと同じ道を歩まなかったら、ショックだと」ジョンの祖父母はどちらも法律家だ。

そんなはずはない。夕食の席で父さんは言っていた。いいか、好きな道を進まないとだめだぞ。お父さんには政治が合ってる。家族からのプレッシャーもあったが、前からそう思ってたんだ。でも、おまえは別の分野でもちゃんとやれる。それからほかの選択肢についてふたりで語り合ったのだ。

「このあいだ父さんと一緒にご飯を食べたときは、そんなこと言ってなかったよ。ぼくは環境問題のロビイストになりたいって言ったんだ」

「それでもロースクールには入らないとな」

「必要ないよ」

「ねえジョン」祖母も言った。「映画のように楽な仕事じゃないのよ」

「そういえば」と、祖父が母に言った。「クレイの噂を耳にしたんだがね。来年の副大統領候補に挙がっているとか」

「父さんが副大統領に？」ジョンが驚いて言った。ほんとかよ、父さん、何にも言ってなかったじゃないか。彼はなんだか裏切られたような気がした。

母が胸を張った。「ええ、そうなの。以前からそういうお話があったのよ。でも、セカンド・レディーはわたしじゃないけど」そのことを考えて、急に腹が立ってきたのだろう。彼女は例の少し陰のある表情を浮かべた。トラブルのしるしだ。

祖母がジョンを見て言った。「それで、結婚式はいつ？」

「だれの？」

「あなたのお父さんとジェーンのよ、決まってるじゃない」

「父さんが婚約？」

祖父が眉をひそめた。「『ヴォイス』に載ってたぞ。クレイのお父さんのパーティーの翌日だ」

ジョンの母が立ち上がった。「お母様、書斎にいらっしゃいません？　チャリティ・バザー用に集めた本をお見せしたいの。著者のサイン入りなのよ」

女性たちが席を立ち、ジョンは祖父と退屈な話をした。話に飽きると、祖父は夕刊を読み始めた。ジョンは立ち上がってサイドボードに向かった。ふだんなら親の前では飲まないのだが、今夜はいいだろう。この状況はかなりきつい。それに、少しくらい飲んだところで、どうせ母も祖父母も気づかないだろうし。彼は考え事をしようとベランダに出た。

立ったまま庭の芝生を見下ろす。秋、一年でいちばん好きな季節だ。子供のころ、父にかぼちゃ畑に連れていってもらったことを思い出した。おばけの格好をして、お菓子をもらったことも。あのころはすべてが単純だった。父の言うことは何でも信じられた。父のすることとは全部正しいと思っていた。いつ変わってしまったんだ？　上院議員選挙に出てから？当選後、自宅よりもワシントンにいる時間のほうが長くなってから？　ジョンの大切な行事に顔を出さなくなってから？　父に腹を立てる理由はいくらでもある。でも、と彼は思った。父さんとは最初から進む道が違ったんだ。

拝借した二杯目のスコッチを舐めながら、ジョンは夕食の準備ができたかどうかを見にキッチンに向かった。でも、すぐ手前の廊下で、足を止めた。「彼女と結婚すると思う？」祖母の声だ。「ジェーンだったかしら？」

「そう」

「たぶんね。彼女とは、わたしたちがうまくいかなくなる前から付き合ってたのよ。クレイトンは、同時に複数の女性がいるのが好みなの」

「典型的な大統領気質ってところかしら」

「そうよ。クリントンやケネディと一緒」母のため息が聞こえた。「ねえ、お母様、話を変えましょう。クレイトン・ウェインライトには複雑な思いがあるの」

そうだったのか。ジョンは母の本当の気持ちを知った。

クレイはパソコンの画面をにらんでいた。三歩進んで二歩下がるか。くそっ、ジョンのやつ、何だってくだらない嘘を信じたんだ？　あのパーティーの前の晩、せっかく前進したっていうのに。

彼はメールを読み返した……。

副大統領候補になること、いつ言ってくれるつもりだったんだよ……、おれがロースクールはいやがってるの知ってるだろ……なんで浮気なんかしたんだよ……今週末はそっちに行かないから……。

何が起きたのかは、アインシュタインじゃなくたってわかる。ジョンはカレンとコリントン夫妻と夕食を共にしたのだろう。彼らのことだ、どうせまたあてこすりを言ったり、真実を半分しか伝えなかったりしたに違いない。まったく、実にあの一家らしいやり口だ。それにしても、とクレイは思った。カレンのやつ、わたしが浮気をしたとジョンに面と向かって言ったんだろうか？

パソコンの時計を見る。真夜中だ。今日はこのメールを見る前に一度ベイリーと電話をしている。でも、彼はどうしても声が聞きたかった。

呼び出し音が三度鳴り、眠そうな間延びした声が聞こえた。「もしもし」

「悪い、起こしてしまったかな」そうだ、ベイリーは寝不足だったんだ。「すまなかった。寝てくれ」

「クレイ？　どうしたの？」

「何でもない。すまない……」

「クレイ」甘えるような声。セクシーだ。「ちょうどあなたの夢を見てたのよ」

クレイはふっと笑った。「いい夢だった？」

「最高だったわ」

彼がまた笑った。

「どうしたの？」

「ジョンから気がかりなメールが届いてね」彼はメールについて話し、それから家族に対する怒り、やるせない思い、憤慨を吐き出した。だが、ひとつだけ口にしなかったことがある。副大統領候補の可能性の件だ。隠したくはない。でも、いまはまだ言わなくていい。

クレイはたっぷり三〇分しゃべり、途中で彼女が何度か的を射た質問をした。話し終えるころには、気持ちはかなりすっきりしていた。

「それで、どうするつもり？」

「わからない。本当にどうしたらいいんだろう？　ジョンとコリントン家や母親との関係を壊さないように、これまで苦労して隠してきたんだ。ジョンはカレンの浮気のことは知らないんだよ」

「どうして？」

「まだ一五だったからさ。多感な年ごろだ。ローリーがそのくらいになれば、きみにもわかるよ。それに、このことはＤＣでも秘密なんだ。うるさい連中が多いからね。性格の不一致ということにしてある」

「なんだか嘘くさくていやね。プライバシーがないのは大変そう」

「そういう職業なんだからしょうがないだろ」彼が語気を荒らげた。

「べつに非難してるわけじゃないのよ、クレイ」

「すまない。ちょっとぴりぴりしてたものだから」

「ジョンに電話してみたら？」

「メールに、するなと書いてあった。いまは何も話したくないって。あいつ、ただ自分の気持ちを伝えたかったんだ」

「だったら、彼の気持ちを尊重すべきね。メールを返したら」

「何て書けばいい？」

「正直に言って欲しい？」

「怖いな。でも、しょうがない、頼むよ」

「真実を伝えるの。クレイ、あの子もう二〇歳よ」

「わかってる」彼は少し考えた。「そのせいで、母親との関係がこじれたら？」

「そうね。思うんだけど、あなたとジョンの関係にとって何がベストかを考えて行動するのがいいんじゃないかしら。父子の絆はあなたにしか守れないでしょ」

「きみの言うとおりだ」彼はため息をついた。「何でもわかるんだな、すごいね」

「常識よ。感情的になると、細かいことにこだわって全体が見えなくなるものなの」ひと呼吸置いて、彼女は続けた。「それと、もうひとつわかっていることがあるわ」

「何？」

「あなたがいるのに浮気するなんて、前の奥さんはどうしようもないばかだってこと」

彼は心の底から笑った。「ベイリー・オニール、きみがいてくれて嬉しいよ。わたしにぴったりだ」

「三カ月前とは大きな違いね」

「ああ、確かに」沈黙。「これからも一緒だよ、ハニー」

「だといいわね。ねえ、ちょっと脱線してしまったみたいだわ。ほら、早く息子さんにメール書いたら」

「ああ、そうだな。ありがとう、助かったよ。じゃあね、おやすみ、スウィートハート」

「おやすみなさい、ラブ」

切る直前、彼女が何と言ったのかに気づいた。ラブ。よし！　すっかり元気になって、クレイはキーボードに向かった。

14

「上院議員、頼まれたチケットです。どうぞ」秘書のジョーニーが机の前に立った。「もうひとつのほうも、いまやってますから」

「ありがとう、ジョーニー」

彼女はにっこりと微笑んだ。顔にはそばかすが残り、見かけは幼いが、仕事は抜群にできる。彼のスタッフに欠かせない人材だ。「きっといい試合になりますよ。ワールドシリーズに出られるといいですね」

「きみもヤンキース・ファン？」

「生まれも育ちもニューヨークというわけじゃないんですけど、ヤンクス好きなんです」その言葉に、クレイはローリーの顔を思い出した。

野球の話を少ししてからジョーニーは出ていった。クレイは椅子の背にもたれてチケットを眺めた。彼が頼んだものだ。ベイリーをなんとか説き伏せ、ローリーとエイダンと一緒に観にいけることになった。セッティングに協力してくれたのは、エイダンだった……。

「ということは、復活したんだ！」エイダンが電話口で言った。クレイがかけたのだ。

「ああ」

「うちの家族に報告は？」

「時期が来たら、するつもりだ」

「いいね。そういうことなら、兄貴たちも文句は言わないと思いますよ」

「そう願うよ」

「アンジー・エヴァーハートの住所がわかるんだったら、もっと力になれるかもしれませんよ」

「赤毛の娘が好みか、そうなんだな？」

エイダンはくっくと笑い、それからまじめな声になった。「あなたと妹のこと、すぐに世間に知られますよ」

「そうなったらそうなったで、なんとかする、と思う」クレイが言った。「とにかく、彼女に一緒に行くように説得してもらえないかな……」

ミカとソーンが戸口に現われたので、チケットをポケットにしまった。

「例の打ち合わせ、用意はいいかね？」

ミカが窓際に腰を下ろし、ソーンが彼の机に歩み寄ってきた。「まずはこれをお読みになったほうが」

「何だ？」

「ストリート・エンジェルが出ています」

「何だと？」

「まくだらないことを言ってるんですよ。公の場で」

信じられない。『ヴォイス』を手に取り、ソーンが折り目をつけたページを開く。そして読んだ。

ニューヨークの青少年犯罪の現状をお伝えするシリーズ。今回『ヴォイス』はストリート・エンジェルに独占取材を行った。ギャング集団に属する青少年のためのホットラインとウェブサイトを運営する人物だ。ハンク・セラーズが話を聞いた……。

記事はインタビュー形式で書かれていた。

――あなたの組織についてお聞かせください。

ベイリーによるエスケープについての簡単な説明。

――成功率はどの程度ですか？

ベイリーがクレイに伝えたとの同じ数字を挙げる。

――あなたとキャピトル・ヒルが敵対していることはよく知られています。次の選挙ではエリック・ローソン陣営につき、クレイトン・ウェインライトと争うという噂があります。本当ですか？

ＳＡ　ローソン議員のキャンペーン・ミーティングに何度か出ました。彼なら十分、現職議員の対抗馬になれると思います。

――青少年犯罪に関する上院議員の見解について、最も賛成できない点は?

SA　(軽く微笑みながら)賛成できる点を挙げるほうが早いんじゃないかしら。

このあと彼女は両者の違いを辛らつな調子で挙げ連ねた。それが活字になっているのは驚きだった。締めくくりに、インタビュアーがもうひとつ質問をした。

――ローソンがウェインライトに勝てる可能性はあると思いますか?

SA　ええ、そう思います。

クレイは新聞を机にたたきつけた。なんとか平常心を保とうと深く息を吸うが、落ち着くどころじゃない。彼にはどうしても納得できなかった。こんな仕打ちを受けるなんて。だれよりも親密に感じている女性《ひと》から、夜遅くにすべてを話してくれた女性から、まるで明日などないかのように激しく求めてきた女性から。

「大丈夫ですか?」ソーンがきいた。

「ああ、もちろんだ」

「まったく、とんでもないですよ。ここのところ静かでしたから、例の委員会で先生と一緒になって、おとなしくなったとばかり思っていたんですが」

クレイは新聞の自分の写真をじっと見つめた。彼女の写真はない――プライバシーのためだ。ローソンのは載っている。その若き対抗馬と並ぶと、クレイはひどく老けて見えた。

「たぶん、委員会より前のものだろう」

ミカとソーンが心配そうな顔で視線を交わした。

「何だ?」

「インタビューは三週間前です。そう書いてあります」

ベッドを共にしたあとじゃないか。「冗談だろ?」

「いえ、よく見てください」

見直してみる。冒頭部に日付が書いてあった。読み飛ばしていたのだ。「彼女がこんなことをするなんて、信じられない」

ソーンの眉間のしわがさらに深くなった。「どういう意味ですか?」

「彼女は……わたしたちは……」クレイはふたりをちらっと見やった。「何でもない。ただ、ある程度わかりあえたと思っていたから」

「本当ですか? クレイ、なんだかもっとほかに何かあるような様子ですけれど」ミカがそばに寄ってきた。「ほかにあるのでしたら、教えていただきたいんですが」

「ない、ないよ」彼はポケットのチケットを触った。「ほかには何もない」

ベイリーはひと息入れることにし、コンピューターの画面から離れて『ヴォイス』を手に取った。身体は疲れていたが、気持ちは晴れやかだった。明日、クレイが来る。州議会の仕事を終えたあとで会えるのだ。ぼんやりと一面の紙面案内に目を走らせていると、ある行に目が留まった。えっ、まずい。六面を開く。三週間前にセラーズから受けたインタビューが載っていた。

「いい記事だね」ロブ・アンダーソンが肩越しに言った。

「え？」

「エスケープにとってはいい。上院議員にはあいにくだけどね。今回はきみの勝ちってとこかな」

クレイと勝負なんかしたくないのに。

ジョーがオフィスに入ってきた。「何を見てるんだ？」

「勇敢なるわれらのリーダーが、新聞でまた上院議員をこき下ろしたのさ。まあ、ぼくもローソンが好きってわけじゃないんだけどさ」

ベイリーは自分の発言を、公の場でのクレイに対する酷評を黙って見つめていた。

「なんで？」ジョーがきいた。

「あいつ、なんだかこそこそしてるだろ。ウェインライトはとりあえず、公明正大な感じはする」

そうでもないわとベイリーは思った。

「ま、正直でも、あほだけどさ」

「そんなことないわよ！」彼女はさっと顔を上げた。思わず語気が荒くなった。

ジョーが顔をしかめ、ロブは胸の前で腕を組んだ。

「どういうことだよ？」ジョーがきいた。

「何でもないわ。委員会で一緒になって、どういうひとかわかっただけ。立派なひとよ」

「立派？　何年も前からうちをつぶそうとしてるやつだぜ」ジョーがすかさず言い返した。

「おまえ、どうしたんだよ？　まずあいつをここに入れた。それで今度はあいつの弁護だ」

「何でもないわよ」

「ああ、そうかよ」ジョーはきびすを返し出ていった。

ロブが言った。「困ったね」

「何が？」

「男女の仲になりつつある、だろ？」

「そんなことない……」急に口ごもり、ベイリーは嘘が言えなくなった。

「隠さなくてもいいよ、ベイリー。ぼくは心理学者だ、様子を見てればわかる。あいつがここに来たとき、ふたりの距離がすごく近かった。見つめ合ってたしね。それと……このあいだの晩、電話で話してるのが聞こえたんだ。盗み聞きしてたんじゃないよ。でも、声の感じでわかった」

「こんなつもりじゃなかったのよ」ベイリーは首を振った。「すごく……複雑なの」

ロブが新聞をあごで指した。「たぶん、きみが思ってるよりもね。もしまだそんなに深くなってないんならだけど、ぼくなら終わりにするな」

このとき初めて、ベイリーは認めた。自分自身にも、他人に対しても。「もう、すごく深い関係なの」

「そうか」ロブは反動をつけて机から離れた。「だったらあいつに電話したほうがいい。たぶん、かなりむかついてるはずだから」

「ううん、傷ついてると思う」

ロブが彼女の肩を抱いた。「ホットラインとウェブサイトは見ておくから。ぼくのオフィスを使いなよ」

ベイリーはロブのオフィスに行き、クレイの携帯にかけた。出ない。自宅にかける。やっぱり出ない。タウンハウスなら。今晩こっちに来ているかもしれない。でも、だれも出なかった。

それからホットラインとウェブサイトのほうが忙しくなった。初めての子とも話した。アンスラックスのメンバーだという。彼女はGGズの名前を口にし、縄張り争いが起きていると言った。そのとき、エスケープの玄関でブザーが鳴った。ベイリーは驚いて、文字どおり椅子から飛び上がった。

ジョーとロブがすぐに飛んできた。警報装置は生きている。でも、不意の客はありえない。しかもこんな夜更けに。つまり、よくない事態というわけだ。

「ここを動くな」ジョーが拳銃を抜いた。「何かあったら、すぐに九一一番に電話しろ」

「どうしよう」ベイリーは電話に駆け寄って受話器を取ると、九、一と押した。受話器を握りしめ、緊急事態なら最後の一をいつでも押せる態勢だ。「いいわ」

「ぼくも行く」ロブがジョーのあとを追って出ていった。

受話器を上げたまま、ベイリーは待った。まったく、なんて夜なの。まずはクレイ、それで今度はこんなことになるなんて。

しばらくして、ふたりが戻ってきた。驚いたことに、クレイを連れて。

「クレイ、あなたここで何してるのよ？」

彼は石のように硬い表情をしていた。『ヴォイス』を見た」

「おい、何なんだよ！」ジョーが声を上げ、銃をホルスターにしまった。「いったいどうなってんだ、ベイリー？」

「まあまあ、そう興奮するなって。ふたりだけにしてやろうよ」

「なんでだ？」

「ぼくが説明するから」ロブはジョーを引きずるようにして出ていった。

ベイリーは扉を閉めてクレイに向き直った。ジーンズに黒っぽい長袖のサーマルTシャツ。髪は風で乱れ、表情は険しい。「あの元警官、銃を持っていたな。ここはそういうところなのか、ベイリー」

「そうよ」

「まったく」

彼女はしばらく黙っていた。「記事、読んだのね」

「ああ」

「それで怒ってるのね」

クレイは両手をポケットに突っ込んだ。「インタビューはいつだ？」

「三週間前」

クレイのあごがぎゅっと引き締まり、彼女のお気に入りのえくぼができた。「セックスしたあとで、あんなこと言ったのか」

「クレイ、あれはあなたの政策についてよ。男としてじゃない」

彼はかぶりを振った。「同じことだ」

「違う、同じじゃないわ」

彼が両手で顔をごしごしと擦った。ひどく疲れているようだ。

時計を見る。午前二時だ。「どうしてこんな遅くに来たのかしら？」

「きみに会うためだ」彼が新聞をあごで指した。「あの件でな。シフトは何時まで？」

「六時」

「帰る前にタウンハウスに寄ってくれるか？」

「ええ、もちろん」

ウェブサイトのチャイムが鳴り、電話が鳴った。彼がため息をついた。「出ればいい。またあとでな」

その晩は朝までやたらと忙しかったが、時間は遅々として進まなかった。六時、ベイリーはクレイのタウンハウスに急いだ。すぐにセックスはしたが、新聞紙上での酷評という棘は、彼の心に刺さったままのようだった。なんとしても以前の親密さを取り戻さないと。ベイリーは必死だった。彼女がキッチンでコーヒーをいれているあいだも、クレイは何かほかのことを考えているようで、深刻な顔をしていた。会話を避けるためだろう。彼は部屋の脇にある小さなテレビをつけ、ワシントンの朝のニュースに回した。

「刑務所には改善が必要です」どこかの下院議員が言っているのが彼女にも聞こえた。「軽警備のところでさえ、危険なのです」

テーブルの上に置いたクレイの手が握り拳を作った。ニュースを聞きながら、ベイリーは彼を見つめた。分厚い胸は黒っぽい色のTシャツに覆われ、下はパジャマ。そのパジャマの上は彼女が着ている。真剣な、重々しい表情。妥協を許さない頑固さがにじみ出ている。ベイリーは思った。いつからこんなにも彼の表情が読めるようになったんだろう。

コーヒーをいれ終えると、彼女はテレビの前に行ってスイッチを切った。彼がむっとしたように眉をつり上げた。彼女はへその前で腕を組んだ。「聞きたいんでしょ」

クレイはしばらく答えなかった。「前からな。それよりも何よりも、わたしを信用してもらいたい」咳払い。「あんなことがあったあとだから、なおさら」

不安げに、彼女はテレビに目をやった。「だれにも話したことないの。エイダンにもよ」

「わたしになら何でも話せるだろ」

ベイリーは大きく深呼吸した。「レイプはされてない。兄たちにもそう言ったんだけど、信じてないと思う」

　クレイは彼女を黙って見つめた。

「でも、されてもおかしくなかった。助けが入らなかったらね。わたし、洗濯室で働いてたの」彼女は目を閉じた。洗剤の匂いがする。物がいっぱいで狭苦しい、じめじめとした洗濯室の空気が肌に触れたような気がする。寒気。その感覚を消し去りたくて、ベイリーは目を開けた。彼と目が合うと、少しだけ勇気が湧いた。「夜、襲われたの。まだ入って間もないころだった。四人の女に床に押さえつけられた、乾燥機の裏で」下唇を嚙む。固いコンクリートに倒されたときの無力感が蘇ってきた。「服を引きちぎられた」腕をさする。冷たくて寒い、あのときと同じだ。「そいつらに……触られた。そこらじゅう、乱暴に」

「ベイリー」

「変な器具を持ってたの。わかるでしょ、性的な道具、レイプするときに使うやつ。泣き叫んだわ。お願い、やめてって」彼女はもう一度唇を嚙んだ。鉄のような、血の味がする。それもあの晩と同じだ。「でも、そいつらはげらげら笑うだけだった」そのいやらしい笑い声が聞こえた気がして、彼女は言葉が出なくなった。

　クレイが咳払いをした。「最後まで話してくれ、ハニー」

「いまにもされそうになったときに、扉が開いた」

「看守？」

「いいえ。刑務所にいた別のギャングのメンバーが三人。気づいてなかったんだけど、わたしが襲われたのをだれかが見てて、走って知らせにいってくれたらしいの。あとから来たギヤングのリーダーは、モイラと昔からの友だちだった。すごく仲がよかったの。モイラといるときにわたしも会ったことがあるらしいんだけど、覚えてなかった」

「でも、向こうは覚えていた。きみだってわかったんだね？」彼の声はかすれていた。

「そう。彼女、わたしが入ったことは知ってたんだけど、あえて何も言ってこなかった。わたしを変なことに巻き込まないようにって」

「それで、止めに入ってくれた」

「ええ、大げんかになったわ。すぐ、おまえは早く逃げろって言われて、服をつかんで走ったの。あとで全員処罰された。襲ってきた連中は別の刑務所に移送された。わたしを助けてくれたひとは独房に入れられて、保釈を六カ月延ばされたの」

「そうか、彼女がきみの守護天使《ガーディアン・エンジェル》になってくれたというわけか」

「そう。しかも何の見返りも求めなかった」ベイリーは手で目を拭った。「それからも、刑務所の暮らしが最悪だったのは変わらなかった。だけど噂が流れたみたいで、それ以降、わたしをお嫁さんにしたいと思うやつはいなくなったの。わかる？」

冗談のつもりだったが、うまく伝わらなかった。クレイは黙って彼女を見つめていた。かっとなることも、罵り言葉を吐くこともなかった。かわいそうにとも、悪かった、自分のせいだとも言わなかった——どれもベイリーは耳にしたくなかった。彼はただ黙って悲しそうな顔をしていた。少しして立ち上がり、ベイリーに歩み寄ると、彼は手を伸ばして頬にそっと触れた。「きみはなんという女性なんだ。友人として、恋人として、わたしにはもったいないくらいだ。たくさんのことを経験して、たくさんのことを乗り越えてきたんだね。本当に、本当に大変だったね」

彼女は小さく首を振った。「抱きしめてくれる?」

彼はそうした。胸に抱き寄せ、髪にキスをし、彼女の抱える深い悲しみ、苦悩、嫌悪の情を黙って感じてくれた。

このときに初めて、ベイリーははっきりと気づいた。わたしはこの男性《ひと》を、クレイトン・ウェインライトを愛しているのだと。

「ママー、みてみて! あそこにいるよ」ローリーは興奮しきっていて、声がふだんより甲高かった。「ママー、ほら、2ばん」

「うん、ほんとだ」目深にかぶった野球帽とサングラス越しに、ベイリーはニューヨーク・ヤンキースの選手たち――ワールドシリーズまで、あと二勝だ――がグラウンドに出る姿を見つめていた。

「すごくおっきいね」

「クレイと同じくらいよ。一八八センチ、九九キロ。でしょ、クレイ?」

お揃いの帽子にサングラス、ジーンズにジーターのTシャツ姿のクレイが、ローリーの向こう側でうなずいた。彼女と同じく、ぱっと見たくらいでは、クレイもだれだかわからない。

「もっとよんでえ」ローリーがクレイに抱きついた。

特別プログラムに書かれたデレク・ジーターの成績をクレイが読み上げる。ベイリーはウォームアップ中の選手たちを見ているふりをしながら、ここに来るまでのことを思い出していた。

昨日、クレイからチケットをプレゼントされて、ローリーは大はしゃぎだった。寝てくれないんじゃないかと心配したが、クレイが優しく叱り、ベイリーが寝ないと連れていかないと脅して、ようやくおとなしくなってくれた。リビングルームに戻ると、クレイはテレビのスポーツニュースで今日のハイライトを見ていた。彼女はその隣に腰を下ろした。

すぐに、彼が手を握って言った。「一緒に行こう。だめだって言うんだろ？　でも、どうしてもプレイオフを一緒に観たいんだ。ローリーと、エイダンと、きみと」

「わたしだって」

「なら、行こう」

「大勢のひとに囲まれるのよ」

「大丈夫。うまく溶け込むコツなら心得てる。だれにも気づかれないよ。サングラスに野球帽にジーンズで行く。ぜったいにばれない。だから、きみがだれかって探られることもない」

彼女は返事を渋っていた。

「スウィートハート、一緒にいて欲しいんだ――あえて付け足させてもらうと、いつでもね。きみの息子が大好きな野球の試合に、わたしと一緒に来て欲しい。それだけさ。謝らないといけないようなことは何もないだろ?」

結局、彼女はうんと言ってしまった。変装すれば平気かもしれない、と思ったからだ……。

「それと、ジーターの親友はアレックス・ロドリゲス」

「いまはヤンキースにいるんだよ」エイダンが付け足した。

「そのとおり」

「A・ロッドかぁ、すごいや」ローリーがふくろうのように大きな目をくりくりさせた。

「ぼくのしんゆうもアレックスっていうんだ」

クレイがローリーの髪をくしゃくしゃっと撫でた。「そうか。たくさん共通点があるね」

四人とも試合を楽しんだ。途中でローリーがクレイの膝の上に乗った。エイダンは身体を傾け、おいおい、どうなっても知らないからね、という視線をベイリーに送った。やれやれ。彼女はため息を漏らした。大ごとにならないといいけど。

でも、試合が終わるころにはそんな不安はほとんど消えていた。「さあ、行こうか」クレイが立ち上がった。

「どこに?」

「ロッカールームだよ。特別に許してもらったんだ。お友だちをひとり連れてきていいって。ジーターに会いに行くぞ」

ローリーはクレイの脚に抱きついた。「ほんとに? すごいや、クレイ。ゆめみたいだ」

クレイは彼女とエイダンのほうを振り向いた。「悪いね。定員二名なんだ」

「どうやったの？」

「説明するまでもないと思うけど？」クレイが彼女にウィンクをした。「じゃあまたあとで。車で待っていてくれ」

翌週の火曜、クレイは遅くまで仕事だった。ふと思い立ち、インターネットに接続した。私用のメンバーリストを見る。彼女はオンライン中だ。やあ、IrishCream。元気かい？

なんとかね。ローリーったら、まだ浮かれてるのよ。

わたしもさ。彼はわかっていて、わざと書いた。ほんと、勝ってよかったな。

そうじゃないの。ジーターにもらったボール、あれ抱いて寝てるのよ。天にも昇りそうな勢いね。

あの子が大きくなったら、ちゃんと教えてあげよう。本当の天にも昇る気持ちがどんなものか、女の子とね。

長い沈黙。どうせ無視したんだろう、とクレイは思った。将来のことを持ち出すと、決まってそうだ。それが最近はいやでならなかった。日を追うごとに、彼女を求める気持ちが強くなっていた。

ハニー、先のことも話そうよ。

先があるかどうか、まだわからないでしょ。

わかってるさ！　きみもそうだといいんだけどね。

これって、けんかかしら?

かもね。

チャットでけんかはいや。直接会ってじゃないと。ベッドで仲直りできるから。

いつもそうだ。最近は、それも気がかりだった。セックスは素晴しい。でも、彼が欲しいのは身体だけじゃない、ベイリーのすべてなのだ。コンピューターの画面から目を離し、チャック・スチュアートがくれたメモに目を留めた。公文書のコピー。副大統領候補を辞退する旨が書かれてある。クレイを第一候補に推す、とも。

クレイ、いるの?

ああ。何か無難な話題を見つけないと。パトリックはどう?

つらそう。ブリーと子供たちに会いたいって言っているわ。別居は難しいわね。わたしの誕生日パーティーに子供たちは連れてくるけど、ブリーは来ないみたい。

おいおい、まいったな、わたしは彼女の誕生日も知らないのか。きみの誕生日パーティー?

そう。

で、わたしは招待されてないんだよね?

クレイ、無理よ。パーティーはうちのパブでやるし、わたしの大切なひとたちがみんな来るの。

なるほど、わたしは違う、と。

そういう意味じゃないわ。

わかってる。悪かったよ。でも、きついな。

ごめんなさい。ねえ、こういう話、やめない？　いまは。

そのほうがいいみたいだな。彼はスチュアートのメモを手に取った。ふたりの将来の話をするなら、このことも伝えないと。だけどどう考えたって、彼女にそんな心構えができているわけがない。

いま会えたらいいのに。
二、三日したら、委員会でそっちに行く。
予算の振り分け方について、彼女に反対票を投じる会議だ。

わかってるわ。一日早く来られない？

どうして？

誕生日をふたりだけで祝える。それに、会いたいから。彼女は少し間を置いてからまた打った。一緒に過ごすのが、近くにいるのがいいと思うの。採決の前の晩は。

わかった。じゃあそのときに。

オフラインにすると、彼は宙をにらみ、採決について思いを巡らせた――ガーディアンへの予算の分配は阻止するつもりだ。副大統領候補に関するメモのことも思い出した。腰を上げ、窓のそばに向かい、真夜中のしんとした通りを眺める。今夜はうまくいかない気がしてならない。ふたりの生活をひとつにすることなど、できるわけないじゃないか。

でも、ほかにどんな選択肢がある？　二度と会わない？　さまざまな光景が写真のようにクレイの脳裏に浮かんできた。野球帽とサングラス姿の彼女。だれにも言ったことのない過去を打ち明けてくれたときの取り乱した表情。彼の横で眠っているときのあの寝顔。

わたしたちに未来がないなんて、冗談じゃない。クレイは思った。ぜったいに受け入れるものか。彼女と人生を共に歩む方法を必ず見つけてみせる。そして、わたしのキャリアもあきらめずに済む方法を。なんとしても。

15

「てめえ、すかしてんじゃねえぞ」アンスラックスの女がタズを挑発した。

「そのボロぎれがどんなもんか、見せてもらおうじゃねえか」そいつは紫のバンダナをこれ見よがしに振り回した。

路地は暗い。タズとメイジーとクインはぶらぶらと歩いていただけで、もめごとを起こす気はなかったのだが、突然、アンスラックスのメンバーが三人、戸口から飛び出してきた。三人とも紫のバンダナを目立つように巻いている。彼女たちに友好関係を結ぶつもりがないのは一目瞭然だが、べつにけんかの相手を探していたわけでもなさそうだった。だが、出くわした以上はしょうがない。当然のごとく罵り合いが始まり、勝負ということになった。

メイジーはパンツの腰に手を伸ばし、愛用のナイフを抜いた。携帯電話のように、いつも持ち歩いているものだ。「ほら、タジー」彼女はそれをタズにぽんと投げた。「やりな」

こいつは逃げられねえな。そう思いながら、タズはナイフをキャッチした。ひんやりとした感触が手になじまない。彼女は飲んでいたジンの瓶を置き、ジャケットのファスナーを降ろした。心臓はバクバクだ。でも、ここでメイジーの命令を無視したら、そうとうやばいことになる。今回ばかりはやるしかなかった。

タズはナイフの柄を握りしめた。相手も戦闘態勢に入り、すぐにふたりは中腰で向かい合った。片手にナイフ、もう片手を背中に回し、お互いの口にバンダナの端と端をくわえる。ふたりの距離は近い。相手の女の目は真っ赤に充血している。汗の臭いがつんとタズの鼻をついた。

その女が最初に突いてきた。タズはかわすと、そいつが腕を戻す前に素早くナイフを振る。血が流れた。

「ちっ、やりやがったな、この野郎」女が毒づいた

タズの仲間たちがはやし立てた。

左に回りながら、タズは次の攻撃のチャンスをうかがう。その女、アニー・オーが右に回った。タズが瞬時に足を止めてナイフを突き出し、脚に小さな傷を負わせた。先に三回切ったほうが勝ちだ。殺しだとか、そんな大ごとにはならない。ギャング同士が鉢合わせたときにするゲーム、ただの儀式だ。

三度目、タズは女の腕を狙って突いたが、背後からサイレンの音が聞こえ、一瞬だけ集中力をそがれた。その隙をつき、アニー・オーは態勢を低くするとカーゴパンツの上からタズの脚を切り裂いた。

タズが道路にかがみ込む。サイレンが近づいてくる。ほかの連中は一斉に逃げ出した。

息を荒らげながら、クレイは彼女の隣に身体を横たえた。来るのが遅くなってしまい、ローリーには会えなかった。スーツの上着を脱ぐとすぐに、彼とベイリーはベッドルームに文字どおり直行した。明日は委員会の採決だ。大変な日になることは、ふたりとも承知している。でも、なんとか切り抜けられるはず、と彼女は信じていた。ふたりの距離はもうかなり近い。一緒にたくさんのことを経験してきた。だから、そんな最初からわかっている問題でふたりの仲が裂かれるはずはないと。

ベッドサイドのテーブルに置いてあった彼女の携帯が鳴った。深夜の静けさの中で、その音はどきりとするほど大きく響いた。

「何だ？」クレイが眉をひそめた。「こんな夜中に、だれなんだ？」

ベイリーが飛び起きた。「エスケープか、じゃなければ家族に何かあったのよ」彼女は急いで電話をつかんだ。「ベイリー・オニールです」

「ベイリー？　スーズだけど。さっきホットラインに電話があったのよ。タズがけがしたって」

「けが？　どうして？」

「けんか、ナイフで」

「いまどこ？」

「やられたのはヒューストンとアレンの角。タズは救急車でクリニックに。自分の携帯で電話してきたの」

「大丈夫」と、ベイリーがクレイに言った。彼が心配そうな顔をしているのが目に入ったからだ。「ホットラインの件だから」そう言われて、クレイの不安はいっそう深まった。

「バーデン・ストリート・クリニックか、ジョーとロブが向かってる」スーズが言った。

「わたしもすぐに行くわ」

「電話しようか迷ったんだけど、タズがあんたじゃないとだめだって言うから。あんたに連絡するって約束するまで、何があったのか話してくれなかったのよ」その手の約束はぜったいに守らなければならない。じゃないと、エスケープは信頼を失うことになる。

「いいの。ありがとう」

「様子がわかったら連絡して」

ベイリーが電話を切って言った。「行かないと」

クレイが顔をしかめた。「行く？　どこに？」

「ちょっとね」上掛けを勢いよくめくり、彼女はベッドを降りると、ドレッサーに向かい、服を適当に引っ張り出した。下着とジーンズに脚を突っ込みながら、言った。「タズよ。けがをしたらしいの。携帯でホットラインに電話してきたのよ」

クレイはベッドの上で苦い顔をした。「本気か？　まさか、ギャングの子を助けるだけのために、こんな真夜中に出ていくんじゃないだろうな」

「行くに決まってるでしょ」彼女は手ばやくブラをつけ、トレーナーをかぶった。

「ベイリー、ギャングの連中とひとりでは会わないって約束しただろ」明らかにむっとしているのが口調でわかった。

「ひとりじゃないわ。ロブとジョーも向かってる」

「だから平気だっていうのか？」

「そうよ。フェイス・トゥ・フェイスと同じよ。やめないって言ったでしょ」

「安全が保証されていればの話だ。自分でそう言ってただろ」

「クレイ、タズはけがをしてるのよ。重傷かもしれないし」ローファーをつっかけた。

「けが？」

「ナイフでけんかしたの」

「おやおや、そいつは素晴しいね」

「ねえ、やめて――」

遮るように、クレイが言った。「救急隊員に任せておけばいいだろ！」

あごをつんと上げ、ベイリーが腹立たしげに彼をにらみつけた。分別臭い、ワンマン政治家モードに入っている。こうなったら最後、このひとはぜったいに聞く耳を持たない。「いやよ。わたしが行かないとだめなの」

クレイは立ち上がり、彼女に歩み寄ると、肩をつかんで振り向かせた。「危ないって言ってるだろ！　行くな」

「やめてよ、ゆっくり説明してる暇なんてないの」

彼の全身が強ばった。「ああ、そうか。心配して悪かったな」琥珀色の瞳が憤怒の炎で燃えている。「息子の世話を頼む暇もないのか？　きみが真夜中にチャーリーズ・エンジェルを気取ってるあいだ、あの子はほったらかしか？」

「ほったらかしになんて、したことないわよ！」ベイリーも怒りを爆発させた。「いやならさっさと帰ればいいでしょ。エイダンに電話するから」

クレイは彼女の顔を見つめた。彼が自分を必死で抑えようとしているのが、ベイリーにはありありとわかった。しばらくして、クレイがぼそっと言った。「ローリーの面倒は見ておくよ」

つま先立ちになり、ベイリーはハグをした。さっきまですごく親密だったのに、いまはもう距離ができている。それが彼女にはたまらなくいやだった。「ありがとう。電話するわ。心配しないで、大丈夫だから」

「ああ、わかったよ。心配なんかしないさ」

青少年犯罪対策特別委員会の最後の会合でクレイは席につき、ベイリーの到着を待っていた。これからいったいどうなるのか、さっぱりわからない。この会議も、自分の人生も。クレイは不安で落ち着かず、ぴりぴりとしていた。

わかっているのは、ローリーが保育園に行く前にベイリーが戻らなかったということだけだ。電話があり、まだしばらくクリニックにいないとならないと言われた。警察に事情を話すから、タズと待っているところよ。終わったら、彼女を受け入れてくれる当座のシェルターを探さないとならないの。エイダンに連絡して、ローリーを保育園に送ってくれるように頼んでおいたから、と。今朝、その兄が来たときは、なんとなく気まずい雰囲気だった……。

ベイリーがオフィスの戸口に現われた。黒のスラックスとピンクのブラウスに着替え、髪はひとつにまとめている。顔には疲労がにじみ出ていた。それはそうだろう。昨晩は一睡もせず、今日だってきっと一日中、例のギャングの女の子の世話をしていたのだ。本来なら休みのはずだったのに。その手の連中のために、彼女はへとへとに疲れている。それだけで、クレイが怒りを爆発させるのに十分だった。彼女が危ないとわかっていながら身の危険を冒しているという事実が許せないのは言うまでもない。

ベイリーは部屋を見渡した。クレイと目が合うと、弱々しい微笑みを浮かべた。彼がうなずくと、彼女はテーブルの端の空いている席に座った。

フリードマン知事が会議を始め、すぐに本題に入った。青少年犯罪対策法によってニューヨーク州に割り当てられた予算の分配案を決めるのだ。ベイリーは反ギャング活動を行っている既存の福祉団体で分配するのが妥当だと主張した。ただし例外として、三〇万ドルをガーディアン・ハウスの設立に回すべきだとも。何人かがそれに対して意見を述べ、ついにクレイの番になった。「みなさんもご存じのとおり、わたしは青少年犯罪関係者のシェルターやクリニックのみを対象にすることには反対です。しかしながら、ミズ・オニールの最初の提案には賛成いたします。わが州の団体はいずれもしっかりとした、素晴しい組織です。スチュアート法の予算はそうした団体に渡るべきです」彼はベイリーを見据えて言った。「どの団体にも、です。エスケープも例外ではありません。彼らに予算の一部を分配することについても、仕方ありません、譲歩いたします。ですが、ガーディアンの設立には断固として反対です」

討論は一時間続いた。

そして採決の時が訪れた。

知事は委員会に一一人を選んでいたのだが、あいにく、委員のひとりは子供の具合が悪くなったために欠席だった。投票結果は五対五に割れた。

「ガーディアンについては、スチュアート委員会の決定に委ねましょう」フリードマンが言った。「それ以外の点については、みなさん賛成ということでよろしいですね」

「わかりました」ベイリーが立ち上がった。「わたしのワシントン行きは、まだ生きていますよね？　上院議員がこの結論を提出する場に同席できるんですよね？」

「もちろん」ジェリー・フリードマンはにっこりと微笑んだ。「つまり、きみにはもう一度チャンスがあるというわけです」

委員会は終了した。クレイはあえて彼女に話しかけなかった。フリードマンと言葉を交わし、難しい委員会を見事まとめた手腕をたたえ、労をねぎらうと、DCに帰るためにさっさとビルをあとにした。委員会の結果については満足していたが、昨晩のことについてはまだ腹の虫が治まっていなかった。

「クレイ？」

彼が振り返ると、ビルの入り口の暗がりにベイリーが立っていた。

「これからどうするの？」

腕時計を見やり、彼が答えた。「いったんタウンハウスに戻る。明日列車でDCに帰る」

「一緒にうちに行ってもいい？」

「それはどうかな。昨晩のことは、どうしても納得できないんだ」

彼女が知事のオフィスのほうをあごで指した。「わたしだって。あなたのランク、いまはがた落ちよ」

クレイは首を左右に振り、道路端まで歩いていってタクシーを拾おうと手を挙げた。車が停まり、彼はドアを開けた。

それから彼女を振り返った。タクシーに向かってうなずくと、無言のまま彼女は車に歩み寄り、そのまま乗り込んだ。


タウンハウスの玄関広間に入るや、クレイは彼女を壁に押しつけた。ベイリーもそれでよかった。気持ちのはけ口が要る。本当に必要なのはクレイなの、という心の声を押しとどめながら、彼女はその肩に爪を立て、彼の情熱に応えた。いまふたりのあいだにあるのは、欲望と怒りが混ざり合ったものだけだ。それはふたりとも承知していた。

クレイが彼女の唇を激しく奪った。ベイリーは彼の唇、あごを嚙み、ジャケットとシャツを脱がすと、今度はむき出しの肩に歯を立てた。

クレイに服を引きちぎられ、ベイリーは一瞬、何を着て帰ろうか、と頭の隅で思った。いらいら。ぶつぶつ。かんしゃく。「ああ、くそっ。これ自分で外してくれ」もうひとつかんしゃく。「ちくしょう、取れない！」

裸で、欲望だけを身にまとい、もう我慢できないと言わんばかりに、クレイが彼女を壁に押しつけてずり上げた。ベイリーが両脚を彼に巻き付けてそれに応えると、彼のものが中に押し入ってきた。

「ベイリー、ああっ、ベイリー……」

「クレイ、クレイ……」

ふたりともあっという間に果てた。一緒に、何も考えずに。

しばらくのあいだ、クレイは彼女にしがみついていた。ようやく動けるようになると、彼女を抱いたままよろよろとした足取りでソファに向かい、どさりと腰を下ろした。ひとつため息をつく。頭の中に現実が戻ってくるにつれて、ベイリーにはふたりの距離が次第にはっきりと感じられてきた。彼の身体がまるで言葉を話すように、はっきりそう言っていた。

だからベイリーは身体をもっとそばにすり寄せ、両腕を彼の首に回した。「お願い、まだ抜かないで」

「そんなことしても、何にも解決しないぞ」

「わかってる」ベイリーはしっかりと抱きついていた。

しばらくして、クレイは彼女から離れた。さっきほどではないけれど、それでもまだ険しい顔をしている。「昨日の晩のきみの行動、あれはやっぱり許せない」

「わたしだって、昨日のあなたの態度は許せない。何度も何度も同じことばっかり」ベイリーは首を小さく左右に振った。「さっき委員会で反対されたのもそう。クレイ、あの予算はどうしても欲しいって言ってるでしょ」

「きみに反対はしていない。きみの考えに反対したんだ。覚えてるか？『ヴォイス』のインタビュー記事の件。きみはこれとまったく同じことを言ったんだぞ」クレイが大きく深呼吸をした。「やっぱりだ、こうなると思ってたよ」

「なんとかなるわよ、クレイ」

しばらく黙って考えてから、クレイが言った。「ああ、そうだな」

ベイリーが彼を強く抱きしめた。「よかった、ありがとう」

クレイも彼女を抱きしめ、鼻を鳴らした。「なあ、ベイビー、きみは気づいてないみたいだけど、最近思うんだよ。これは全部、悪魔の仕業なんじゃないかって」

彼女がくすくすと笑った。「だったら、悪魔と勝負ね」

ベイリーはローリーを迎えにいくために着替えを始めた。クレイは、スラックスは穿いているが上半身は裸のままだ。ソファに座って六時のニュースを見ている。彼と話せたことで、ベイリーの気持ちは落ち着いた。彼女はクレイを、自分を、ふたりの関係を信じていた。それに、なんとかうまくやってみようとふたりで誓い合ったんだから。

テレビの音が大きくなった。彼女は靴を履きながら視線だけそちらに向けた。チャック・スチュアートがインタビューを受けている。クレイの好きなワシントンのニュース番組だ。

「いえ、後悔はしていませんよ。来年の夏、副大統領候補として出るつもりはありません」

ベイリーは足を止めた。「スチュアートは副大統領候補にならないの?」

「ん? ああ」

彼女はテレビを見た。

「ということは、だれかに道を譲るわけですね」と、アナウンサーが言った。「最有力候補はどなたですか?」

スチュアートはにっこりと微笑んだ。「それはわかり切っているでしょう。わが党の代表は、クレイ・ウェインライトしかいませんよ」

天と地がひっくり返ったかと思うほどの衝撃。しばらく言葉が出てこなかった。ベイリーはそれからゆっくりと彼のほうを向いた。「どういうこと? 正直が聞いてあきれるわ。いつ言うつもりだったのよ?」

クレイは開き直り、傲慢とも取れる表情を浮かべた。「本当に正直になってもらいたいのか?」

「そう言わなかった?」

「この可能性については——いまの段階ではあくまで可能性だ——時期が来るのを待って話すつもりだった。きみがわたしのことを好きになってくれて、この件で別れるなどと言い出さないと思えるようになってからな」

ベイリーの視界が涙で曇った。信じられない、こんなひどい仕打ちを受けるなんて。「上院議員、あなた最低ね」

クレイは驚いたような顔をした。ベイリーはくるりと向きを変えると、玄関広間に向かって駆け出した。彼女が扉を開けたちょうどそのときに、クレイが追いついた。扉を勢いよく閉めると、大声を出した。「待てよ」

「いやよ、帰るわ」

「冗談じゃない。あんなひどいことを言うだけ言って勝手に帰るなんて、どうかしてるぞ」

彼女はうつむき、扉におでこを当てた。「そうよ。わたし、どうかしてるの」

「ベイリー」彼の声が穏やかになった。抱き寄せようとしたが、拒まれたので、力ずくで引っ張り、彼女を振り向かせた。「おい、泣いてるのか。いままで泣いたことなんてなかっただろ」

彼女はくぐもった声でぽつりと何か言い、それから黙って首を振った。

「ベイリー」クレイは彼女の頬を両手で優しく包んだ。「ねえスウィートハート、わたしの聞き間違いじゃないよね？」

ベイリーは泣きじゃくり始めた。クレイは彼女を胸に抱き寄せた。「ベイリー、わたしのこと、愛してると言ったのか？」

ベイリーは黙ってうなずき、彼のシャツの中に顔を埋めた。

「ああ、ベイビー。嬉しいよ」

「最悪だわ」

クレイが身体を離した。「違う、そんなことないよ。わたしも愛している。もう何週間も前からそう思ってたんだ。だが、言うのが怖かったんだ」

「あなたも？」

「ああ」

彼女は涙を拭い、テレビを見やった。「でも、もし副大統領候補になったら、やっぱりわたしじゃ、ぜったいに合わないわ」

クレイのダイニングルーム。ベイリーは彼の向かいに座り、海老をフォークで転がしている。少し前にクレイがデリバリーを頼んだものだ。彼はとっくにテリヤキ・チキンを食べ終えていた。彼女、葛藤しているんだろう。あの素敵な青い瞳の陰りを見れば一目瞭然だ。でも、クレイはこれ以上ないくらい嬉しかった。彼女が愛してくれている。それがわかったいま、すべてが一変していた。

「そんなふうに食べ物をお皿の上で転がしてたってだめだよ。さあ、ちゃんと話そうよ」

「わかってるわよ」彼女は首を振った。「ごちゃごちゃ言わないでくれる？　考え事してるんだから」

椅子の背にもたれ、クレイは笑顔を浮かべた。こんなにいい気分だったことがあっただろうか。たぶん、ジョンが生まれたとき以来だ。「どうして黙ってられるんだよ。愛する女性から告白されたんだよ。わたしのことを愛してるって。それで落ち込めっていうのかい？」

ベイリーは黙ってクレイを見つめた。

「きみが悲しいのはわかる、でも、しょうがないじゃないか」クレイは身を乗り出し、彼女の手を握った。「愛してるよ、ベイリー。きみに言われてはっきりとわかったんだ。本当に愛してる」

「わたしも」ベイリーがつらそうに、ぽつりとつぶやいた。下唇を噛み、目を拭う。「ごめんなさい。どうしていいかわからなくて」

「話したら、少しはすっきりするんじゃないかな？」

「無理よ。同じところを何度もぐるぐる回るだけ」

「これはまだ話してないだろ？　副大統領の件はね」クレイは彼女を見つめた。「隠してたこと、怒ってるんだね？」

「当たり前でしょ。でも、悩んでるのはそれじゃない。もっと大きな問題のほう」

クレイが背筋を伸ばして言った。「ベイリー、まだ既成事実じゃないんだ。党に要請されたからといって、イエスと言わなくてもいいんだよ」

ベイリーは険しい目で彼を見つめた。「でも、やりたいんでしょ。違う？」

「前からやりたいとは思っていた。最近はとくに。だけど、任命はまだ何カ月も先のことだ。それに、大統領候補がだれになるにしろ、わたしを指名するかどうかもわからない」

「何言ってるのよ？　このまま関係を続けると、お互いに対する気持ちがどんどん深まる。それで、あなたは副大統領に間違いなく立候補する。そうしたらわたしはどこにいればいいの？」

「わたしのそば、かな」

「公にするってことでしょ？」

「ああ」クレイは彼女を見つめた。「それがどういうことなのかは、わたしにも十分にわかっている」

「エスケープでの仕事とか、そういうことを全部あきらめなくちゃならなくなるのよ」

「問題を抱えた青少年たちのためにできることは、ほかにもたくさんある。副大統領夫人なら、とくに」

「ちょっと、やめてよクレイ。勝手に決めないで」

彼女のショックを受けた顔が、その下にのぞく嫌悪感が、クレイには気に食わなかった。

「愛し合ってる者同士はふつう、結婚のことを考えるものだろ」

「わたしたちみたいなひとはふつう、愛し合わないの」彼女はひどく不安げで、傷つきやすそうに見えた。クレイは急に優しい気持ちになった。

「ねえベイリー、教えてくれないかな？　どうして結婚がそんなに怖いんだ？」

「まず、まだ早すぎる。自分の気持ちだって受け入れ切れてないし、この関係を永遠のものにするかどうかも話し合ってない」彼女はため息をついた。「それに、あなたの論理、めちやくちゃよ。副大統領の妻になって、いまよりも子供のためになることができるわけないでしょ。副大統領は、わたしが正しいと信じてることを全部否定するのよ。無理に決まってるじゃない」

クレイは黙っていた。彼女はわかっていない。ワシントンには彼女ができることが数え切れないほどある。

ベイリーは立ち上がって窓のほうに行った。

「何を考えてる?」

彼女は黙って首を振った。

「なあ、聞かせてくれよ。いまは思ってることを全部さらけ出す時だろ」

「わがままなことだから」

「かまわないよ」

「じゃあ言うけど。クレイ、どうしてわたしばっかり犠牲にならなくちゃいけないのよ?」

彼は脚を伸ばし、胸の前で腕を組んだ。「ならなくていい。さっきも言ったけど、ふたりの関係がうまくいかないようなら、副大統領候補として出なくてもいいんだ」

「わたしのためにあきらめるってこと?」

「この関係を失いたくないんだ。あの晩、きみのうちのパブに行ったときから、わかっていたんだと思う。続けるためなら、何だってするさ」

ベイリーは黙って彼のことを見つめた。

「いいかい、わたしは——」クレイの携帯が鳴った。番号を確認する。「カレンだ」

「前の奥さん？」

「ああ」彼は電話に出た。「もしもし」

「クレイ、カレンだけど」

「どうした？」

「ジョンが何かの事故でけがをしたの。すぐキングストンに行って。バード大にいちばん近い病院よ」

「大丈夫なのか？」

「だと思う。腕を折ったけど、内臓の損傷はないって。でも、打撲と擦り傷はあるし、たぶん脳しんとうも。痛みがひどいらしいの。緊急の連絡先を学校に教えてあったみたいで、それでわたしのところに電話が来たのよ。両親のどちらかに来てもらいたいって」

「いまどこだ？」

「バハマよ、船の上。あなたは？」

「ニューヨークのタウンハウス」

「わたしに行って欲しい？」

「いや、いい。すぐに出るから。わたしに任せてくれ」彼は電話を切ると立ち上がった。

「ジョンが大学で事故に遭った。いまから行ってくる」

「えっ、大丈夫なの？」

「おそらく。カレンがそう言っていた。腕を折った程度らしい。でも……」彼は不吉な思いを振り払った。「悪い、もう行かないと。いまならキングストン行きの列車に間に合うから」

彼女は腕時計を見た。「だったら早く行きましょう。ペン駅に行く途中で電話して、リアムにローリーの面倒を見てもらえるかどうか聞いてみるわ」

「一緒に来てくれるのか？」

「もちろん」

「わたしたちのこと、知られるぞ」

「息子さんがけがしたっていうのに、ひとりで行かせるわけにはいかないわ。一緒に行って何か問題が起きたら起きたときよ。あとでなんとかすればいいでしょ」

「父さん、おれの顔、たいしたことないよね？」ジョンはひどく混乱し、そして腹を立てていた。両親は自分にすべてを打ち明けてくれていなかった――どちらかが嘘をついているのだ。でも、いまはそれよりも、親に反抗したくてばかをやり、大けがをした身体のことが不安だった。

顔をしかめていた父の表情が少し穏やかになった。こんなに心配そうな父を見るのは初めてだった。「お医者さんによれば、またハンサムな顔に戻れるそうだ」

鏡は見てなかったが、顔が腫れているのは感じでわかった。「ほんとに？」ちぇっ、これじゃまるでガキみたいだ。ジョンは思ったが、とにかく父の力強い言葉が欲しかった。

「いまはひどく見えるだけさ」父はジョンの顔を見つめた。腕にギプスをした患者が病室に入るのを待ってから、息子にきいた。

「何があったんだ？」

父から視線を背け、ジョンは大きく唾を飲み込んだ。「酔っぱらってたんだ。大学でみんなで飲んでた。体育館に集まって、ばか騒ぎしてたんだよ。で、ちょっとビールを飲みすぎちゃった。人間ピラミッドを作って遊んでて、上から落っこちたんだ」

「まったく」父はまた顔をしかめ、眉間のしわが深い溝のようになった。「おまえが酒を飲むとはな。知らなかったぞ」

「いつもはそんなに飲まないんだ。たくさんはね。でも、今日はいろいろあったから」

「どうして？」

「母さんと大げんかしたんだ。なのに母さんったら、さっさとバハマに旅行に行っちゃったんだよ。ぼくのことほったらかしにしてさ。こっちの気持ちなんて何にも考えないで」

「けんかの原因は？」

「父さん」

父は胸の前で腕を組んだ。「あのメールと関係あるのか？」

「ああ」

「やっぱりちゃんと話し合うべきだったな」

「母さんにはっきりきいたんだ」

「で？」

「浮気してたのは父さんだってさ。父さんが何を言っても関係ない。相手がだれかも、自分で調べたんだって」

「ひどい言いぐさだな。いいか、ジョン。うまく言えないが、その、とにかくそれは真実じゃない」

「うん、おれもぴんと来たんだ、嘘ついてるなって。母さん、ぼくにきかれて、急に怒り出したから」ジョンは小さく首を振った。「まずいことがあると、いつもそうなんだよ」

「お父さんに対してもそうだったな。あれには本当にまいったよ」父は椅子の背にもたれ、脚を伸ばした。スーツの下にシャツという格好。少しリラックスし始めたようだ、とジョンは思った。「なあ、やっぱりいやか？　お母さんがしたこと。あのな、ひとはみんな間違いを犯すものなんだ。離婚の前はいろいろあって、お父さんもお母さんも大変だったんだよ」

ジョンは目を閉じた。何を考えたらいいのかわからない。それにひどく疲れていた。「よくわからないな」

「まあいい、この件はまたあとだ。とにかく、もうひとりで悩むことはない。そうだ、これからタウンハウスに来ないか？　二、三日泊まっていったらどうだ？　車を手配するから」

父がそんな提案をしてくれたのが、ジョンには嬉しかった。「学校はどうしたらいい？」

戸口から医者が言った。「二、三日はゆっくりしていなさい。脳しんとうを起こしたんだから、だれかに付いてもらっていたほうがいい。お父さんとうちに帰りなさい」

「わかりました、じゃあそうします」

医師がジョンに注意事項を伝え終わると、父は立ち上がった。「すぐ戻るからな。車を手配するように伝えてくる」

病室を出ようとする父に向かって、ジョンが声をかけた。「父さん、ありがとう」

クレイは戸口で振り向いた。「何が？」

「心配して、わざわざ来てくれたこと。それと、怒らなかったこと」

「二十一にもならないくせに飲んだことは怒ってるぞ。でも、あとのは親として当然じゃないか。ジョン、おまえにもっと信頼してもらいたいんだ」

「わかってるよ、父さん」

キングストン病院の待合室の席から、彼がこっちに来るのが見えた。服はしわだらけで、髪は乱れている。疲れていて、不機嫌そうだ。でも、不安な顔はしてない。彼女は立ち上がり、クレイにハグをした。彼もベイリーをしっかりと抱きしめた。「ジョンは大丈夫だ」そう言うと、彼は身体を離した。

「よかった。何があったの？」

「飲んでいたらしい。泥酔してるくせに人間ピラミッドを作ったんだそうだ。まったく、何を考えてるんだか」

「大学生なのよ、常識があるほうがおかしいわ」

「カレンとけんかしたらしい」彼はベイリーに事の顚末を話した。「それでカレンのやつ、さっさとバハマに行ったそうだ。気楽なもんだ。心の整理がつかないまま放っておいたらジョンがどうなるかなんてことは、少しも考えないんだからな」

「だから言ったでしょ。あなたがいるのに浮気するくらいばかなのよ」

彼は手を伸ばし、ベイリーの唇を指で撫でた。

「ほんとだな。それで、これからジョンをタウンハウスに連れて帰る。安静にしてたほうがいいと思うから。車を呼ぶつもりだ」彼はベイリーの顔を見つめた。「申し訳ないんだけど、列車で帰ってもらえないかな？」

彼がそれを本心から望んでいないのは、ベイリーにもわかっていた。

彼女の垂れた髪を撫で、耳のうしろにかけてやりながら、クレイは首を左右に振った。

「本当はひとりで帰したくなんかないんだが」

「ひとりで列車に乗ったことなんて何千回もあるから平気よ、クレイ」

彼は病室のあるほうをあごで指した。「あいつに言うかどうか、考えないとな」

「いつかちゃんと言いましょう。でも、今夜はやめたほうがいいわね。それでなくても大変なんだから」

クレイはかがんで彼女の鼻にキスをし、彼女の手を取った。「駅までタクシーで行くといい」

ふたりが振り向くと、目の前に人影があった。ジョンだ。「なるほどね、また嘘か。なんだよ、母さんといい勝負だな」

16

「ママー、これからなにするの?」

「波風を鎮めるのよ」クレイのタウンハウスの玄関でベイリーはローリーの手を取り、もう一方で手作りのデザートの入った袋を下げている。クレイにジョンは甘い物が好きだと聞いたから、チョコレート・アイスクリーム・ロールを作ってきた。仲直りのしるしとして、これなら十分のはずだ。

ローリーは楽しそうに、片足ずつ交互にジャンプしている。ジーンズにスニーカー、上着の下にジーターのTシャツ。ぜったいにそれじゃなきゃいやだと言って譲らなかったのだ。

「クレイのこどもにあうんだよね?」

「そうよ」

「どうしていままであわなかったの?」

とんでもなく難しい質問だ。「うん、そうね、でもこれから会うでしょ」

ちょうどそのとき、ありがたいことに扉が開いた。クレイが立っていた。深緑色のスウェットの上下、顔を紅潮させている。ジョギングを終えたばかりなんだろう。「やあ、こんにちは」クレイは腰をかがめ、ローリーを抱き上げた。「さあ、ジョンに会おうか」

小さな声で、彼女が尋ねた。「ジョンは?」

「まあ、平気じゃないかな。ずっとむっつりしていて、いつもの元気はないけどね。傷が痛むせいもあるんだと思う」

三人はリビングルームに入った。

「あの日、車で戻ってきてから、あまり口をきいてくれないんだ」

ベイリーがうなずいた。「車の中でもね」

「あの件について話そうとしないんだ。テレビの前にじっと座ったきりで。だから、ここは思い切って正面からぶつかるのがいいんじゃないかと思う」彼はローリーの髪をくしゃくしゃにして頭を撫でた。「このおちびさんの手にかかれば、どんなに落ち込ん《ファンク》でても元気になるさ」

「あー、それ、いっちゃいけないんだよ。ママもときどきいうんだ」

「あのね、〝ファンク〟はいいんだよ。似てる別の言葉はだめだけどね」クレイはローリーの頭越しにベイリーに微笑んだ。「落ち込ん《ファンク》でるは、すごく悲しいっていう意味なんだ」

彼らは階段を上がって二階に行った。ジョンがいた。服のままベッドに寝転び、ワールドシリーズ第一戦の試合前のショウを眺めている。「ジョン、おまえに会ってもらいたいひとがいるんだ」

ジョンは顔を上げた。ベイリーに気づくと、むすっとした表情がますます曇った。「ストリート・エンジェルなら、もう会ったよ」

「ベイリーの息子さんのローリー君だ」

ジョンはローリーを検分するようにじろじろと見た。部屋に迷い込んできた虫でも見るような目つきだ。「ふうん、よお」

ローリーはクレイの脚にしがみついた。「こんにちは」

そのしぐさに、ジョンの目が険しくなった。「父さんたちのこと、この子は知ってるの？」

「ああ」

「どのくらい？」

「ん？」

「どのくらい前から知ってるの？」

「少し前から」

「しあい、いっしょにみていい？」ローリーがきいて、テレビに目をやった。

それを無視して、ジョンはクレイに言った。「どうしてふたりがここにいるわけ？」

クレイが言った。「ジョン、いい加減にしな――」

ベイリーが前に進み出て言った。「わたしの息子に会ってもらいたかったからよ。それに、わたしも話したかったの。クレイ、ローリーを連れて下に行っててくれる？　ジョンと話があるから。ふたりだけで」

心配げに、クレイは彼女の肩に手を置いた。「大丈夫か？」

ジョンがあごを突き出し、挑戦的な口ぶりで言った。「ああ、大丈夫だよ」

ふたりが出ていくと、ベイリーはベッドのそばの椅子に腰を下ろした。ここは率直にいくしかない。「お父さんとの関係を秘密にしてたのは、わたしのせいなの。もっと早くはっきりさせられていたらよかったんだけど」

「おじいさんのパーティーの晩、ジェーンのほかにだれかいるのってきいたのに、父さんは平気な顔で嘘をついたんだ。そんなことされたら、もう信用なんかできないよ」

「お母さんに言われたこと？」

「まったく。そんなことまで話したの？　なんで別れたのかも？」

「ええ。お父さん、嘘はついてないわ」

「ああそう」

彼女が顔をしかめた。「ねえ、ちゃんと聞いてる？　わたしたちのこと、お父さんはすぐに公表したがったの。でも、わたしが黙ってて欲しいと言い張ったのよ」

「どうして？」

「当たり前でしょ」とは言ったものの、彼女にだって何ひとつ整理はついていない。それを彼の息子に説明するのは大変だった。「わたしがお父さんの世界にはふさわしくないからよ」

あきれたように首を振ると、ジョンはどさりと枕に身体を預けた。「そういうことか。要するに世間に言えない薄汚い関係ってわけか」

「いまのは聞かなかったことにしてあげるわ。きみはそうとう頭に来てるみたいだからね。

それに、知らないことばっかりで驚いてるんだろうから。でも、これだけは言わせて。きみのお父さんとわたしの関係は、そのへんの薄汚いものとは違うわ。きみが考えているより、もっと複雑なの。だから、これ以上お父さんを悩ませないでくれるといいんだけど」

「それよりさ、どうして付き合い始めたんだよ?」

ベイリーは声を出して笑った。「それがわかれば苦労しないわ。とにかく、こうなっちゃったの」

「まだ隠すつもり?」

「わからない。でも、まだきみに言うつもりじゃなかった」

「はいはい、嬉しいね」

「すごく微妙な問題なのよ」

「ぼくは息子だぞ! 言うのが当然だろ。父さんは、ぼくには何でも話すとか言ったくせに、嘘ばっかりだ」

「わたしがお願いだからやめてって言ったからよ。ねえ、お父さんのこともう少し大目に見てあげて。本当に難しい状況なの。ふたりとも失くすものが大きいのよ」

「何をだよ?」

ベイリーは自分の側の問題、名前や顔が世間に知られたらまずいことを説明した。それから意を決して自らの過去に触れ、それがクレイの評判に傷をつけかねないことも伝えた。彼女が包み隠さず話したことで、ジョンは態度を和らげたようだった。「わかったよ、とりあえずそっちの事情はね。だけどやっぱり……」

「息子なのに、つまはじきにされた。怒って当然よ。きみにはその権利がある。実際、わたしだって同じ立場だったら、憤慨すると思う。その気持ちはお父さんに伝えたんでしょ。だったらもういいじゃない。先に進んでみましょう」

ぼくもそうしたいんだ、とジョンの顔に書いてあった。

ジョンは首を軽くかしげて言った。「子供の気持ちがよくわかるんだね」

「だといいわね。それが仕事だから」

「だから、そういうところを運営してるんだ」

「まあね」

「で、その仕事のほうはどうするつもりなの？　父さんと意見が合わないんでしょ？」

「わからない。まあ、いまのところは気楽にかまえてるわ。ねえ、このことはまだ黙ってて欲しいの。だれにも言わないでくれる？」

「あの子がしゃべっちゃうんじゃないの？　まだ小さいし」

「ローリーにはゲームって言ってあるわ。兄のひとりは知ってるけど」

力なく、ジョンは枕に身体を沈めた。「ぼくも兄弟が欲しかったなあ」

彼女が立ち上がった。「今日のところはここまでってところね」

「ローリー、連れてきていいよ。一緒にテレビを観るから」

「下に降りてくれば？　みんなで観るってのはどう？」

「野球、好きなの？」

ベイリーはなめないでよね、という視線を彼に送った。「いまの、冗談でしょ？」

ジョンがにっこりと笑った。クレイにそっくりだ。ベイリーは思わず手を伸ばし、彼の腕をつかんだ。「チョコレート・アイスクリーム・ロール、作ってきたのよ」

「ほんと？　どうして？」

「友好のしるしよ。きみとお父さんがもめたのは、わたしのせいだから」

「オーケー。だったら下に行ってもいいかもね」彼はベッドからするりと降りた。彼女が手を差し出し、ふたりは握手した。

彼女はその手を放さずに言った。「ジョン、お父さんはきみのことを本当に愛しているわ。いい関係を築きたいって思ってるの。協力してあげて、ね？」

「父さんのこと、そうとう好きなんだね？」

「ええ」彼女ははっきりと認めた。「大好きよ」

チャック・スチュアートは丸テーブルに腰掛け、委員会のメンバーに微笑みかけた。晴れ晴れとした様子だ。神経をすり減らし、やつれている感じはない。副大統領候補として出馬しないと発表して以来、ずっとそうだった。「各州の報告の準備は整ったかね？」

それから彼らは各州の代表が最終報告を行う日程を詰めていった。クレイの主張どおり、ベイリーの委員会への参加は認められた。ニューヨーク州の代表として、来週クレイと二人で出席する。今週末、ベイリーは時間が取れる。つまりDC入りの前に一緒に過ごせるというわけだ。ローリーはリアムのボーイスカウトのキャンプに参加している。このチャンスを利用しない手はない。

他州の日程も決まった。会議が終わると、トム・カーターが近づいてきた。「クレイトン、一杯どうかね？」

クレイはうまくごまかそうと、あいまいに答えた。「ちょっとスケジュールが定かではないんですが」

「空いてるよ。ボブに確認済みだ。話がある」

まったく、このひとの無遠慮な強引さにはうんざりだな。クレイはふと、そう思った。すべてとは言わないが、ワシントンの生活には、どうしても許せない点がいくつかある。

それでも仕方なく、クレイはトムと一緒にバーロウズに行った。Cストリートの小さなクラブ、上院議員たちがしばしば社交の場として利用するところだ。静かな店で、連邦議会の関係者以外の客はめったにいない。

バーロウズに入るなり、クレイは目を疑った。父がテーブルの前に座り、彼らを待っていたからだ。長身で健康的、相変わらず威圧感がある。ふたりの姿を認めても、クレイトン・シニアは笑顔を見せなかった。

父のテーブルに向かいながら、クレイがトムに言った。「どういうことです？」

「座りなさい、クレイ」と、父が言った。

ふたりは席についた。だれもしゃべらない。他の客らのぼそぼそ言う声がその沈黙を埋めた。飲み物を頼んでから、ようやくトムが口を開いた。「きみのお父さんがDCに来ているのがわかったから、わたしが一杯どうかと誘ったんだ。ふたりともきみにききたいことがあるんでね。最近のおかしな行動について」

「おかしな行動といいますと？」

クレイトン・シニアは椅子に深く腰掛け、両手の指を組んでいる。クレイのよく知るしぐさだ。「ひとつは、ジェーンと一時的に別れたことだ」

クレイは眉をつり上げた。「別れたのは、一時的にではありません」

「ジェーンは何と？」クレイトン・シニアがトムにきいた。

「そんなことは言っていない。あのパーティー以来、指輪を心待ちにしていますよ」

クレイはスコッチをすすった。くそっ、ダブルにするんだった。「わたしは終わりにしようと言ったつもりです」

「ジェーンは、そうは思ってない」とトム・カーター。見るからに不機嫌そうだ。

クレイはジェーンの父に面と向かって言った。「そう思いたくないだけです。彼女にはもう終わりだとはっきり伝えました。すみません、トム。ですが、男女間のことですから」

クレイトン・シニアが声を上げた。「ジェーンは合衆国副大統領の妻として申し分ないぞ」

クレイは目の前の謹厳な男の胸の内を探るようにじっと見つめた。「ぼくの意見も聞かないで、勝手に決めるおつもりですか？」

「とにかく、まずは結婚だ」

クレイは首を左右に振った。「結婚は愛する女性とします」

この展開に、いかにも居心地悪そうな顔をしてトムが立ち上がった。「ちょっとジャクソン・ジョーンズと話してくる」彼は別のテーブルにうなずいた。「ちゃんと言って聞かせてやってくださいよ」

トムが行くと、父は小さく首を振った。いかめしい、否定的な表情。クレイが子供のころからいやというほど見てきた顔だ。「どういうつもりだ？」

「お父さん、ジェーンのことは愛していません」

「そうか、残念だな」彼は飲み物をひと口すすった。「しかし、愛していない相手と結婚するのは珍しいことじゃない」

「わかってます。前に一度しました。お父さんとお母さんを喜ばせるために」

「そうか？　知らなかったな」

そりゃそうだろ、知ってるはずがない。激しい怒りがこみ上げてきて、クレイは何も言えなくなった。それと同時に、彼はジョンとの父子関係はぜったいに大切にするという決意をまた新たにした。

「クレイトン、どうした？」

「ジョンとのことを考えていました」

「あれも困ったものだな。副大統領の息子が大酒を飲んだ挙げ句に入院するなど、もってのほかだ」

何も知らないくせに、勝手なことを。

「その件についてはもうジョンとよく話しました。ぼくが考えているのは、どうやったら彼との関係を改善できるかということです」

「何が問題なんだ？」

「ぼくたちみたいになりそうだったんですよ、お父さん」

彼の父は、さっぱりわからないという表情を浮かべた。「どういう意味だ？」

「ぼくたちがコミュニケーションを取っていないという意味です。お父さんはぼくの考えていることがまるでわかってない」

「おまえの政策ならよく知っている」

「ぼくの個人的な気持ちのことですよ」

クレイトン・シニアはため息をついた。「その手のことは苦手なんだ」

「息子の気持ちを知るのが？」

「いや、そういう社交的なことがだ」

まったく、ひどいものだ。これがわたしの家族か。クレイはベイリーとローリー、彼女の両親、兄たちのことを思った。派手なけんかもするが、みんな愛し合い、支え合っている。

「お父さん、家族の絆は社交じゃありません」

「よくわからないな」

「ええ、でしょうね」

「おい、わたしとおまえとの欠陥はまた別のときでいいだろう。いまはとにかく、ジェーンとよりを戻すことのほうが先だ」

クレイはしばらく父を見つめていたが、あきらめた顔で席を立ち、テーブルに小銭を放り投げた。父が腹を立てるのを知って、わざとそうしたのだ。「いえ、話すことはありません。ジェーンとの関係はもう終わっていますから」

クレイが歩き出すと、その背中に向けて、父がいつもの横柄な命令口調で言った。「クレイトン、何を血迷ってるんだ？」

クレイはきびすを返すと、父を、いつもどこかで怖れていた男の顔を正面から見据えた。そうして再び、彼は自分の息子との関係についての思いを新たにした。「血迷ってなんかいません。逆に、気持ちがはっきりとしたんです。ようやく、ですけどね」そう言い残して、クレイは立ち去った。


よお、シス、どうよ?

ベイリーは驚いてコンピューターの画面をもう一度見た。ログインしてきたハンドルネームがTazDevil 2だったからだ。タズがどうして？　シェルターにいるはずなのに。

タズ、スウィーティー、あなたなの?

そうだよ。

何か変だ。

どうしてアクセスできたの？　あなたのコンピューターはお父さんのうちでしょ。まさか、戻ったんじゃないわよね？

んなわけねえだろ。あんなとこ、ぜったい帰らねえよ。仲間のを借りてんだ。

たまり場にいるの？　どうして？　いまは……。

その瞬間、ベイリーの直感が警報を発した。

あなただれ？

タズマニア・デヴィルだよ。

タズじゃない。どうしてあの子のコンピューターを使ってるのよ？　まさか父親があの子を探してるんじゃ？　タズのお父さん？

あのクソか？　ありえねえ。

しまった、そういうことか。あの子の仲間ね？

あったりい。

どうしたの？

うちらのメンバーがどこにいるか教えろ。探してる。

どうしてわたしが知ってるって？

てめえがかくまってんだろ。

ただタズを心配してるだけなのかもしれない。この子たちのことも助けられるかもしれないし。どうしよう。ベイリーは難しい決断を迫られ、胃がぎゅっとなった。サインインしたまま、彼女は立ち上がり、コーヒーをいれに行った。

タズと仲間は固く結ばれているはず。ふつうに考えればそうだ。ギャングの子は仲間を大切にする。でも、タズは血を流したまま、路地に置き去りにされた。あの子たちは、サイレンの音を聞いて逃げ出したのだ。ほかの現場に向かうパトカーだったのに。たぶん、タズを探してうちに行き、コンピューターを見つけたのだろう。ネットの履歴を見れば、エスケープと連絡を取っていたことはわかるはず。ここがギャングを抜ける手助けをするところだってことも。彼女が裏切ったと知って、それで探してるのかもしれない。まずい。なんでもっと早く気づかなかったのよ。タズのハンドルネームが画面に出たときに、わかりそうなものじゃない。彼女は自分を責めた。どこまで情報を漏らしてしまっただろうか？

ベイリーはコンピューターの前に戻り、必死で考えた。自分がタズとは関係がないと思わせるのに、何て書いたらいいのだろう。答えが見つかるより早く、メッセージが届いた。**てめえ、わかってんだろうな。うちらの仲間にかまうんじゃねえぞ！** 画面が点滅すると、TazDevil2 はサインオフしていた。

心臓が早鐘を打っている。ベイリーは慌てて立ち上がり廊下に出ると、ジョーのオフィスに急いだ。「ジョー、まずいことになったの」

「またか、聞き飽きたね」ジョーはコンピューターから目を離し、彼女のほうを振り向いた。口調はぶっきらぼうだが、彼女に向ける表情はいつもどおり穏やかだった。「どうした？」

「いまからシェルターに行って、タズに会わなくちゃならないの。一緒に来て。ここはとりあえずロブに任せて」

彼はすぐに立ち上がり、つぶやくように言った。「珍しいな、一緒に来てくれなんて。よし行こう」


タズはシェルターのベッドの上でぼんやりとしていた。アンスラックスのガキにやられた傷はかなりよくなった。もうすぐここを出るつもりだ。ここの連中は、少なくとも前のとこよりはいい。からんでくるやつはだれもいない。ていうか、ほとんど無視されてるんだけど。彼女は枕に身体を預け、ぬいぐるみを手に取った。かわいいキリンの人形。ここに来たときに、だれかがくれたものだ。認めたくなかったが、こいつはわりと気に入っていた。柔らかいふわふわの毛で頬を撫でながら、タズは母のことを、母が買ってくれたたくさんのぬいぐるみのことを思い出していた。お母さんは子供をちゃんと子供らしく扱ってくれた。死んじゃうまでは、だけど。母を思い、タズは急に悲しくなった。

実際、何もかもが悲しかった。ストリートの生活は最低だ。クソみたいにくだらねえタイマンを張って、ナイフで切られた。なのにあいつら、あたしを見捨てて速攻で散りやがった。ひとりきりにされて、死ぬほど怖かった。結局、助けてくれたのはストリート・エンジェルだけだった。

「おい、タズ、これがどういうことかぐらい、おまえにもわかるだろ?」彼女は声に出して自分に言った。

外で物音がした。だれかが宿泊棟に入ってくるのが見える。仕切りはあるが、彼女のベッドからは扉がよく見えた。男と女が戸口に立っている。女が近づいてくる。ちぇっ、噂をすればなんとやらか……。

「よお、ストリート・エンジェル。元気かよ？」

「だったらいいんだけど」

「どうした？」

この女、ほんとにかわいいな。つやつやの黒い髪。白い肌に桃色の頬。そばかすまである。ピンクのコットン・セーターにデニムのスカート。ちょっとお上品すぎるけど、よく似合ってる。タズは彼女の手に視線を落とし、指輪があるかどうか見た。「結婚は？」

ベイリーは一瞬答えをちゅうちょした。「してないわ」

「男は？」

顔がぱっと輝く。「いるわよ」

「で、何しに来たんだよ？」

「仲間から連絡は？」

「携帯に何度も電話があったけど出なかった。いまは電源を切ってある。まだ話したくないから」タズがいぶかしげな顔をした。「なんで？」

「あなたのコンピューターを使ってるみたい」

「アパートのクローゼットにしまってあるんだぜ。鍵もかけてる。見つけたっていうのかよ？」

「たぶんね」

「ふうん、まあいいや」

「よくないの、タズ。ウェブサイトにログインしてきたのよ」

タズは、すぐにはその意味が理解できなかった。「ちくしょう、まじかよ。あんたと連絡取ってたのがばれたのか？」

「間違いないわね。わたしのミスよ。あなたのハンドルネームが画面に出たとき、すぐに気がつかなかったの。わたしの書き方で、あなたと知合いなのがばれたと思う」

ストリート・エンジェルは椅子に腰を下ろし、タズの手を握った。母が昔してくれたのと同じだ。またライラックの香りがした。「スウィーティー、どういうことかわかる？」

「ああ、あいつらに見つかったら、消されちまう」急にタズは心細くなった。幼いころもいつもそうだった。彼女は目の前の女性の手を握り返した。「どうしよう」彼女にはもう、仲間はだれもいない。正真正銘のひとりぼっちだった。

「ギャング保護プログラムを使おうかと思ってるの」

「何だよ、それ？」

「政府がやっている証人保護プログラムのようなものよ」

「聞いたことあるな。名前とか、そういうのを全部変えるんだろ。地元には二度と戻れない。

愛する連中とも永遠に会えない」

ストリート・エンジェルの青い瞳に悲しげな影が差した。「ねえタズ、あなた、本当に愛してるひとがいるの？　愛してくれるひとは？　この街を出て新しい人生を始めるのが、そんなに悪いこと？」

力なく、タズは枕に身体を沈めた。脚の傷が痛む。頭もずきずきする。ＣＤを爆音でかけたときの、ずんずんいうベースの音みたいに。確かにそうだ、ストリート・エンジェルの言うとおりかもしれない。

17

クレイはスコッチを飲みながら、タウンハウスの正面の窓から外を見ていた。一〇月半ばのDCはニューヨークほど寒くはないが、日はだんだんと短くなってきている。予定では、ベイリーが来るのは夕方だ。本当は駅のホームで出迎えたかったのだが、そんなことはできるはずもない。ふたりでいるところをだれかに見られるわけにはいかないからだ。

クレイは「くそっ」と大声で罵り、落ち着けと自分に言い聞かせた。用心深くすれば大丈夫だ。今週末は彼女と過ごせる、それもふたりきりで。先週会って以来、彼女のことばかり考えていた。週末が待ち遠しくて仕方がなかった。

ようやく、ヘッドライトがタウンハウスの正面を照らし、タクシーが停まった。走って迎えにいきたい気持ちをなんとか抑え、彼は薄いレースのカーテンを引き、リビングルームの窓から彼女が車を降りる様子を見ていた。身体の線がきれいに出る、黒地に大きな白の水玉模様の細身のスカートに、スリムで丈の短いジャケットという出で立ち。踵はあんまり高くはないが、ヒールまで履いている。彼はにっこりと微笑んだ。いつもはおしゃれよりも、着心地重視なのにな。一瞬、母親とジェーンの姿が脳裏に浮かんだ。タイトすぎて着心地のよくないドレスに、高すぎて足首をくじきそうなヒール。ベイリーにはぜったい似合わないだろう。というより、着て欲しいとも思わない。

ベイリーがドアベルを鳴らす前に、クレイはさっと扉を開けた。彼女の顔にはじけるような笑顔が浮かぶ。今晩はメイクをしている。その艶やかな唇にいますぐキスをして、レーズン色のリップをぬぐい取りたくてたまらなくなった。彼女が言った。「こんばんは、上院議員」

扉に手をかけたまま、クレイは微笑みを返した。「やあ、ストリート・エンジェル。ワシントンへようこそ」彼が小ぶりな鞄を預かって、一歩脇によけると、ベイリーは玄関ロビーに足を踏み入れた。「わあ、素敵ね、ここ」

「素敵なのはきみだよ」クレイは彼女の背後に立ち、手を腰に回した。嗅いだことのない香水の匂い。そのセクシーで罪深い香りに、すぐに下半身が痛くなった。「わたしがどんなに興奮してるか、わかるかい？ 今週末はずっとここで一緒にいられるんだよ」

彼女が身体を押しつけ、かわいいヒップがクレイの股間に当たった。「みたいね」

「悪い女だ」クレイは背中で揺れるカールした長い髪を鼻でよけ、首筋にキスをした。ベイリーはため息を漏らし、首をそらして頭を彼の肩にもたれさせた。クレイが両手で乳房を包む。ジャケットの下のシルクのTシャツ越しに、もう乳首が固くなっているのがわかった。

「おや、わたしだけじゃないみたいだね」

「そうよ、あなただけじゃないわ」

「先に部屋を見る？　それともあと？」彼がベイリーの腰に手を滑らせた。そしてその下へと。

「あとで」彼女がささやいた。

クレイは彼女を振り向かせた。その繊細な作りの顔に、欲望がありありと浮かんでいる。彼は両手を頬にそっと当てた。「ベイリー、思い切り愛してあげるからね。何時間も。週末中ずっと。心ゆくまで。ずっと前からしたかったけど、時間がなくてできなかったことを、たっぷりと」

「ええ、そうして、クレイ」ベイリーは両腕を彼の首に回した。「いますぐ」つま先立ちになって唇を重ねる。ふたりはしばらくのあいだ、舌と舌を絡め合う濃厚なキスを楽しんだ。

しようと思えば、いますぐこの場で、玄関ロビーに立ったままでもできる。でも、それではもったいない。クレイは彼女の手を取り、階段を上った。ベイリーがオーク製の手すりを撫でながら微笑んだ。「いい手触り」巨大な天窓を見上げて言った。「本当に素敵ね」

クレイはベッドルームに着くまで何も言わなかった。

「わかるかい？」扉を閉め、外の世界を遮断すると、クレイが低い声で言った。「これでもう邪魔は入らない。きみの兄さんたちが押しかけてくることも、ローリーに起こされる心配もない」

ベイリーは満足そうな笑顔を浮かべたが、「ひとつだけ」と言うと、ポケットに手を入れ、携帯を取り出した。「リアムが電話してくるといけないから。ニューヨーク州の北のほうの山の中にいるから、たぶんないと思うけど」

「山に感謝だな」

ゆっくりと、クレイは彼女に近づいた。そっとジャケットを脱がす。「これ、かわいいね」

彼はその白いシルクのTシャツに触れ、腰のあたりを優しく撫でた。

「ありがとう。でも、いまは着ていたくないわ」

「願いを叶えてさしあげましょう」クレイはそのTシャツをたくし上げ、頭から脱がせた。

「いいね、それ」今日のブラはレースの半カップだ。

「嬉しい、あなたのために買ったのよ」

ボタンを外し、ジッパーを下ろす。スカートが床に落ちた。ブラとお揃いの小さなレースの布きれが、下半身をわずかに覆っている。「これもかい？」その小さすぎるパンティを見て、クレイはふふっと笑った。

「そうよ、上院議員さん」

クレイは顔を寄せ、彼女の香りを嗅いだ。「香水もだ。これは？」

「カルヴァン・クラインの新作よ」ベイリーが鼻を彼の胸に押しつけた。「エイダンのプレゼント。うちの兄さんたちは昔から、こういう女の子っぽいものをよく買ってくれるの」

「妹に何が足りないのか、よくわかってるんだね」

彼女の肌はクリームのように滑らかだった。クレイは両手をその上に滑らせ、腰のくぼみ、ヒップのきれいな曲線、驚くほど柔らかな内腿の感触を味わった。じっくりと目で犯しながら、彼女の下着を脱がせた。片方の乳房に口を寄せて乳首を軽く噛むと、彼女の身体がびくっとなった。「痛い？」

「ううん、違うの」ベイリーは彼のシャツに手を伸ばした。「脱いで」彼に吸われながら、そうつぶやいた。

「まだだ」

腿と腿のあいだの柔らかい毛を撫で、指を一本、中に潜り込ませた。「もう濡れてるよ」彼がつぶやいた。

彼女は喘ぎ声を漏らした。「クレイ」

クレイはそのまま彼女の全身を触り、隅々まで堪能した。彼女の身体が火照っている。いまにもとろけそうなその熱で彼の身体も熱くなり、興奮に膨らみを増す乳房に彼もますます興奮した。

彼女の身体は信じられないほど柔らかく、クレイは永遠にこうしていたいとも思った。でも、もう我慢できない。身体を離そうと、一歩うしろに下がった。彼がしっかりと抱きかかえていないと、ベイリーはもう立っていられない状態だった。「大丈夫かい？　ラブ」クレイは彼女をベッドに連れていき、それから服を脱いだ。ベイリーは身体を横たえ、その見事な黒髪を枕の上に広げたまま、彼が服をゆっくりと脱ぐ様子を見つめた。青いストライプのカジュアルなシャツのボタンを外し、チノパンツのボタンを外す。パンツが床に落ち、ネイビー色のボクサー・ショーツがあらわになった。

それも脱ぐと、クレイはベッドに歩み寄り、ナイトスタンドからコンドームを出した。装着するあいだも、ベイリーはじっと見つめたままだった。彼女の呼吸が速くなる。彼がベッドにひざまずく。再び彼女に触れた。上から下まで全身を、優しく。それから身体を重ねた。

「もう待てないよ、スウィートハート」

「待たないで」

「愛してるよ」中に入りながら、彼が言った。「愛してる、愛してる、愛してる」

「わたしもよ、愛してるわ、クレイ」


「うそ、すごい」丸石が敷かれた床に立ち、ベイリーは明るいオーク材のブースに目を、バンドの奏でるアイルランド音楽の調べに耳を奪われ、伝統的なアイルランド料理の香りを深く吸い込んだ。目の前に広がるなじみ深い光景に、彼女は思わずほっとした。ダウンタウンのアイリッシュ・パブ。ワシントンではぜったいに味わえないと思っていたのに。シンガーたちが『ノー・ネヴァー、ノー・モア』を歌い出すと、彼女は嬉しそうに微笑んだ。「わたしも歌えるわ」

クレイは彼女のうしろに回って両手を肩に置いた。「あのひとたちに言ったらだめだよ。すぐにステージに上げられるから」

「そうか、気をつけないとね。みんなに注目されちゃうから」そう言って、彼女は慌てて振り向いた。「ねえ、クレイ、まずいんじゃないの。興奮してすっかり忘れてたけど……こんなところに来てよかったの？」

「冒す価値のある危険だと思ってね」クレイがウィンクをした。「それに、議員連中が金曜の夜一一時にアイリッシュ・パブに出入りしてるとも思えないしね」

ベイリーは黙って彼を見つめた。

「よせよ、そんなに怖い顔するなって。でも念のために、身体に触れるのはやめておこう」

彼女が何か言おうとしたところに、案内係がやってきた。

「いらっしゃいませ《トラーノナ・マ・アガット》」と、ゲール語でふたりを出迎えた。「バン・モ・キー。最高のお席にご案内いたしましょう」ベイリーがゲール語で返すと、その案内係は目を大きく見開いた。

ベイリーはアイルランド人特有の青い瞳でウェイターににっこりと微笑み、横目でちらりとクレイを見た――セクシーに。「個室みたいなテーブルはあるかしら？」

「はい。お客様のプライバシーをお守りできるお席です」

店の奥に案内されながら、クレイがきいた。「彼、さっき何て言ったんだ？」

「愛しの女性《ひと》よ」

「なるほどね、気持ちはわかるよ」

彼らが通されたのは店の奥、柱の陰の席で、木製のブースには美しい彫刻が施されていた。彼女はその彫刻を眺めた。「素敵ね」

「アイルランドの職人を呼び寄せまして、伝統的なアイルランドの木材で作らせたものです。ワシントンに最高のアイルランドをお届けしたかったものですから」案内係が彼女に微笑んだ。「ほかのお部屋もぜひご覧になっていってください。この向こうにあるライブラリーという部屋には、わが国が誇るジェイムズ・ジョイスの作品を多数所蔵しております。コテージという部屋はシャンキーの家を模したものでございます」

「わあ、いいわね。アイルランドの作家は大好きなの」

案内係がにっこりとした。「それから、ヴィクトリアン・ルームではアイルランドの政治を扱った劇もご覧になれます」

案内係が注文のギネスビールを取りに行くと、ベイリーはクレイに秘密めいた笑みを送った。「政治だって。ねえ、興味あるんでしょ?」

「なんだか楽しそうだね」彼のブランデー色の瞳がいたずらっぽく、そして満足げに輝いた。今日は心の底からくつろいでいる。彼は明るい茶色の薄いシャツの袖を肘までまくり、黄褐色のデザイナー・ジーンズという若々しい格好。彼女はブラック・ジーンズとグリーンの薄いコットンセーターだ。

「楽しそう? そうかしら……あっ、クレイ、聴いて」彼女は嬉しそうに微笑んだ。『ダニー・ボーイ』よ」アイルランドの古いヒット曲の演奏が始まった。すぐに彼女は目を潤ませた。

「ハニー、どうしたの?」

「この曲、大好き。これを聞くと、家族のこと、わたしたちの故郷のことを思い出すの」

「そうか、じゃあゆっくりと聴こう」

曲が終わり、大きな拍手が起きた。ベイリーも負けじと指を口に入れ、大きな音で指笛を吹いた。彼女の興奮ぶりを目にして、クレイはおかしそうに笑った。

続いての曲は『ゴールウェイ・ベイ』だ。「もしも海を渡ってアイルランドに行ったら……」

クレイは彼女に微笑みかけた。さっきにもまして、嬉しそうに目を輝かせながら。「新婚旅行はアイルランドにしようか」

彼女が驚いて息をのんだ。「クレイ……」

「ん？　結婚のことは前にも話しただろ？」

ベイリーはじっと見つめる彼の顔を黙って見ていた。ほんの少し前まで、その口が彼女の全身に触れていた。そう思っただけで、彼女の身体が火照ってくる。とろけるように優しく、そして息が止まるほど激しいセックスだった。

しばらくして、クレイが口を開いた。「聞こえないふりをしてもだめだよ」

「何て答えたらいいのか、わからないの」

首を傾け、彼は肩をすくめた。「わかった、この話はお預けにしよう。今週末はとにかく、たっぷり楽しみたいんだ」

ウェイターがビールを持ってやってきた。「お待たせしました《スラニンテ》」

ベイリーとクレイはグラスを掲げて乾杯した。ふたりがひと口飲むと、ウェイターが尋ねてきた。「食事のご注文はよろしいですか？」

「あら、まだメニューも見てなかったわ」彼女はそれを手に取った。「お腹ぺこぺこなの」

「ここの名物はボクシーなんだよ、ベイリー」と、クレイが言った。

「いいわねえ、ポテト・パンケーキは大好物よ。母がよく作ってくれるの」

ウェイターがにっこりとした。「ベイリーさん、ですか？　素敵なアイルランド女性の名前ですね」

わたしの両親もアイリッシュ・パブをやってるのよ。このウェイターにそう言えたらどんなにいいだろう、とベイリーは思った。どうしてこそこそしなくちゃならないの。口に出しては言わなかったが――そんなことしたら、うまくいかなくなるに決まっているから――その気持ちを隠しておくのも、本当はいやでたまらなかった。「ええ、ボクシーにするわ」

「中身は何にいたしましょうか？」ウェイターがきいた。「チキン、シュリンプ、ソーセージ、シーフード、ポートベロがございますが」

「うーん、どれもおいしそうね」

「もしよかったら、少しずつもらえないかな？」とクレイが言った。「彼女、ニューヨークから来たんだよ」

「アイルランドのご婦人のためでしたら、喜んで」彼はメニューを持ってキッチンに戻っていった。

「なあ、気に入ってもらえたかい？」そう言いながら、クレイはテーブルの向かいに手を伸ばしかけたが、取り決めを思い出し、途中で引っ込めた。

「もちろんよ、クレイ。本当にありがとう」

彼は満面の笑みを浮かべた。

「これも、さっきのも」彼女はいたずらっぽく眉を上げてみせた。

「会いたかったよ」

「目でわかるわ」

彼はテーブルの上で両手を固く握った。「前とは違う、そうだろ？」

「そうね」ベイリーはビールをひと口飲んだ。「もっと深い」彼女は天然石の暖炉を見やり、わが家と同じ肌触りの空気を吸い込んだ。「もっと強い」

彼はビールグラスを手に取った。「わたしも同じだよ、ベイリー」

「あなた、ここの雰囲気にもなじんできてるわ」

「わたしはきみになじんできてるんだ」

肌に触れないでおこうと決めていたが、ベイリーはかまわず彼の手を握った。「その言葉、そっくりお返しするわ」

彼は楽しそうに笑い、彼女は嬉しそうに微笑んだ。それから彼に向けてグラスを掲げて言った。「踊りなさい、だれの目も気にせずに。歌いなさい、だれの耳も気にせずに。そして精一杯生きなさい、今日が最後でもいいように」

クレイは眉をつり上げた。「その言葉、忘れないでくれよ、ベイリー」

彼が何を言わんとしたのかが、ベイリーにはよくわかった。

翌日、ベイリーは子供のように大はしゃぎだった。ふたりでモールを自転車で回るツアーに参加したのだ。サングラスに野球帽をかぶり、並んでペダルをこいでいるあいだ中、彼女はワシントンの光景のひとつひとつに感嘆の声を上げた。一〇月の穏やかな風と明るい陽光が彼らのあとを追いかけてくる。リンカーン記念館の前で休憩を取ることにし、ふたりは自転車を降りた。

その有名な塔を見上げ、ベイリーは顔いっぱいに笑顔を浮かべた。「わあ、おおきいのね。ローリーが見たら喜ぶだろうなあ」目の前に広がるモールの大きさを示すように、彼女は宙に腕を伸ばした。ワシントンには何度か来たことがあったが、まだ小さかったから、この手のツアーには参加しなかった。ローリーは一度も来たことがない。

「じゃあ、そのうちにあの子も連れてこないとね」

彼女は水をひと口飲んだ。「たぶんね」

言い返しそうになる自分を抑えるため、クレイはわざと遠くを見た。ないものについてあれこれ言い、この週末を台なしにはしたくなかった。「お腹すいた？」腕時計を見やり、彼がきいた。

「冗談でしょ？　昨日の夕食に、今朝のクラマーズよ。まだいっぱいよ」今朝はデュポン・サークルの有名な書店で食事をした。クレイのお気に入りのDCの店のひとつで、だれにもわからないように、いまと同じ格好で行った。

彼が自転車に向かってうなずいた。「これで減ると思うよ」

ベイリーは階段の上で、彼のほうに少し身体を寄せて言った。「ほかにも方法があるわ」

腿で彼のそれにそっと触れた。

変装しているから、少しくらい大丈夫だろう。クレイはそう思い、かがんで彼女の鼻先にキスをした。「わたしに任せなさい。タウンハウスに戻ったらすぐにしてあげるよ」

集合の声がかかり、グループでツアーを再開した。クレイにとっては見慣れすぎていて、最近はほとんど注意を払っていなかった風景だ。でも彼女のおかげで、今日は新鮮な目で見られた。来週の月曜のことを考えると不安だったが、いまはとにかく楽しむことにした。

午後、彼女とスミソニアン博物館を回ったときも、新たな発見があった。女性博物館と子供用の展示物もあらためて楽しめた。

タウンハウスに戻ると、ふたりは優しく愛を交わした。彼女はすぐに眠ってしまい、電話が鳴ったときもまだ寝ていた。彼女を起こさないよう、クレイは急いで電話を取った。

受話器の向こうから聞こえてきたのは、ソーンの声だった。「ああ、よかった。クレイ、いらっしゃるんですね」

ちっ、出るんじゃなかった。「ああ」

「今晩、空いてらっしゃいますか？」

ベイリーを見やった。彼のベッドに裸で横たわっている。シーツをあごまで上げて。胸が静かに上下している。すやすやと眠っているようだ。「いや、埋まってる」

「抜けられませんか？　少しだけでもいいんですが」

「どうしてだ？」

「保険教育福祉省《HEW》長官がケネディ・センターにお忍びでいらっしゃいます。ご招待を受けているんです」

彼は驚いて上半身を起こした。「何だと？　聞いてないぞ」

「どういうわけか、招待状が届かなかったんです。先日、長官の秘書からお電話がありまして、先生はどうしていらっしゃれないのかときかれました。昨日は早くにオフィスをお出になってしまいましたし、お電話も折り返しいただけなかったので」

留守番電話を見やる。赤いランプが彼を非難するかのようにチカチカと点滅していた。

「ここにはいなかったからな」

「携帯は？」

「切ってある」

沈黙。「どうしてですか？」ソーンは少し間を置いてから続けた。「このあいだ、ラケットボールのあとでお話しされていた女性と関係が？」

「まあ、そうだな」

「クレイ、その女性と一緒なら、連れていらっしゃればいいじゃないですか」

「そのつもりはない」

「まさか、人妻じゃありませんよね？」

「何を言い出すんだ！　うちのスタッフでもないし、常習の犯罪者でもない」前科はあるが。

「すみません。仕事柄、つい。とにかく、出席していただかないと困ります。顔をお見せになるだけでもいいですから。正装でお願いします」

「ソーン、無理だ」

「一時間だけでも」

彼はため息をついた。

「先生、いったいどうなさったんですか。ほんの少しだけでいいんですよ。議員としての責任です。それに、副大統領への立候補をお考えになっているんでしたら、こういう集まりを無視するわけにはいきませんよ」

シーツがこすれる音がして、クレイは振り向いた。ベイリーが寝返りを打ち、眠そうな目でこちらを見ていた。

「わかった、行けばいいんだろ。時間は？」

クレイはいまいましそうに電話を切った。

「行くって、どこに？」

「ケネディ・センターだ」クレイは状況を説明した。

ベイリーは彼の頰を手で優しく撫でた。「二、三時間くらい、ひとりで大丈夫よ、クレイ」

「そういうことじゃない」

「それに、今晩は家で作って食べるんだし」

「ああ」なんとか抑えようとしたが、クレイは気持ちを隠しておくのが昔から苦手だった。

「こそこそしなくちゃならないのが、どうしても気に食わない。本当は一緒に来て欲しい。みんなに見せびらかしたいくらいなのに」

「クレイ」

「わかってる。確かに約束した、この週末はそういうことは言わないってね。だが、あんなのが来るとは思ってもみなかったから」彼は電話をあごで指した。「すまない。でも、一時間かそこらは行ってこないと」

「お仕事でしょ、気にしないで」彼女の目が輝いた。「ねえ、タキシード着るの？」

「ああ。どうして？」

「まだ見たことないから」

「そうか、もうすぐ見られるよ」彼はもう一度電話をあごで指した。「くそっ」

ベイリーは彼の手を取り、胸に当てた。シーツが落ち、クレイの手のひらに彼女の肌の温もりが伝わった。「まだ、明日も明後日もあるわ」

で、そのあとは？　彼は思ったが、口には出さなかった。こういうことがあるたびに、激しいジレンマを感じる。何でも自分の思いどおりにしないと気が済まない自分に戻りそうになる。でも、そんなことをしたって彼女を怒らせるだけだ。王を待つ妻イゼベルのように、ベッドに身体を横たえている愛しい女性《ひと》を。

ひとりでも心配ないと信じてもらうため、ベイリーはわざと明るく振る舞った。クレイがシャワーを浴び、着替え始めると、パンツのヒップ・ラインについて冗談を飛ばし、ベッドから出てボタンをはめてあげながら、彼をからかった。「いないあいだ、こそこそ嗅ぎ回ってみようかしら。引き出しの中とか。下着が入ってるたんすとか。家の中ぜんぶ」

「国家機密だけはやめてくれよ」クレイは彼女の鼻先にキスをした。


三〇分後、ベッドに横たわる彼女の柔らかい、セクシーな肢体が目の裏に焼き付いて離れないまま、クレイはタキシードの上着に袖を通した。Fストリートの有名なパフォーミング・アート・センターの階段を上る。一九七一年、ジョン・F・ケネディを追悼して建てられたもので、造りはいまでも十分にモダンだ。中にいくつか劇場があり、ワシントンの文化の中心的役割を果たしている。最上階にはレストランもあり、彼はいまそこに向かっていた。エレベーターを見つけて乗り込んでも、頭の中はまだ、うちに残してきた女性《ひと》のことでいっぱいだった。

最上階に着き、エレベーターを降りる。プライベートルームはホールの奥にあった。屋外のポーチでは、心地いい夜の風を受けながら、人々が何かのイベントを開いていた。戸口に立つと、ジム・スミス――ミシガン州の上院議員でHEW長官、今夜のパーティーのホスト――が近づいてきて、さっと手を差し出した「クレイトン、どこに行ってたんだ。心配したぞ」

「招待状がどこかに紛れこんでしまっていたものですから」彼はその手を握った。「とにかく、来られてよかったです」

並んでバーに向かう途中、ソーンが加わり、挨拶をすると、クレイに飲み物を渡した。ジムが言った。「この集まりに招待されていないこと、不思議に思わなかったのかね?」

いいえ、まったく。あいにく、DCのことは気にしてなかったもので。

「実を申しますと、このところニューヨークに行っていることが多いものですから」ソーンがうやうやしい笑顔を浮かべた。「ビッグ・アップルが議員を放してくれないんですよ」

「ヤンキース、調子いいみたいだな」スミスが言った。「球場に行く時間は取れたかね?」

「ええ、少なくとも一試合は」もうひとりのニューヨーク州上院議員アレックス・ケイスがちょうど現われ、クレイの背中をぽんとたたいた。「で、感想は? きみの小さなお友だちはジーターに会えて喜んでたかい?」

「ジーター?」ソーンがきいた。

ケイスが飲み物をすすった。「ジョーニーからわたしの秘書に電話があって、クレイのために一肌脱いでくれないかって言われてね。小さなお友だちをロッカールームに連れていきたいからって」彼は肩をすくめた。「ジーターとは、ヤンキースの中心選手になる前からの知合いなもんでね」

「ああ」クレイがいかにも気まずそうに言った。「喜んでもらえたよ」

ソーンは黙ってクレイを見ていた。ほかの人々がいなくなると、ソーンは大きく息を吸った。もう我慢の限界だと言わんばかりに。「先生、どういうことですか?」

「どういうことって？」

「しらばっくれないでください。何かあるのはわかっています。どうも、裏の生活も送られてるようですね。ここまで来てもまだ首席補佐官に隠すつもりなんですか。でしたら、もうわたしとの関係は終わりにしたほうがいいと思いますが」

クレイはあきらめたように首を振った。「確かにな。最近、頭がどうかしていたみたいだ。きみには事情を知っておいてもらったほうがいい」彼はちらっと周囲を見渡した。「でも、いまはだめだ」

「わたしが知る前に、大ごとにならないといいんですがね」

「大丈夫だ」

「月曜の朝は？」

「月曜は、スチュアートと犯罪防止法の予算配分の件で会議がある」

「あっ、そうでしたね。たしか、ベイリー・オニールも来るんでしたね？」

皮肉だが、これでうまい具合に話題が変えられると思い、クレイはほっとした。「ああ」

「またもめますね」

「たぶんな」

ソーンがしかめっ面に戻った。「放っておくと、まずいことになるかもしれませんよ」

もうなってるさ。「わかってる。ちゃんと抑えてるよ」

「彼女、DCにはいつ？」

クレイはヴァージニア州の知人に手を振った。「ん？　ああ、今週末じゃないか。おっ、海軍のランサム中佐だ。ちょっと挨拶してくるよ」

クレイは行こうとしたが、ソーンに腕をつかまれた。「今晩はどれくらいいられるんですか？」彼は刺すような鋭い視線でクレイを見据えた。

腕時計に目をやり、クレイが言った。「一時間くらいかな」

「それでまたお戻りになるわけですか、その……クレイ、まさか。そういうことだったとは……」

クレイが振り向いた。「何を言ってるんだ？」

「ベイリー・オニール、あの女性なんですね。信じられない。クレイ、ご自分が何をなさっているのか、おわかりになってるんですか？」

「よお、ストリート・エンジェル。調子は？」

まだクレイのベッドの中だが、パジャマの上だけは羽織っている。ベイリーは電話口で微笑んだ。「元気よ、タズ」

「めずらしいじゃん」

「ちょっと時間ができたから、電話してみようと思っただけ。もうすぐネットでチャットもできなくなるし」

「そっか、もうすぐだったな」

「タズ、平気?」

「余裕だね。いつでも飛び出せるよ」タズの声にかすかに戸惑いが感じられた。「その新しい場所、安心できるんだよな？」

「ええ」タズはまだ一八歳未満だから、里親が必要だ。ギャング保護プログラムに賛同しているニューヨーク州北部のボランティアの家に預かってもらうことになっている。「気に入ると思うわ」

「そこ、子供は？」

「ううん、いないけど、どうして？」

「小さい子がそばにいるといいなって思っただけ。あんたは？」

「男の子がひとりいるわ」

「へえ、いいじゃん」

生死にかかわる問題の解決を脇に置いて、タズと女同士らしいたわいもないおしゃべりをするのは楽しかった。「ねえタズ、子供は欲しい？」

「うん、すごく欲しいな。でも、ちゃんと育てられるようになってから、かな」

「きっと、これでいいほうに向かうわよ」クレイが戸口に現われた。ネクタイを緩め、髪も乱れている。「ちょっと待ってて」

「だれだ？」彼は憔悴《しょうすい》し、落ち着かない様子だった。

「タズよ」

彼の顔が強ばった。「タズ、ギャングのタズか?」明らかにいらついている。

「そうよ」ベイリーは電話に戻った。クレイが酒をひと口飲んだ。下で作ってきたのだろう。

「細かいことは出発の前にまた話すわね、スウィーティー」ベイリーがタズに言った。

「オーケー、チャオ」

電話を切った。少しだけだが、ベイリーは楽観的な気分になれた。タズの声は明るかった。新しい一歩を踏み出そうとしている。この仕事をやっていてよかったと思える瞬間だ。

部屋の向かいで、クレイがいまいましげにネクタイを引っ張って外した。「ひと晩ぐらい、放っておけないのか。それに、どうして携帯でかけたんだ。番号を知られたぞ」

「べつに平気よ。それにわたしはひとりだったんだから、〝放って〟おかなくちゃならない理由もないと思うけど」彼があごを固くかみしめているのがわかった。肩にも力が入っている。「ねえ、何をいらついてるの?」

手にした酒をぐいと飲むと、クレイはドレッサーに寄りかかった。「首席補佐官にばれたんだ。この関係がな。さっきケネディ・センターで問い詰められた。何を隠してるんだって」

「ばれた? どうして?」

「こっちがききたいよ。状況から推測したんだろう。わたしが今晩行くのをいやがった。ジェーンと別れた。このところ集中していないし、何か隠してるのは見え見えだ」

「でも、どうして相手がわたしだって? まさか、昨日の夜、だれかに見られたとか?」

「それはない。ローリーをジーターに会わせただろ。あれはアレックス・ケイスに頼んだんだ。で、あいつがさっきそのことをソーンの前で口にした。〝きみの小さいお友だち〟とね。そのあとソーンと月曜の会議の話になって、きみが来ることについてきかれた。わたしの声の感じが変だったのか……くそっ、よくわからないけど、とにかく何かでぴんと来たんだろう。ずばりきかれたよ」

「それで、嘘はつかなかった」

「ああ」

「そう」

彼はグラスを置くとクローゼットに向かい、スーツの上を脱いでハンガーにかけた。「まだある。きみには言ってなかったが、父親とトム・カーターも様子が変だと思ってる。さすがにきみのことは知らないが、ジェーンと別れたのはほかに女ができたからじゃないかと疑っている」彼女が何か言いかけたが、クレイが制した。「見事に正解だ」

「クレイ、あなたにはプライバシーってものがないの？」

「そういうことだ」

シャツの袖をまくり、ベッドに向かうと、彼はベイリーの横に腰を下ろした。彼女が着ている自分のパジャマのいちばん上のボタンをいじりながら、言った。「この件については、本当は明日話をするつもりだったんだが。もうかなりまずいところまできてる」彼女は黙ってクレイのことを見ていた。「周りの人にばれてしまって申し訳ない、ときみに言えたらいいんだが。正直、そうは思ってない。わたしはもういやなんだ」彼は腕を勢いよく振って部屋中を指した。「こんなふうにこそこそしてるのは我慢できない。堂々と公表したいんだよ」

彼女は枕に身体を沈めた。「知ってるわよ、わたしだってそうしたい。でも、本当にどうしていいかわからないのよ。わたしが素性を隠さなくてもこの仕事ができる方法があればいいんだけど」

「子供を扱うにしても、何か別の仕事は考えられないのか？」

彼女は髪をかき上げた。「エスケープは辞めたくない。どんなに危険でもね」

「危険？　何か思い当たることでもあるのか？」

彼女はベッドのキルトの縫い目をいじりながら言った。「こっちにも、いつか言おうと思ってたことがあるの。急に怒らないって約束してくれる？」

「急に怒ったことなんてない」

「この手のことになると、いつも怒るくせに」

「わかった、約束する」

「タズがギャング保護プログラムに入るの」

「本当に？　いいじゃないか」

「うん」ベイリーは微笑んだ。「これで抜けられると思う」

「そう願うよ、ハニー」クレイは彼女の顔を見つめた。「でも、どうして？」

「仲間の女の子たちが、あの子のコンピューターを盗んだの。その子たち、ウェブサイトに来たのよ。ストリート・エンジェルを探して」

「どうしてきみと彼女とのつながりが知られたんだ?」

「その子たち、もともとタズに疑いを持っていたんじゃないかと思うの。これまでの出来事をいろいろ考えてみるとね。それで、エスケープのアドレスがブックマークしてあったのを見て、点と点がつながったんだと思う」

クレイが顔を強ばらせた。「連中にとって好ましくない結論が出た、と」

「そういうこと。あの子のふりをしてログインしてきたのよ。わたしも最初は気づかなくて、もう少しでシェルターの場所を教えるところだった」

「でも、教えなかった?」

「ええ。すぐにおかしいと思ったから」

クレイが厳しい口調で言った。「わかったぞ、そういうことか。そいつらに脅されてるんだな?」

「ストリート・エンジェルをよく思ってないのは確かかね」ベイリーが彼の腕を握った。「お願い、怒らないで。わたしの仕事で気に食わないことがあるたびにかっかしてたら、わたしたち、うまくいくわけないでしょ」

クレイは手で頭をごしごしとかいた。「きみが危険にさらされていると思うと、居ても立ってもいられないんだ。もう我慢の限界だよ」

ベイリーは彼の顔を見つめた。「わかるわ、クレイ。よくわかる。わたしだってあなたにつらい思いはさせたくない。でも、仕事は辞めたくない……もうっ、どうしたらいいのよ」

「とにかく、そろそろ何かしら決断をしないとならない。それは確かだ。ソーンにばれた。父親に疑われている。ジョンも、ローリーも、エイダンも知っている……。秘密は守りきれていない、違うか？」

「そうね」ベイリーは彼を見つめた。

ここに至って彼女はついに認めた。クレイと仕事のどちらを取るべきか、自分が大きな決断を迫られていることを。

18

ラッセル・ビルディングの会議室は厳《いか》めしい。アンティークのチェリー材の家具、ペルシア絨毯、華麗なシャンデリアのほか、しゃれた造りの優美な品々で飾られている。すべては、来る者を怖じ気づかせるためだ。委員会のお歴々を目の前にして座るベイリーを見ているうちに、クレイの中に誇らしい思いがわき起こってきた。彼女はこの場に置かれても、まったく気後れしていない。それはそうだろう。刑務所時代には、これとは比べものにならないほど恐ろしい脅しの数々に耐えてきたのだから。

「ようこそ、ミズ・オニール」会議の始めに、チャック・スチュアートが言った。「ところで、きみは素性を明かさないようにしているようだが、ここにお集まりのみなさんにはばれているよ」彼は皮肉っぽい笑顔をベイリーに向けた。「きみはちょっとした話題の人物だからね」

ベイリーも同じく乾いた微笑みを返した。「でしょうね」彼女は慌てることなく、手を机の上で合わせ、落ち着いた様子で座っている。青いスーツは、クレイが初めてキスをした日に着ていたのと同じものだ。

スチュアートが続けた。「きみが来たのは、そちらの委員会のたっての希望とうかがっている。手順では、まず代表者である上院議員が各州の委員会の意見を述べることになっている。今日もそのとおりにするが、そのあとで例外を設け、きみに発言の機会を与えよう」

「どうもありがとうございます、上院議員」

「チャックでいい」下の名前で呼び合えば、上下関係をあまり感じずに済むというのだろう。チャックらしい気配りだ。「ではクレイ、始めてくれるかな」

彼女の向かいで、クレイが背筋を伸ばし、薄いファイルを配った。「わたしどもの考えはいたってシンプルです。お配りしたのは、新法による予算を手にするにふさわしいと考えるニューヨークの団体の全リストです。エスケープをはじめ、さまざまなシェルターやクリニックを挙げております。予算はこれらの団体で分配したいと思います」

「クレイ、きみはこれに賛成なのか？　ユース・ギャングに介入する社会福祉団体に対するきみの方針と抵触するようだが？」

「ええ、青少年犯罪対策法の予算は本来、こうした団体に渡すべきものですから。確かに、エスケープやその他いくつかのプログラムへの分配については反対しておりましたが、譲歩いたしました」彼はベイリーを盗み見た。納得したように、穏やかな表情を浮かべている。

「予算配分は、規模と場所とニーズによって決める。そういうことかな？」チャックが尋ねた。

「ええ。ただし、三〇万ドルだけは例外です。ガーディアンというシェルターについては、意見が割れたままです」

「それで、きみがここに来た。そうだね、ミズ・オニール?」

「ベイリーで結構です。はい、おっしゃるとおりです。それについては、こちらで最終決議をなさると理解しています」

「決定はわれわれの委員会がする」彼はクレイのほうを向いた。「どうぞ、続けたまえ」

「ギャングを抜けようとしている若者たちを受け入れるには、それなりの施設が必要です。ですから、ジェントル・ハウスのようなところに予算を回すことに賛成しました。それに、このような施設は、ギャング以外の青少年も利用することができます。ですがギャングのメンバー、つまり犯罪者の収容だけを目的にした施設の設立は、そうした場所を必要としている、罪を犯していない他の青少年に回すべき予算を奪うことになると考えます」

ベイリーの身体が硬直するのが、視界の端に映った。ほんの数時間前まで彼女の中にいたことが、クレイにはとても信じられなかった。たくさんある違いを全部忘れさせて、クレイ。彼はそうした。身も心もとろけるようなセックスで。

クレイはその後も、いかにも法律家らしく、自らの論を明晰《めいせき》に述べた。スチュアートがベイリーのほうを向いた。「なぜ専用のシェルターが必要なのか、理由を説明してもらえないかな?」

「ギャングの子供たちのために、もっと多くのことができるからです。ガーディアンのようなシェルターには、より早く抜けさせるために専門の訓練を積んだカウンセラーを常駐させます。敷地内には専用のクリニックも設置します。学校の役割も兼ねさせ、子供たちが授業を受けられるようにします。最終的には、職業訓練を行えればと思っています。ギャングに戻らずに済むよう、手に職を付けさせるのです。可能性は無限大です」

「どうしてほかのシェルターではだめなのかね?」トム・カーターがきいた。

「ギャングの子供たちに固有のニーズに応えるだけの財力、人力、スキルに欠けているからです」彼女はチャックの顔を正面から見据えた。「この新法と、これから提出する青少年犯罪の防止に関する嘆願書があれば、必要な予算を手にできると考えています」

クレイは、身体の中から怒りがふつふつと沸き上がってくるのを感じた。「犯罪者にそのような便宜をはかる必要はない」

「犯罪者ではありません。犯罪の世界から必死で抜けようとしている子供たちです」彼女は両手を机の上にばんとついた。「彼らは常習犯罪者にならないように、いまいる場所から抜けようとしているんです」

「きみが手を貸そうとしている子供たちが犯罪を起こしたことがないと、どうして言えるんだ?」クレイが問い詰めた。「警察の邪魔になるだけだ」

スチュアートが苦笑して言った。「なるほど、きみたちの衝突の原因がわかったよ」続いてベイリーに言った。「ガーディアンの運営はエスケープが?」

「かもしれません。細かな点については、予算をいただいてから詰めるつもりです」

「人員は足りるのかね?」

「なんとかなると思います」

今度はクレイが両手を勢いよく机についた。「どうせ、きみがへとへとになるまで走り回るんだろうが」

会議室がしんと静まり返った。その明らかに個人的な発言にベイリーも一瞬たじろいだが、すぐに切り返した。「あなたには関係ないことです、上院議員」

彼も応戦した。「おおありだ。われわれの予算なんだぞ。きみたちにむだに使われれば、われわれの損失になる」

委員会のメンバー全員が加わり、活発な議論が交わされた。三〇分後、スチュアートが言った。「もうこのへんでいいだろう。検討に必要な情報は揃ったと思う」彼はベイリーにうなずいた。「楽しい午前中を過ごさせてもらったよ、ありがとう」それからクレイのほうを向いた。「ふたりとも、少し残ってもらえるかな?」

ほかの人々が出ていったあと、スチュアートがふたりに向き直った。「おふたりとも、ご苦労だったね。今日ここで互いの意見を述べてもらったことに感謝しているよ。いろいろと複雑な思いもあるだろうに」

このマサチューセッツ州の上院議員は、その発言が見事に核心をついていることを知らない。

「ベイリー、ひとつききたいことがあるんだがね。ジム・スミスがＨＥＷに青少年犯罪を専門に扱うポストを作るために動いている。詳細はまだ決まっていないが、学校関係のことが中心になるだろう。彼はそこの責任者になれる人物を捜しているそうなんだが、きみには経験があるし、クレイによれば、学校で講演活動もしているそうじゃないか。どうだね、手を挙げてみる気はないかね?」

「はめたってわけ?」ふたりはクレイのオフィスに向けて早足で歩いていた。彼が無理やり引きずってきたと言うほうが近い。ベイリーは彼のそばを離れて、ひとりで考えたいと言った。彼女のいつものやり方だ。

「違う。チャックのあれは、わたしも何も聞いていなかった」

彼女は無言だった。

「信じてないのか?」

「何を信じたらいいのか、もうわからない」

彼らはジョーニーの机、続いてミカのオフィスを過ぎた。広報担当官は顔を上げ、驚いて目を丸くした。中に入ると、クレイは扉を閉めて机の前に行き、ベイリーのほうを向いてよりかかると、怒りをなんとか抑えようとした。まったく、彼女はどうしてこう腹の立つことばかりするんだ。「わたしのこと、信じてくれているものとばかり思っていたんだがね」

「クレイ、あのひとが勧めてきたのは、まさにあなたがして欲しいと思ってる仕事なのよ。管理職、しかもワシントンで。ギャングの子供たちとじかに接するのとは正反対のね」

「学校と協力する仕事は好きだろ? 学校に行くたびに、すごく充実した気になれるって言ってたじゃないか」

「それとこれとは別よ」

彼女を無視して、クレイは続けた。「ワシントンにはギャングの子たちのためにできることがたくさんあるって、前にも言ったはずだ」

「やっぱり、はめたのね」

「違う。それは誓うよ。だけど、もしそうだったらどうだっていうんだ。ベイリー、よく考えてくれ。これなら一緒にいられるっていうのがわからないのか?」

「また言わせたいわけ? わたしの大切なものを全部捨てて、でしょ?」

彼が眉をつり上げた。「全部?」

「そういう意味じゃないわよ」

彼の目つきが険しくなった。

「仕事と私生活の境をあいまいにしないで」

「そんな境はとっくにあいまいになってる。きみと寝た瞬間からな」

彼女は腕時計に目を落とした。「もう行くわ。あと一時間で列車が出るから」

彼はため息をついた。「わかったよ。こんなふうに帰って欲しくないんだ」なだめるような、親しげな口調になった。

「ええ、わたしだって。またぶつかってしまったわね」

「だからって、別れるとか言い出さないでくれよ」

「べつに理由なんて要らないでしょ」

「ベイリー」クレイは彼女に近づいた。

「よして。ここはだめよ」彼女はオフィスのほうをあごで指した。「まずい、でしょ？」

「そうだな。電話をくれるかい？」

「ええ」彼女は扉に向かい、取っ手に手をかけたが、肩越しに振り返った。「クレイ？」

「ん？」

「この週末、今日はともかく、昨日までは楽しかったわ、とってもね。ありがとう」

胸の前で腕を組み、彼は机の端に腰掛けた。「どういたしまして。わたしも楽しかったよ」

彼女がオフィスを出ていき、彼はひとり残された。心は相反する感情でいっぱいのままだ。スチュアートと組んではめたのではないかと疑われたことに対する怒り、いまだにうまくいくはずがないと言われることに対する悲しみ。クレイのほうには、彼女を手放すつもりなんてまったくないのだが。その一方で、信念を貫く彼女の意志の固さと、それに打ち込む熱意に対する尊敬の念もあった。もとをたどれば、クレイは彼女のそういうところに惹かれたのだ。でも、今度はそのせいで、彼女を失うことになるのだろうか？

いやだ！　それだけはぜったいにさせない。クレイは思った。彼女はもうわたしのものだ。法的にはまだだが。それに結婚にうんと言わせさえすれば、彼女だってなんとかしなければならなくなるはずだ。

「何ですって？」

「愛してるんだ」

ソーンは口をあんぐりと開けたまま、椅子にどさりと腰を下ろした。いつも冷静なこの首席補佐官がこれほど動揺している姿を見るのは初めてだ。「ストリート・エンジェルを？」

「ああ」クレイは机のうしろの椅子に腰掛け、息子のジョンと一緒に写っている写真をいじりながら答えた。本当はベイリーの写真も飾りたかった。ローリーのも。

「信じられません。土曜の晩に一緒だとは聞いていましたが、まさか愛しているとは」ソーンの目つきが鋭くなった。「いつからですか？」

「実は、七月からなんだ」

何かを思いついたように、ソーンが目を大きく見開いた。「彼女を黙らせるために、その関係を利用してるのではありませんよね？」

「違う！」

「彼女、このところ静かですよ、上院議員」

「それとこれとは関係ない。それにその言い方、まるでそうだと決めつけてるみたいじゃないか。失礼だぞ」

「そう聞こえたのでしたら、謝ります」

「当然だ。ソーン、きみはわたしのことをそんなふうに見てるのか？」

「いえ、そうではありません。先生が誠実なのは信じています。ただ、あまりにも驚いたものですから」

「実際、わたしもだ」

「おききしてもよろしいですか？」

「ああ」クレイは椅子にもたれ、両足を机の上に投げ出した。「最初に断っておくが、そんなに詳しくは答えられないぞ」

「どうしてこうなったんです？」

クレイは笑った。混乱した男の、まぬけな笑い声。「わたしがききたいくらいだよ。すべてが想定外だった。とにかく、すぐに好意を持った。あの日、ニューヨークに行ったときにな。関係を修復したほうがいいと、きみに言われたころだ。どういうわけか、向こうもそうだった。そのうちに抑えが効かなくなって、気づいたら好きになっていた」

「彼女の気持ちも同じだと？」

「ああ。ただし、なかなか認めてはくれなかったがな。それで、いまではこんな感じだ」

ソーンが眉間にしわを寄せた。「で、どこに向かうおつもりで？」

「どういう意味だ？」

「その関係の行き先は？」

「結婚したいと思っている」

ソーンがあごを固くした。「キャリア的に言いますと、それはよろしくありませんね」

「ソーン、言葉に気をつけたまえ」

「率直に言わざるをえません。彼女はシングルマザーです。結婚歴もない。前科がある。プレスは書きたい放題でしょう。それに、ふたりが敵同士なのは世間的にも有名です。マスコミの連中、大騒ぎしますよ」

「それはなんとかなるだろう、と思う。まあ、あまり心配はしていない」

首席補佐官は明らかに不満顔だった。

「リスクは承知のうえだよ。彼女は勤勉で、他人のために尽くす女性だ。エスケープは目を見張るほどの成果を上げている。マスコミも、有権者たちも、いつかわかってくれるだろう」

「なるほど。シンデレラ・ストーリー的な感じに持っていければ、うまくいくかもしれませんね」

クレイは首を横に振った。「だが世間に公表すると、ベイリーはもうエスケープで仕事ができなくなる」

「べつにいいじゃないですか。以前から、あそこはつぶしたいと思っていたんですし。彼女と、反ユース・ギャング対策の成果を一挙に手にできます」

「チャック・スチュアートが今日、彼女に言ったんだ。HEWの職員としてワシントンで働く気はないか、とな」

ソーンが言った。「彼女、受けるつもりは?」

「まるでない。かなり腹を立てていた。はめたのかときかれたよ」

「そうなんですか?」

「違う」髪に手をやり、クレイは天井を見上げた。「最悪なのは、彼女の身の危険が心配でならないことなんだ」

「エスケープの職員のことが心配だと、いつもおっしゃってましたからね。そのひとりが愛する方なんですから、さぞおつらいでしょう」

「そうなんだよ」彼はため息をつくと、ソーンにきいた。「なあ、どう思う?」

「政治的には、危険ですね。上院議員への再選のほうはなんとか大丈夫でしょうが、副大統領候補に選ばれる可能性に関してはかなり厳しくなると思われます。それに、ベイリー・オニールがセカンド・レディーというのは、うまく想像できません」

「彼女は共和党支持じゃないしな」

「首席補佐官として、はっきり言わせてもらいますよ、上院議員。彼女とお会いになるのはやめたほうがよろしいと思います」

「一〇年来の友人としては?」

ソーンはクレイの顔をじっと見つめ、そのいつも冷静なグレーの瞳で議員の胸の内を探った。「ここだけの話ですが、もしわたしが四五の独身で、だれかを好きになったのなら、なんとしてもその女性を手に入れようとするでしょう。ただ、なんだかいつもの先生らしくありませんね。彼女のほうは、先生のために生き方を変えるつもりがない、というふうにも聞こえますが」

どうしてわたしばっかり犠牲にならなくちゃいけないのよ?

「彼女、そのつもりは?」

「ないと思う」

「つまり、ほかに選択肢はないと?」

「たぶんな」

そう思うと、クレイはこれ以上ないほど悲しくなった。

その日の午後四時、重たい気持ちのまま、ベイリーはパブの扉を開けた。気持ちをすっきりさせるはずの週末だったのに、クレイとの時間は問題をいっそうややこしくしただけだった。スチュアートが投げかけた、ふたりの関係を壊しかねない言葉が彼女の耳にまだ残っていた。

ジム・スミスがHEWに青少年犯罪を専門に扱うポストを作るために動いている……学校関係のことが中心になるだろう……手を挙げてみる気はないかね?

ローリーは座ってキャスリーンとお絵かきをしていたが、母が入ってきたのを見ると椅子から飛び降りて走り出し、彼女を床に倒さんばかりの勢いで抱きついてきた。「ただいま」ベイリーは愛おしげにキスをし、息子をしっかりと抱きしめた。「会いたかったわ」

「ぼくも。あのね、キャンプ、すごかったんだよ。へびとか、あらいぐまとか、あとビーバーもいっぱいいたんだ」

彼女は息子に微笑みかけた。「ママにもっと聞かせて」ふたりはスツールに腰掛けた。息子が話しているあいだも、彼女はぼんやりとクレイのことを、これからどうなるのかということを考えていた。「ママー、クレイはげんき?」

「え? ええ。元気よ。でも、それはしゃべっちゃだめ。まだ秘密にしておきたいの」

ローリーが絵を手渡した。「ジョンにあげて」

「わあ、えらいわ、上手ね」彼女はその絵をじっと見つめた。棒のような人物だが、ヤンキースのユニフォームに背番号2と書いてあるから、かろうじてジーターとわかる。「ジョンもジーターが好きなのよ」

バーの中に人影を感じて彼女が振り向くと、しかめっ面のパトリックが立っていた。「よお、おかえり」彼は身を乗り出して、ベイリーの頰にキスをした。ローリーがスツールを滑り降り、彼女は絵を裏返した。

「楽しかったか?」パトリックはグラスを洗い始めた。

「ええ、まあね。仕事ばかりだったんだけど」

「そうか」

「何よ?」

「金曜に出ていったまま、こっちに電話とか、連絡は一切なし。さぞかし忙しかったんだろうな」

「何よそれ。何か言いたいことがあるんじゃないの?」

「ああ、あるさ」彼は両手をバー・カウンターについた。「男といたんだろ？　おまえがだれかと付き合ってる証拠は見た。あの朝、階段のあちこちにな」彼女は黙ってパトリックの顔を見ていた。「なあ、どうしたんだよ？　いつもなら、何でも話してくれるだろ。いろんなことをさ。なのに、そいつが現われたとたん、ひと言もなしか」

ベイリーは大きな喉仏の長男を見つめた。兄がそう言うのも無理はない。

「おれとリアムとディランの考えでは、そいつは結婚してる、だろ？」

「違うわよ！　結婚してる男性を相手にするなんて。そんなばかなこと、するわけないでしょ。お父さんを見てきたんだから」

パトリックの目が険しくなった。オニール家のきょうだいのなかで、父の浮気で最も大変な思いをしたのはパトリックだった。「だったら、なんで隠すんだよ」

ベイリーは大きく唾を飲み込んだ。もううんざりだ。いいわ、どうにでもなれよ。「クレイトン・ウェインライトを愛してるの。ねえパディ、お願い、怒らないで。うるさく騒いだりしたら、わたしも大声を出すわよ」

パトリックは彼女をじっと見つめた。その青い瞳が信じられないと言っている。彼女はスツールの上できまり悪そうにした。

「そうか」彼がようやく口を開いた。「隠してたわけがわかったよ」

彼女は空気の抜けた風船のようにへなへなとなった。目に涙が溢れてきた。

「おい、どうしたんだよ？　あいつの気持ちは違うのか？」

「そうじゃないの」彼女は首を左右に振り、ぐっと涙をこらえた。「結婚してくれって」

「本当か」

「でしょ。想像できる？　わたしが政治家の妻よ」

パトリックは太い声で腹の底から笑った。「ワシントン中がぶったまげるだろうな」

「わたしじゃ合わないわ」

「なんで？」

「だって、刑務所に入ってたのよ」

「あいつが入れたんだろ！」

「子供がいて、結婚していない」

「関係ない。立派に育ててるじゃないか」

「それに、うちはパブをやってる。あのひととは生きてる世界が違うのよ」

この言葉に、兄の怒りが爆発した。瞳が怒りの炎に燃えているのがわかる。「おまえ、恥ずかしいと思ってるのか？　おれたちのこと、うちの家族のことを」

「そんなわけないでしょ。大好きよ、いまのままのみんなが」

「なら、問題はおまえとあいつの関係ってことか」

「そういうこと。とにかく合わないの」

彼はタオルを手に取ると、やけに丁寧にたたみ始めた。「そういうの、よくわかるよ」ベイリーは身を乗り出し、兄の手に触れた。「ブリーとの関係、よくなってないの？」

「あいつ、昨日の晩デートしたらしい。キャスリーンがぽろっと漏らしたんだ」

「パディ……」

「先週、言われたんだ。別居するって言い出したのはあなたよ、それにあなたは石頭過ぎる。だからほかの男を探すかもしれないって」

「ブリーがそんなことを言うとは思えないけど」

パトリックが顔を紅潮させた。「おれ……取り乱してしまって。おれはただ……」兄は脇に目をそらした。「くそっ、ひどいもんだな。おれは体でごまかそうとしたんだけど、そしたらあいつ、猛烈に怒りだしてさ。これで何もかもうまくいくと思うなんて、あなたは単純すぎるって」

「パディ、そんなこと……」

「いや、そうなんだ。これで落ち着く、また元に戻れると思ってた。その結果が、デートだ」

「かわいそうに」

「好きな相手と合わないってのは、ほんとにきついよな」

「そうね。それに、こっちの場合、わたしとあのひとの問題では収まらないのよ」

「どういうことだ？　話してみろよ」

彼女はエスケープを辞めないとならないかもしれないことについて話した。

「そうか、あいつのおかげであそこと離れてくれるんだとしたら、それだけでもその関係を祝う価値はあるな」

「何の関係だって？」

ベイリーが振り返ると、リアムとディランが家族で夕食をとるために店に来ていた。

パディが彼女を見やった。どうするんだ、という目をしている。兄さんの言うとおりだ。いつまでも家族に隠してるわけにはいかない。「わかったわ、ねえ、みんなに話があるの。でも、もしも怒ったりしたら、もう一生何にも言わないからね」

クレイのことを兄たちに打ち明けながら――大騒動にはならずに済んだ――ベイリーは彼との関係がどんなに深くなっているのかをあらためて実感した。みんな、パディと同じく彼女のことを思い、不承不承ながらも受け入れてくれた。だが、うまくいくかどうかについては、全員悲観的以外の何ものでもなかった。

それはベイリーも同じだった。

「一八件の新しいメッセージがあります」タズは携帯をじっと見つめた。これももう捨てるんだ。シンボルカラーやナイフのほか、ギャング関係のものと一緒に。

タズ、あの子たちはもう仲間じゃない。あなたを置いてきぼりにしたのよ。

GGズのジャケット、スカーフ、バンダナをひとつずつ、時間をかけて紙袋に詰める。もうシンボルカラーを身につけることはない。クスリもやらない。ゴタゴタに巻き込まれることもない。

ありがたいことに、まだ手は汚してない。だれかをバラしてたら、この先誇りを持って生きていくなんて、ぜったいに無理だった。

タズ、新しい人生を始められるのよ。本当のあなたに、なりたいと思ってる自分になるの。ロチェスターには、あなたに手を貸してくれるひとたちがいる。

ちょうど携帯を袋に入れようとしたときに、着信があった。だれだ？　発信者を確認する。どうしよう？　べつに仲間に別れぐらい言ったっていいだろう。「もしもし」

「よお、タジー。どこにいんだよ？」

「あたしはもう抜けたんだよ、メイズ」

「何だそれ？」

「街を出る」

「おいおい、何言ってんのさ。おまえがいないと困るんだよ」

「メイズ、てめえ逃げただろ。あのくせえ路地で血を流してたのに、さっさと消えやがって」

「戻ったんだぜ。でも、もういなかったんだよ」沈黙。「だれが来た？」

「だれも来てねえよ」

「あの女、だろ？」

「はあ？」

「ストリート・エンジェル」

ウェブサイトにログインしてきたのよ。

「ストリート・エンジェル？　知らねえよ」

「コンピューター、見たんだよ」

「だから？」

「知ってんだよ。なあタズ、戻ってきなよ。べつにそのことでごちゃごちゃ言ったりしないからさ」

あんた、大丈夫なのか？　タズはストリート・エンジェルにきいた。

ええ、わたしの素性もエスケープの場所も秘密にしてるから。

でもやっぱり、気をつけるに越したことはない。「何言ってんだか、さっぱりわかんねえよ」

「あの女の手を借りねえで、街を出られるわけねえだろうが」メイズの口調が刺々しくなった。

「フロリダにいとこがいる。金を送ってもらった」

「いまどこだよ？」

「どこでもねえよ。なあ、もう切るよ。この番号も、もう使わねえから」タズは突然、自分がとんでもないことをしようとしていることに気づき、その重圧に押しつぶされそうになった。「元気でな、メイズ。クインにもよろしく伝えといて」

「地獄へ落ちやがれ、このちくり野郎。たれ込むようなまねしやがったら、ぜったいに捕まえてやるからな」電話は切れた。

ちくり——密告者。たれ込む——だれかを売ること。まいったな。タズは左右に首を振り、携帯の電池を外した。それを袋に投げ入れて、ごみ捨て場に向かった。これまでのギャングとしての生活が詰まったその袋をスティール製の大きな容器の中に放り込み、彼女はつぶやいた。「まったく、何やってんだか」

チャック・スチュアートが時計に向かってうなずいた。「今日中に済ませてしまいましょう。休みも近いし、みんな早くご自宅に帰りたいでしょうから」

青少年犯罪対策特別委員会は、各州の特別委員会の報告を聞き終えていた。ほとんど各州の特別委員会の提案が通った。ついにニューヨークの予算について決議の時が訪れた。

「次はクレイのところか」スチュアートが肩をすくめた。「クレイ、正直なところ、ベイリー・オニールの説明は的を射ていたと言わざるをえない。このシェルターが必要だというのは、わかる気もするんだがね」

クレイはしばらく黙ったまま、ほかの委員たちに話させた。キャロル・ジェンキンスが発言した。「わたしもチャックと同じ気持ちです。第一に、損失を気に病むほど大きな額ではありません。第二に、ミズ・オニールのシェルターはこの類の施設を試す見本《プロトタイプ》にできます。うまくいけば、今後に生かせます」

ベイリーをモルモットにするんだろ。

もっとも、自分から進んで実験台になるモルモットだが。

ほかの委員も意見を述べた——大半はベイリーの考えを支持するものだった。トム・カーターはジェーンのことでまだ腹を立てており、何も発言しなかった。スチュアートがクレイのほうを向いた。「この件について、最も活発に意見を述べていたのはきみだ。採決の前に何か言いたいことはあるかね？」

クレイは深呼吸をした。何度も繰り返し考えた。先週の月曜日にベイリーが帰って以来、ずっと。彼は委員会のメンバーを見渡し、それからチャックのほうを向いて言った。「ええ、あります。彼女に予算を与えてください」

驚いて、チャックはクレイをまじまじと見つめた。「またどうして気が変わったのか、理由を説明してくれないかな？」

彼女のことを愛していて、彼女に幸せになって欲しいからです。

いや、それだけじゃない。「はい。ひとつには、特別委員会で彼女に根負けしたからです。いい考えを次々にぶつけられましてね。考え自体は、どれも問題ありません」彼はため息をついた。「ただ、わたしの意見とは合いません。ですが、この法案の予算は社会福祉団体に行くべきものですし、いずれにしろ、ユース・ギャングのために使われます。彼女はその専門家です。ですから、彼女に使わせるのが妥当かと」

「何と言ったらいいのかな。言葉がないよ」とチャックが言った。「まあとにかく、これが通ったら、ＨＥＷの職を受けるように彼女を説得してくれないか？」

「それについては何とも」

会議が終わり、クレイは自分のオフィスに急ぎながら、今週ベイリーと交わした会話のことを考えた。どれも穏やかで、ぎくしゃくした感じはまるでなかった。あんなふうに別れたことを考えると、驚きだった。

オフィスに着いた。スタッフはほとんど残っていない。扉を閉めると、彼は机に向かい、彼女の電話番号を押した。

一度目のコールで彼女が出た。「オニールです」急いでいるようだった。

「ベイリー、タイミングが悪かったかい？」

「こんにちは、クレイ。ええ、ちょっとね、もうすぐ出るところなの。でも、電話をくれて嬉しい。今晩は電話できそうにないから」

「どうして？」

「タズの引っ越しよ。細かいことをあれこれ決めたりして、ずっとバタバタしてたんだけど、ようやく準備できたの」

彼は沸き上がる怒りと格闘していた。「きみ《ヽ》が《ヽ》あの子を連れていくのか？」

「わたしとジョーとロブでよ」彼が何も言わないので、ベイリーは付け足した。「クレイ、ジョーは元警官よ。前にもやったことあるし。大丈夫よ」

ギャングの連中を相手にしているんだ、大丈夫なわけないだろ。そう思ったが、口には出さなかった。「わかった、じゃあまた」

「用があったんじゃないの？」

「ああ……まあね。いい知らせがあって」

「教えて。それを聞いたら、元気が出るかもしれないわ」

「ガーディアンの予算案、通ったよ」

ガン、ゴン、ゴト、と大きな音がした。「ベイリー？　スウィートハート、大丈夫かい？」

ガサガサというノイズ。「ごめんなさい、電話を落としてしまったの。あんまりびっくりしたものだから」彼女は言いづらそうにきいた。「委員会のひとたちに反対されたの？　そうだったら、残念ね。あの、ええと、ほんとは残念じゃないんだけど、もしこれであなたの評判に傷がついてしまうとしたら、申し訳なくて」

「ベイリー、みんなはわたしの意見に賛成してくれたんだ」

長い沈黙。「どういうこと？」

「きみに予算を与えるほうに賛成したんだ」

さらに長い沈黙。それからかすれた声が聞こえてきた。「クレイ、ありがとう。本当に嬉しいわ」

「ああ。きみのためにしたんだ」彼はほかの委員の意見について話して聞かせた。

「ちょっと待っ――」彼女が電話を離れてだれかとしゃべり、また戻ってきた。「もう行かなきゃ。車の準備ができたの。ごめんなさい、ほんとは全部聞きたいんだけど。ロチェスターから戻るのが遅くなかったら、電話するわ」

「オーケー、じゃあ気をつけて」

「愛してるわ、クレイ」彼女がささやいた。「後悔しない?」

「しないことを祈るよ。ほら、もう行ったほうがいい。愛してるよ」

頭の中をさまざまな考えがぐるぐると渦巻くなか、ベイリーはニューヨーク方面に向かって次々に過ぎ去っていく州間道路九〇号線の緑色の看板を眺めていた。運転席のカー・オーディオのCDからはメロウなソウル・ミュージックが流れ、助手席のロブがそれに合わせてハミングをしている。運転はジョー、タズはベイリーの隣で眠っていた。

オールバニーを通過する……。

わたしのシェルターに賛成票を投じるなんて、どうして?

彼はあなたを愛してるからよ。

わたしへの気持ちを優先して、自分の信念を曲げてくれたの? 本当にそんなふうに譲歩してくれたの?

ユーティカの町を越える……。

わたしたち、これからどうなるんだろう?

……HEWに青少年犯罪を専門に扱うポストを作るために動いている……手を挙げてみる気はないかね?

クレイと毎日一緒にいられるかもしれない。それはぜったいに叶わないと思っていた夢のような話だ。でも、この仕事を手放せるの？　彼女は横を見やった。タズは隣でぐっすりと眠っている。今日はふつうのリーヴァイスのジーンズに赤いセーター、どこにでもあるブーツという格好だ。髪はひっつめずに緩やかなカール、メイクはしていない。彼女が寝返りをうち、セーターがまくれた。高速道路の明かりのなか、腹に何かがあるのが見えた。身をかがめてみる。タトゥーだ、三つ叉《ピッチフォーク》の。ベイリーは息をのんだ。

「どうした？」助手席のロブがきいた。

「この子のタトゥー、モイラのと同じ」

「そうか」

記憶が洪水のように蘇ってきた。姉が一緒に住むことになったときのこと。同じ部屋で枕を並べたこと。打ち明け話、ふたりだけの秘密。そして、モイラは死んだ。ギャングの子らのせいで。

もうシラキューズだ……。

ベイリーは周りを見た。この仕事を愛している。子供たちを助けるのは大好きだ。でも、何かが足りない。その何かをクレイが埋めてくれた。

「ねえ、もうこんなのうんざりって思ったことない？」しばらくして、彼女は前の席に座るふたりに尋ねた。

「ほとんど毎日さ」ジョーがぼそっと言った。

「きつい仕事だよ」ロブがジョーと視線を交わした。「きみは？」彼がうしろを振り向いた。

「ときどきね」

ジョーが言った。「おまえはまだ若い。小さい子供もいる。辞めたからといって、だれも責めないぞ」それからバックミラー越しに、彼女と目を合わせて続けた。「だけど、あいつと一緒っていうなら、話は別だけどな」

背もたれに寄りかかり、ベイリーは目を閉じた。もう、へとへとだった。こんなふうにへとへとに疲れているのを見るのはいやなんだ。わたしが夫なら、そんなことさせないようにへとへとにベッドに縛りつけておくね。

「ベイリー？　起きろよ」

ベイリーはびっくりして飛び起きた。「クレイ？」

「ちぇっ」ジョーが言った。

「クレイって？」タズがきいた。

「着いたぞ」ロブが言った。

「眠っちゃったのね」彼女はみんなと一緒に車を降りた。夜の冷たい空気の中、きらきらと輝く星の下で、タズは周囲を見渡した。「郊外みたい」

「そうよ」ベイリーも周りを見回した。

低い、二階建ての家並みが広がっている。壁は白く、シャッターは赤い。芝はきれいに刈られている。建ち並ぶ家はどれも少し古いが、手入れは行き届いている。この郊外の小さな町ゲイツで、タズは一〇〇〇人もの生徒を抱えるマンモス高校に通う。平均的な、労働者階級の家庭の子供たちと一緒に。

「なんで街じゃないの？」

ベイリーはタズの腰に手を回した。驚いたことに、彼女は今日、その愛情表現を素直に受け入れてくれた。「ここがあなたの場所だからよ。誘惑もない。ロチェスターにはギャングもいるけど、郊外にはまずいない。郊外のひとたちはそういうのが入るのを嫌う。ゲイツ学区は、このあたりでもそういう意識がいちばん高いの。それに、ここにはわたしの知ってるカウンセラーがふたりいる。ふたりともギャングを抜けた子の扱いには慣れてるわ」

「あたしのこと、本当にだれも知らないんだよね」

「そう。今日からは、わたしもうちのスタッフも連絡を取らない。あなたの過去を知ってるのは、そのふたりのカウンセラーだけ。といっても、ごく基本的なことだけね。そのひとたちだって、新しい名前しか知らない。タマラ・ゴリンドよ」

玄関の扉が開いた。出てきたのは男と女、ふたりとも五〇前後だ。男は長身で禿げている。女は小柄だ。

彼らが近づいてきた。ベイリーがささやいた。「ふたりとも学校の先生なの。タズ、大丈夫よ、いいひとたちだから」

タズがベイリーの手を握った。「ストリート・エンジェル、本当に信用していいんだよな？　そうだよね？」

「ええ、タズ、大丈夫よ。ここには、あなたを傷つけるひとはだれもいないから。さあ、行きなさい。コンクリン夫妻のところに」

19

「愛してるわ。あのこと、ほんとに、ほんとにありがとう」

一瞬、クレイは何が〝あのこと〟なのか、思い出せなかった。「ん？」

ベイリーはクレイの下腹部へのキスをやめ、視線を上げると、彼の顔を見つめた。彼女のスカイ・ブルー色の瞳はきらきらと輝き、豊かな髪は美しい波のように裸の肩に広がっている。一糸まとわぬ姿、身体のどこもかしこも美しい。「わたしのためにしてくれたことよ。すごく驚いた、ほんとに嬉しいの。ガーディアンの予算を通してくれたこと……」

いたずらっぽく、彼はベイリーの頭を押し戻した。「何だ、いまじゃなくてもいいじゃないか」

彼女はおかしそうにくすくすと笑い、また奉仕に戻った。至上の喜びだ。そのあとで、クレイはベイリーを三回クライマックスに導いてから、ようやく彼女を解放してあげた。

ベイリーは彼の胸の中で丸まり、彼の匂いを吸い込み、まだ汗ばんでいる胸を手で撫でた。

「どうして、そうしてくれたの？」

彼女がタズをロチェスターに送り届けてから、彼がニューヨークにやってくるまでのあいだ、ふたりは時間がなくてまだ話していなかった。再会するや、彼らはベッドに直行した。つながりを求めて、確認したくて。

「基本的には、委員会で言ったとおりなんだ。きみの粘り勝ちさ。でも、いちばん大きいのは、きみの言うことにも一理あるってわかったことかな。正しいのはひとつだけ、つまりわたしの考えだけじゃないって気がついた。ガーディアンをやってみるべきだと思う」

「クレイ、ありがとう、すごく嬉しいわ」

「ただ……」

「何？」

クレイは彼女の腕にそっと触れ、指を上腕まで走らせた。心地のいい感触だ。「もう大勢のひとにばれてる。ソーンには白状するしかなかった。きみのお兄さんたちも知っている。お互いの子供たちも。みんなに知れ渡るのは時間の問題だ」

「それは、わたしも考えていたの。風評のほうはなんとかなると思う。わたしの過去のことはあるけれど、たぶん……。それに、〝ふさわしい〟女性がいなくても当選してる上院議員はたくさんいるしね」

「きみはぼくに〝ふさわしい〟女だよ」ため息をつくと、彼はベイリーの髪にキスをした。

「ソーンのやつ、シンデレラ・ストーリーだってさ」

「かもね」

「問題はほかにもある。わたしとのことできみの顔が割れたら、今度はきみの身が心配だ。

若者をたくさんギャングから抜けさせてきたんだろ？　昔の仲間連中が黙ってないんじゃないか？」

「心配なのはタズの仲間ね。ほかの子たちはもう大きくなっている、仲間の子たちもね。それに、警察が解散させたギャングもいくつかあるし」

沈黙。「あの子から連絡は？」

「ないわ。来ないと思う。問題がない限り、ホスト・ファミリーは連絡してこないから」彼女は反転してうつぶせになると、肘をついた。「クレイ、ひとつ考えがあるの」

「何？」

「ガーディアンも、場所は秘密にするでしょ。虐待を受けた女性用のシェルターと同じで」

「だね」

「わたし、そこでなら働けるんじゃないかしら。いわゆるストリート・エンジェルは引退する。姿をくらませて、もう子供たちと直接話したり会ったりすることもなくなる。それでしばらくしたら、わたしたちのことが公になっても、もう大丈夫なんじゃないかと思うの」

「本気なのか？」

「ええ。ギャングから子供たちを抜けさせてやりたいっていう思いは満たされるし、そっちのほうが安全だわ」

「いいね、それならうまくいくかもしれないな。警察はＧＧズとアンスラックスをつぶしにかかっているようだから」

「警察が捕まえられなくても、タズがいなくなった以上、メイジーたちはこっちのレーダーには引っかからないと思う。いまはとにかく様子を見るしかないわ」

「わかった。何かがわかるまで、この関係はまだ黙っておこう」

ベイリーは彼の腕の中で丸くなった。「愛してるわ、上院議員」

「わたしもだよ、ストリート・エンジェル。ぜったいに放さないからね」

「嬉しい」


エスケープを辞めると決めたことで、彼女の心は晴れやかだった。クレイとの関係がうまくいくかもしれないと初めて思えた。一一月の最初の一週間、彼女はうきうきと楽観的な気持ちで過ごした。しかも活力源はもうひとつあった。今週はずっと、まるで岩のようにぐっすりと眠れている。理由は、毎日クレイに会っていることだ。ふたりのセックスは信じられないほど素晴しかった。

お気に入りのライト・ブルーのコットンセーターに黄褐色の真新しいジーンズ、秋用の厚手のジャケットという姿で、彼女は翌朝、口笛を吹きながらエスケープに入った。スーズとジョーとロブが彼女を待ち構えていた。彼女は自分のオフィスの戸口で足を止めた。「どうしたの？　だれか宝くじでも当たった？」

「当たったのはあんただよ」スーズが言った。

「どういうこと？」

ジョーが言った。「昨晩、でかい手入れがあった。タズとアンスラックスのメンバーとのちょっとしたいざこざが、グループ同士の縄張り争いに発展したらしい。その噂を警察が聞きつけて、大げんかが始まったところに駆けつけた。で、連中を一斉に検挙した。アンスラックスもGGズも。メイジー・レノンも捕まったそうだ」

「ほんと？　じゃあ、タズはぎりぎり間に合ったってこと？」

「ああ、そういうことさ」ロブはやれやれと言うように小さく首を振った。今日は少し疲れているようだが、彼の茶色の目は嬉しそうに輝いた。「もう少し遅かったら、あの子もその場にいたかもしれないんだ。ぼくたちが救ったんだよ」

「ほんとに嬉しい。何て言ったらいいのかわからないわ」彼女は早くクレイに報告したくてたまらなかった。「それで、警察はこれでどちらのギャングもつぶせるって考えてるの？」

「おそらくな」ふだんは暗い陰を宿しているジョーの瞳も、ぱっと明るく輝いた。「もちろんまた別のが出てくるだろうけど、少なくともあのふたつはこれで勢力ががた落ちだろう。じきに散り散りになるね」

「よかったあ」ベイリーは椅子に身体を沈め、ジャケットを脱いだ。

「で」と、ロブがこともなげに言った。「これは、きみと上院議員にとってもいいニュースなんだろ？」

ベイリーは三人の友人をじっと見つめた。「すごくね。もしあのギャングがなくなったんなら、彼とのことがマスコミに知られたとしても、わたしの身の危険はかなり減るから」彼らの顔から視線を外さずに彼女は続けた。「わたしがガーディアンに専念して、みんながここを引き継いでくれたら、もっと」

ロブが胸の前で腕を組んだ。「そうなったら、ストリート・エンジェルを引退しなくちゃならなくなる」

「わかってる」

ジョーがかぶりを振り、くるりと背を向けると、部屋を出ていった。

彼女は残りのふたりを見た。「あれ、どういうこと？」

「あいつ、ウェインライトがきみにしてきた仕打ちが気に食わないんだよ。とくに、刑務所に送ったことがさ。で、きみはいま、あいつとくっついてる」ロブはため息をついた。「みんな、心配してるんだよ。あいつがきみをうまく、その……利用して、いまのきみがしているように仕向けてるんじゃないかって。エスケープを辞めさせようとさ」

彼女は顔がかっと熱くなるのがわかった。「そんなことしてないわよ。それに、エスケープはわたしがいなくても続くでしょ」

ロブの疑り深そうな表情を目にして、彼女は付け足した。「ロブ、わたしね、彼のことを愛してるの」

いつものごとく、ロブは考えてから口を開いた。「で、向こうも同じ気持ちだと？」

「ええ」

「ほんとか？」

「クレイを信じてる。ふたりには将来があるって心の底から思ってる。わたしにエスケープを辞めさせるためだなんて、そんなことあるわけないわ。ぜったいに違う」

「わかった、わかったよ。一応聞いておきたかっただけさ。ちょっとジョーと話してくるよ」

彼が出ていくと、ベイリーはスーズのほうを向いた。机の引き出しを引っかき回している。

「スーズ、あなたもクレイのこと疑ってるの？」

彼女は顔を上げなかった。「あたしはだれも信用してないよ」そう言うと、別の引き出しを勢いよく開けた。

ベイリーは黙って彼女を見ていた。

スーズが肩越しに振り返った。「ねえ、聞きなよ。あいつの気持ちがいちばんわかるのは、あんただろ。それよりか、あたしにはあんたが出ていくほうがショックだよ」彼女は引き出しを閉めた。「それと、くそタンポンが見つからないのがさ」

「持ってるわよ」ベイリーは立ち上がり、自分の机に行くと、引き出しから紙袋を取り出した。「はい」

スーズがそれを受け取って言った。「サンキュー、命の恩人だ」そして、中からタンポンの包みを出した。「これ、開いてないけど」

ベイリーは眉をひそめた。「買ったけど、まだ要らなかったのかな」

スーズがトイレに行ってから、ベイリーは顔をしかめた。タンポンを使ってないのは生理が来てないからだ。でも、べつに珍しいことじゃない。ベイリーは生理不順で、二月の天気と同じくらい予測不能だ。だから、彼女はカレンダーに生理が来た日のしるしをつけている。

動悸が少し速くなった。机の前に座り、カレンダーをめくる。一一月、一〇月。日付の下の小さな四角い枠にチェックがあるかどうか確認する。ない。思ったとおりだ。九月まで戻ってようやく、一日から四日にしるしがついているのを見つけた。

九月の初めから来てないの？　ちょうどそのころからクレイと寝てる。まあ大丈夫よ、何でもないわ。前にも二カ月来ないことはあったし。うん、心配したって始まらないわ。

ベイリーはコンピューターに向かい、ユース・ギャングの活動記録の画面を出し、アンスラックスとGGズの最新情報を入力した。そして、メイジーとGGズのほかのメンバーが捕まったことについて考えた。いいことずくめだ。タズにとっても。わたしとクレイにとっても。この街にとっても。

ベイリーはカレンダーをぼんやりと眺めた。彼と寝るようになってまだ二カ月しか経ってないなんて、嘘みたいだ。アパートの玄関口で始まった最初の晩のことが鮮やかに浮かんでくる。避妊は毎回してたかな？　たぶん大丈夫よ。でも、ひょっとしたら、してなかったんじゃ？　いいえ、平気よ。知合いのなかでも、わたしぐらい不順なひとはいなかったわ。昔はよく、友だちにからかわれてたじゃないの。

彼女はコンピューターに向き直り、シェルター用にブックマークしておいたサイトをいくつか呼び出した。クレイにガーディアンへの予算を認めてもらって以来、熱心にチェックを続けているサイトだ。予算のことを思い出し、彼女の顔に笑みがこぼれた。サイトのダウンロード中、手をお腹に当て、軽く押してみた。もしクレイの赤ちゃんを妊娠してたら、嬉しい？ 悲しい？「ばか、ばか、何考えてるのよ」彼女はひとり言をつぶやいた。そんな兆候はない。まったくのゼロだ。

一五分ほど仕事を続けたあたりで、彼女はふと思い出した。ローリーのときも、それらしい兆候はなかったんだったわ。何ひとつ。あらら、ひょっとして本当かも？ だとしたら、どうしよう。

クレイはキッチンでパスタ・ソースをかきまぜていた。ご機嫌で、懐かしのヒット曲を少し調子っぱずれにハミングしている。「きみはぼくのもの《アイ・ガット・ユー・ベイブ》さ……」GGズ逮捕のニュースをさっき聞いたばかりだった。ベイリーに知らせてやろうとすぐに電話したが、彼女の携帯の電源は切れていた。エスケープにかけると、ロブが出て、もう帰ったと言われた。

たぶん、リラックスできる服にでも着替えに戻ったんだろう、とクレイは思った。セクシーな服に。べつにいいのにな。服なんかなんでもいいから、早く来て欲しかった。でも、彼自身は赤い長袖のポロシャツを選んでいた。瞳の色と合ってて素敵よ、と彼女に言われたシャツだ。

ダイニングルームに行き、テーブル・セッティングの仕上げをした。このあいだ見つけたきれいな陶器とクリスタルを並べる。以前からあったのだが、すっかり忘れていて、一度も使ったことがなかった。キャンドルを置き、イージーリスニングのCDを入れたところで、ドアベルが鳴った。

クレイは玄関口に急ぎ、扉を勢いよく開けた。「こんにちは、ラブ」ベイリーの腕を引いて中に入れると、ジャケットを脱がせ、熱いキスをした。彼女はしっかりと抱きついてきた。いつもよりも強く。きっと、ふたりの未来が今日大きく変わったことを知っているんだ。クレイはそう思いながら身体を離した。青いセーターが彼女の瞳の青をいっそう際立てている。

「知ってるかい？」

ベイリーの顔がぱっと輝き、目が丸くなった。「知ってるって、何を？」

「GGズのことだよ」

「ええ、とってもいいニュースよね。タズ、間一髪で間に合ったのよ」

少しむっとして、クレイが言った。「とってもいい理由は、それだけ？」

「え？」

彼はベイリーの顔をじっと見下ろしながら思った。どうしていつもエスケープが第一なんだ。「逮捕されたのはわたしたちにとって素晴しいことだから、それで喜んでるのかと思ったんだが」

彼女は顔を見上げて言った。「ごめんなさい、ちょっと気が動転してて」

なぜだかわからないが、クレイは無性に腹が立ってきた。恋人同士として、ふたりの将来を祝って、彼女がもっと喜んでいるに違いないと思っていた。GGズのメンバーたちが捕まった以上、もう秘密にする必要はないというのに。彼はベイリーに背を向けると、ミニバーに行った。ひとりで勝手に想像して怒り出さないように、必死で自分をなだめながらきいた。「ワインは?」

「やめておくわ。とりあえず、いまは」

もうこれ以上いらいらさせないでくれ。クレイはなんとか冷静になろうとしたが、結局、言葉に出てしまった。「それで、このGGズの件が大ニュースなのはタズのことがあったからで、それ以外はたいして意味はないと?」思ったよりも、棘のある言い方になった。

「え? いいえ、もちろんそんなことないわ」

氷が彼のグラスにあたり、からんと音を立てた。「どうしていつもそんなに熱心なんだよ」

背後に彼女が歩み寄ってくるのがわかる。ベイリーは背中にそっと寄りかかった。「わたしの態度が気に食わないんでしょ?」彼女の声に面白がってるような響きが感じられ、クレイは余計にむっとした。

彼は肩をすくめた。まるでむくれている男の子のような気分だった。

「ごめんなさい。でもね、もっと大事なことが起きたの」

彼はスコッチのボトルの封を開けた。「またか」彼が酒をグラスに注いでいるあいだに、ベイリーが脇をまわり、サイドボードの上に何かを置いた。「何だよ、それ?」

「よく見て」

クレイはそれを手に取った。EPT? 彼が顔をしかめた。「EPTって何の略だ?」次の瞬間、彼は心臓が止まるほど驚いた。「妊娠検査キットか？」

「そういうこと」

クレイはカウンターを回って部屋に行き、その箱を手に取った。しばらくぼんやりと眺め、それから彼女を見つめた。「封が開いてないが」

「ええ」彼女は笑顔を浮かべていた。

「意味がわからない」

「そんなに察しの悪いひとには、有権者は投票しないわよ」

クレイは笑わなかった。「いったい……どういうことだ？」

彼女の眼差しが真剣になった。「九月の初めから、生理が来てないの」

「もう一一月だぞ」彼が眉をひそめた。「そういえば、生理のときがなかったな。でも、会ってないときに来てたんじゃないのか」眉間のしわがさらに深くなる。「おかしいと思ってたのに、わたしには黙ってたのか？」

ベイリーが首を振り、長い黒髪が大きく揺れた。「ちがうわ、わたしも一時間前までおかしいとは思ってなかったの」

クレイが眉をつり上げた。「で、その察しが悪いってのはどういうことだ？」

くすくすと笑いながら、ベイリーは手を伸ばした。彼に触れないではいられないかのように。手のひらを彼の心臓の上に当てた。「わたし、生理が不順なのよ。昔からそうで、いつ来るのか、自分でもわからないの」

クレイは黙って彼女を見つめた。「つまり、きみにもわからないっていうのか、その……」

「排卵日。正解」彼女は深く息を吸い込んだ。「スーズがタンポンを切らしてて、わたしのを貸してあげようと思ったんだけど、買ったまま一度も開けてなかったことに気づいて、それで慌ててカレンダーを見返して、すごく遅れてることがわかったの」

クレイの心臓が早鐘を打ち始めた。「それで、その、妊娠してると思うのか？」

下唇を噛み、ベイリーは彼のそばに寄った。「可能性はあると思う」

「それらしい兆候は？」

「ないわ」その返事に、クレイの鼓動が少し落ち着いた。「でも、ローリーのときも何もなかったの」

「ということは……」いま、クレイの心臓は二倍の速さで鼓動していた。「なんで検査してないんだ？」

「あなたと一緒にしたかったからよ」彼女は大きく唾を飲み込んだ。「それに、その前にききたいこともあるし」彼女の深みをたたえた青い目がクレイをじっと見つめた。「検査する前に、知っておきたいの。もし陽性だったら、あなたは嬉しいのか、それとも悲しいのかを」

彼は頭を整理し、ちゃんとした文章で返事が言えるようになるまで、しばらく待った。

「そうか。わたしも同じことをききたいね」

「あなたが答えたあとでよ。自分の気持ちはわかってる。あなたが先に言って。それで、わたしと同じかどうかわかるから」

巨大な感情が胸を激しく打った。彼女の頬を手で優しく包むと、クレイはにっこり微笑んだ。「わたしの子がお腹にいるとわかったら、嬉しくて飛び上がるよ、ベイリー・オニールさん」

彼女がぱっと顔をほころばせて言った。「わたしもよ、クレイトン・ウェインライトさん」

クレイは彼女を引き寄せ、顔を髪の中に埋めた。「ハニー、嬉しいよ」そう言うと、彼女をきつく抱きしめ、その身体の感触を味わい、この関係の大切さをかみしめた。ずっとそのままでいたかったのだが、冷静になるために身体を離した。「でもまだ、少し気が早いよね」

「ええ。ただ、あなたの気持ちをどうしても先に知りたかったから」

一歩下がり、クレイは彼女を見下ろして言った。「何て言うと思ったんだ?」

「クレイ、この関係は、ふたりに起きたことは何もかもふつうじゃない。予想できないことばっかりだった……だから、これもどう考えていいのか、よくわからなかったの」

「もしできてたら、本当に嬉しいよ、ラブ」

「それじゃあ」と、ベイリーは彼の手から箱を取りながら言った。「祝福することがあるかどうか、確かめてみましょうか」

階段を上ってベッドルームに向かいながら、ベイリーは手順について簡単に説明した。クレイは彼女に触れないではいられない様子だった。この女性《ひと》が自分の子供を産んでくれるかもしれない。数え切れないほどの幸せな思いがつぎつぎと飛び跳ねながら、彼の頭の中をぐるぐると駆け巡る。ベイリーはマスター・スイートのバスルームに行き、扉を閉め、少ししてからまた開けた。紙コップとスティック状のものを手にしていた。「二、三分でわかるわ」クレイが戸口で見守るなか、彼女はコップを洗面台に置き、そのスティックを入れた。それから彼を振り向いた。「〝妊娠しています〟か〝妊娠していません〟って出るの」

「ピンクとか青とかに変わるんじゃないのか？」

ベイリーは首を振った。

クレイは彼女を見つめ、そして微笑んだ。ベイリーも微笑んだ。彼が腕時計に目を落とした。彼女も自分ので確認した。「時間よ」

「よし」ベイリーがコップのほうを向き、クレイは彼女の腕を握り、両手の指に自分の指をからませた。「愛してるよ、ベイリー」

唾をごくりと飲み込み、ベイリーは片手を外した。小さく震えるその手をスティックに伸ばした。じっと見つめる。彼女は目を閉じ、それをクレイに渡した。〝妊娠しています〟の文字。

「ああ、ラブ」クレイは彼女を抱き寄せた。ベイリーはしっかりと抱きつき、それから全身を小刻みに震わせた。彼も目頭が熱くなるのを感じた。しばらくして、彼女はようやく身体を離した。

「クレイ」ベイリーは手を上に伸ばし、彼の顔を撫でた。

喉に詰まる何かを飲み込んでこらえ、クレイがささやいた。

「嬉しいよ」少しして、クレイは彼女の手を取り、ベッドルームに入った。「見たいな」

ベイリーはおかしそうに笑った。「見るって、何を?」

「お腹だよ。もう大きいの?」

「まだよ。二週間なのか、二カ月なのかもわからないのよ」

ゆっくりと、クレイは彼女のジーンズのジッパーを下ろした。ジーンズをヒップのあたりまで下げると、赤いビキニ・ショーツが下腹を覆っていた。クレイはうやうやしく彼女の前にひざまずくと、頰を下腹にそっと当てた。それからキス。彼女の目に涙が溢れた。

しばらくそうしてから、ジーンズのジッパーを上げてボタンを閉めると、クレイは立ち上がった。「さて、これからどうしようか、ミズ・オニール?」

「決まってるわ。結婚するの」

「え?」

「わたしと結婚するのよ、上院議員さん」

「ふむ」と彼が冷静に言った。「決まりというわけか」

それからふと、あることを思い出した。

ローリーの父親とは結婚しなかったの?

ええ、申し込まれたんだけど、そこまで愛してなかったから。

でも、わたしとは結婚したいと言ってくれた。

手を伸ばし、ベイリーはベッドに投げてあったハンドバッグをつかむと、小さな包みを取り出して彼に渡した。

「何?」

「開けて」

クレイは中身を手の中に空けた。きれいな金の結婚指輪がふたつ出てきた。優美な線細工が施されている。彼は顔を上げてベイリーを見た。

「祖父母のものだったの。もらったのよ。うちの家族で娘はわたしだけだから。かわいくないのはわかってるけど、本物の金よ。その結び目模様はケルトノットっていうの。アイルランドの象徴で、ふたつの存在の調和を意味してる。指に合わないかもしれないけど、できればこれをつけたいの」

クレイは彼女を見つめた。ベイリーも彼を見つめ返した。彼が何も言わないので、ベイリーはけげんそうな顔をし、それから落ち着かない様子でもじもじした。「あの……何て言うか、こういうのがお望みじゃなかったって言うんなら、その……驚きだわ。だって前にあなたのほうから結婚って言い出したんだし……」

クレイはそっと、指で彼女の口に触れた。「しーっ、ラブ。静かにして。わたしにも言いたいことがあるのに、それじゃあ話せないだろ」

「そうね……」

「わたしの中の古くさい保守的な男は、自分からプロポーズしたかったと言っている。でも、この指輪は素敵だよ。感動してるんだ。それともちろん、わたしもきみと結婚したい。いつにしようか？」

理想の環境とは言えなかった。治安判事の事務所の小ぶりの広間。ニューヨーク・シティから一時間ほどのところにあるそのチェリー材の羽目板の部屋で、ユーカリの香りに包まれながら、クレイとベイリーは結婚した。花嫁は襟にレースのついたベージュのシンプルなドレス。花婿は瞳の色によく合うヘザーブラウンのスーツ。証人はどちらもベイリーの知らないひとだ。でも、新郎新婦はこれ以上ないくらいに幸せだった。

ジョージ・グレゴリーはクレイのハーヴァード時代からの旧友で、この結婚を口外しないと、ぜったいの信頼が置ける人物だった。その彼がふたりに微笑みかけた。「ふたりが夫婦になったことをここに宣言いたします」

その言葉を聞くのも初めてだったし、そう言って誓いを立てたことももちろんない。ベイリーは涙をこらえるのに必死だった。クレイは彼女の手をぎゅっと握った。彼も感極まっている様子だった。ベイリーはこの巡り合わせにあらためて驚いていた。一年前は、この男性《ひと》を酷評する投書を書き、新聞社に送りつけた。四カ月前は、ふたりで会うのさえいやだった。

それがいまは夫婦なのだ。

「それでは、誓いの口づけをどうぞ、クレイトン」

「はい、ジョージ」クレイは唇を彼女のそれにしっかりと重ねた。まるでわたしはきみの夫なんだと言わんばかりに。

旧友との歓談はすでに済ませていたから、式が終わるとすぐに、ふたりは宿泊先に向かった。

「さてと、ミセス・ウェインライト、既婚者の気分はいかがかな?」レンタカーに乗り込むや、クレイがきいた。

あらら、どうしよう。ベイリーは横目でちらりと彼を見やった。

クレイはすぐにぴんと来た。「そうか、なるほどね。ミセス・ウェインライトに変える気はない、そうだろ?」

「……ええ。ごめんなさい。苗字を変えるかどうかは話してなかったわね。わたしが勝手に自分で……」

手を彼女の膝に置くと、クレイが言った。「しーっ。その話はまたあとで。今日はせっかくの幸せな気分を壊すようなことはしたくない」

「ここには友だちも、家族も呼べなかったけど?」

「いや、きみのお腹にひとりいるさ」

「みんなに黙ってるの、つらい?」

ふたりは決めていた。彼女がエスケープを辞められるまでは結婚の話は伏せておく。皆に報告したあとで、彼女が通っている教会でもう一度式を挙げようと。そんな取り決めは、彼らにとっては耳になじんだ古い歌のようなものだ。いまも口をついて出てくるが、とくに楽しい気分になるわけでもない歌と変わらない。

「そりゃあね。だけど、また父親になれるからまあいいよ、我慢するさ」クレイがセクシーににやりと笑った。「それに、部屋に着いたら埋め合わせしてもらうから」

「ふふふ、いいわよ」

高級住宅街を走っているときに、彼がいたずらっぽく笑った。「ゴールディ・ホーンはわたしたちの宿からそう遠くないところに住んでるって言ったっけ？」

久しぶりに耳にしたその冗談に、ベイリーは心からの笑い声で応えた。「そうだったわね、あなたはだれでも見つけられるのよね」

「それと、忘れないでくれよ。もしわたしから逃げたりしたら――」

ベイリーは真顔になった。「クレイ、わたし、逃げたりなんかしないわ」

「冗談だよ、スウィートハート」

「わかってる。でも、ちゃんと言っておきたかっただけ」彼女はあくびをした。

「眠い？」

ベイリーはうなずいて言った。「ええ、二日前にお腹に赤ちゃんがいるってわかってからね、わたしも妊婦さんの気分を味わおうって決めたの。すごく疲れたわ。昨日の夜は、お母さんのシチューも食べられなかった」

「お母さんのシチュー、わたしもいつか食べられるといいな」

「食べられるわ、約束する。うまくいく気がするの」

宿までの残りの道のり、彼らはそれまで一度も口にしたことのなかったたわいのない小さな夢や希望を語り合った。クレイは昔からキューカ湖畔のコテージが欲しかった。ベイリーの夢はもちろん、アイルランドに行くことだ。暗黙の了解で、ふたりのあいだにいまも残る問題——副大統領の件など——には一切触れなかった。ベイリーは捕まったギャングの子たちがどうなったかについて尋ねたかったが、それもやめておいた。

「なあ、なんでそんな難しい顔してるんだい？」彼がきいた。

「何でもないわ」彼の言うとおりだ、とベイリーは思った。今日はふたりが結婚した日なのだ。不安や心配はあるけれど、彼女はそれを自分の胸の内にしまっておいた。

宿まで走っているあいだも。

夕食の最中も。

そのあとで、この秘密の埋め合わせを彼にしてあげているときも。

20

翌朝、車が市街に入ると、ベイリーはエイダンのところにいるローリーに電話するために携帯を取り出した。まずは留守電を確認しようとしたときに、クレイが夫婦の性生活をネタにした冗談を言った。だから、最初のメッセージは笑いながら聞いた。「ベイ、スーズだけど。これ聞いたら、すぐに電話して」

スーズからあと三件、留守電が入っていた。ジョーからも二件。どれも連絡が欲しいという内容だった。

「どうした?」彼女が顔を曇らせたのを見て、クレイがきいた。

「エスケープに何か緊急事態が起きたみたい。すぐ近くだから、このまま行って降ろしてもらえる?」

彼が眉をひそめた。「わたしも行こう」

「たった二日で何が起きるっていうのよ?」ベイリーを降ろしたあと、クレイは駐車スペースを探しに行き、彼女は急いで中に向かった。

ジョーのオフィスにはだれもいなかった。ロブのところにもいない。自分のオフィスに行ってみて驚いた。ネッド・プライスがスタッフの三人と隅のテーブルを囲んで座っていたからだ。ベイリーが入っていくと、彼らは顔を上げた。

「よかった」そうつぶやきながらも、ジョーの声はひどく不安そうだった。

彼らにはまだ結婚のことを伝えていない。ただ、二、三日休むと言っただけだ。ベイリーがきいた。「何があったの？ それにどうして警部がここに？」

「まあ、座りなよ」スーズが言った。

彼女が座り、プライスが紙を手渡した。ウェブサイトのページのプリントアウトだ。「おいクソ女、タズはどこだ？ 言わねえと、ぶっ殺すぞ！」紙にはそう書かれていた。

以前にも脅されたことはある。それでも彼女は心臓が口から飛び出しそうになり、肌がじっとりと冷たくなった。

「だれがこれを？」

「メイジー・レノンだ」

ベイリーは激しくかぶりを振った。「メイジー・レノンは刑務所でしょ」

「このあいだまではな」プライスが言った。「別の施設への移送中に消えた」

「消えた？」

「ああ。逃げやがったんだ」

ネッドがメイジーの脱走について説明し終えたときに、エスケープの入り口のブザーが鳴った。「クレイよ」ベイリーがスーズに言った。「入れてあげてくれる？」

プライスが言った。「クレイ・ウェインライト？　なんで彼だってわかるんだ？」

ベイリーは頭を素早く回転させて答えた。「ここで会うことになってたから」

「またか？」ジョーが不機嫌そうに顔をしかめた。「どうして？」

そこにクレイが現われた。「何があった？」彼は目が合ったプライスにきいた。

「メイジー・レノンが脱走したんですよ」プライスが答えた。「で、ここの連中から電話があったんです」

クレイはベイリーに視線を落とした。手に紙を握っている。彼女は無言でそれを手渡した。

「まったく、なんてことだ」彼は読み終えてそう言うと、プライスのほうを向いた。「ほかのメンバーたちにはきいたのか？」

「ええ。ですが、たまり場がどこかも、どこに行けば見つかるかも言わないんですよ」

「ギャングの子たちは口を割らないわ」と、ベイリーが言った。「ちくり、要するに密告者は捕まったら始末されるから」

プライスの目が険しくなった。「で、ここの善人さんたちはもう一方の居所を言おうとしない。居所がつかめれば、そっちに当たれるっていうのに」

「もう一方？」ベイリーがきいた。

「ストリート・エンジェル、あんたが逃がしたやつだよ」

ベイリーが眉をひそめた。「わたしたちが教えるわけないでしょ。そんなことをばらしたら、あの子や、わたしたちが逃がそうとしてるほかの子たちの信用を全部なくすことになるのよ」

エスケープ職員の三人がうなずいた。

クレイが小さく首を振った。彼の全身が不安と緊張を発しているのが、ベイリーには感じられた。

プライスがあごを強ばらせて言った。「ミズ・オニール、あんた脅迫されてるんだぞ。本当に命が危ないんだ。今回ばかりは、その倫理とやらを曲げてもいいんじゃないかと思うがね」

「ありえないわ」彼女はクレイの顔をちらっと見た。石のように硬い表情だ。

プライスは彼女の視線を追った。「あなたたちのあいだに何があるのかは知りませんがね、上院議員、もし何かできるだけの力があるんでしたら、それを使うべきですね」彼は立ち上がると椅子を引いた。「帰らせてもらうよ」社会福祉団体についてぶつぶつ文句を言いながら、プライスは出ていった。

クレイは無言を続けていた。

「クレイ、大丈夫だから、ほんとに」そう言うベイリーを、彼は黙って見つめた。ベイリーがスーズを見やってから続けた。「脅迫は初めてじゃないし」

ロブが言った。「警察がメイジーを逮捕するかもしれないしな」

ジョーが苦々しげに言った。「タズの居場所をばらしたら、ここはもう終わりだぞ」

クレイは背筋を伸ばし、ベイリーの椅子の背に手をかけた。「きみたちはいったい、どういう神経をしてるんだ。ベイリーがギャングに狙われてるっていうのに、黙っているつもりなのか？」

「これくらい、自分でなんとかできるさ」スーズが言った。

ジョーが挑戦的にあごを上げて言った。「前にもあったしな」

ロブ・アンダーソンはテーブルに寄りかかったまま、何も言わなかった。

クレイは彼女の両肩をぎゅっと握った。「そうか、でもそのときはわたしの子を妊娠していなかった。それに、わたしの妻でもなかった」

三人が同時に口を開いた。

「あんたの妻？」

「あんたの子供？」

「何だって？」

「やれやれ」ベイリーがつぶやいた。「たいした秘密だこと」

一一月の強い寒風が吹きつけ、彼が中に入ると同時にタウンハウスの扉が勢いよく閉まった。彼の心中もこの天気と同じで、猛烈に荒れ狂っていた。生まれてこのかた、これほど腹立たしく、憤まんやる方ない気持ちになったことはないほどに、「くそっ、あいつめ、なんであああ頑固なんだ……」目についたごみ箱を蹴飛ばし、中身を床にぶちまけた。サイドボードに行き、スコッチをグラスに注ぐと、思いつく限りの汚い言葉でまた悪態をついた。どうせまた、ベイリーはぜったいに譲らないのだろう。彼女は同僚にふたりだけにして欲しいと言い、それから彼と対峙した……。

「この結婚も妊娠も、エスケープの仕事とは一切関係ないわ。子供たちの居場所を明かしたことは一度もないし、今回もぜったいに言わないわよ」

「だったら、タズに電話してたまり場がどこかきいたらどうだ」

「無理よ。もしあなたにたまり場の場所をばらしたら、いいえ、助けを求めたってことがわかっただけでも、あの子、裏切られたって思うに決まってる。わたしたちに利用されてると思ったら、逃げ出すかもしれない」

「それがなんだ？　きみの安全は確保されるだろ」

「あの子がGGズに戻ったら、同じよ。何の情報もつかめない、タズは消える、メイジーはわたしを狙う。何にもならないわ」

「彼女が連中の居場所を教えないって、どうしてわかるんだ？」

「ギャングの子たちはたとえ抜けても、仲間の居所は口が裂けても言わないの」

「あの子、きみのことは好きなんだろ？　絆がある。きみの命が危ないって言えば」

彼女の目に、そうかもしれないという思いがちらりと浮かんだのを、クレイは見逃さなかった。

「だろ？　違うか？　きみが危ないと知れば、彼女だって知らん振りはしてられないだろうし、気が変わるかもしれない」

「そんなことないわ」

クレイは彼女の手首をつかんだ。「嘘を言うな」

「放して」

彼は握った手を開いた。「きみは妊娠してるんだぞ、心配じゃないのか？ もし何かあったら、赤ちゃんだって」

「何もないわよ」

「わからないだろうが」

「クレイ――」

「黙れ！」彼が声を荒らげた。「聞きたくない。わたしはもう夫なんだ。きみの行動について意見を言う権利がある」

彼女がけんか腰になって言った。「何よそれ。誓いには、そんなのなかったわ」

「ベイリー、お願いだから……」

彼女は部屋を飛び出した。クレイが追いかけたが、うちまで送るために車を取ってくるよりも早く、彼女はタクシーを捕まえて行ってしまった。

クレイ、わたし、逃げたりなんかしないわ。たしかそう言ったよな？ 彼は思った。あれはいつだ？ たったの二四時間前じゃないか。

彼はひとりでタウンハウスに戻った。心底腹を立てていたからだが、理由はもうひとつある。彼には計画があった。妻の身が危ないというのに、指をくわえて見ていられるわけがない。しかも、彼女のお腹には自分の子がいるのだ。彼はポケットから携帯を引っ張り出した。

一回目のコールで親友が出た。「ルイスです」

「ジョシュ、おれだ、クレイだ」

「よお、上院議員。元気か？」

「そうでもない。緊急事態なんだ。おまえにすぐにやってもらいたいことがある」

「いいぞ。何だ？」

「ひとを探してくれ。名前はタズマニア・ゴメス。ただし、ギャングを抜けた若者用の保護プログラム下にある」

「おまえの友だちのベイリーと一緒にいたやつだな」

「そうだ」

「そうとう深いところに潜っちまってるだろうから、時間がかかるぞ」

「今日にも見つけてくれ」

「写真以外に何かあるといいんだけどな……」

クレイはふと、ガーディアンの予算申請が通ったと聞いてベイリーが大喜びしたときのことを思い出した。皮肉にも、彼女が望みのものを手に入れたことが、彼に必要な情報を与えることになった。

「一〇日前に引っ越した。ニューヨーク州のロチェスターだ」

スラックスに薄手のセーター、一一月のニューヨーク州北部には薄すぎるジャケットというカジュアルな出で立ちで、クレイはブロック塀に寄りかかっていた。翌日の朝七時、ゲイツ高校の敷地の外。タマラ・ゴリンド、本名タズ・ゴメスの写真と居場所が書かれた紙を手にして。そこには学校や家の住所、ホスト・ファミリーのコンクリン夫妻が運転する車の車種まで記されている。しかし、ジョシュのやつはたいしたもんだな。クレイはあらためて感心した。昨晩にはもう、彼は必要な情報を手にしていた。ニューヨークを出る最終便には乗れなかったが、レンタカーは借りてあったから、六時間かけてここまで運転し、学校の登校時間に間に合ったというわけだ。

ティーンエイジャーたちがスクールバスからだらだらとした足取りで降りてくる。革のジャケット、ヘッドフォン、生意気そうな態度。ジョンが中高生だったころを思い出した。それにしても、教師たちはよくこんなことをしてられるな、とクレイは思った。一一月の冷たい北風が吹きつけるなか、二、三人の教師がバスを出迎えるために立っていた。仕事とはいえ、きついだろうに。

彼は振り向き、駐車場に目を走らせた。もしジョシュの報告にあった車でタズが登校してきたところを捕まえられなかったら、学校に乗り込んで、上院議員という身分を明かし、彼女を教室の外に連れ出すつもりだった。でも、できればそうしたくない。あくまでも隠密に事を運びたかった。

目的を済ませても、ベイリーに言うつもりはないからだ。メイジーが逮捕されるまでは黙っているつもりだった。昨日の口論以来、彼女は一度も電話をかけてきていない。クレイもしていない。彼女はいま何をしてるんだろう。彼はふと心配になった。大丈夫だろうか。ネッド・プライスには連絡を入れ、GGズのアジトやそのほかのたまり場がわかったら電話するから待機していてくれと伝えてある。クレイは妻と子を守るつもりだった。たとえ、彼女が二度と口をきいてくれなくなったとしても……。

いや、さすがにそれはないだろう。この行動がどんな結果をもたらすのか、クレイは承知していた。ベイリーは激怒するだろうが、これでともかく危険からは解放されるはずだ。

グレーのホンダ・シビックが駐車場に入ってきた。あれだ！　クレイはすぐに動き、芝生のスロープを降りてアスファルトに向かった。タズ・ゴメスが車から降りた。ベイリーから美人だとは聞いていたが、そのとおりだ。いまはごくふつうの格好をしているから、なおさらだった。わざとぼろぼろにした革のジャケットにジーンズ、こげ茶色の髪は肩のあたりで緩やかにカールしている。どこにでもいるふつうの高校生と変わりない。彼女がトランクから教科書を出そうとしているところに、クレイは声をかけた。

「タズ、話があるんだ」

少女が固まった。

クレイはさらに近づいた。「タズだろ？　知ってるんだよ」

彼女は勢いよくトランクを閉めた。「ひと違いじゃないんですか？　あたし、タマラです」

すぐにでも駆け出しそうに見えたので、クレイが言った。「ストリート・エンジェルの友人なんだ」

彼女は急いであたりに目を配った。「あいつに言われてきたの?」

「違う」

タズの眉間にしわが寄った。「意味わかんないんだけど」

「わたしの名前はクレイ・ウェインライト。上院議員で、彼女の夫なんだ」

「あいつは結婚してない」

「いまはしてる」彼は手を掲げ、指輪を見せた。「おととい結婚した。ここに来たのは、彼女が危険だからだ」

「危険? なんで?」

「メイジー・レノンだ。きみの友だちがわたしの妻を脅迫している」

タズはトランクにばんと手をついた。「ストリート・エンジェルは他人の世話になんかならねえよ」

切り札を出さなくてはならないのはわかっていた。「かもしれない。でもな、タズ、妻は妊娠してるんだよ。わたしの子だ。だから彼女を守るのに、きみの力が必要なんだ」

一時間目の始業のベルが鳴るなか、タズは重い足取りで教室に向かった。自分のしたことで、まだ気が動転していた。メイジーがいそうなところをばらしてしまった。でも、ほかにどうしろって言うんだ。赤ちゃんの命には替えられない。それに、ここに来る前にもうたれ込んでいる。どっちみち、裏切り者なんだ。

「あいつらはもう、あんたの仲間じゃねえんだよ、タズ」彼女は自分にそう言い聞かせた。

でも、上院議員が去ると同時に、彼女は自分のしたことが正しいのかどうかわからなくなった。あの男のこと、もっとちゃんと確認したほうがよかったんじゃないか？　身分証明書とか、議員バッジとか、じゃなかったらベイリー・オニール——あいつがストリート・エンジェルだと言った女——との結婚証明書を見るまで何も言わないほうがよかったのかも。ロチェスターに送ってもらった晩、エスケープのスタッフが彼女を〝ベイリー〟と呼んだのは覚えている。でも、とにかく確かめるんだ。タズは自習時間にコンピューター室に行き、男の名前をネットで検索した。

オーケー。ヒットした見出しには、あいつが言っていたとおり上院議員と出ている。画面を下にスクロールした。おい、何だよ、ずいぶんあるな。ある見出しがタズの目に入った。

「ワシントンの鷹《イーグル》がストリート・エンジェルと衝突」

彼女はそれをクリックした。ハンク・セラーズという男のインタビュー記事で、ストリート・エンジェルにクレイトン・ウェインライトについて尋ねていた。エンジェルはあの男のことを思い切りこき下ろしている。タズの鼓動が速くなった。検索結果の表示画面に戻る。いくつかは古い。でも、とりあえず読んでみた。どうやら、ストリート・エンジェルはウェインライトを憎んでいるらしい。あいつはエンジェルの施設をつぶしたがっている。ふたりは公然の敵同士だった。まずい。タズは不安に駆られた。ストリート・エンジェルを倒すための攻撃材料を渡しちまったのかもしれない。

それと、あたしの仲間をパクるための。

いや、待てよ。タズはもうひとつ、あの晩ここに来たときのことを思い出した。ストリート・エンジェルは寝ぼけて、〝クレイ〟と言っていた。くそっ！　エンジェルにはめられた？　あの男に惚れて、あたしを裏切ったっていうのか？　違う、そんなはずない。彼女の心が叫んだ。だが、頭の中は混乱していた。

すぐに彼女はエスケープのサイトを呼び出した。クリック。画面が出てくるや、すかさず打った。

ストリート・エンジェル、あんたか？

違うわ、またあたし、あいつの同僚。タズ、どうしたの？　こっちへのコンタクトはだめだって言ったでしょ。

ストリート・エンジェルに話がある。いつ来る？

わからない。二、三日休みだから。

くそっ！　これじゃ、何にもわからねえじゃないか。タズはだまされたという思いを振り払うことができなかった。たぶん、ストリート・エンジェルのやつが一枚からんでるんだ。ちくしょう！　こうなったいま、自分が何をするべきか、タズにはわかっていた。彼女は立ち上がると、扉に向かって歩き出した。

「タマラ、どこに行くんですか？」コンピューター室の係が時計を見た。「まだもう少し時間がありますよ」

タズは小さく首を振った。「時間なんかぜんぜんないよ、レディー」そう言い残し、彼女は部屋をあとにした。

「ネッドか、クレイだ」

「いつでも行けますよ。場所は？」

「三カ所ある。三つとも洗ってくれ」

「人員が足りませんよ。くそっ、そんなに多いとは。移動してる隙に、逃げられるかもしれないな」

「逃がすなよ」

「そっちは？　平気ですか？」

「ああ、少しばかりユダの気分だが、大丈夫だ」実際、ユダと同じだった。だが、こうしなければならなかったのだ。

「随時連絡を入れます」

「いま、車でそっちに向かっている途中だ。携帯を持ってるから、連絡を頼む。レノンを逮捕したらすぐに知らせてくれ」

「わかってますよ」

クレイは電話を切り、運転に集中してベイリーのことを考えないようにした。ぜったいに逃げたりしないと言ったときの彼女の顔が浮かぶ。あなたのことを信じてる、という言葉も。くそっ。彼は拳でハンドルを殴った。でも、ほかにどうしろというんだ。ベイリーが身の危険を顧みない以上、わたしが彼女と赤ん坊を守る以外に方法はないじゃないか。

一刻も早くニューヨークに戻りたい一心で、彼はアクセルを踏みしめた。早く彼女に会いたい。だが、もうすぐロチェスターを出るというあたりで、目の前の車のブレーキ・ランプが突然ついた。ちっ、こんなときに限って。彼は慌ててブレーキを踏んだ。

続いて、うしろから激しい衝撃に襲われた。


タズはコンクリン夫妻の車でニューヨーク市街を抜けた。ふだんなら、この街を車で飛ばすのは最高の気分なんだろう。だが、タズはいま怯えていた。上院議員にメイジーを探すように伝えた場所は三つともチェックしたが、だれもいなかった。こうなると、もうどうしていいのかわからなかった。それでとりあえず、彼女はうちに帰ることにした。父親が留守なのは確認済みだ。さっき電話したが、だれも出なかった。

選択肢はふたつ。コンピューターを取ってきて、ストリート・エンジェルに連絡を取る。エンジェルが裏切ってもいないし、上院議員と組んでもいないとわかれば、メイジーにすべてを伝え、ギャングに戻る。そうすれば、メイジーの気は収まるはずだ――ヤキは入れられるだろうけど。タズが戻りさえすれば、メイジーはそれ以上何もしないだろう。

だけど、もし上院議員が嘘をついていて、ストリート・エンジェルが自分を売ったとわかったら、メイジーにあの女をとことん追わせてやる。タズも手を貸すつもりだった。もうエンジェルの正体はわかった。こういうのを皮肉って言うんだろうな、と彼女は思った。妻を救おうとして、上院議員はその妻を撃ち殺すのに必要な情報をくれたんだから。

でも車をアパートの下の路地に停め、非常階段を上るうちに、タズは自分の本心に気がついた。本当はそんなことしたくない。ストリート・エンジェルには心を許せる気がした。あたしらがエンジェルをどうにかしないで済めばいいんだけど……。

窓は半開きだった。ふざけんな、鍵ぐらいかけとけよ。彼女は窓を開けて四つんばいになって中に入った。灯りはつけなかった。例のむかつく臭いが鼻をつく。コンクリン夫妻が彼女のために用意してくれたかわいらしい壁紙のベッドルームを思い出すと、胸が痛んだ。くそっ、関係ねえや。彼女はその思いを振り払った。どっちみち長居するつもりはない。コンピューターと金、それと服を取りに帰ってきただけだ。タマラの服は全部置いてきた。ロチエスターを出てきたことを思うと、彼女は急に悲しくなった。結局、二週間ぐらいしかいなかったけれど、コンクリン夫妻は最高にいいひとたちだったし、学校では友だちもできたのに。「ばあか、ばあか、ばあか」クローゼットを開けたまま、彼女は自分に向かって言った。

そのとき、部屋の隅の暗闇から声がした。「そうだよ、タジー・ベイビー。てめえは救いようのないバカさ」

タズが驚いて振り向いた。メイジーが闇の中から出てきた。目つきがまともじゃない。狂気を漂わせている。コカインの臭いがした。彼女は手にした二二口径の銃をタズの胸に向けた。

クレイからは何の連絡もなかった。それが何よりもベイリーにはショックだった。エスケープのコンピューターの前に座り、この先の人生について思いを巡らせていると、ジョー・ナタ一レが部屋に飛び込んできた。「ベイリー、くそっ。最悪の事態だ」

彼女は椅子から勢いよく立ち上がった。ロブもうしろにいた。「どうしたの?」

彼が肩をすくめた。「タズ・ゴメスが死んだんだ」

「はっ?」意味がわからなかった。「えっ、そんな……ありえないわ。だってロチェスターにいるのよ、コンクリンさんのところに」

「コンクリン夫妻から電話があった、おまえが来る前だ。タズが今日学校を出たきり戻ってないと言っていた。どうやら、車でニューヨークに戻ったらしい。父親のアパートにいるのを警察が見つけたんだ」

ベイリーは頭がくらくらした。胃がひっくり返って、吐き気がする。言われていることが飲み込めず、ジョーの顔を見つめることしかできなかった。

ベイリーがぼう然としていると、オフィスの電話が鳴った。スーズが出た。何もかも現実じゃないみたいだ。スーズの声がやけに遠くに聞こえる。「ほんとに?　よかった。ええ、伝えておくわ。ありがとう、警部」彼女は受話器を置いた。

ロブがベイリーに歩み寄り、肩を抱いた。「今度は何よ?」

「メイジー・レノンが逮捕された。たまり場にいて、銃を持ってたって」スーズの表情が暗くなった。「タズを殺した二二口径と一致したそうよ」

「ああ、神様」ベイリーはよろめき、椅子に崩れ落ちた。少しして、彼女がきいた。「たまり場で？　どうして警察にわかったの？」

「プライスは言わないだろうな」

「警察には情報網がある」ジョーが割って入った。「だれかからたれ込みがあったんだろう」

ベイリーは激しく首を振った。そうすれば、少しは頭が整理できると思っているかのように。「信じられない」

心理学者のロブが彼女の前にしゃがみ、手を握った。両目に同情の念を浮かべていた。

「ベイ、かわいそうにな。きみはあの子のことを真剣に心配してたもんな」

ベイリーは彼の手を強く握りしめ、こみ上げてくる感情を抑えた。「ええ、わたし……」

彼女が不意に立ち上ると言った。「行かないと」

「行くって、どこに？」スーズが不安げに言った。「ここにいたほうがいいわ」

「いいえ、よく考えたいの。ひとりになりたいのよ」彼女はコートをつかむと、友人たちの反対を押し切って扉に向かって走り出した。彼らに言ったのは嘘だ。必要なのはひとりになることじゃない。クレイを見つけることだった。

「幸運でしたよ、上院議員。危ないところでしたね」

ぼんやりした視界のなか、クレイは救急医療室の医師を見上げた。ジョンとさほど年が変わらなそうな若い男だ。つんとする消毒薬の臭いが彼の鼻孔を刺した。「ん？　ああ、そうか。相手の運転手は？」

「飲酒です」

「え？」クレイはてっきり、九〇号線の事故の原因は自分のスピードの出し過ぎだと思っていた。追い越し車線を走っていたら、前の車が突然停まり、慌ててブレーキを踏んだのは覚えている。続いて激しい衝撃があった。次の瞬間、クレイは意識を失った。

「うしろからぶつかった車の運転手は、酔っぱらっていたんです」

クレイは手であごに触れた。「てっきり、わたしがだれかに追突したと思ってたんだが」

「しましたよ。追突されたあとでね。前の車の運転手もあなたと同じようなけがをしています。酔っぱらいはかすり傷ひとつありませんけど」

「わたしは、そんなにひどいのか？」さっきから頭が割れそうに痛い。手を挙げると、こめかみに巻かれている包帯に触れた。その動作だけで、全身がずきずきしていることがわかった。

「軽い脳しんとうです」医師が言った。「今晩は様子を見ましょう」

「晩？　いま何時だ？」

「もうすぐ夜の一二時です」

「冗談だろ？」

「今朝事故を起こしてから、意識を失ったり目を覚ましたりを繰り返してるんです」

「まいったな」彼はポケットの携帯に手を伸ばしたが、触れたのは病院のガウンだった。

「携帯を」

「院内は、使用禁止です」

「留守電の確認は？」

カルテをつけながら、医師がうなずいた。

「携帯以外で電話をかけたいんだが」

「いいですよ。洋服はその袋の中です」医師が看護師にうなずいた。「ミズ・ジャクソンがやってくれますから」そう言うと、彼は病室を出ていこうと歩き出した。

「一晩中ここにいるわけにはいかないんだ」クレイは医師の背中に言った。

彼は肩越しに一瞥した。「すぐに戻りますから、そうしたらお話ししましょう」

まだ頭がぼんやりとしたまま、クレイは看護師が服の中を探す様子を眺めていた。

「上院議員、残念ですが、ポケットに携帯はありませんね」

「くそっ」彼は枕に頭を沈めた。「そうか、車の中だ」

「あら、大変。車は廃車だって聞きましたよ」

「なんてことだ」彼は深く息を吸って上半身を起こそうとしたが、激しい目眩に襲われ、またベッドに倒れた。「電話がいる。緊急事態なんだ」

「わかりました。ちょっと見てきますね」看護師は出ていった。

クレイは仰向けに横たわっていた。頭はまるでドリルで穴を掘られているかのようにずきずきと痛む。どうしてこんなにツイてないんだ。ニューヨークに行ってネッド・プライスと話さなければならない。メイジーが捕まったかどうか聞かないと。

彼はなんとか目を開けていようとがんばった。ベイリーに、自分が彼女を裏切ったことを伝えないと。彼女が愛する男につい口を滑らせた情報を利用してしまった。ベイリーがあまり好きじゃない上院議員という身分を利用して、彼女に必要だと思うものを手に入れるために。そうだよ、どうしても必要だったんだ！　すべてはメイジー・レノンから彼女を守るためにしたことだ。謝るつもりはない。

思考がぼやけてきたが、クレイはタズのことを考えた。彼が保護プログラムのルールを破らざるをえなかった理由を、タズは納得してくれたようだった。メイジーが逮捕されたら、ベイリーを説き伏せられるだろうか？　タズが無事であることは変わらないし、悪者は捕まった。だから自分の取った行動を許してくれと。クレイがタズの居場所を知ったからといって、彼女の身が危険にさらされることはない。ひょっとしたら、すべてがうまく収まるかもしれない。そう考えているうちに、彼のまぶたがだんだん重くなってきた。ベイリーは激怒するだろう。たぶん、かなり長いあいだ。でも、彼女のお腹にはふたりの子供がいるんだ。だから最後には許してくれるに決まってるさ……。

次に気がついたとき、彼は血圧を測られていた。ピーとか、ピピとかいう電子音が近くで鳴っている。ぼそぼそとした話し声もする。目を開けると、さっきとは違う看護師が仕事をしていた。「何時だ？」

「朝の六時です。わたしはいま来たところです」

「しまった」彼は周りを見渡した。「電話は？」

「電話？」

クレイは小さく首を横に振った。先ほどの看護師は電話のことは何もしてくれていなかったのだ。なんとかベッドからはい出て着替えたが、それだけでもうふらふらだった。それでも廊下に出て公衆電話を見つけた。少なくとも財布とテレフォン・カードはポケットに入っていた。彼はベイリーの携帯の番号を押したが、不意に切った。何か予感がしたのだ。そこでネッド・プライスにかけることにした。まずは、何に対処することになるのかを知っておいたほうがいい。もしメイジーが捕まっていれば、妻との状況に改善の余地があるということだ。

「プライスです」眠そうな声が受話器から聞こえてきた。

「ネッド、わたしだ、クレイだ。起こしてしまって申し訳ない」

「上院議員、いったいどこに行ってたんですか？　携帯に何千回もかけたのに」

「タズを見つけてから帰る途中で交通事故に遭ったんだ。病院にいる、昨日からずっと」

「大丈夫なんですか？」

「ああ。で、どうなった？　メイジー・レノンは捕まえたのか？」

完全なる沈黙。

「ネッド?」

「ええ、上院議員、メイジー・レノンは逮捕しました。いまは檻の中です」

安堵感がクレイの全身を駆け抜けた。よかった、これでなんとかなる。ベイリーは無事だ。

「今度は逃がさないでくれよ」

「逃がしませんよ。重警備下に置いてますから」

彼はしばし考えてから言った。「一八歳未満の子にしては、ずいぶん厳重な気がするが?」

「クレイ、ひとつ言わなくちゃならないことが」

「おい、まさか。ベイリーは無事なんだろうな?」

「おそらく。知らせを聞いたときは、えらく動揺してましたけど」

「メイジーのことか?」

長い沈黙。「いや、タズ・ゴメスのことで」

「くそっ、ベイリーはもう、わたしがここに来たことを知ってるのか?」

「いえ、たぶんそれはないと思います」このタフな警官の声が珍しくかすれていた。「クレイ、ほかに言いようがないんで、はっきり言いますよ。メイジー・レノンは、われわれが発見する前にタズ・ゴメスを撃ったんです。逮捕したとき、メイジーはまだ凶器の銃を持っていました」

心臓が口から飛び出しそうだった。クレイがきいた。「それで……タズは?」

「死にましたよ」

一月の強風に負けないよう首にしっかりとマフラーを巻きつけ、ベイリーは家族が経営するパブに向かって歩いていた。疲れ切っていて、心にぽっかり穴が開いたような気分だ。タズが死んだと聞いてから二四時間が経った。あの若くて、きれいな女の子はもういない。チャットでの彼女の言葉はいまでも覚えている……。

あんたみたいな家族がいるのに、そいつ、なんでギャングに？

何度か言葉を交わしたときに聞いた声が、いまでも耳に響く……。

結婚は？ ……男は？

そこ、子供は？ 子供、好きなんだ。

ハーシーズのキスチョコのようなかわいい瞳も鮮やかに思い浮かぶ。あの瞳の光は永遠に失われてしまったのだ。

泣きたい気持ちを下唇を嚙んでこらえ、ベイリーは扉を押してパブに入った。タズが死んだ。仲間の子に殺された。わたしがしつこく言ったから、あの子はギャングを抜けようとして、そのせいで……。

ギャングは甘くねえんだ。言っただろ。

そんなことない。できるわ。エスケープには専門のプログラムがある。専門のスタッフもいる。わたしたちならあなたを守れる。タズに言った言葉が彼女の胸を刺し、罪悪感がまるで毒のように血管を駆けめぐった。

パブのほっとする匂いと空気に包まれ、ベイリーはその記憶を頭の中から追いやった。タズの死に対する責任を思うと、気が変になりそうになる。だから、彼女は赤ちゃんのことを考えることにした。コートを脱ぎ、お腹に触れた。でも、赤ちゃんへの思いはその父親への思いを呼び起こしただけだった。この二四時間、連絡がつかない、連絡もない夫のことを。彼女はバー・スツールの上にへたり込み、両手で顔を覆った。何かひとつでも元に戻るものがあるのだろうか？

「よお、何してるんだ？」顔を上げると、パトリックがバーの奥から出てきた。うしろにエイダンもいる。パトリックはカウンターの向こうをのんびりとした足取りで歩き、エイダンはこちら側に来た。

「何かしてないと、たまらないのよ。ローリーは保育園だし、ひとりじゃいられないの」

肩に手を置き、エイダンが彼女の髪にキスをした。「気分は？」

「タズのことは話したくない」クレイにしか話さない。彼ならなんとかしてくれる。あのひとなら、何もかもうまく立て直してくれる。「クレイのことが心配なの」

「まだ連絡ないのかい？」エイダンがきいた。

パトリックは台ふきんを手に取り、バーを拭き始めた。

「ないの。あのひとらしくないのよ。わたしのことを怒ってるのはわかってる。でも……」

パトリックが顔を上げた。「どうして怒ってるんだ？」

まだだれにも、エイダンにさえ言っていなかった。赤ちゃんのことも、結婚のことも、自分の身の安全を巡ってけんかしたことも。時機が来るのを待っていたのに、突然こんなことになってしまったのだ。「いろいろあって」

彼女の携帯が鳴った。すぐに発信者を確認したが、知らない番号だった。「もしもし」

「ベイリー？　ティムだ。さっき、タズのこと聞いたよ。いまどこ？　会いに行きたいんだけど」

「ティム神父、ありがとう。でも……」彼女はバーの周りに目をやった。下唇を嚙み、感情がこみ上げてくるのをこらえた。「いまはだれとも会えない。何も話せないから」

「だったら、そばにいるだけでいいから」

「いいの、お願い。いまパブで兄たちといるの。ここにいるから」クレイが電話をくれるまで。それか、探しにきてくれるまで。そうすればきっと、何もかもうまくいく。

神父はしばらく食い下がったが、結局エスケープに行き、職員たちがこの事態に対処するのに手を貸すということで納得した。彼が切っても、ベイリーは電話を握りしめたままだった。また着信があって欲しい、今度はクレイであって欲しいと願いながら。

「うちに帰って寝たほうがいいよ」エイダンが言った。

彼女は髪をかき上げた。今朝はブラッシングしたんだっけ？　そう思いながら、なにげなく視線を落とした。ジーンズに淡いピンクのセーター姿。彼女はそれを着たことさえ覚えていなかった。「眠れないの」

パトリックが言った。「じゃあ、睡眠薬でも飲めよ」

彼女はカウンターの下でお腹に触れた。「だめなのよ。ねえ、ここにいるわ。ランチ、手伝うから」

ふたりの兄は心配そうに顔を見合わせた。「ここで働くっていうのか?」パトリックがきいた。

「エスケープはどうするんだ?」エイダンが言った。

顔から血の気が引くのがベイリー自身にもわかった。「あそこには戻らない」

「なんで?」

不意に、彼女が立ち上がって言った。「ちょっと、そんなふうにごちゃごちゃ言うんなら、どっかほかに行くわよ」ほかってどこなの? そう思うと彼女は胸が締めつけられた。「でも、今日はここで兄さんたちといたいの。いつもなぐさめてくれるでしょ」

「わかったよ、ハニー、好きにすればいい」エイダンが大きなタオルを手渡し、彼女はそれを腰に巻いた。

それからカウンターの裏に回って言った。「グラスはわたしが洗っておくから。パディはほかのことをしてきていいわよ」

パトリックは彼女の髪にキスをすると、キッチンの奥をチェックしに行った。奥からなじみ深い食べ物の匂いが漂ってきたが、ベイリーは吐き気がした。

エイダンはさっきと同じところに立ったまま、ベイリーを見つめていた。彼女は兄を一瞥した。「話はしないって言ったでしょ」

「クレイと何があったんだ？　なぜおまえに怒ってるんだ？」

彼女は唇を噛んだ。「話したら、一時間はかかるわ」

「一日だって付き合うよ、B」

あの感情がまたこみ上げてきた。でも、まだ吐き出すわけにはいかない。「兄さんの言いたいことはわかるけど、いまは抑えてないとだめなの。まだ質問に答えられる状態じゃないのよ」彼女は訴えかけるような目で言った。「お願い、A。今回はわたしの言うとおりにして」

「オーケー」エイダンはバーに歩み寄ると、彼女の肩をつかんだ。「話し相手がいるんなら、いつでも聞くよ」

彼女は大きく唾を飲み込んだ。「ありがとう」でも、今度ばかりは兄にも話さないだろう。話すのはクレイ。クレイだけだ。彼ならなぐさめてくれる。彼ならきっと……実際、どうしてくれるのかは、ベイリーにもわからなかったけれど、とにかくいまは彼がいないとだめだった。

グラスを拭き終えると、ベイリーは留守番電話のメッセージをチェックした。ゼロ。信じられない。いったいどこに行ってしまったの？　だれに電話したら見つかるの？　ジョン？　DCのオフィス？　彼の携帯にもう一度かけてみた。出ない。彼女は目を閉じた。もしも彼の身にも何かあったら……。

そう思っただけで目眩がし、彼女はカウンターをつかんだ。ない、ないわよ。もうそんなことを考えるのはやめよう。ありもしないことを心配している場合じゃない。現実のことでいっぱいいっぱいなのだから。

ランチタイムのにぎわいをベイリーはなんとか持ちこたえた。みんな忙しく動き回ったが、彼女は吐き気がして食べ物をまともに見られなかった。バーの上にあるテレビでメイジーのニュースが流れたときもがんばって耐えたけれど、タズの写真が映ったときは、たまらずに顔を背けた。その間もずっと、彼女はクレイを待っていた。

ランチ客が引け、ベイリーが隅の最後のテーブルを拭いているときに、入り口の扉が開いた。彼女が振り向いた。

そこに彼が立っていた。

「ああっ、神様、クレイ」ベイリーは彼のもとに飛んでいった。

クレイは彼女の身体を受け止め、きつく抱きしめた。

彼に抱かれた瞬間、ベイリーの中で抑えていたものが一気に溢れ出した。

クレイは目を閉じたままベイリーを抱きしめ、彼女はその腕の中で泣き崩れた。彼は内頬を嚙み、罪の意識や自己嫌悪の念と闘っていた。それは今朝、ネッド・プライスと電話してからずっと感じていた。

ベイリーは彼にしがみつき、痛々しい様子で泣きじゃくっていた。クレイは自分のしたことの重大さをあらためて思い知った——わたしのせいで、彼女にこんな思いをさせてしまったんだ。原因はいつものごとく、彼女よりも自分のほうが、何が最善なのかわかっていると思い込んだことにある。わたしはなんというばか者だったんだ。少女の死の責任は自分にある。わたし、そうクレイ・ウェインライトに。子供たちを救うことにキャリアのすべてを費やしてきた男に。

彼女の兄が四人ともバーの前に出てきて、ふたりの前に並んだ。みんな、さまざまな感情が混じり合った表情を浮かべている――ショック、悲しみ、そして恐怖も少し。彼はベイリーの頭にキスをし、手を首に添えた。「いいんだよ、ベイビー、思いっきり泣けばいい」

エイダンが言うのが聞こえた。「ぼくたちの前では、一度も泣かなかったんですよ」だからなおさら、彼女は悲しみを吐き出したいのだ。やっとそれができた。兄たちは彼女が落ち着くまでそのまま立ちつくしていた。リアムがクレイにハンカチを手渡し、彼はそれをベイリーに渡した。彼女は顔を拭うと、クレイの腕の中で背中を丸めた。クレイは彼女の首に片手を、もう一方を腰にそっと添えた。「小言ならやめて」パトリックが口を開いた瞬間、彼女が言った。

「言わないさ。とにかく、おまえが泣いてくれてよかったよ。そうしないとだめなんだ。こいつがその受け皿だっていうんなら、まあしょうがないな」

ベイリーは兄に険しい目を向けた。「パディ、クレイは大切なひとなのよ」あとの三人の顔も見やった。「わたしの夫なんだから」それから手でお腹に触れた。「それに、この子のお父さんになるの」

「何だって――」ディランだった。

すかさず、パトリックが割って入った。「ディラン、よせ。いまは無理だ」彼は身体をかがめて、ベイリーの頬にキスした。「なあ、少し落ち着いたら、ちゃんと話してくれよ」彼は背筋を伸ばすと、弟たちに向かって小さく首を振った。それからクレイに向き直って言った。「奥に部屋がある。使ってくれ」

ベイリーを抱いたまま、クレイはうなずいた。並んで一歩踏み出したが、彼女はすぐによろめき、クレイは両手で身体を支えてやった。彼女を胸に抱くと、クレイの中に恐怖がわき起こってきた。タズの死に自分がかかわっていることを伝えなければ。だが、その告白がもたらす影響については、いまは考えないことにした。奥の部屋に着き、クレイが彼女をソファに寝かせようとすると、ベイリーは彼にしがみつき、小さな声で言った。「いや、いや、お願い」だからクレイは腰を下ろし、彼女を膝の上に抱いた。痛みに呻き声を上げそうになったが、ぐっとこらえた。彼自身もふらふらで、そこら中が痛かった。

「かわいそうに」と、クレイが言った。

「いいえ」ベイリーは鼻を彼の胸に埋めた。「わたしのせいよ」

おい、何を言い出すんだ。クレイが言った。「違う、ベイビー、そうじゃない」

「そうなの。わたしがあんなに自信過剰じゃなかったら。いつもそうだった。あなたの言うことを聞いて警察に任せていれば、わたしが勝手なまねをしていなければ、あの子、死なずに済んだかもしれないのに」

わたしが勝手なまねをしていなければ、あの子は死なずに済んだんだ。「ベイリー、ハニー、自分を責めちゃだめだ」

「責めるわよ」彼女が身体を引いた。「もしわたしが――えっ、クレイ、どうしたの？　わたしったら、何にも……」彼女はこめかみの包帯に触れ、顔の傷をまじまじと見つめた。

「交通事故だ」きみの信頼を裏切って、戻る途中で遭ったんだ。

「大丈夫なの？」

もしかしたら、二度と大丈夫じゃないかもしれない。「ああ。でも意識を失って、ひと晩病院にいたんだよ」

「それで電話できなかったのね。あなたのことだから、聞いたらすぐに電話をくれるはずだって信じてたの。わたし……電話したのよ」また涙がこぼれた。「クレイ、あなたがいないとだめなの。ひとりじゃ無理なのよ」

「ひとりじゃないよ、スウィートハート」わたしがしたことをきみに打ち明けたあとでも。

「わたしもいるし、家族もいるじゃないか」

ベイリーはクレイのスーツの上着の襟を強く握りしめた。「違う、違うの。あなたじゃないとだめなの。お願い、クレイ、約束して。二、三日はずっとそばにいてくれるって。これを乗り越えられるまで、あなたにいて欲しいの。あなただけに」

この彼女の言葉に軽いショックを受け、クレイは大きく唾を飲み込んだ。執行猶予をもらったということなのか？　それともこれは懲罰なのか？　彼は自分に問いかけた。わたし自身が引き起こしてしまったことなのに。彼女がそれを乗り越えるのに、わたしが力になれるのだろうか？　しかも、自分が何をしたかを明かさずに。彼女に会ったらすぐに言おうと思っていたのだが、もう……。

「クレイ、お願いだから。結婚式の帰りにけんかをしたのはわかっているわ。まだ怒ってるとは思うけど、でも……」

「いいや、もう怒ってないよ」クレイは彼女を胸に抱き寄せた。「それと、もちろんここにいるよ。きみがいて欲しいと思う限り」

「ずっとよ」彼女はつぶやき、腕の中で身体を丸くした。

たぶん、それはないだろう。彼は心の中でそうつぶやいたが、少なくともいまはこうしてなぐさめてやれる。

クレイが罪悪感の底でもがき苦しんでいるあいだに、ベイリーは眠ってしまった。彼女の身体をソファの上で伸ばしてやって毛布をかけると、クレイはバーのほうに戻った。彼女の兄たちに妹の様子を知らせてやらなければならない。それに、ベイリーの電撃発表について、彼らにも何か言いたいことがあるだろう。

エイダンがバー・カウンターの中にいた。ほかの三人は見あたらない。クレイがスツールにどさっと腰を下ろし、顔を上げると、目の前にビールが置かれていた。

「これがいるんじゃないかと思いましてね」

クレイはひと口すすった。「わたしの気持ちは、きみにはわからないよ」

エイダンは首をそらして奥を見やった。「寝てるんですか？」

「ああ。気持ちを吐き出して、少し落ち着いたんじゃないかな」

「でしょうね」

クレイは深くため息をついた。「なあ、さっきのことなんだけど」

「ん？　結婚して、子供ができたってこと？」

「本当はちゃんと報告するはずだったんだ。だけどあまりにも急だったから。妊娠がわかって、すぐに結婚した。で、戻ったとたん、残りのことが一気に起きたんだ」

彼はエイダンに話した。メイジーの脅迫、それを巡ってのけんか、ベイリーが強情で、危ないと何度言っても聞かなかったこと。

エイダンは聞きながら、罵り言葉と感謝の言葉を交互に発した。クレイが話し終えると――自分が関与したところは省いて、だが――エイダンが厳しい目で彼を見据えた。「ぼくがあなた、つまりウェインライトで、妻と赤ん坊が危険にさらされているとしたら、怒鳴るだけでは済ませなかったでしょうね」

クレイが顔を上げた。「そうなのか？　どうするんだ？」

「タズを探しに行きます。メイジーとメンバーの居所を聞き出しますよ、ベイリーを守るためにね」

「ほんとに？」

「ええ」

顔をしかめ、クレイは首を振った。「だとしたら、わたしが生涯で出会ったいちばん強い女性がぼろぼろになった責任は、きみが負うことになるんだぞ」かすれた声でそう言いながら、彼はベイリーが泣き崩れたところを思い出した。

「ええ、それでも彼女は助かる。やるだけの価値はあると思いますね」

「一生許してくれないぞ。わたし……いや、その、奥さんはきみをぜったいに。もしもそんなふうに裏切ったら」

「そうかもしれませんし、違うかもしれません。そんなの、わかりませんよ」

その瞬間、クレイはぴんと来た。エイダンは知っている。なぜだかわからないが、クレイのしたことに気づいているのだ。クレイが何か言う前に、彼女の兄がまた口を開いた。「もちろん、打ち明けるタイミングは大事ですけどね」

「タイミング？」

「そう。いまは言えません。あいつ、ぼろぼろですからね。待たないと。まあ、そんなふうにしてあいつをだますのは、かなりきついとは思いますけど」

「確かに」

「でも、ぼくならそうしますよ。罪を告白するのは、すべてを明かすのは、あいつが元気になってからにします」エイダンは大きく唾を飲んだ。「それに、妊娠してるんだとしたら、赤ん坊の幸せもかかってますから」

「本当にそれでいいと思うのか、エイダン？」

彼はクレイの目を見つめた。「上院議員、妹のことはよく知ってます。あいつがあんなに取り乱したのは、初めてです。あんなに心細そうなのも。だれにもひと言も言おうとしなかった。あなたにだけぶちまけたんです。ねえ、あいつを助けてやってくださいよ」

「もちろんだ」

「いまは余計なことは言わずに？」

「仮定上の余計なこと、だろ？」

「ええ、そうでしたね」

クレイはひとつため息をついた。エイダンに従うのがいいのかもしれない。わたしはこの一連の出来事の当事者で物事がよく見えなくなっているし、この兄は彼女のことをよく知っている。そうだ、二、三日そばについていてやって、それから打ち明けるのがいいんじゃないか。

そうすれば、裏切ったとばれるまで、しばらくは彼女と一緒にいられる。

違う、そうじゃない。自分のことはどうでもいい。エイダンの言うとおりだ。これがベイリーにとっていちばんいいんだ。

クレイはとにかくそうできることを願った。

21

「聖なる父よ、われらが神よ。あなたの子、タズマニアの身体をいま土にお返しいたします」

一一月の寒風がベイリーのコートの前を開き、頬を刺した。ティム神父の言葉を耳にして、彼女は大きく息を吸い、クレイにもたれかかった。二日前、彼がパブに探しに来てくれてからずっとそうしている。ベイリーはその腕にしがみつき、彼からこの試練に耐えるだけの力をもらった。

ティム神父は彼女を見やり、悲しげな笑みを浮かべた。彼女はうなずき、脇に置かれていたバラの束から一本手に取ると、小さな白い棺の上に供えた。ロブ、ジョー、スーズも彼女にならった。タズの父は出席していない。連絡はしたのだが、彼はロブに逆にきいてきた。タズはもう役立たずなのに、なんでわざわざ行かねえとならないんだ。どのみちこうなる運命だったのさ。

でも、タズには運命を変えるチャンスがあった。なのに、彼女はそれをみすみす手放してしまったのだ。なぜタズがコンクリン夫妻のもとを離れて仲間のところに戻ったのか、わけはだれも知らない。でも、理由なんてどうでもよかった。いずれにしろ、彼女はニューヨークに戻って死んでしまったのだから。

スーズ、ジョー、ロブが花を供え終えると、クレイも同じことをした。表情はやつれ、口の周りに深いしわが寄っている。こめかみのこぶは小さくなり、傷もかなり癒えているが、顔色は冴えない。この二日間、ベイリーの支えになってくれたが、いまの彼はとても壊れやすく、信じられないほど悲しげな顔をしている。ベイリーを愛しているからこそ、彼女が悲嘆に暮れているのを見るのがつらいのだろう。それに、と彼女は思った。クレイはタズのことを心から気の毒に思ってくれているのだ。

献花が終わると、ベイリーは最後にもう一度棺のそばに寄った。気配で、クレイが背後にいるのがわかった。彼女は身をかがめ、その何の飾りもない箱にキスをしてつぶやいた。

「タズ、本当に、本当にごめんなさい」

上体を起こして振り向き、クレイを見た。両目が濡れている。やっぱり、わたしはこの男《ひ》性《と》を愛してる。ベイリーは彼に寄り添った。肩越しに見やると、うしろに兄たちがスーツ姿で立っていた。みんな、来てくれたんだ。ベイリーの目から涙が溢れた。彼女は一人ひとりとハグをして言った。「来てくれてありがとう」

彼らはお悔やみの言葉を口にし、彼女をしっかりと抱きしめた。

「パブにおいでよ」葬儀が終わり、エイダンが言った。「エスケープのひとたちも誘ってあるからさ。ビールでも飲んで、軽く昼飯を食べよう。おまえの好きなひとたちと一緒に過ごそう」

彼女はまずクレイを見た。「ローリーを迎えに行かなくちゃ」

クレイが何か言うより早く、パトリックが答えた。「ブリーが迎えに行って、パブに連れてきてくれるよ」

彼女はもう一度クレイを見た。「いいじゃないか、ハニー」クレイが言った。

「じゃあそうするわ」

ふたりはレンタカーのグレーのセダンに乗り込んだ。車内の暖かさが冷えた身体に心地良かった。「どうもありがとう」ベイリーが彼の濃紺のスーツの膝に手を置いて言った。彼女のワンピースも紺だ。でも、今朝この服を選ぶのもクレイの手を借りなくてはならなかった。

彼の微笑みは温かく、愛に満ちていた。「ずっときみのそばにいるよって言っただろ」

「ええ。おかげでなんとか持ちこたえられてる」

「愛してるよ。そのこと、きみが忘れないでいてくれることを願うよ」

なんてばかなことを言ってしまったんだ。クレイはすぐに後悔した。だが疲れ切っていたからだろう、彼女は気づかなかった。頭をシートにもたれさせて、彼女が言った。「でも、お礼を言ったのはそれじゃないの」

「どういう意味？」

「お葬式代、払ってくれてありがとう」

「どうして……」

「どうして知ってるかって？　葬儀のあとで代金を払いに行ったら、匿名のだれかが寄付してくれて、もう済んでるって言われたから」

「それがどうしてわたしだと？」

「だって、あなたがどんなひとかは、よくわかってるもの。心が広くて、誠実で、素晴しいひとよ」彼女は喉の奥にこみ上げてきたもので言葉に詰まり、薬指の結婚指輪をいじった。「何もかもわたしが間違っていたわ」

「ハニー……」

彼女は目を閉じ、シートにさらに深く身体を沈めた。クレイが手を伸ばして彼女の腹をさすった。「わたしたちの娘は元気かい？」

「娘？」

「ああ。きみにそっくりの子になるよ」

「なんだかもう親ばかみたいね」

「そうじゃない。この子は恩人なんだ。この子のおかげで、きみのお母さんの逆鱗に触れずに済んだんだからね」

彼らは彼女の両親と、もちろんローリー――もう一緒に住んでいるのだから、当然だが――に、ふたりはもう夫婦だと伝えた。母親は悲しみに涙をこぼしそうになったが、彼女が結婚だけでなく、妊娠もしていると知ったとたん、ころりと態度を変えた。母は突然、いかにも祖母らしい反応を見せるとベイリーを抱きしめた。それ以降、クレイに対する態度も少し柔らかくなった。父は自分の過去のことがあるだけに母よりも寛大で、赤ん坊ができたと聞き、終始にこにこ顔だった。兄たちはまだ評決を下していなかったが、エイダンはクレイとうまくいっている様子だった。

　クレイとパブに着いた。ベイリーはくたくただったが、友人や家族の温かさに包まれると、少しは気分が晴れた。正午ごろにブリーがローリーを連れて現われ、パトリックは一緒に食べないかと彼女を誘った。ブリーは最初どうしようかと悩んでいたが、そうすることにしたようだった。昼食は打ち解けた雰囲気で、とても楽しく、ベイリーは束の間だがほっとすることができた。二時近く、エスケープの人々がそろそろ行くよと言った。

　スーズが彼女をしっかりと抱きしめた。「元気出しなよ。なんとかなるさ」

　ロブとティム神父は、彼女にカウンセリングを申し出た。

　ジョー・ナターレは彼女を大きくハグし、「おまえのことは、おれたちがちゃんと面倒見てやるからな」としわがれた声で言った。彼はまだ、クレイとは口をきこうとしなかった。

　彼らが帰ると、ベイリーはあくびをした。

「疲れただろう」クレイが彼女に言った。「わたしたちも帰ろう」

　ベイリーはクレイに腕をからませ、頭を彼の肩に乗せた。「お昼寝がしたい」

　ローリーがお絵かきをしていたバー・スツールから滑り降りると、クレイのスラックスをつかんだ。「おひるねやだあ。もうおっきいもん」

「ママのお昼寝だよ」そう言うと、クレイはローリーの髪をくしゃくしゃっと撫でた。

「えいがにいきたい」

息子のこの言葉に、ベイリーが固まった。この二日間、彼女は片時もクレイのそばを離れていない。彼が着替えを取りにタウンハウスに戻るのにさえついていった。彼女は息子の腕に触れて言った。「今日はだめなの」

「『スパイダーマン3』みたいもん」典型的な五歳児のぐずり方だ。

彼女の中からパニックが泉のように湧き出してきた。鼓動が速まり、全身が冷や汗でじっとりとする。クレイはすぐにそれを察知して言った。「ママが起きてから三人で行こうか」

「おれがキャスリーンと一緒に連れていってやるよ」と、パトリックが言った。バー・カウンターの中で、彼らの会話を聞いていたらしい。

ブリーがローリーのふくれっ面を目にし、ベイリーにいま何が必要なのかを察して申し出た。「わたしも行くわ」彼女はローリーが自分のことを第二の母親のように慕っていることを知っていた。「それだったらいいでしょ。四人で『スパイダーマン2』を観に行ったときと同じじゃね」

「うん……いいよ」彼はベイリーをじっと見つめた。「でも、クレイもいっしょがいいな」

「そうね、スウィートハート」

「ぼくのママだよ」彼はそう言うと、ベイリーに抱きついた。

「うん、そうよ、ママよ。いまはちょっと悲しいだけ。クレイにそばにいてもらわないとだめなの」

「ぼくだって」

ベイリーのアパートに戻ると、クレイは彼女のコートを脱がせてハンガーにかけた。それから両肩に手を置いて優しく言った。「きみが寝たら、ちょっと電話するね」

彼女はクレイの手を握り、甲にキスをした。「ええ」寝室に行き、クレイは彼女のワンピースの背中のジッパーを下ろした。それから全部自分のものだと言いたげに、腰をかがめて彼女の背骨にキスをした。

「うーん、いい気持ち」

彼がワンピースを肩からずらすと、それが床にすとんと落ちた。彼女が振り向いた。身にまとっているのはスリップ一枚だ。「それで寝られるの?」

「ええ」彼女はベッドをあごで示した。「添い寝して」

「いいよ。電話を済ませてからね」

ベイリーはベッドに横たわり、彼を待った。柔らかなコットンのシーツと毛布にくるまりながら、自分の人生に思いを馳せる。まだ決めてはいないけれど、タズが死んだと知ってはっきりしたことがひとつある。ベイリーのエスケープでの仕事は――そしてガーディアンの仕事も――もう終わった。彼女の家族はクレイのことを知っている。じきにジョンとクレイの両親にも結婚の報告をする。そうしたらふたりのことが公になるだろう。もう素性を隠して働くことはできない。それに、子供たちをギャングから抜けさせたいという思いはもうない。それは、さっきあとにしたばかりの墓に埋めてきた。でも、これからの人生についてはいまだ考えたくなかった。家族に囲まれて、クレイがそばにいてくれれば、それでいい。

一五分待った。何してるの？　ベイリーは急に不安になってきた。この二日間、クレイが隣にいなければ、眠ることもできなかったのだ。彼女は起き上がるとベッドルームを出た。

彼はキッチン・テーブルの前に、こちらに背を向けて座っていた。スーツの上着を脱いでおり、広い肩がライト・ブルーのシャツを盛り上げている。「わかってるよ、ネッド。気の毒に思う。だけど、こっちだってほかに何の情報もないんだ」

ネッドって？　プライス？　どうして彼と話してるの？

「いいか、ネッド。わたしだって自分の気持ちを整理してるところなんだ。しばらく――」

彼が椅子の上でわずかに身体をずらすと、彼女がいるのが目に入った。「おい、もう切るぞ。また電話する」クレイはボタンを押して電話を切った。

「ネッド・プライス？」

「ああ。その……ちょっと情報が欲しかったらしくて……」

ベイリーは激しくかぶりを振った。「タズのことなら聞きたくない」

クレイは面食らった顔をした。「じゃあ、どうしたいんだい？」

「ベッドに来て、わたしが眠るまで抱きしめていて」

「するって言っただろ」

彼女は手を差し出した。「行きましょう」それから、テーブルの上の携帯電話を見やって言った。「それは置いていって。何にも邪魔されたくないの」

彼はつらそうな顔をし、続いて表情が消えた。顔色が青い。ゆっくりと腰を上げると、彼女の手を取った。「そうか、わかったよ。さあ、ひと眠りしよう」

この一週間のベイリーの様子について、クレイにはいくつか気がかりなことがあった。彼にべったりと依存したままで、まるで彼女らしくない。毎日二四時間、彼女のそばにいられるのは嬉しかったし、ソーンには二、三日休むと伝えてある。議会は休会中だから、急を要するような仕事もない。だから時間がないとか、気が乗らないとか、そういうわけではない。でもこの依存ぶりは、とにかくそばにいて欲しいと要求してくるさまは、ふだんの彼女の行動からは考えられなかった。ベイリーは自分の目の届かないところにクレイが行くことさえいやがった。

もうひとつ気がかりなのは、彼女がエスケープやガーディアンやタズのことをかたくなに口にしようとしないことだった。だから、先日の晩の七時ごろ、突然きかれたときは、ひどく慌ててしまった。ベッドに寝転んだままふたりでテレビを観ているとき、ベイリーは出し抜けに言った。「あの子、どうして戻ってきたんだと思う？　せっかくロチェスターになじんだのに」

クレイはリモコンを握りしめ、予期せぬ質問にどう対応していいかわからず、答えに窮した。「え……うーん……それって大事なことかな？」

「いいえ、べつにいいの。結果は一緒だから」

話したそうだったし、そうするのが彼女のためになると思ったので、クレイはテレビを消して脚を伸ばすと、片肘をついて頭を手で支えた。パジャマの下に、上はグリーンの長袖ポロシャツというくつろいだ格好だ。彼女はベビー・ピンクのスウェットの上下で、手をお腹に当てている。まるでふたりの赤ちゃんを守るかのように。「ねえラブ、結果は一緒って、どういうこと？」

彼女の顔が青くなった。「ユース・ギャングに対するわたしのやり方は間違ってた。わたしが頑固だったせいで、あの子は死んだのよ」ベイリーは彼のほうを向いた。「あなたに言われたときに、あの子に連絡してもらっていれば、もしかしたら……」彼女は目を潤ませて唇を噛んだ。「もしかしたら生きていたかもしれない」

「そんなふうに考えるのはよくないよ、ハニー。タズが亡くならずに済む方法があったかどうかなんて、だれにもわからないだろ」

ベイリーは肩をすくめた。

「それとね、きみが始めたから話すけど、スーズとロブとジョーから何度か電話が来てる。ティム神父からも。みんな心配しているよ」

「ごめんなさい。みんなにはもうすぐ連絡できると思う」ベイリーが起き上がろうとした。

クレイは彼女の腕をつかんで引っ張った。「エスケープのことは、どうするつもり？」

彼女の大きな青い瞳がまん丸くなった。まるで、答えはわかり切ってるでしょう、とでも言いたげに。「どうもしないわ。もうわたしのものじゃないから。エスケープにもガーディアンにもかかわりたくない」彼女は口を真一文字に結んだ。「だって、わたしにはもうギャングの子たちを相手にする仕事なんかできないもの」

「ベイリー、タズが亡くなったのはきみのせいじゃない」声に必死さが出ているのはクレイ自身にもわかっていたが、黙って彼女にこのまま自分を責めさせるわけにはいかなかった。

「わたしのせいに決まってるわ。わたしのやり方が全部間違っていたの。あなたが言ったとおりよ」

彼は大きく唾を飲んだ。言うしかないのはわかっている。もしそれ以外に彼女の不当な罪悪感を拭い去る方法がないのなら、仕方がない。もちろん、ほかの選択肢がないわけではないが、嘘の上にふたりの人生を築けるはずもない。それでもやはり、クレイは不安だった。わたしがしたことを耳にして、ベイリーははたして耐えられるだろうか。

そのとき階段から音が聞こえ、クレイが白状する機会は失われた。エイダンは今日、ローリーとそのほかの甥や姪を連れてロックフェラー・センターの休日前のイベントに行っていた。エイダンよりも早くローリーが寝室の戸口に現われ、ジャケットにジーンズ姿のまま、ベッドに向かって飛び込んできた。クレイが素早く反応して、彼を捕まえた。「こらこら、ママのお腹に気をつけるんだぞ。とっても大切なものが入ってるんだからね」

ローリーがベイリーを見やった。「あかちゃん」

彼女は息子の肩を握った。「ローリーの弟か妹よ」

彼が顔をしかめた——オニール家伝統の表情だ。「あかちゃんのほうがすきになるの？」

「いいえ、そんなことないわよ、ハニー。どうしてそう思うの？」ローリーは指をくわえ、母の横にいるクレイに甘えるように身体をすり寄せた。ベイリーは戸口に立っているエイダンを見やった。

エイダンが肩をすくめた。「ローリーのやつ、ママはもうぼくと遊んでくれないんだって言うんだ。違うんだよって、何度も言って聞かせたんだけど……」

ベイリーはローリーの髪にキスをした。「ごめんね、ローリー。言ったよね、ママの大切なひとが死んじゃったの」

「ぼくじゃないもん！」ローリーがけんか腰になって言った。

いつまでもこうしてるわけにはいかない……。クレイは思った。

ベイリーも同じ気持ちだったのだろう。「そうね、ローリーの言うとおりだわ。あなたは生きてて元気なんだし、ママと一緒にいないとだめだよね」彼女はちらっと時計を見て続けた。「じゃあ、今晩はママが一緒にお風呂に入って、お話を読んであげる。どう？」

「ママといっしょがいい」

彼女はベッドから降りると、ローリーを抱きしめた。「そうね、行きましょう」それからエイダンに向かってうなずいた。「一緒にご飯食べていって」

エイダンがクレイを見やった。クレイはうなずいた。みんながクレイの合図を待っている。彼はもうここの家族の一員なのだ。

「じゃあ、そうしようかな」エイダンが言った。「子供たちはみんなハッピーセットを食べたけど、ぼくはやめといたから」

クレイが作りかけのパスタ・ソースがあったので、男ふたりはキッチンに行き、料理の最後の仕上げに取りかかった。部屋の隅の小さなテレビの音と、バスルームからきゃっきゃっという声が聞こえるなか、ふたりは世間話をした。クレイがソースをかき混ぜ、なべで湯を沸かし、エイダンはサラダ用にレタスをちぎり、野菜を切った。

支度が済むと、ふたりは酒を手にキッチン・テーブルの前に腰を下ろした。エイダンが尋ねた。「で、あいつはどうですか？」

「少しはよくなったんじゃないかと思う」クレイはベッドルームに向かってうなずいた。

「ほっとしたよ」

「そうですね」

エイダンがテーブルのナプキンをいじりながらきいた。「いつまで続けられそうですか？」

クレイは腕時計のカレンダーを確認した。「月曜はやらなくちゃならないことがある。もう一日中一緒にはいられない」

「たぶん、そのほうがあいつのためになると思います。あなたから少し離れたほうがいい」

「そうだな。それにいつかは……」クレイは言いかけてやめた。彼が何をしたのかは、エイダンも知っている。でもふたりはまだ、それについて率直に話し合ったことはなかった。

エイダンは自分の飲み物を手にしてごくりとひと口飲むと、テーブルの向かいに座る男に意味ありげな視線を向けた。彼の目の色はこんなにもベイリーとそっくりだったのか、とクレイはあらためて思った。それと、ひとをまっすぐに見るところも同じだ。エイダンが言った。「例の件、べつに何もしなくていいですよ」

「え？」

「ぼくのほかにだれが知ってるんですか？」

クレイは椅子の背にもたれ、グラスの中の琥珀色の液体をじっと見下ろした。「ネッド・プライス。この件にかかわった警官だ」

「そのひとは黙っていられますか？」

クレイは顔を上げ、ベイリーの兄を見つめた。「わたしが頼めばな」彼はスコッチをすすった。「でも、そうするつもりはない」

「どうして？　ベイリーのためには、それがいちばんなんですよ」

「嘘からふたりの人生を始めることがか？」

「それがあいつにとってベストなら」

「だめだ。いつかばれるかもしれない。わたしにはできない」

「何ができないの？」ベイリーが戸口に立っていた。「ふたりで何の相談？」

「いや、何でもないよ」

彼女は食器棚に向かい、皿を出しながら言った。「わたしのことだったら、聞きたくないからね」

まるで彼女らしくない。クレイの心がきりきりと痛んだ。彼女の兄は心配そうに眉をひそめた。

クレイが食事をテーブルに並べた。食べているあいだ、彼は向かいの席に座る女性をずっと見ていた。マカロニを少しずつ口に運ぶだけで、さっきからミートボールをフォークで突いて皿の上で転がしてばかりいる。タズが死ぬ前、彼女はいつだっておいしそうに食事をしていた。それがいまは、赤ん坊のために最低限必要な量は食べているが、まるで楽しそうじゃない。これもクレイが彼女にしてしまったことを示す証拠だった。今晩は少し顔が青いようだ。瞳はいつもと同じくひどく悲しげだ。くそっ。クレイは自分に問いかけた。彼女のためにこのまま黙っていたほうがいいのか？　それが本当に彼女にとって、赤ん坊にとっていちばんいいのだろうか？

ベイリーはこの一週間で初めて、思い切りお腹の底から笑った。クレイはタウンハウスの上の階でシャワーを浴びていて、彼女はひとりでテレビを観ていた。昼間にやっているくだらないコメディ番組だが、おかしかった。

ＣＭのあいだ、彼女はリビングルームを見回して思った。ほんと、いいところね。場所もいい。そろそろローリーと一緒に移ってきてもいいかもしれないわ。まずはその件についてクレイと話さなくてはならない。だから、今日はだれにも邪魔されずにゆっくりできるのが嬉しかった。ローリーは、今日はお泊まりだった。今回はディランと彼の息子のホーガンと一緒で、週末をキャッツキル山地で過ごす。つまり、今週末は彼女とクレイでふたりきりの時間を過ごせるというわけだ。

持ってきた鞄の中身を思い出し、彼女の顔に笑みがこぼれた。中にはセクシーな下着が入っている。これからもしっかりと生きていこう。彼女はそう心に決めたのだ。悲しみはまだ消えていないけれど、クレイとまた愛を交わす心づもりもできていた。早くしたい。彼女の身体の中でホルモンが暴れ回り、欲求を満たして欲しいと騒いでいた。

シャワーの音が止まった。続いて、玄関のほうからガサっという音。郵便だ。ベイリーは立ち上がって玄関口に向かい、一一月の冷たい外気の中に出た。暖かいグレーのフリースの上下に感謝しながら、彼女は手紙や雑誌類を郵便箱から引き出し、家の中に戻った。どれもクレイ個人宛のプライベートな郵便のはずだ。ほかのものはすべて事務所に届く。月曜には彼が戻らないといけないところに……。彼女はその思いを振り払い、郵便の束を持ってサイドボードに向かったが、途中で誤っていくつかを床に落としてしまった。拾おうと前屈みになったときに目に飛び込んできたのは、電話料金の請求書、手紙、そしてニューヨーク州ロチェスターからのものが二通。あら？　どうしてそんなところから手紙が来るのかしら？　不思議に思い、送り主をよく見てみた。ストロング・メモリアル病院。州保安官事務所。寄付のお願いかしら？　それとも講演の依頼？　上院議員は有権者を前にしての演説の依頼をしょっちゅう受ける。でも、どうしてそれが事務所じゃなくて、彼の自宅に？

階段を上ってくる音が聞こえ、続いてアフターシェーブ・ローションの香りが漂ってきた。クレイが背後に立った。「何してるんだい？」彼は両腕を腰に回し、あごを彼女の肩に乗せた。

「郵便を取ってきたの」

「そうか」彼は首に鼻を押しつけた。「ほかの女性からの手紙でも探してたのかな？」

彼の腕の中で、ベイリーはくるりと向きを変えた。顔はシャワーの熱で赤らんで、髪はまだ濡れている。ジーンズに長袖Tシャツ。とてもいい匂いがした。「あら、上院議員さん、だれかいるのかしら？」

「山ほどね」

彼女はにやりと笑った。「ふうん、だったらそのひとたちとあなたのご家族にそろそろ言ったほうがいいわね。もう売約済みだって」

彼が戸惑った顔をした。「ハニー……わたしだってできればそうしたいよ。でも、まだ早すぎる」

「どうしてなの、クレイ。よくわからないわ。もう何カ月も前から公にしたいって言ってたのはあなたでしょ。いまは、わたしがそうしてって言ってるのよ。もう発表したっていいでしょ」

彼の表情がつらそうになった。どうしてなのか、彼女にはさっぱりわからなかった。「ああ――」彼が折れて言った。「わかった、わたしの家族に言おう。セッティングするよ」

「やった」

クレイは彼女をハグし、郵便物を手に取り、何が届いたのかをざっと確認した。彼の手が急に止まった。手紙を一通握っている。彼女の目に、ロチェスターの住所が見えた。「何通か、送り主の住所を見ちゃったんだけど、ロチェスターから何が来たの？」

「え？　うーん……さあ」

「開けてみて」

クレイは大きく息を吸い込んだ。Tシャツの下で、彼の筋肉が強ばるのがわかる。振り向くと、彼は怖い顔をしてベイリーを見つめた。「ベイリー、話があるんだ」

悪い予感が津波のような勢いで彼女を襲った。何かいやなことだ。彼女が聞きたくない何かに違いない。彼の暗い眼差しも、冷ややかな声もそれを物語っていた。「いいわ。話しましょう。でも、あとでね」

「あとでって、何の？」

両腕を彼の首に回すと、ベイリーは笑みを浮かべた。「したいの、クレイ。ごぶさたでしょ」

「スウィートハート、本当に？」

「いやなの？」ベイリーが身体をすり寄せた。彼が反応しているのがわかる、それもはっきりと。「そうでもない、みたいね？」

クレイは彼女の腰をつかんだ。「したいよ、もちろんさ。長いことしていない。だけど……」彼は手紙の束をちらっと見やった。

再び、恐怖が彼女の全身を貫いた。「手紙はあとで読めばいいじゃない」ベイリーは彼のからだ」
「わかったよ」彼の声にはどこかあきらめたような響きが感じられた。「しよう。話はそれ
頭を強く引き寄せると、激しくキスをした。

クレイは頭の中を駆けめぐる諸々――内緒にしておいたほうがいいとエイダンに言われたこと、ロチェスターからの手紙、ネッド・プライスが回答を待っていること――をすべて無理やり振り払うと、ベイリーを連れて階段を上がった。ベッドルームに入るや、彼女はバスルームに直行した。クレイはブラインドを下ろし、ステレオをつけ、シーツを敷いた。出てきた彼女の姿を目にし、クレイの鼓動が一気に高まった。美しい刺繍入りの、ピーチ色のシルクのスリップをまとっている。彼女のこんな姿を見るのはこれが最後かもしれない。そう思うと、クレイの喉の奥に何かがこみ上げてきた。

複雑な作りのストラップをいじりながら、彼女がなまめかしいが、少し意外そうな顔を浮かべた。「お気に召さなかったかしら？」

「いや、最高だ。それも、もちろんきみも」

「なんだかすごく悲しそうよ」ベイリーは彼のもとに歩み寄ると、口の周りのしわをそっと撫でた。「どうして？」

「きみは欲望と悲しみを勘違いしてるね」クレイは彼女をわざと乱暴に引き寄せ、下腹部を彼女に押しつけた。「猛烈な、原始的欲求さ。きみが欲しくてたまらないよ、ラブ」

彼女も同じ動きで、それに応えた。「わたしも、あなたが欲しくてたまらない」それから ささやいた。「わたしの夫と、また愛を交わしたい」

「うん……」彼はこみ上げてくる感情をこらえた。「奥さんにそう言ってもらえるのは最高の気分だね」

「よかった。だってこれから何十年も言うから」

いや、それはないだろう。もう一度、クレイはその思いを頭から追い出した。彼が時間をかけてスリップのストラップを外すと、キュートで官能的なその下着が床に落ちた。彼女の肩に唇を這わせながら、震える指で敏感な脇腹をそっと撫で、続いて手のひらで身体を包み、滑らかな曲線にそって上下に優しく動かした。「すごく素敵だよ」

「すぐにおデブになっちゃうわ」ベイリーは息も絶え絶えにそう言うと、彼の腕にしがみついた。

クレイの手が彼女の下腹に伸びた。「そんなことないさ、きれいだよ。きっと、これからもずっと。そばでいつも見ていたい」もし、そばにいられたなら。

指を彼女の髪の中に入れる――この艶やかで豊かな黒髪にも、二度と触れないかもしれないのだ。彼は手を下に滑らせ、脚の付け根に生えている毛も撫でた。

クレイが指を一本、中に滑り込ませると、彼女は身体をびくっとさせ、ため息を漏らした。こういう姿を二度と見られないかもしれないなんて。もしそうなったら、わたしはこの先どうやって生きていけばいいんだろう。彼女の中から湿り気を導き出しながら、クレイの喉のあたりにそんな思いがこみ上げてきた。彼は指を抜くと、彼女の局部を手で包み、手のひらを押しつけながらゆっくりと動かした。

彼女が頂点に昇り詰めた。吹きすさぶ外の寒風のような激しさとは違う。穏やかな夏の霧雨のように、彼女の温かな洪水がクレイの手を包み込んだ。彼女が漏らす喘ぎ声はどこまでも優しかった。「ああ、クレイ、いいわ、クレイ」

クレイは抱きしめたままベイリーが鎮まるのを待ち、それから彼女の前にひざまずいた。これが最後かもしれない。そう思いながら、クレイは彼女の身体をむさぼるようにもう一度手を動かした。だが今度も至上の優しさと敬愛の気持ちは忘れなかった。男がセックスの最中にそんなふうに感じられるなんて、彼自身、思ってもみなかった。彼女が二回目のクライマックスを迎え、硬直した身体から力が抜けていくのが伝わってきた。クレイは両手で彼女のヒップを優しく撫で、それから立ち上がって言った。「本当にきれいだよ」

ベイリーは彼の首に鼻を押しつけて言った。「全部あなたのものよ」

いまのところは、な。惨めな思いに、クレイの心がふさがった。

クレイはベイリーを抱き上げてベッドに連れていこうとしたが、彼女がその手を押しとどめた。「だめ、今度はわたしの番よ」久しぶりだから、彼だって我慢できないはずなのに、わたしを満足させるために自分を抑えて奉仕してくれたんだもの。ベイリーは彼の肌の温もりを感じながら、してあげたかった。彼女はポロシャツを脱がせると、両手で彼の胸を撫で回し、くぼみというくぼみを探し当てては、そのあたりの筋肉をひとつひとつ、羽根のように軽いタッチで刺激した。続いて乳首を舌で転がすと、彼が思わず呻き声を上げた。「ああっ、ベイリー、愛してるよ」

ジーンズのベルトをしばらくもてあそんでから外す。ジッパーも焦らして下げた。彼の前にひざまずくと、ジーンズとブリーフをたっぷり時間をかけて下ろした。彼がじれったそうに声を漏らした。「ベイ……リー……」

彼のそれは猛々しく隆起していた。そこにキスをし、そっと舐めると、彼はベッドに倒れ込んだ。「ふふふ」ベイリーがつぶやいた。「今度はわたしがたっぷり楽しませてもらうからね」

「頼む、もうだめだ、いきそうだよ……ああ……」

たいして長くはかからなかった。彼は感情のほとばしりとともに昇り詰め、彼女の名を叫び、彼女の頭を抱きしめ、彼女の口の中で果てた。

呼吸が落ち着いてから、クレイは上半身を起こして彼女を引っ張り、ふたりでベッドに倒れ込んだ。ベイリーは彼の胸の上に身体を預けた。下から自分を見つめるクレイの顔に気づいて、驚いた。その表情に広がっているのは……苦痛だった。「クレイ？　何？　ねえ、どうしたのよ？」

その表情はすぐに消えた。クレイは彼女の髪をうしろに撫でつけ、唇にキスをした。「あんなことをしてもらったんだよ。どうもするわけないだろ？　ねえベイリー、わたしがきみのこと、どんなに愛してるかわかるかい？」

「ええ。わたしも同じくらい、いっぱい愛してるわ」ベイリーは彼の耳にそっと歯を立て、わざと明るく振る舞った。「まだこれからよ。わかるでしょ?」

彼は首をそらすと、声を上げて笑った。「そうか、じゃあちゃんと満足させてあげよう」そう言うと、体を入れ替えて彼女の上に乗った。

今度はあっという間で、さっきよりも少し荒っぽかった。今日のセックスはなんとなくやけになっているような感じがする。事が済み、ふたりで手足をからませ、汗まみれのまま乱れたシーツにくるまって横たわりながら、彼女はぼんやりとそんなことを思っていた。

ベイリーがクレイの胸の濃いブロンドの体毛を撫でていると、彼が言った。「ベイリー、ひとつ覚えておいて欲しいことがあるんだ。ジョンが生まれたことを除けば、わたしの人生でこれほど素晴しいことはなかった。本当だよ」

「セックス?」

「というか、きみと一緒にいることがね。こんなに近くに感じられるなんて、ほかの女性ではありえない」

ベイリーは彼の下の毛をいたずらっぽく撫でた。「そうね、ほかの女には近づかせないわよ。ぜったいにね」

クレイは彼女の手をつかむと、自分の手でしっかりと包んだ。「そうあることを願うよ、心からね。わたしがこれから言うことを聞いたあとでも」

「クレイ、わたし――」

「ベイリー、ちゃんと話さないとだめなんだ。それも、いまじゃないと。これ以上ずるずると延ばすわけにはいかない」

彼女は身体を離そうとした。「聞きたくない」

「だめだ。でも、まずは服を着よう。そのほうが話しやすいから」

彼女はシーツをつかむとあごまで引き上げた。「いやよ。服なんか着たくない。ここにいるの、このまま」

「わかった。じゃあそのままでいい」

彼女は頭を枕に乗せて仰向けで横たわっていたから、クレイは両手を枕の両側につき、上から険しい目で彼女を見下ろしながら言った。「タズが亡くなったのはきみのせいじゃないんだよ、スウィートハート」

ベイリーが首を振ると、黒々とした髪が枕の上に広がった。「タズの話はしたくない」

「しなくちゃならない」

ベイリーは彼の胸を手で押した。「起こして」

クレイは動かず、彼女をそのままの姿勢にさせたまま言った。「ベイリー、ちゃんとわたしの目を見て」

しばらくして、ようやく彼女はそうした。

「きみに責任はない。あれは、わたしのせいだからだ」

彼女の身体が固まった。「どういう意味?」

彼が大きく息を吸った。まるでそうしないとしゃべれないかのように。「メイジーから脅されているのがわかって、きみが怒ってエスケープを飛び出していったあと、わたしはロチェスターまで車で行ったんだ」

「ロチェスター？」

「タズが通っていた学校に」

「どうしてわかったのよ？　タズが移った場所と学校が」

「きみがロチェスターに行くときに、ぽろっと漏らしたんだ。ガーディアンの予算のことで、わたしが携帯に電話したときに」

「えっ……あっ」記憶が戻るとともに、彼女の中に暗く、そして自らをとがめる思いが沸き上がってきた。

「彼女がどこに住んでいて、どこの学校に通っているのか、大学時代のルームメイトの助けを借りて突き止めたんだ。そいつは私立探偵をしている」クレイは彼女をじっと見つめた。

「きみとタズが初めて会った日、一緒にいるところを見つけた男だ」

「わたしを尾行させたの？」

「一度だけだ」

「信じられない。あなたはだれの住所でもわかるなんて言って笑ってたけど、まさかほんとにそんなことをしたなんて。その私立探偵がわたしのあとをつけた。で、今度はタズの居場所を調べさせたのね」

「彼女の居場所を探してくれと、わたしが頼んだんだ。それで会いに行った」

ベイリーは唇を噛んだ。「あの子に何を言ったのよ?」

「メイジーがきみを脅していると。それと、わたしたちが結婚したことも」

「あの子、それだけでメイジーの居場所を教えたの?」

「いや、きみが妊娠していると知って、それでようやく」

「どうしてそんなことまで……」彼女はある晩インターネットで交わしたタズとの会話を思い出し、胸が締めつけられた。

子供は?

できるといいな。いちばん欲しいのは子供なんだ。なあ、妊娠ってどんな感じだった?

素敵だったなあ。これまでの人生でいちばん大切な経験だったわ。あと、おっぱいをあげるのもね。

奇跡だよね。

神様の贈り物よ。

クレイは話を続けた。「彼女、どうして戻ってきたんだろう。どう考えてもわからないんだよ、ベイリー」

「わたしにはわかる。あの子たち、仲間は裏切らないの。場所を教えたあと、タズはいろいろ考えたのよ。それで、仲間に危ないと伝えるために戻ってきた」彼女の両目に涙が溢れた。

「そして、メイジーはあの子を撃った。ギャングを抜けるのは許されないから」

「そういうことか。とにかく、こんなことになって本当に申し訳ないと思ってる」

「申し訳ない、ね」

「ああ」

ベイリーはクレイの顔を黙って眺めた。彼は自分が打ち明けたことについて混乱している様子だった。「もう起きてもいいでしょ？」

「どうして？」

「さっきあなたが言ったとおりだったわ。着替えたいの」

ふたりが服を着るあいだ、部屋は深い沈黙に包まれていた。心の底から湧き上がる感情をいまにも吐き出してしまいそうになりながら、ベイリーは重い足取りで部屋を出た。ひと言も発しないまま、そのまま階段を下りた。クレイもうしろについていった。

リビングまで来ると、ベイリーは振り向き、お腹を抱きかかえるように両腕を組んだ。

「何て言ったらいいのかわからないわ」

「いまの気持ちを聞かせてくれ」

「ぼう然、ショック、それと……悲しい」

「これからどうする？」

「何を？」

「わたしたちのことだよ。これからどうなるんだ？」

一瞬、彼女はパニックに襲われかけたが、落ち着くように自分に言い聞かせた。もう、だれにも頼ることはできないのだ。「わからないわ」彼が近づいてきたが、彼女は身体の前に両手を掲げてそれを制した。「やめて、近寄らないで」

彼は少し間を置いてから言った。「いまは？　それとも永遠に？」

「わからない」ばかみたいに聞こえるのはベイリーにもわかっている。でも、さっき聞いたことがまだうまく飲み込めていない。頭がうまく回らず、何も考えられなかった。

「許してくれる？」

「答えられないわ」早くその場から逃げ出したくて、彼女はコートを探してあたりを見回した。コートは椅子の上に置いてあった。それを羽織ると、扉に向かい、玄関口で彼を振り向いた。顔に苦渋の表情が浮かんでいるのを目の当たりにして、ベイリーは大きく唾を飲み込んだ。「クレイ。わたしたち、こんなことがあったのに、うまくやっていけると思う？」

「正直、わたしにもわからない。だが、努力したい」クレイは彼女の腹に向かってうなずいた。「赤ん坊のこともあるし」

彼女は手でお腹に触れた。「わかってる。でも、時間をちょうだい。よく考えたいの」

彼のブランデー色の瞳が何かを語った。ベイリーがさっきパニックを起こしかけたときと同じような何かだ。「ここに残って、考えられないのかな？」

ベイリーは首を振った。「一緒にはいられないわ」

クレイはまるで強く頬を張られたような顔をした。彼女の愛する男、すべてを無条件で差し出したひと。彼女の夫、この子の父親。だけど、このひとはわたしを裏切ったんだ。でもやっぱり……。

ベイリーは彼のところに戻り、つま先立ちになってハグをした。「愛してるわ、クレイ」クレイの首に両手をかけたまま、次の言葉を探した。「ほんとに、ほんとに愛してる。でも、それだけでいいのかどうか、よくわからないの」

クレイは彼女を、肋骨が痛むくらいきつく抱きしめた。しばらくして、彼はようやくつぶやいた。「行かないでくれ、頼む」

「だめなの」彼女はあとずさりした。涙が両頬を伝って流れていた。

彼の目も赤く、顔は濡れそぼっていた。「わたしが悪かったよ」

「そうね」彼女はきびすを返すと、顔も見ずに言った。「連絡するわ」

22

バード大学の広大なキャンパスは、ハドソン川に隣接する小高い丘に広がっている。晩秋の晴れた土曜日、木々の葉はすっかり落ち、空気は冷たかったが、太陽は川面をきらきらと輝かせ、キャンパス内を歩く人々の身体を温めている。今年、ニューヨークの冬の訪れは遅く、クレイにはそれがありがたかった。厳しい寒さと闘いながら悩みを心の内にしまっておける自信がなかったからだ。

目指すカフェを見つけた。そこでジョンと会うことになっている。息子には、話があるとしか言っていない。自分のしたことをジョンに伝えなくては。それから息子の目に映るであろう失望とも対峙しなくてはならない。とがめるようなベイリーの視線と胸をえぐる言葉の数々は、いまもクレイの脳裏に焼き付いて離れなかった……。

愛してるわ、クレイ……でも、それだけでいいのかどうか、よくわからないの。

クレイは一週間待った。ベイリーの気が変わるかもしれない。彼女が自分の気持ちをはっきりさせるかもしれないし、そうじゃなくても、とにかく連絡が来るかもしれない。だが、電話はなかった。彼の気持ちは暗い絶望と、歯ぎしりするほどの憤りとのあいだを行ったり来たりしていた。ふたりで築き上げたものをどうしてすぐに手放せるんだ。どうして簡単にわたしをあきらめられるんだ。

ジョンがカフェに入ってきた。バード大のロゴ入りのパーカーにジーンズ、濃いブロンドの髪はぼさぼさだ。その姿を見て、クレイは大学時代の自分を思い出した。

ランチ時にしては、ありがたいことにカフェはさほど混んでいなかった。ジョンがテーブルに来ると、クレイは立ち上がって強くハグをした。身体を離すと、ジョンがにっこりと微笑んだ。こういうふうにできるのは何年ぶりだろうか。少なくとも昔のように愛情を表現し合える仲には戻れた。クレイはそれだけでも嬉しかった。

ふたりとも席につくと、息子は父の顔を検分するようにじろじろと眺めた。「どうしたの、大丈夫?」

クレイは大丈夫だと言いかけたが——親なら当然の答えだ——思い直し、ぐったりと椅子の背にもたれた。「実は大丈夫じゃないんだ、ジョン」

「仕事で何かあったの?」

「いや」

「でも、何かとんでもなく大事なことなんだろ？　そうじゃなきゃ、昼飯だけのためにわざわざここまでは来ないもんね」

その言葉は父の胸に、ベイリーを失ってすでに傷ついている彼の心に刺さった。クレイは大きく唾を飲み込んだ。感情の扉は閉じたままにしていた。そこに飲み込まれてしまうのが怖かったからだ。ちょっとでも漏れようものなら、大洪水を起こしかねない。「おまえの言いたいのは、こういう機会をもっと増やさないといけないっていうことか？」

「うん、そうできるといいね」ジョンが笑みを浮かべた。「ぼくはもっと話がしたいからさ」

「そうか、嬉しいよ」

クレイはジョンが来る前にドリンクコーナーからふたり分の飲み物を持ってきていた。彼は自分のコーヒーを暗い顔ですすった。

ジョンがけげんな顔をした。「ねえ、本当にどうしたの？」彼は急に身体を強ばらせた。「まさか、身体の具合が悪いんじゃないよね？」

「いやいや、病気じゃない。おまえに言わなくちゃならないことがあるんだ。だが……」クレイはため息をついた。「それでまたおまえの信頼を失うんじゃないかと思って、それが心配なんだ」

「とにかく言ってよ。なんだか怖いね」

「ベイリー・オニールと結婚したんだ。もう三週間になる。妊娠もしてる」

「えっ？本当に？」ジョンはクレイの手に視線を下げた。指には結婚指輪がはまっている。クレイはふと、ベイリーはまだ指輪をしてくれているだろうかと思った。「できちゃったから結婚したの？」

「違う、違う。本気で愛してる、かなり前からな。それでようやく付き合えるところまで来たら、妊娠がわかったというわけなんだ。彼女が一緒になると言ってくれたときは、最高に嬉しかったよ」

「なら、どうしてそんなに悲しそうなんだよ？　キャリアが傷つくのが怖いの？　もしそうなら、心配しなくてもいいよ。いまはもう、政治家が清廉潔白でないといけない時代じゃないからさ」

ジョンの斜に構えた見方にクレイは悲しくなった。だが、いまはそれどころではない。

「それについては心配していない。本当に、そんなことはこれっぽっちも気にしてないんだ」クレイはコーヒーを口にした。「悲しいのは、もうお父さんがだめにしてしまったからなんだよ」

「彼女との関係を？」ジョンにきかれ、クレイはうなずいた。「どうして？」

「彼女がギャングの若者たちを助けようとしていて、それでお父さんたちが公にもめてるのは知ってるだろ？」

ジョンがにやりとした。笑うと、まだ幼く見える。「うん、父さんにけんかをふっかけたんだろ。ぼく好きだよ、あのひと」

「だろうな」クレイが皮肉っぽく言った。

「本当だよ。彼女、ぼくのことを本気で叱ってくれたんだ。それにあの子も……あっ、そうか！」ジョンの茶色の瞳が輝いた。「ぼく、弟ができたんだ！　それにもうすぐ……どっちだかもうわかってるの？」

わたしたちの娘は元気……。

彼はその記憶を飲み込んで心の奥にしまい込んだ。「いや」

「女の子がいいな」そう言うと、ジョンは父の顔をしげしげと見つめた。「で、何があったの?」

「ベイリーがある子をギャングから抜けさせて、そこのメンバーたちから脅迫を受けた」

「エスケープの場所は秘密じゃなかったっけ? 虐待を受けた女性のシェルターと同じで」

「ああ。インターネットを通じて脅してきたんだ」ジョンは父の言葉の続きを待った。「お父さんは彼女とお腹の子のことが心配でならなかった。だから、その元ギャングの女の子の住所を突き止めて、会いに行ったんだ。ギャングの居所を教えてくれるように説得しにな。それでその子、どうしていいかわからなくなって、昔の仲間に警告しに行ったらしい。ニューヨークに戻って、見つかったときは……殺されていたんだ」

「ひどいな……」ジョンが眉をひそめた。「ベイリーは?」

「無事だ。タズ——っていう名前なんだ——がギャングのたまり場を教えてくれて、警察がベイリーを狙っていたリーダーを見つけた。でも間に合わなくてな、タズは救えなかった」

「そうか……かわいそうに」ジョンはストローをいじった。「ベイリーは怒ってるの?」

「わからない。先週の金曜から会ってないんだ」

ジョンが顔をしかめた。「一緒に住んでないの?」

「そのはずだったんだ。結婚を発表したらすぐにな。事件後しばらくは彼女と一緒にいたんだが、お父さんがしたことを知って、すぐに出ていった」

「彼女、大丈夫なの？」

「それもわからない。会っても話してもいない。ふたりの関係は宙に浮いたままだ。時間が欲しいって言われたんだ。お父さんが裏切ったことについて、頭を整理したいからって。電話は毎日しているんだが、出てくれないし、向こうからかかってくることもない」

「それでか。なんだか、親友でも失くしたみたいな顔してるよ」

「ああ。全部お父さんが悪い」

「大丈夫だって、そのうち戻ってくるよ。いまはちょっと時間が要るだけさ」

「だといいんだがな」

　ふたりはカウンターからサンドイッチを取ってきた。だが、食べ物を見たり匂いを嗅いだりするだけで、クレイは胃がむかむかした。このところずっとそうだった。彼はルーベン・サンドを手に取り、この一週間のことをぼんやりと考えた。ジョンにローリーについてきかれたので、何度か会って一緒に過ごす機会は持っていると伝えた。エイダンのおかげだ。ベイリーの兄はふたりが会える段取りをしてくれ、彼らは三人で動物園に新しく来たヒヒを見にいった。ローリーは、クレイが答えられない質問を次々に浴びせかけてきた。なかでもいちばん答えに困ったのは、〝ママとけっこんしたのに、どうしていっしょにすんでないの〟という問いだった。

　その後、クレイとジョンはベイリーのお腹の子のことや、彼女の今後の出方について語り合った。それからジョンは父と科学室に行っていまやっている実験について説明し、寮の部屋に連れていき、買ったばかりのステレオを自慢した。そろそろ帰らなくてはならない時間が来た。

「ちょくちょくDCに行くこともあるが、ニューヨークにいることが多いと思う。議会が休会中だからな。休みはいつからだ？」

「あと一週間で休みだよ」

「そうか、休み中にたくさん会えるといいな」

「うん、ミュージカルに行くのもいいね」

クレイの顔がほころんだ。この二、三年はいつも、彼がしつこく誘わなくてはならなかった。息子から言ってくれたことなんて一度もなかったのに、いまは少しはいい方向に動いているようだ。彼は心の中で誓った。いい父親になってみせる。ジョンの、ローリーの、そして生まれてくる赤ん坊の父親に。何があろうとも、ぜったいに。

「ブロードウェイのチケットがあるかどうか調べてみるよ。何か見たいのはあるか？」

「そうだなあ、『スーシカル』とか」

はっとして、クレイは思わず息をのんだ。

ジョンは父の顔を見つめた。「それと、今年の感謝祭のディナーは父さんとするよ」

「いつもお母さんのところに行ってただろ？」

「うん。だからそろそろ父さんと一緒もいいかなと思って」

このひと言で、クレイの心はずいぶん軽くなった。彼はジョンを抱きしめた。「嬉しいよ」

「たぶんそれまでには、ベイリーとの仲もよくなってるんじゃない？　そうしたら休みは四人――あっ、四人と半分か――で過ごせるかもね」

ああ、そうなればどんなにいいか。クレイは「そうだな」と答えた。だが息子と別れ、キャンパスを横切って駐車場に向かっているあいだに、例の不安の種が再び蘇ってきた。「そうだな」と、彼はひとりごとをつぶやいた。「でも、どうかな」

「おい、いますぐそこに座ってひと休みしないと、クビにするぞ」パトリックがバー・カウンターに身を乗り出し、ランチ客に給仕して戻ってきたベイリーに言った。兄の青い瞳が腹立たしげに燃えていた。

腰は痛いし、お腹もすいている。でも、彼女は挑戦的な態度で応えた。「どうぞご自由に。そうしたら、ほかのお店で雇ってもらうから。フィフティースとレックスの角のアイリッシュ・パブとかで」

彼はばんとバーをたたいた。「ふざけるな。赤ん坊のこと、少しは心配したらどうなんだ」

「お医者さんに言われたわ、順調だって」

「好きにしろっ」彼は奥に歩いていった。

医者の話を口にしたとたん、その日のことが思い出されて、ベイリーは唇を嚙んだ。本来ならば、クレイも一緒に行くはずだった。彼は毎日、留守番電話に伝言を残してくれている。でも、まだ心の傷は癒えていなかったし、タズが亡くなったことについて彼を責める気持ちもあった。この思いをどうしたらいいのだろう？　無視する？　でもそうしたら、たとえ戻ったとしても、そのうちだめになるかもしれない。それはいやだ。うやむやのまま彼の元に戻るのがよくないことはわかっている。だからこそひとりで産婦人科に行ったのだが、やっぱりクレイが一緒じゃないことが悲しくて、家までずっと泣きながら帰ってきたのだ。

最後の客に食事を出し終え、彼女はようやくバー・スツールに向かった。レジの脇、扉のそばのいちばん端のスツールに腰を下ろし、疲れた足を上にあげた。お腹がすいて倒れそうだった。兄が牛乳とサンドイッチを持ってきて、彼女の前にどんと置くと、何も言わずに歩き去ろうとした。「パディ？」

彼が振り向いた。「何だ？」

「ごめんなさい。これからはもっと休むようにするわ。わたし、感じ悪いわね。自分の問題なのに、兄さんに当たったりして」

パトリックはカウンターの縁を握ると、ため息をついた。「悲しくて、寂しくて、旦那が恋しいんだろ」

「おっしゃるとおり」彼女はサンドイッチを手に取り、ひと口食べた。

「あいつのとこに帰れよ。妻は夫と一緒にいるもんだ」

含みのある言い方だった。「ブリーとはどうなの？」

「ぱっとしないね」兄は首を振った。「あいつ、子供たちをシラキューズの自分の実家に連れていくらしい」そう言って、彼は頭をごしごしとかいた。髪がずいぶん伸びている。こめかみのあたりに白いものが混じっていることに、彼女は初めて気がついた。「休みに子供たちと一緒にいられないなんてな。信じられないよ」彼のこげ茶色の目は暗く落ち込んでいた。

「これがおれの人生だなんてさ」

「カウンセリングでも受けてみたら？」

「ああいうの、嫌いなんだよ」

「欲しい物を手に入れたいんなら、たまには妥協も必要でしょ」

「おまえだって、ひとのこと言えないだろ」

「かもね。わたしも受けようかなって思ってる」彼女は目を閉じ、横の壁に寄りかかった。

「とにかく、どうしていいかよくわからないのよ」

一瞬の間のあと、扉が開く音がして、冷たい風が入ってきた。「おっと。おまえ、どうしていいかもっとわからなくなるぞ」

彼女は目を開けた。「はあ？」

「こんにちは、ストリート・エンジェル。元気かい？」彼女が振り向くと、目の前にエリック・ローソンの笑顔があった。

最悪。いちばん会いたくない男だ。彼女は足を床に下ろした。「エリック、ごぶさたね」

ローソンは上半身をかがめ、彼女の頬にキスをした。「その償いをしようと思ってね、それで来たんだ」そう言うと、彼女の隣に腰を下ろした。「電話したんだよ」

「そうね。わたしも折り返しかけて、留守電に伝言を入れたでしょ」

「しばらくデートするつもりはないってやつだろ？」笑ってはいるが、その影のある整った顔に彼女はまるで惹かれなかった。「どうしてかな？」

うるさいわね。彼をはぐらかすのは、もううんざり。こんなひとと一緒になんていたくない。彼女はクレイに会いたかった。頬に軽い口づけをしてもらって、だれかさんのせいで悪くなった気分をよくして欲しい。それに、いつまでもこんなふうにはっきりさせられないでいるのもいやだった。だがそれでも、結婚のことをエリックに言うのは気が引けた。エリックのことだ、それをネタにして自分の選挙運動を有利に進めようとするかもしれない。それに、クレイとの結婚が永遠に不幸せなまま、ということだって十分にありえる——そう考えただけで、ベイリーは胸のあたりがいやな感じになった。だから、いまはまだ何も明かさないほうがいい。

「大丈夫かい？」エリックが彼女の手を取った。「シーツみたいに真っ白い顔をしてるけど」

「何ともないわ」彼女はさっと手を引っ込めた。「ちょっと、やめてくれる？　わたし、付き合ってるひとがいるの。真剣なのよ」

「ほんとか？　だれと？」

「だれだっていいでしょ」

ローソンは手を伸ばして彼女の髪に指を潜り込ませた。やけに親しげなしぐさだ。「ねえ、ぼくにもチャンスをくれよ。そいつのこと、忘れさせてやるからさ」そう言うと、彼はベイリーの首を手で撫でた。鳥肌が立つほど気持ち悪かった。

彼女がやめてと言うより早く、扉がまた開き、続いて大きな声が耳に飛び込んできた。「おいっ、何やってるんだ!」クレイだ。がっしりとして、やっぱり素敵だ。彼はふたりのほうにつかつかと歩み寄ると言った。「ローソン、わたしの妻から手を離せ」

クレイは激怒していた。目の前に、ベイリーが別の男と一緒にいる。彼にはそれがどうしても納得できなかった。ベイリーはわたしの妻なんだぞ。クレイはスツールに座る彼女をつかんで下ろすと、自分の脇に引き寄せた。黒のスラックスにパブの緑色のシャツ姿。思ったよりも元気そうだったが、青い瞳は曇り、顔色は少し青かった。

ローソンはあんぐりと口を開け、眉が顔から飛び出さんばかりに、大きく目を見開いた。「妻って? ベイリー、どういうことだ? 結婚したのか?」

「ベイリーから聞いてないのか?」彼女をつかむクレイの手に一段と力がこもる。これで事態はさらにややこしくなった。

「ええ、聞いてませんね」ローソンが答えた。

クレイは振り向くと、彼女を上から見つめた。自分の心の傷に気づいてくれたらいいのだが。「ベイリー、どうして言わなかったんだ?」

「言っていいかどうか、わからなかったからよ。あなたの上院議員の座に影響するかもしれないでしょ」

「上院議員の椅子なんか関係ない。そんなものクソ食らえだ」

ローソンが鼻を鳴らした。「いまの、どこかで引用させてもらってもいいですかね？」

「ああ、勝手にしろ。とにかく、わたしの妻に近寄るな」

クレイと上院議員の席を争うことになるかもしれない男は、あきれたように首を左右に振った。「ウェインライト、これ、あなたの命取りになるかもしれませんよ」

「出ていけっ」

ローソンは眉をつり上げ、生意気そうな顔をして言った。「ここは公共の場ですからね」

「いや、おれの店だ」騒ぎを耳にして、パディが出てきていた。「いやがらせはやめてもらおうか。そのふたりはおれの妹と、おれのお気に入りの義理の弟だ」

ローソンは肩をすくめると、立ち上がって扉を開け、両手をポケットに入れて口笛を吹きながら出ていった。

ベイリーはクレイに向き直った。「あのひと、どうすると思う？」

クレイは手を髪にやって言った。「どうせ、マスコミにでもばらすんだろう」

「やっぱり……」ベイリーはクレイの手に触れた。「ごめんなさい」

クレイは彼女のほうを向いた。「マスコミに知られるのが、そんなに悪いことか？」

「おれは失礼したほうがいいみたいだな」パトリックはそうつぶやくと、バーの奥に引っ込んだ。

「クレイ、まだ混乱していて……どうしていいか……もうっ。ねえ、どういうこと？　また自分勝手なことをして。整理するのに少し時間をちょうだいって言ったでしょ」

「かっとなったのは悪かったよ。別の男が妻の身体を愛撫してるのを目にしたから、つい」

「愛撫なんかされてないわよ」彼女の声には憤りが感じられた。

「そう見えたんだ」

「何でも自分の思いどおりにしようとして。そういうところがいやなの。あなた、いつもそうでしょ」

クレイはどっと疲れを感じ、力なく椅子に腰を下ろした。「なあ、わたしが悪かったよ。ちょっとかっとなっただけじゃないか」

「それはともかく、いったい何しに来たの？」

「そんなふうに言わないでくれ」クレイは彼女の頬を指の背で優しく撫でた。それでベイリーの気持ちが少し落ち着いた。「わたしの奥さんに会いたかったんだ」彼は手をベイリーの腹に当てた。「わたしの赤ちゃんにも」それからひとつ深呼吸して言った。「娘は元気かい？」

「お医者さんは順調だって言ってたわ」

クレイの鼓動が速くなった。「医者？　ひとりで検診に行ったのか？」

罪の意識に、彼女の顔が赤くなった。「そうよ。でも、予約は前から入れてあったの。それに、あなたに一緒に来て欲しいって電話していいかどうかもわからなかったし」

彼は大きく唾を飲むと、うしろを向き、バー・カウンターに両肘をついた。それから顔を両手で覆った。

「疲れてるみたいね」

「ああ。ほとんど食べていないし、寝ていない……」彼は首を振った。「わたしのことはいい。きみに心配をかけるだけだ。とにかく、ローソンのことでかっとなったのは悪かった。おかげでひとつ、すぐに対処しないとならない問題ができたよ」

「わかっているわ。わたしたちの結婚を、政治的に処理しなくちゃならないんでしょ」

「すぐソーンに電話をする」

彼女は力なく首を振った。「ねえクレイ、わたしたち、いつもこうね。一緒にいるのはやめようって決めても、状況がそれを許さない」

「一緒にいないなんて、わたしは決めてないぞ!」彼は激しくかぶりを振った。脚に力が入らない。立ち上がっても、すぐに倒れてしまいそうだった。「きみがそう決めたとも聞いていない」

「まだ決めてないわ。でも、いまは選んでる場合じゃないでしょ。体裁を繕うために、一緒に住まなくちゃ。少なくともちょっとのあいだはね。そうすればマスコミはごまかせるから」彼女はため息をついた。「あと、お腹の子のことをうまく説明しないと。最初の計画どおりに収まるように」

クレイは何を考えていいのかわからなくなってきた。「妊娠してどれくらいか、わかったのか?」

「二、三週間だって。具体的にどの日だったのかは、まだわからないけど」

「それだったら、なんとでもごまかせるな」彼は大きく唾を飲むと、彼女の手を取った。向きを変え、スツールに座ったまま両脚で彼女の脚を挟んだ。「会いたかった?」

「もちろんよ」

「許してくれるかい?」

「ええ、でも……」ベイリーは彼をうつろな、苦痛に満ちた目で見つめた。彼女の傷がどれほど深いのかをクレイはあらためて知った。「あんなことがあって、あなたをまた信じられるかどうかわからないの。わたしの言うことを無視して、何でも自分の思いどおりにしようとするし」

「変わるから。きみの信頼を取り戻してみせる」

「どうかしら……とにかく、いまはまだ何とも言えないわ」

いまはまだ、か。ふむ、悪くない。クレイが言った。「わかった。とにかく、わたしかローソンが結婚を発表したときに、きみと一緒に住んでいないのはまずい」

「すぐに引っ越すわ。でもこれはあくまでも一時的なものよ。決まったわけじゃないの。とりあえずの解決策よ」

ベイリーのやつ、どうしてさっきから同じことばかり繰り返しているんだ?「だったら、ルールを決めてくれ」クレイは嬉しさと腹立たしさを同時に感じていた。これで少なくとも彼女のそばにはいられる。だが、彼女があくまでも距離を置こうとしているのは、どうしても気に食わない。

「まず、タウンハウスにはベッドルームが三つあるでしょ。ひとつはわたしが使わせてもらう。もうひとつはローリー」

彼がうなずいた。「言いたいことは、それでだいたいわかったよ」

「クレイ、これがぎりぎりの線なの」

「どうかな。でもまあいいよ。とりあえずいまは」

ニュースは翌日の『デイリー・サン』紙に大きく報じられた。ベイリーはまだ荷物をクレイのところに移してもいなかった。クレイは朝からソーンと打ち合わせをしていたから、兄たちが彼女とローリーの荷物をタウンハウスに運び入れるのを手伝ってくれた。

「ママー、ここすっごいねえ」ローリーが最上階から降りてきて言った。「ぼくのバスルームもある」

「もうひとつの部屋と共同よ」ママの部屋、とはあえて言わなかった。それについてローリーにあれこれきかれたくなかったからだ。

息子が自分の荷物の詰まった箱を開けて中身を出しているあいだに、彼女は自分が使う部屋に行った。兄がいた。「おまえの物、なんでこっちなんだ？」ディランが鞄をいくつか、床にどさりと置いた。

「まあ、いろいろあったのよ」

ふだんは何でもわりと大目に見てくれるリアムが、ディランのすぐうしろに大きな箱を抱えて立っていた。「ばかげてるよ、ベイリー。おまえ、あいつのこと好きなのか嫌いなのか、どっちなんだ?」

「好きよ」

パディが水槽を持って入ってきた。「おれも何回も言ってるんだけどな」

「自分の夫だろ?」リアムが首を振った。「おまえたちふたりのことは、さっぱりわからないね」

疲れ切って——昨日は一睡もできなかった——ベイリーはベッドに倒れ込んだ。「もう勘弁してよ」

エイダンもやってきた。「どうしたの?」

ベイリーが助けてという視線を送った。「また質問攻めなのよ」

「おまえが悪いんだ、しょうがないだろ」

ベイリーは小さく首を振ると、四人の顔をしげしげと眺めた。

「でも、どうしてあのひとの肩を持つの? みんな、嫌いじゃなかったっけ?」

「あいつはもう家族の一員だ」と、パディが言った。ディランとリアムもうなずいた。

「それに、あいつがああいうことをしたのは、おまえを守ろうとしたからだろ?」またもパディが先陣を切って言った。

やれやれ、今度はこの四人組を相手にしなくてはならないのか。

ベイリーはため息をついた。「あのね、許すのは簡単よ。でも、それでどうなるの? この先、クレイがわたしの意見を尊重してくれるって、どうして信じられる？　あのひとはね、権力で他人を支配するのに慣れてるの。ロチェスターに行ったのが何よりの証拠よ。わたしの人生を彼の思いどおりにさせるわけにはいかないわ」

パディが言った。「何をくだらないこと言ってるんだ。あいつが好きなら、ふたりでなんとかすればいいだろ」

エイダンがポケットに手を突っ込み、口を開いた。「B、ぼくは知ってたんだ」

「え？」

「クレイがロチェスターに行ったことも。一連の出来事の原因を作ったことも」

「ええっ？　それでわたしには黙ってたの？」

「ああ。それと、おまえに言うなってクレイに勧めたのもぼくなんだ。ずっと黙ってたほうがいいって。こうなるってわかっていたから」

「何なのそれ。エイダン、冗談じゃないわ。兄さんだけは信用できると思ってたのに」

パディがあいだに入った。「ベイリー、おまえの命が危なかったんだぞ。おれだって同じことをするね」

ディランが言った。「おれもだ」

もちろんリアムも同じ意見だった。

彼女は枕に頭を沈めた。「みんな、もう出ていってちょうだい。ちょっと休みたいの。もうすぐクレイがソーンを連れてくる。どうやってごまかすかを決めたら、新聞記者を呼んで、こちらの話を伝えなくちゃならないのよ」

「荷物はもうすぐ運び終わるから」リアムが言った。「おまえが休んでるあいだ、ローリーの面倒は見ておくよ」

「ありがとう」四人の兄はベッドに近づき、ひとりずつ彼女にキスをした。パディが耳元でささやいた。「おれみたいな失敗はするなよ、ベイリー。ほんとに最悪なんだ。おまえがそんなふうになるのは見たくない」

彼らが出ていき、ベイリーはため息をついた。兄さんたちはみんなとびきりいいひとだ。ちゃんとモラルを持っているし、寛大だ。確かに独占欲と支配欲は強い。でも、心根はいい。クレイとそっくりだ。

彼女は目を閉じ、それについて考えた。

「こんにちは、ミズ・オニール。またお会いしましたね」ハンク・セラーズがクレイのリビングルームの椅子に腰掛け、レコーダーをセットした。ジーンズにデニムのジャケットというお決まりの格好だ。「それとも、ミセス・ウェインライトとお呼びしたほうがよろしいですかね?」

「ベイリーと呼んでください」少し考えてから、彼女は言い足した。「ウェインライトの姓は名乗らないつもりですから」そう言いながらも、彼女はクレイに身を寄せた。とりあえず仲のいいところを見せなければならない。寄りかかる彼女の身体の重みが、クレイには心地よかった。

「なるほどね」記者はにやりと笑った。「フェミニストの有権者は喜ぶと思いますよ」

彼女が笑みを浮かべた。この場がクレイにとって好ましいものになるよう、彼女はがんばってくれている。彼にはそれがとても嬉しかった。前もってクレイとソーンで、インタビューの趣旨について彼女に再確認をした。彼女はいくつか鋭い意見を述べ、全面的に協力することを約束してくれた。

「まず、ストリート・エンジェルと上院議員が一緒になったいきさつなんですが」

出会いについて、クレイがざっと説明した。「いろいろあったんだが、お互いに好意を抱いたんだ。すぐにね」

セラーズは持ってきたメモを確認した。「ということはベイリー、あなたは彼と出会ってから本紙のインタビューを受けたことになりますね。たしか、かなり否定的なことをおっしゃっていたと記憶していますが」

そのインタビューを受けたのは、わたしと寝たあとだ。クレイは思った。ばれたら、記事のいいネタにされるだろうな。

再び、ベイリーは彼の腕に触れ、手をそこに置いたまま答えた。「もう少し思い出していただければわかると思いますが、そのインタビューでわたしは夫をけなすようなことは一切申し上げていません。わたしが攻撃したのは、ユース・ギャングの犯罪防止に関する彼の見解です」

「その件についておうかがいします。ご結婚されたいま、そうしたいさかいはどのように収めるつもりですか？」

「いさかいになるような問題はもうありません」ベイリーはあっさりと言った。「わたしはエスケープを辞めましたから」

「それは、あの殺された少女と何か関係が？　彼女もあなたが世話していた若者のひとりですか？」

「どちらの答えも、イエスです」ベイリーの目に涙がにじんだ。

「その件は控えてもらえないかな、ハンク」クレイが手を彼女の手に重ねて言った。「まだ心の整理がついていないんだ」

「ええ、失礼しました」

「それと、彼女がストリート・エンジェルだということはじきに知られるだろうが、彼女とタズマニア・ゴメスとの関係については黙っていてもらえるとありがたい。彼女の身の安全のために」

セラーズがうなずいた。「では上院議員にお尋ねします、結婚を隠していたのは、彼女の保護だけが目的だったんですか？」

ここは正直になるしかないだろう。「それもある」クレイはセラーズに、なあ、勝手知ったる仲じゃないか、という目を向けた。「いいかい、ハンク、わたしとベイリーは敵同士だった。恋に落ちたが、意見の相違は変わらなかった。関係がこの先どうなるのか、ふたりともまるでわからなかった。だからどうするのか決めるまでは、黙っていたかったんだ。もちろん、ストリート・エンジェルの素性は明かせなかった、身元がマスコミに知られたら、彼女がとんでもない危険にさらされることにもなりかねなかったからね」

「で、あなたはすでにエスケープをお辞めになった。だから隠す理由もなくなったと」

「ええ」

「ベイリー、仕事などは、これからどうするおつもりですか？」

「まだわかりません」

彼は記者らしい抜け目のない視線をふたりに向けた。「ところで、ご結婚してどれくらいですか？」

「三週間くらいだな。まだ公表するつもりではなかったんだが」クレイがため息をついた。「昨日ローソンに見つかって、発表するしかなくなったというわけだ」

「もっともなお答えですね。で、どうなんです？　けんかのほうは？」

クレイが答えようと口を開いたが、それより先にベイリーがセラーズに意味深な笑みを向けて言った。「ハンク、それは夫婦のプライバシーにかかわる質問じゃないかしら？」

頭をうしろに傾け、セラーズが笑った。「そういう意味じゃありませんよ。見解の相違についてです」

「それについては、家では話さないようにしています」

さらにいくつか質問を受けたあとで、クレイが言った。「ハンク、そろそろ時間じゃないか。必要な情報はもう十分手に入ったと思うが」

「ええ。ローソンのインタビューに比べたら、雲泥の差ですよ。いい記事が書けそうです。最後にひとつだけ、ベイリーにお尋ねします。次の選挙では、夫に投票するつもりですか？」

彼女は間髪入れずに答えた。「来年の一一月がどうなるかなんて、だれにもわかりませんわ」彼女は笑顔をクレイに向けた。その視線は期待に満ちていた。「彼からはいろいろと聞かされてますけど、まだ決めていません」

ほかにもたくさんのことが、まだ。

「いまの発言、記事に書いてもよろしいですか？」

「もちろん、どうぞ。わたしもクレイも、世間のみなさんに嘘はつきませんから」

「あなたの中立的な姿勢は、上院議員のキャリアに傷をつけることになりませんかね？」

一瞬、ベイリーの顔に苦渋の表情が浮かんだ。彼女はクレイの手を握った。「いえ、そうならないことを願います」

クレイが彼女の腰に手を回した。「ハンク、わたしはいまのままの妻を愛している。彼女は意志の強い、自分をしっかりと持っている女性だ。もしそれについて有権者が納得できないというなら、それは仕方のないことだ」

「いえいえ」とセラーズが言った。「有権者は大歓迎だと思いますよ」

「今日のインタビュー、本当にありがとう。セラーズのことを完全に手玉に取っていたな。やるじゃないか」クレイは彼女のベッドルームの戸口に立って言った。ボクサー・ショーツに白のTシャツと、いつでもベッドに入れる格好だ。

ベイリーは彼のそんな姿を目にしてどぎまぎしていたから、その言葉に肩すかしを食らった。「どういたしまして」彼女はふかふかのベッドでくつろいでいた。彼と同じボクサー・ショーツとTシャツ姿だ。でも、彼のほうが似合っている。ずっと素敵だ。Tシャツの上からもわかる胸の筋肉の盛り上がり、よく締まったヒップ、張りのある見事な脚。「さっきは、ローリーの面倒を見てくれてありがとう。あの子ったら、ここに来られたのが嬉しくて、大はしゃぎであちこち跳ね回ってるの。わたし、ついうとうとしちゃったのね。なのにまだ疲れが取れないなんて。ほんと信じられないわ」

「ローリーと遊ぶのは楽しいよ。地下に遊び部屋を作る計画も立ててたんだ。創造力のある子だね」

ベイリーは眉をひそめた。「クレイ、気をつけてね。あの子がここにあんまりなついちゃうと困るから」少し考えてから、彼女は付け足した。「あなたにも」

彼は戸口の側柱を握りしめた。「そういう言い方、やめてくれないかな」

彼女ははっとして顔を上げた。

「ひとつ言わせてくれ。わたしはローリーを愛している。わが子みたいにね。きみが何度も念を押しているように、もしわたしたちが〝うまくいかなかった〟としても、あの子との関係は続けるつもりだ。ジョンも同じ気持ちだと思う」

彼の声のトーンに何かが感じられた。「わたしのこと、怒ってる?」

「……まあな」彼が頭をごしごしとかいた。乱れた髪も素敵だ。まるでギリシア神話の怒れる神のようだ。「今日、セラーズとのインタビューで、真実を伝えただろ? それで思ったんだ。わたしたちはお互いにとってベストじゃないとわかっていたのに、惹かれ合った。不利な条件が揃っていたにもかかわらず、恋に落ちた。だからきみには、たとえ無理なように思えたとしても、未来についての不安を収めて欲しいんだ」

「わたしにできるとかできないとか、そういうことじゃないの。自然にうまくいかないとだめなのよ」

「おいおい、くだらないことを言わないでくれ」

「くだらなくないわ。ねえ、わたしはこれまで何でもあなたに従ってきたの。何から何まで全部よ。あなたがわたしの信頼を完全に裏切って、それでだれかが殺されるまではね」

クレイが凍りついた。「やっぱりそうか。わたしを責めてるんだな。あなたのせいじゃないなんて言っていたくせに……本当はそうは思ってないんだな」

彼女は目を閉じた。「ねえ、わたしへとへとなの。自分でも何を言ってるのかよくわからない。自分のことも責めているのよ。あなたのなぐさめになるかどうかわからないけど」

「ならないね」

「クレーイ……」ローリーの部屋から呼ぶ声がした。

「行くわ」彼女はベッドから出ようとした。

「いや、わたしが行く。きみが言うように、こんな機会はもうあまりないかもしれないから」

彼はさっさと行ってしまった。ベイリーはなんだか置き去りにされた気分だった。何なのかしら、あの態度。逆に感情的になったりして。

ビルド・ア・ベアの奥の小さなテーブルを囲んで、クレイはベイリーの隣に座っていた。大学の休みを利用して、ジョンが帰省していた。ローリーをここに連れてこようと言い出したのも彼だった。

店内を見回し、クレイはにっこりと笑った。「いいところだね」子供たちのはしゃぐ声、スタッフの指導の声、楽しそうな笑い声が彼らの周りを包んでいた。

「そうね」彼女が結婚指輪をいじりながら言った。知らず知らずのうちに、彼女はしょっちゅうそうしていた。「ローリーを連れてきてあげたいと前から思ってたんだけど、高いから」

彼は肩をすくめた。「ジョンのおごりだよ。どうしてもって言うんだ」

「お父さんに似て寛大なのね」

ローリーがこっちに向かって勢いよく駆けてきて、目の前で急停止した。「ママー、みて」

彼はふわふわの毛で覆われた、中身の入っていないクマのぬいぐるみを掲げた。「あっちで、みんなでこれのなかみをつめるんだって。ジョンがてつだってくれるんだ」

「よかったわね」

「ジョン、だいすき」ローリーはクレイに抱きついた。「クレイも」

クレイはベイリーの手を放し、彼女の息子を抱きしめた。たとえベイリーに信じてもらえなかったとしても、この子を手放すなんてできるわけがない。

「父さん、大丈夫？」ジョンもそばに来ていた。

「ああ」

ローリーは身体を離すと、ジョンを見上げ、それからクレイに向き直った。「いま、とうさんってよんだの？」

「うん、わたしの息子だからね」

「ぼくも……」彼はベイリーの顔を見た。「クレイのこと、パパってよんでいい？」

ジョンが目を大きく見開いて言った。「それはいいね」

クレイはローリーをもう一度近くに抱き寄せた。「そうしたいのかい？」

「うん」

クレイがベイリーを盗み見た。彼女は顔をしかめていた。「それはまたあとで話そうね」

彼女はそう言って立ち上がると、店の反対側をあごで指した。「あっちにジーターのユニフォームがあるんじゃないかしら。ねえ、一緒に行ってみよう」

ベイリーとローリーがそっちに向かって歩いていき、ジョンは空いた椅子に座った。「彼女、どうしたの？」

彼はジョンに今週の出来事を手短に説明した。「というわけで、わたしたちがうまくやれるかどうか、彼女、まだ不安に思ってるんだよ」

「引っ越してきたのに」

「必要に迫られてそうしただけだ。ローソンに知られたから」

ジョンが眉をつり上げた。「何だよそれ。めちゃくちゃだね」

「めちゃくちゃなのは最初からだ。いまさら驚くまでもないよ」

「ジョーーーーーーン……」ローリーがふたりに向かって走ってきた。「ジーターのユニフォーム、みつけたよ」彼はクレイを見やった。「ジョンもね、ぼくたちとおんなじぐらいジーターがすきなんだ」

「もっとだよ」ジョンはからかってそう言うと、ローリーの髪をくしゃくしゃっと撫でた。

「そんなことないもん」

「よし、行こう。そのクマの中身を詰めよう」手をつないで、彼らは歩いていった。

ベイリーが腰を下ろした。「クレイ、わたし——」

「いまはやめよう。とにかくあの子たちと楽しもうよ」

「そうね」

だが家に戻ると、ふたりの問題をまた話題にするしかなかった。しぶしぶながら、クレイは息子に状況を説明することにした。ベイリーが部屋を出ていき、ふたりきりになるのを待ってから、彼は話し始めた。「ジョン、おまえの部屋はローリーに使わせてやってるんだ」

息子はこの家にあまりいないが、それでもクレイはいつも彼のために部屋を空けておいた。

「なんで？　もうひと部屋あるのに？」

「そっちはベイリーが使っている」

「おやじ……」ジョンはひどく大人っぽい顔になった。父が何を言わんとしたのか、よくわかっているのだろう。「いいよ。ローリーと仲よくするから。それも面白いかもね」

「おまえはな」

ジョンは父の背中をぽんぽんとたたいた。「おやじ、がんばれよ」

男の子ふたりを交えた夕食は楽しかった。ベイリーはひと眠りしたあとで、おいしい食事を作ってくれた。食後は、みんなで子供用のモノポリーをして遊んだ。

だが寝る時間になって、またぎくしゃくした感じに戻った。子供たちは彼らの部屋にビデオを観にいった。ローリーはもう、そうしなくても眠れるようになっていたが、ジョンが気を利かせたのだ。クレイとベイリーは階下でソファに腰掛けてテレビを観ていた。クレイの肩に置かれた彼女の頭から、レモンの香りが漂ってくる。彼女の柔らかな身体の感触も感じられた。

ベイリーはあくびをすると、身体を離して言った。「疲れたから、先に寝るわ」

「ああ」

「ジョン、部屋のこと何か言っていた？」

「いや。あいつ、わたしたちの事情をちゃんとわかってくれてるんじゃないかな。もう二〇歳なんだ、大人だよ」

「我慢してもらって悪いわね。つらいでしょ」

クレイは悲しげな笑い顔で言った。「どっちの我慢?」

彼女はくすくすと笑った。「セックスしてないわね、ごめんなさい」

「これから一緒に二階に行って、夫とするほど申し訳ないとは思ってない?」

彼女は沈痛な顔をした。

「ベイリー、そんな顔をしないでくれ。何がいやなんだ? まだちゃんと付き合うって決める前から、セックスはしてただろ? セックスでお互いの気持ちをなぐさめたって、べつにたいしたことないじゃないか」

「わたしには大ありかもしれないの。問題を全部忘れてしまうから」

クレイは身をかがめ、彼女の唇に自分の唇を重ねた。「それは、そんなに悪いことかな?」

ベイリーは彼のシャツをぎゅっと握った。「クレイ、お願いだから」

クレイはひとつ大きなため息をついた。「そうか」彼は立ち上がった。心の底から傷つきながら。「だったら、無理強いはしないよ」

「ねえ、怒らないで」

彼は首を振った。「怒ってはいない。でも、傷ついてる、きみが欲しくてたまらない。怒るよりも、そっちの気持ちのほうがはるかに大きいね」

23

エスケープの外観が今日はなんだか違って見えた。ベイリーは正面に立ち、首に巻いたスカーフを寒風になびかせながら建物をよくよく眺めた。煉瓦造りの建物は少しくたびれているが、庭は手入れが行き届き、周りを背の高いかん木の植え込みが囲っている。この中に反ギャング団体があるとはだれも思わないだろう。階段を上りながら、彼女は少し緊張した。三週間前にタズが亡くなってから、ここには来ていない。でも、そろそろ友人たちに挨拶して、正式に辞めなければならない時機だった。

それに、もうベイリーに選択肢は残されていなかった。『ヴィレッジ・ヴォイス』紙のハンク・セラーズの記事で彼女の素性は明かされてしまったし、それよりも先に出たローソンのセンセーショナルなインタビュー記事でもばれていた。上院議員の妻となった以上、もはやプライバシーはない。たとえいやでも、エスケープを去るしかない。でも彼女はそれでよかった。ここで働くのはもういい。それにお腹には赤ちゃんもいる。わたしが身ごもった子。わたしが育て、いつか思春期の若者になる。大学に入り、大人になった姿も想像できる。建物の中に足を踏み入れながら、感動のあまり、彼女の胸にこみ上げるものがあった。

オフィスの音と匂いと光景が彼女を出迎えた——コンピューターの立てるブーンという音、電話の鳴る音、がなり立てるような職員たちの会話……。

「ジョー、おまえふざけるなよ。もし今度もちゃんとやらなかったら、しかるべきところに言うからな」

「しかるべきところって？　神様か？」

「まったく、なんでそう石頭なんだ。くそっ、ベイリーがいてくれたらな。おまえのことを抑えられるのに」

「いるわよ」彼女は戸口で声をかけた。さっきからそこに立って、ふたりのやり取りを見ていた。

彼らは同時に振り向いた。ロブはすぐさま彼女に歩み寄るとハグをし、続いてジョーも同じことをした。彼女が言った。「ジョー、何するつもりなの？」

「べつに」

「こいつ、きみの無鉄砲なところを受け継いでしまったんだ。今度はこいつが心配だよ」

彼女が眉をひそめた。「むちゃはしないでね、ジョー」

彼が顔を上げた。「まさかストリート・エンジェルからそんなアドバイスをいただくとはね」

「ストリート・エンジェルはもういないわ」

ロブは机に寄りかかり、胸の前で腕を組んだ。「記事、読んだよ」

「エスケープはいまでも大丈夫、そうよね？」彼女が自分を納得させるように言った。

「ああ。この場所はだれにも知られてない。ま、どっちにしろほかに移るつもりだけど」

スーズが戸口に現われた。うしろにはティム神父もいる。「聞いたことのある声だと思ったら、やっぱりそうか、上院議員夫人」

「勘弁して欲しいわ。有名人になんかなりたくないの」

「あんた、あんな水槽ん中みたいなとこで、どうやって生きていくつもり？」スーズが言った。

「そうするかどうか、まだわからないの」

ジョーが不満の声を漏らした。ロブが驚いて顔を上げた。ティム神父が言った。「どういうことだい？　記事ではうまくいってるようだったけど」

もちろんそう見えただろう。取材を受けているあいだ中、クレイは彼女の手をずっと握っていた。そしてそのあとで、彼は妻と寝たいと言ってくれた。ベイリーは夫を責めなかった。彼の言うとおりだ。べつにセックスくらいしたって、大勢に影響はないかもしれない。でもいま、彼女はふたりにとっていちばんいいと思うことをしているのだ。「あれは見せかけだけ。彼のキャリアにふさわしい私生活を送ってるふりをしなくちゃならないの。でも、この先ずっととなるとね……どうなるかわからない」

「そいつは嬉しい知らせだね」ジョーがつぶやいた。

「どういう意味？」ベイリーがきいた。

「あいつは政治家だぞ。それだけ言えばわかるだろ」

「ジョー、彼は誠実よ」

「あいつが？」

「そうよ」

腹立たしげに、ジョーはポケットに両手を突っ込んだ。「タズのこと、だれかがちくったんだとおれは思ってる。おまえの上院議員の先生、あいつがあの子を見つけ出して、ロチェスターまで行ったんじゃないのか」

夫を裏切ることはできない。「クレイじゃないわ」

「そうか。でも、あいつはおまえをムショにぶち込んで、一〇年もしつこくいじめてきたんだ。おまけにあの右寄りな考え方。おれにはそれだけで十分だ。おまえは、あんなやつと一緒にいないほうがいいんだよ」

別れることを考えると、ベイリーの中にあるクレイに対する怒りが急にしぼんだ。この数日間のクレイの行動を見たあとだけに、余計にそうだった。彼は怒りを抑え、ベイリーに対して優しく、辛抱強く接してくれた。彼女の身体を気遣って休むように言い、夕食の支度をし、ローリーと遊んでくれた。今日はジョンと一緒に彼女の息子と休日を過ごしている――幸せな家族の情景だ。

「ベイリー？　聞いてるのか？」スーズが言った。

「あっ、ごめんなさい。あの、今日ここに来たのは、わたしが大丈夫ってところを見てもらいたかったからなの」

「わりと元気そうだな」ロブが言った。

「ええ、元気よ」

「気持ちのほうも？」ティム神父が尋ねた。

「まだ悲しいし、罪悪感もある。でも、前よりはましよ」

彼は納得がいかない様子だった。

「それと、みんなにお別れも言いたいし」

「お別れ？　ちょっと、ガーディアンはやるって言ってなかったっけ？」スーズが珍しく慌てて言った。「ストリート・エンジェルを引退して、ガーディアンを仕切るんだよね？」

「いいえ。ギャングにかかわるのはもうやめたの」

「ベイ、話が違うじゃないか」

「わかってる。そう思ってたんだけど……」彼女はぐるりと周囲を見渡した。「どっちにしろ、わたしにはたいした仕事はできなかったし。スーズ、そうでしょ？」

仲間たちが反対の声を上げるなか、彼女は私物を片付けに自分のオフィスに向かった。ジョーとロブは仕事に戻り、スーズは帰った。でも、ティム神父は戸口のところに現われた。

「手伝おうか？　重い物は持たないほうがいいよ」

「ありがとう、助かるわ」彼女は本棚をあごで指した。「あそこの本、まとめてくれるかしら？　荷物は全部、クレイのうちに送るつもりだから」

「そこは、きみのうちじゃないのかい？」

「ええ」

彼女は写真をそっと箱に詰めた。エスケープを立ち上げたときに、スーズと一緒に撮った一枚がある。ロブとジョーが入ったばかりのときに撮ったものも。壁には額に入った手紙の数々も飾られている。彼女たちの尽力でギャングを抜け、いまは生産的な暮らしを送っている若者たちが送ってくれたものだ。手紙の文面が目に飛び込んできて、彼女は思わず唇を嚙んだ。みなさんのおかげです……あなた方は命の恩人です……おかげさまで、娘に恵まれました……。

ベイリーは咳払いをして喉にこみ上げてきた感情をこらえた。額の手紙はそのままにしておくことにし、ペン類やノート、個人的な写真などを箱に入れた。

ふたりで荷造りをしている途中、ティム神父が言った。「さっきのこと、わたしに話してごらんよ。だれにも言わないから」

彼を見やり、ベイリーは首を振った。「いいえ、べつにいいの」

「ロブとジョーに嘘をついたね」ティムの瞳が大丈夫、わかっているよと言っていた。

彼女は感情を必死でこらえようとした。「わたしのざんげ、聞いてくれる？」

「話してごらん」

大きく息を吸うと、彼女は荷造りを続けながらぽつりと言った。「クレイを守ってあげなくちゃならないの」

「協力的な妻として、彼を弁護するんだね」

「さっき言いたかったのは、この結婚は文句なしに喜べるようなものじゃないってこと」

「わかってるよ」

彼女は肩をすくめた。「信じてたのに、あのひと、わたしを裏切ったのよ」

「きみを守るためにね」

菓子入れに使っていた大きな金属製の皿が、音を立てて床に落ちた。ベイリーは椅子にへたり込むと、両手で顔を覆った。「彼はね、何でも自分の思いどおりにしてきたひとなの。口ではきみの好きなようにしていいなんて言うけど、問題が起きそうになったら、結局自分が主導権を握ろうとする。そのせいでこんな最悪の結果になったのよ」

ティム神父は部屋の向こうから歩いてきて彼女の前に膝をつくと、両手を握った。「それは解決できる問題だ」

「そうとも限らないわ」

「彼のことを愛しているなら、できる」

ベイリーには答えられなかった。

「誓いを立てたんだろう、順風のときも逆境のときもって。大切なことだから、忘れちゃいけないよ」

「何があっても離婚はだめだって言ってるの？　カトリックの神父さんだから？」

「自分の心に正直になって、問題を解決したほうがいいって言ってるんだ。友だちとしてね」

「あのひとのことは愛してるわ。なんとかしたいとは思ってる……」

ティムは彼女の額にキスをした。「コーヒーでも飲もう。胸につかえてるものを全部吐き出したほうがいい」

「ええ、そうしようかしら。それと、ちょっと行きたいところがあるの」ベイリーは彼の顔を見つめた。「一緒に来てくれる?」

「いいよ、困ってるきみのためなら、どこでも」

「ありがとう、近くなの」

クレイが胸にローリーを抱いて揺り椅子に座っていると、玄関の扉が開いた。ずいぶん遅くの帰宅だが、遅くなるからというベイリーの伝言が留守番電話に残っていた。

「こんばんは」彼女が玄関広間にやって来た。息子をあごで指して言った。「どうしたの?」

「動物園で具合が悪くなったんだ」クレイは彼の髪にキスをした。シャンプーと石けんの匂いがする。少し前に、ジョンとふたりで苦労してお風呂に入れたところだった。「かわいそうに」

「あら、そうだったの。吐いちゃったのね?」

「ジョンにね」

「まあ」

「ジョンのやつ、弟ができたんで浮かれたんだろうな。わたしが携帯で話しているあいだに、ジャンクフードをあげすぎたらしい」

「ごめんなさい」ベイリーは彼らのもとに近寄ると、ローリーの髪をそっと撫でた。クレイが近くで見ると、彼女の目に疲労の色が浮かんでいるのがわかった。いつもはしゃんと背筋を伸ばしているのに、今日はうなだれた様子だ。

「疲れてるみたいだね」

「ちょっとね」

クレイは何も言わずに待った。彼女の今日一日について、こっちからはきかないつもりだ。たぶんエスケープに行ったんだろうとは思っていたが、彼女が自分から言うまではぜったいに黙っていようと心に決めていた。押しつけがましいのはもうやめたのだ。「食事は?」

「済ませてきたわ。ティム神父と」

「そうか」彼はローリーの背中を優しくさすった。「明日の夕食までには、元気になるといいが」

「大丈夫よ。慣れないことが続いて、ちょっと疲れただけだと思う。前にもあったから」彼女は部屋を見渡した。「ジョンは?」

「母親のところに泊まりに行ったよ。カレンのやつ、明日ジョンが夕食に来ないと知って、えらく怒ったらしくて」

「ジョンがオニール家の感謝祭を経験したら、どうなるかわからないわよ。あの子、カレン

くるよ」

「それはないと思うね」クレイはローリーを抱いたまま立ち上がった。「この子、寝かせてくるよ」

と一緒のほうがよっぽどいいって思うかもしれないわ」

「一杯作っておく？」

「ありがたいね。シャワーも浴びてくるよ。少し疲れたから」

「どうぞ。ローリーをよろしくね」彼女は頭をもたげ、クレイを見た。「ねえクレイ、その子のこと面倒見てくれて、本当にありがとう」

「ローリーのためなら何だってするよ」彼はローリーを抱えたまま腰をかがめて、彼女の鼻にキスをした。「それと、きみのためならね」

両手を伸ばすと、彼女はクレイの肩をつかんだ。ローリーがあいだにいたので、なんだかぎこちない感じだった。「そのおかげで、こんなことになったのよね。でしょ？」

「まあね」

彼はローリーを二階に連れていってベッドに寝かせると、少しのあいだ脇に腰掛けてぼんやりと考えた。これがこの子と、そしてこの子の母親と一緒に過ごせる最初で最後の感謝祭になるのだろうか。彼の手に負えない状況だということは、もうわかっている。うまくまとめようと自分がいくらがんばっても、どうにもならないことが世の中にはたくさんある。この厳しい試練を通じて、彼はそれを学んだ。「坊や、愛してるよ」

ローリーが寝返りを打った。クレイは立ち上がると、自分の部屋に向かい、そのままバスルームに直行してシャワーのコックをひねった。ジーンズとトレーナーを脱ぎ、湯気を立てるシャワーの湯の中に足を踏み入れる。冷たくないとだめだな。クレイは思った。妻を求めて反応している身体を鎮めるにはそれしかない。彼女が身をかがめたとき、シャツの襟もとから、妊娠のせいで張った乳房の先がちらっとのぞき、彼のあれはたちまちのうちに固くなった。タイル製の壁に両手をつき、クレイは下半身に目をやった。シャワーを出る前に自分でなんとかするしかないのだろう。でも、そんなことはちっともしたくなかった。「くそっ」彼は下腹部に向かって言った。「おまえの世話は、奥さんにしてもらいたいもんだね」

彼はため息をつくと、シャワーのコックを冷《コールド》のほうにひねった。だが、彼が本当に妻に求めているのはセックスではない。彼女の気持ちが、信頼が欲しかった。クレイは彼女に自分のことを信じて欲しかった。いつかそうなるかもしれない。いや、ならないかもしれない。今夜はあまり楽観的な気持ちにはなれなかった。この一週間、彼女は以前にも増して自分を強く持ち、クレイの助けなど要らないようだった。優しく親切に接してはくれたが、身体に触れてくるのは、彼女が眠いときだけだった。

その一方で彼女の兄たちはとても友好的だった。いままでは映画スターの住所を教えてくれなどと言って、からかってくる。過保護な男を支え合うグループを作ろうという冗談まで言い出した。グループのリーダーはパディとクレイだそうだ。状況がすっかり逆転してしまった。おかしなものだ。問題は、もしもベイリーを失ったら、ローリーと同じく彼女の兄たちも失ってしまうということだ。

シャワーを出ると、クレイは身体を拭き、タオルを腰に巻いた。家にベイリーとローリーがいてもかまわず、寝るときはいつものようにボクサー・ショーツだった。彼は下着を取りに、部屋に向かった。

だが、途中で足が止まった。部屋の向かい側を凝視したまま、クレイはごくりと唾を飲んだ。

「はいどうぞ、あなたのスコッチよ」ベイリーが言った。彼のベッドの上で、彼のシーツを身体に巻き付けている。見たところ、ほかには何も身につけていない。

「わたしの、何だって？」

「あなたのお酒よ」彼女はほどいた髪をかき上げた。クリームのように白い裸の肩の上に広がる漆黒の髪。彼の中に一気に欲望が吹き出してきた。冷たいシャワーをたっぷり浴びないと。

「ハニー、そこで何してるんだい？」

あごを突き出すようにして、ベイリーは彼から目をそらさず、その視線をしっかりと受け止めた。「夫を待ってるの。抱いてもらいたくて」

彼女の強い眼差しに、クレイは目を射抜かれたような気がした。「どうして？」

「あら、知らないの？　妊婦さんはそうじゃない女性の二倍も三倍も性欲が強くなるのよ」

まいったな。そんなことを言われなくても、彼の身体はすでに反応していた。「いや、詳しい数字までは知らなかったな」

彼女は枕に身体を沈めた。「ねえ、来て。お酒はここよ、上院議員さん」それから彼女はグラスを傾けてスコッチを胸に垂らした。そんなことまでされて、黙っていられるわけがない。

クレイは文字どおりうなり声を発しながら、彼女に近づいていった。

ベイリーはサイドボードにグラスを置くと、彼の手を取ってぐいと引っ張った。彼がマットレスの端に腰掛けると、ベイリーはその首に腕を回して胸に抱き寄せた。彼女はスコッチの匂いがした。クレイは彼女の胸にしばし鼻を押しつけていたが、ふと身体を離すと言った。「ベイリー、これは……」ひと息つかないと、言葉が出てこない。「これはどういうことなんだ？ ただのセックスってことか？」

「違うの。あれはもうおしまい」ベイリーは彼の手をつかむと、心臓のところに持ってきた。「これはね、わたしがあなたの奥さんになりたいと思ってるっていうこと。嘘偽りなく、本当の気持ちよ。あなたと一緒に暮らして、合わないところをなんとかするようにがんばるっていう意味。それで、ローリーがあなたのことをパパと呼んで、ジョンは自分の部屋を取り戻して、あなたはうちの兄さんたちから一生あれこれ言われるの」

あまりのことに、クレイは何を言っていいかわからず、ぼう然としていた。しばらくしてようやく言葉を返した。「ああ、わたしもやってみるよ。きみがやりたいようにさせてみる」

「そのほうがいいわね。じゃないと、ハンク・セラーズにもきかれたけど、こんなけんかが山ほど起きるわよ」彼女はセクシーな笑顔を向けた。「それ以外のことも山ほどあるけどね」

「ああ、そうだな」そう言ってから、彼はいぶかしげな顔をした。「だが、どうして急に？」

彼女はため息をついた。「今日、メイジー・レノンに面会に行ったの。ランカスター州立刑務所まで」

「何だって？」

彼女の目が険しくなった。

「わかってる。だけど、ランカスターって」

「ティム神父に一緒に来てもらったわ。ねっ、ちゃんと用心してるでしょ」

「それでメイジーと何かあったのか？ どうしてきみがわざわざ行ったんだ？」

「自分でもよくわからない。とにかく会って、タズのことを直接きたかったの」

彼の心臓が縮み上がった。「彼女、わたしのせいだと言ってたのか？」

「いいえ、わたしのせいだって」

「違うよ」

「クレイ、わたしも違うって気づいたの。それに、あなたのせいでもないって。タズが亡くなった責任は、メイジー・レノン自身にある。彼女もいつかそのことに気づいてくれるといいんだけど……」彼女はクレイの手にキスをした。

彼はひとつ大きく息を吸った。「そうだね、きみの言うとおりかもしれないな」彼はベイリーの顔をじっと見つめた。「それと、もうひとつ」

「もうひとつ？」

「タズがわたしのことなど無視してくれてさえいたら……」

ベイリーが真顔になった。「それについてはこれから話し合いましょう。ティム神父に言われたの。信頼は少しずつ作り上げていくものだって。問題を一緒に解決して、お互いに譲歩もしながらね。まあ、けんかはすると思うけど、でも……」彼女がにっこりと笑った。いたずらっぽくてセクシーな笑顔だ。最初に会った日、クレイはこの笑顔を目にし、それで恋に落ちたのだ。「……時間をかけて仲直りすればいい」

「それもティム神父が？」

「いいえ、こんなに長々とは言ってなかったわ」ベイリーは彼の手を乳房の上に置いた。

「で、どう？　仲直り、これからしてみない？」

クレイが嬉しそうに笑った。「もちろんさ、ダーリン」

「わたしもよ。じゃあ全身を触りまくって、思い切り感じさせてくれる？」

「もちろんですとも。喜んで」

ベイリーは腰のタオルを引っ張った。「あら、いいわね。それじゃあ、わたしも」

エピローグ

『ヴィレッジ・ヴォイス』
シンデレラと王子様
写真でつづる思い出の数々
ハンク・セラーズ

本紙がウェインライト上院議員（当時）とその妻ミズ・ベイリー・オニールにインタビューを行ってから二年が過ぎた。彼らの結婚の知らせが各紙で報じられたときは、政界に激震が走った。いまとなっては知らない方も多いだろうが、ふたりのあいだには長きに渡る怨みつらみの歴史があり、彼らは本紙をはじめとする新聞紙上で激しくやり合っていた。だがそれも、以下に掲載の写真が物語っているように、いまとなっては昔話だ。

写真一
上院会議場に向かうセカンド・レディー。これから、非行の恐れのある青少年のための特

別教育プログラムに関するチャック・スチュアート新法案支持の演説を行うところ。

写真二

共和党保守派のトム・カーターと差し向かいで座るミズ・オニール。青少年犯罪およびギャング活動防止策に関する特別委員会の席で。彼女は八カ月ほど前から同委員会の陣頭指揮を執っている。

写真三

ニューヨーク州北部のコテージでくつろぐミズ・オニールとウェインライト副大統領。一緒にいるのはオニール家の彼女の兄たち――パトリックと妻ブリー、その左がリアム、右端はディランとエイダン。赤毛のふたりの女性は不詳。

写真四

愛犬と戯れる副大統領のふたりの息子、ジョン・ウェインライトとローリー・オニール・ウェインライト。犬の名前はハワー（アイゼンハワーから取った）。ホワイトハウスの前庭にて。

写真五

一歳四カ月になる娘エンジェルを抱くクレイ・ウェインライト。妻がサインを終えるのを待っているところ。彼女はこの少し前に全米女性連盟の会合で、理想の女性像と、問題を抱えた少女たちのためのプログラムについて感動的なスピーチをした。

写真六

乾杯の音頭を執るウェインライト副大統領とミズ・オニール。彼女の元職場エスケープのような団体への資金集めのダンスパーティーの席にて。噂によると、セカンド・レディーが掲げているのはソーダ水だという。本紙の情報筋によれば、ふたりはもうひとり子宝に恵まれたもよう。

さて、これでシンデレラ・ストーリーはおしまいだ。ふたりとも末長く、お幸せに。

訳者あとがき

生い立ちも、現在の生活環境も、社会的立場も違う男女がお互いに惹かれ合い、数々の修羅場を乗り越えるたびに、それぞれが自分の気持ちに向かい合う。初めは素直に受け止められないけれども、やがて二人とも、どうしようもないくらい相手のことが気になってお互いに本気だと、「恋」だと認める。初めは一本の細い糸がいつしか木の幹のように太い絆に。本書『天使は泣けないから』（原題Someone to Believe in）を読むと、その姿が変わるありさまに心打たれ、ときに涙すら覚えます。つまり、相手を本気で思う気持ちがなければ、決して修羅場は乗り越えられないと……。

ヒロインのベイリー・オニールはバイタリティーに富んだ女性。ギャングから抜けようとする若者たちを助けることを目的とした社会福祉団体「エスケープ」で日夜働きながら、一人息子を育て、時間があるときには両親が経営するバーを手伝っています。一方、ヒーローのクレイ・ウェインラントは、地方検事から上院議員になった人物。現在は選挙中で、再選を狙っています。

二人の出会いは一一年前。当時、検事だったクレイは、ベイリーを犯人隠匿の罪で起訴し、刑務所に送りました。一年の刑期を終え、出所。彼女は「エスケープ」を組織します。そして一〇年後、犯罪防止法案によって認められた予算をめぐって、ついに二人は再会します。過去の出来事や今現在の問題から、お互いに憎悪の対象でしかないのにもかかわらず、激しく議論を交わすうちになぜか惹かれ合い、自分でも気づかないうちに恋に落ちていく……。そして二人は、とても解決できそうにない問題にいくつも直面し、そのたびに激しく衝突するけれど、相手を信じ、愛する気持ちを信じ、二人の未来を信じて、一歩ずつ前に進んでいきます。深く愛し合う二人の姿に、いつしか自分を重ね合わせて読みふけってしまう。本書は、そんな魅力に溢れた素敵な作品です。

著者のキャスリン・シェイは一九九四年のデビュー以来、すでに二〇作以上の作品を発表した人気ロマンス作家で、過去に五作品が邦訳されていますが、ライムブックスでは初登場となります。

シェイは元高校の英語教師で、大学で教鞭を振るったこともあり、その経験から本書のテーマの一つである青少年の非行問題に深い関心を抱くようになったのかもしれません。

青少年の非行問題と聞くと、シリアス一辺倒な物語なのかと思われるかもしれませんが、いえいえ、そんなことはありません。たとえばベイリーと四人の兄たち、クレイと息子ジョンのあたたかな家族愛も本書の魅力の一つです。ベイリーの兄たちは、彼女のどんな行動にも口を出してきますが、ベイリーを心から愛しています。一方クレイは離婚をし、一人息子のジョンの反感を買って、父子の関係がうまくいかないことに頭を悩ませます。こうした兄妹、父子の関係もベイリーとクレイの恋の進展具合に大きく関わってくるのですが、詳しくは物語の中で。

それからもう一つ、この作品ではインターネット・チャットがコミュニケーション・ツールとして大切な役割を担っています。ふだんは上院議員として堅物のクレイも、チャットのときは自分の素直な気持ちをベイリーに伝えることができ、それが二人の関係を深めるきっかけになります。面と向かって言いづらいことも、メールやチャットならば意外にすんなりと伝えられるものですよね。

でも、もちろんすべてがメールやチャットで解決できるなんてことはありません。物語では、クレイが取った行動がもとで、ベイリーとクレイの仲に危機が訪れます。ベイリーは愛する人に裏切られ、深く傷つき、彼への不信感を募らせます。別れることも考えますが、ベイリーはついに一つの結論に達します。彼女がどんな結論に達したか、最後にどんな思いに至ったのか、物語の中で感じ取ってみてください。

二〇〇七年九月

ライムブックス

天使は泣けないから

著　者　キャスリン・シェイ
訳　者　織原《おりはら》あおい

2007年10月20日　初版第一刷発行

発行人　成瀬雅人
発行所　株式会社原書房
〒160-0022東京都新宿区新宿1-25-13
電話・代表03-3354-0685　http://www.harashobo.co.jp
振替・00150-6-151594
ブックデザイン　川島進（スタジオ・ギブ）
印刷所　中央精版印刷株式会社

落丁・乱丁本はお取り替えいたします。
定価は、カバーに表示してあります。
 ISBN978-4-562-04328-6　Printed in Japan